VOLUME I

THE KISS OF DECEPTION

CRÔNICAS DE AMOR E ÓDIO

DARKLOVE.

THE KISS OF DECEPTION
Copyright © 2014 Mary E. Pearson
Todos os direitos reservados.

Arte da capa © Rodrigo Adolfo
Design da capa por Rich Deas e Anna Booth
Fotografias da capa
© Leszek Paradowski/Trevillion Images
© Ilina Simeonova/Trevillion Images
© Umit Ulgen/Trevillion Images

Mapa © Keith Thompson

Tradução para a língua portuguesa
© Ana Death Duarte, 2016

Os personagens e as situações desta obra
são reais apenas no universo da ficção; não
se referem a pessoas e fatos concretos,
e não emitem opinião sobre eles

Diretor Editorial
Christiano Menezes

Diretor de Novos Negócios
Chico de Assis

Diretor de Planejamento
Marcel Souto Maior

Diretor Comercial
Gilberto Capelo

Diretora de Estratégia Editorial
Raquel Moritz

Gerente de Marca
Arthur Moraes

Gerente Editorial
Marcia Heloisa

Editora
Nilsen Silva

Adap. de Capa e Projeto Gráfico
Retina 78

Coordenador de Diagramação
Sergio Chaves

Revisão
Felipe Pontes
Isadora Torres
Ulisses Teixeira

Finalização
Roberto Geronimo

Marketing Estratégico
Ag. Mandíbula

Impressão e Acabamento
Braspor

DADOS INTERNACIONAIS DE CATALOGAÇÃO NA PUBLICAÇÃO (CIP)
Angélica Ilacqua CRB-8/7057

Pearson, Mary E.
   The kiss of deception / Mary E. Pearson ; tradução de Ana Death Duarte. — Rio de Janeiro : DarkSide Books, 2016.
   416 p. : il. (Crônicas de amor e ódio ; 1)

ISBN 978-85-66636-86-4
Título original: *The Kiss of Deception*

1. Literatura norte-americana 2. Fantasia
I. Título II. Duarte, Ana Death

16-0287   CDD 813

Índices para catálogo sistemático:
1. Literatura norte-americana

[2016, 2025]
Todos os direitos desta edição reservados à
DarkSide® Entretenimento LTDA.
Rua General Roca, 935/504 — Tijuca
20521-071 — Rio de Janeiro — RJ — Brasil
www.darksidebooks.com

MARY E. PEARSON

TRADUÇÃO
ANA DEATH DUARTE

Para o menino que se arriscou
Para o homem que fez com que isso durasse

Fim da jornada. A promessa. A esperança.

Conte-me de novo, Ama. Sobre a luz.

Busco em minhas memórias. Um sonho.
Uma história. Uma lembrança indistinta.

Eu era menor do que você, criança.

O limite entre verdade e sobrevivência se fortalece.
A necessidade. A esperança. Minha própria vó
contando-me histórias, porque não havia mais
nada além disso. Olho para esta criança fraca,
de estômago sempre vazio, mesmo em seus sonhos.
Esperançosa. À espera. Puxo seus braços finos e coloco
seu corpo leve como uma pluma em meu colo.

Era uma vez, minha criança, uma princesa
que não era maior do que você. Ela
tinha o mundo ao alcance de seus dedos.
Ela ordenava, e a luz obedecia. O sol,
a lua e as estrelas ajoelhavam-se e erguiam-
se ao seu toque. Era uma vez...

Foi-se. Agora há apenas esta criança de olhos dourados
em meus braços. É o que importa. Assim como o fim
da jornada. A promessa. A esperança.

Venha, minha criança. Está na hora de partir.

Antes que venham os abutres. As coisas que duram.
As coisas que permanecem. As coisas que
não me atrevo a dizer a ela.

Contarei mais a você enquanto caminhamos.
Sobre outrora.
Era uma vez...

—Os Últimos Testemunhos de Gaudrel—

CRÔNICAS DE AMOR E ÓDIO

Aquele era o dia em que mil sonhos morreriam e um único sonho nasceria.

O vento sabia. Era o primeiro dia de verão, mas rajadas de vento frio atingiam a cidadela no topo da colina com tanta ferocidade quanto o mais intenso inverno, chacoalhando as janelas com maldições e serpenteando através de corredores gelados, como avisos sussurrados. Não havia como escapar do que estava por vir.

Para o bem ou para o mal, as horas estavam avançando. Cerrei os olhos diante do pensamento, sabendo que logo o dia seria dividido em dois, criando para sempre o antes e o depois da minha vida, o que deveria acontecer em um ato tão rápido que não haveria praticamente nada que eu pudesse fazer.

Empurrei-me para longe da janela, que estava embaçada pela minha própria respiração, e deixei as infinitas colinas de Morrighan com suas próprias preocupações. Estava na hora de encarar o dia.

As liturgias prescritas se passavam enquanto eram ordenadas, os rituais e ritos seguiam conforme cada um deles havia sido precisamente estabelecido, tudo um testemunho à grandeza de Morrighan e dos Remanescentes, seu local de origem. Não protestei. A essa altura, eu havia sido tomada pelo entorpecimento, mas então o meio-dia se aproximava, e meu coração galopava uma vez mais enquanto eu encarava o último dos degraus que separavam o aqui do lá.

Eu estava ali, deitada, nua, com a face voltada para baixo em uma mesa de pedra dura, com os olhos focados no piso abaixo de mim enquanto estranhos raspavam as minhas costas com facas cegas. Permaneci perfeitamente imóvel, embora soubesse que as facas que roçavam minha pele estavam sendo manejadas por mãos cautelosas. Os portadores das facas estavam bastante cientes de que a vida deles dependia de suas habilidades. A perfeita imobilidade ajudava-me a esconder a humilhação de minha nudez enquanto mãos de estranhos me tocavam.

Pauline estava sentada ali perto, observando, provavelmente com os olhos cheios de preocupação. Eu não podia vê-la, com apenas o chão de ardósia sob mim e meus longos cabelos escuros caindo em volta de minha face em um rodopiante túnel preto que bloqueava o mundo lá fora, exceto pelo raspar rítmico das lâminas.

A última faca foi mais abaixo, raspando a tenra parte côncava de minhas costas, logo acima de minhas nádegas, e lutei contra o instinto de puxá-la para longe, mas, por fim, me encolhi. Um ofego coletivo se espalhou pela sala.

"Fique parada!", disse minha tia Cloris em tom de reprovação.

Senti a mão da minha mãe em minha cabeça, acariciando com gentileza meus cabelos.

"Mais alguns versos, Arabella. Nada além disso."

Embora ela tivesse dito isso tentando me confortar, fiquei enfurecida com o nome formal que minha mãe insistia em usar, o nome de segunda mão que havia pertencido a tantas outras antes de mim. Eu gostaria que pelo menos neste último dia em Morrighan, ela jogasse a formalidade de lado e usasse o nome que eu preferia, o apelido carinhoso que meus irmãos me deram, encurtando um dos meus muitos nomes para apenas as últimas três letras: *Lia*. Uma alcunha simples que eu sentia como sendo mais verdadeira em relação a quem sou.

A raspagem das facas cessou. "Está terminado", declarou o Primeiro Artesão. Os outros artesãos murmuraram em assentimento.

Ouvi uma bandeja sendo ruidosamente colocada em cima da mesa ao meu lado e inalei o aroma de óleo de rosas, impossível de resistir. Pessoas arrastavam os pés ao meu redor para formar um círculo

— minhas tias, minha mãe, Pauline, além de outras que haviam sido convocadas para testemunharem o ofício —, e preces murmuradas começaram a ser entoadas. Fiquei olhando enquanto o robe preto do sacerdote passava roçando por mim e sua voz erguia-se acima das outras, enquanto ele borrifava óleo quente nas minhas costas. Esfregavam o óleo com seus dedos experientes, selando as incontáveis tradições da Casa de Morrighan, aprofundando as promessas escritas nas minhas costas, proclamando os compromissos de hoje e garantindo todos seus amanhãs.

Eles podem manter as esperanças, pensei com amargura enquanto minha mente saltava fora de sincronia, tentando manter a ordem em relação *às tarefas que logo teria diante de mim* — aquelas escritas apenas no meu coração e não em uma folha de papel. Mal ouvi o discurso formal do sacerdote, uma ladainha em forma de cântico que falava de todas as necessidades deles e de nenhuma das minhas.

Eu só tinha dezessete anos. Não tinha o direito de nutrir meus próprios sonhos para o futuro?

"E para Arabella Celestine Idris Jezelia, Primeira Filha da Casa de Morrighan, os frutos do seu sacrifício e as bênções de..."

Ele continuava com a ladainha sem parar, as infinitas bênçãos e os intermináveis sacramentos requeridos, erguendo a voz e enchendo a sala, e então, quando achei que não poderia mais suportar, por um misericordioso e doce instante, ele parou. O silêncio ressoava nos meus ouvidos. Respirei mais uma vez, e então a bênção final foi concedida.

"Porque os Reinos ergueram-se das cinzas dos homens e estão construídos sobre os ossos daqueles que foram perdidos, e para lá haveremos de retornar se o Céu assim desejar." Ele ergueu meu queixo com uma das mãos e, com o polegar da outra mão, borrou minha testa com cinzas.

"Então assim haverá de ser para a Primeira Filha da Casa de Morrighan", finalizou minha mãe, pois assim ditava a tradição, e limpou as cinzas da minha testa com um pano embebido em óleo.

Fechei os olhos e abaixei a cabeça. *Primeira Filha.* Tanto uma bênção quanto uma maldição. E, se a verdade fosse conhecida, uma farsa.

Minha mãe colocou a mão em mim mais uma vez, a palma descansando sobre o meu ombro. Minha pele era aguilhoada com seu toque.

Seu conforto veio tarde demais. O sacerdote ofereceu uma última prece na língua nativa de minha mãe, uma prece de proteção que, estranhamente, não seguia a tradição, e então ela tirou a mão de mim.

Mais óleo foi vertido, e uma baixa cantilena assombrosa de preces ecoava pela fria câmara de pedra, com o aroma de rosas pesando no ar e nos meus pulmões. Inspirei fundo. Sem querer, eu me deleitei com essa parte, com os óleos quentes e as mãos cálidas que transformavam submissão em laços. Laços que foram se formando e aumentando em mim durante várias semanas. A calidez aveludada aliviava a pontada ácida do limão misturado com a tintura, e, por um instante, fui varrida para longe pela fragrância floral, para um jardim oculto de verão onde ninguém seria capaz de me encontrar. Se apenas fosse assim tão fácil...

Mais uma vez, esta etapa foi declarada como finalizada, e os artesãos deram um passo para trás, afastando-se de sua obra. Seguiu-se uma audível tomada de fôlego enquanto os resultados finais nas minhas costas eram visualizados.

Ouvi alguém arrastando os pés para chegar mais perto de mim. "Atrevo-me a dizer que ele não vai ficar olhando para as costas dela com o restante da moça à sua disposição." Risadinhas espalharam-se pela sala. Minha tia Bernette nunca foi das que seguram a língua, nem mesmo com um sacerdote presente e os protocolos em jogo. Meu pai dizia que herdei minha língua impulsiva dela, embora hoje eu tivesse sido avisada para controlá-la.

Pauline pegou-me pelo braço e me ajudou a levantar. "Vossa Alteza", disse ela enquanto me entregava um lençol macio para que eu me cobrisse, poupando o pouco de dignidade que ainda me restava. Trocamos um rápido e deliberado olhar, que me reconfortou imensamente, e, em seguida, ela me guiou até o espelho de corpo inteiro, dando-me também um espelho de mão prateado para que eu também pudesse ver os resultados. Coloquei meus longos cabelos para o lado e deixei o lençol cair, de modo a expor a parte inferior das minhas costas.

Os outros ficaram esperando em silêncio pela minha resposta. Resisti à vontade de inspirar. Eu não daria essa satisfação à minha mãe, mas meu *kavah* de casamento era lindíssimo. Realmente me deixou pasma. O feio brasão de armas do Reino de Dalbreck havia sido feito de um jeito surpreendentemente belo, o leão rosnando domado em minhas costas, os intricados desenhos graciosamente circundando suas garras, as vinhas serpenteantes de Morrighan em fios entrelaçados, entrando e saindo, com harmoniosa elegância, escorrendo em um V que descia pelas minhas costas, até as últimas e delicadas gavinhas que se prendiam e desciam em espiral pelo leve afundamento na parte inferior da minha coluna. O leão tinha honra e, ainda assim, estava subjugado.

Minha garganta apertou, e meus olhos arderam. Tratava-se de um *kavah* que eu poderia ter amado... que poderia ter me orgulhado de portar em meu corpo. Engoli em seco e imaginei o Príncipe pasmo, boquiaberto, quando os votos estivessem completos e o manto de casamento fosse abaixado. *Aquele sapo lascivo.* Mas concedi aos artesãos o que lhes era devido.

"Está perfeito. Agradeço a vocês pelo trabalho e não tenho dúvida de que o Reino de Dalbreck haverá, deste dia em diante, de ter os artesãos de Morrighan na mais alta estima."

Minha mãe sorriu com meu esforço, sabendo que, vindas de mim, estas poucas palavras saíram a duras penas.

E, com isso, todo mundo foi conduzido para fora dali, com as preparações remanescentes a serem partilhadas apenas com os meus pais e Pauline, que me auxiliaria. Minha mãe trouxe a roupa de baixo de seda branca do guarda-roupa, um mero suspiro de tecido, tão fino e fluido que parecia desfazer-se em seus braços. Para mim, tratava-se de uma formalidade vazia, pois a vestimenta cobria muito pouco, sendo tão transparente e útil quanto as infindas camadas de tradição. O vestido veio em seguida, cujas costas tinham o mesmo V das minhas, emoldurando o *kavah* que honrava o Reino do Príncipe e exibindo a adesão de sua nova noiva.

Minha mãe apertou os cadarços na estrutura oculta do vestido, puxando-os com tanta força que o corpete pareceu aderir-se sem esforço nenhum à minha cintura, mesmo que não houvesse tecido cobrindo minhas costas. Era um feito de engenharia tão notável quanto a grande ponte de Golgata, talvez ainda mais, e eu me perguntei se as costureiras haviam lançado um pouco de magia no tecido e nos fios. Era melhor pensar nesses detalhes do que no que traria a próxima hora. Minha mãe virou-se cerimoniosamente para encarar o espelho.

Apesar do meu ressentimento, eu estava hipnotizada. Era realmente o vestido mais bonito que eu já tinha visto na vida. Excepcionalmente elegante, sendo a renda Quiassé dos rendeiros locais o único adorno em volta do baixo decote. *Simplicidade.* A renda fluía em um V, descendo pelo corpete do vestido de modo a espelhar o corte nas costas. Eu parecia uma outra pessoa nele, mais velha e sábia. Alguém com um coração puro que não continha segredo algum. Alguém... que não era como eu.

Afastei-me, caminhando sem tecer comentário, e fiquei olhando pela janela, com o suspiro baixinho da minha mãe acompanhando-me aos calcanhares. Ao longe, bem ao longe, eu via o solitário pináculo vermelho de Golgata, sendo sua única ruína decadente tudo que sobrara da outrora gigantesca ponte, que se estirava sobre a vasta enseada. Logo, ela também não haveria mais de existir, seria totalmente engolida, como acontecera com o restante daquela imensa construção. Até mesmo a misteriosa magia da engenharia dos Antigos não conseguia desafiar o inevitável. Por que eu deveria tentar?

Senti meu estômago se revirar e voltei meu olhar contemplativo mais para perto da base da colina, onde carroças movimentavam-se pesadamente na estrada bem lá ao longe, embaixo da cidadela, seguindo em direção à praça da cidade, talvez carregadas de frutas, ou flores, ou pequenos barris de vinho dos vinhedos de Morrighan. Belas carruagens puxadas por corcéis igualmente belos adornados com fitas também pontilhavam a via.

Talvez meu irmão mais velho, Walther, e sua jovem noiva, Greta, estivessem sentados em uma daquelas carruagens, com os dedos entrelaçados, a caminho do meu casamento, mal conseguindo desgrudar os olhos um do outro. E provavelmente meus outros irmãos já estavam na praça, lançando sorrisos para jovens meninas que os atraíam. Lembrei-me de ter visto Regan, com olhos sonhadores, falando aos sussurros com a filha do cocheiro há poucos dias em um corredor escuro, e Bryn flertando com uma nova menina a cada semana, incapaz de se fixar em apenas uma. Três irmãos mais velhos que eu adorava, todos livres para amarem e casarem-se com quem escolhessem. E as meninas também eram livres para escolher. Todo mundo era livre, inclusive Pauline, que tinha um namorado que voltaria para ela no final do mês.

"Como foi que a senhora conseguiu, mãe?", perguntei-lhe, ainda com o olhar fixo nas carruagens que estavam de passagem lá embaixo. "Como foi que viajou todo o caminho de Gastineux até aqui para casar-se com um sapo que a senhora não amava?"

"Seu pai não é um sapo", respondeu ela em um tom austero.

Girei-me para ficar cara a cara com ela. "Um rei, talvez, mas um sapo mesmo assim. Você está querendo me dizer que, quando se casou com um estranho que tinha o dobro da sua idade, a senhora não pensou nele como sendo um sapo?"

Os olhos cinzentos de minha mãe repousaram com calma em mim. "Não, não pensei. Era o meu destino e o meu dever."

Um suspiro de cansaço irrompeu do meu peito. "Porque a senhora era uma Primeira Filha."

Minha mãe sempre esquivava-se com esperteza do assunto da Primeira Filha. Hoje, no entanto, com apenas nós duas presentes e sem nenhuma outra distração, ela não tinha como desviar. Vi que ela ficou rígida, seu queixo erguendo-se como o de um bom membro da realeza. "É uma honra, Arabella."

"Mas eu não tenho o dom da Primeira Filha. Não sou uma Siarrah. Dalbreck logo vai descobrir que não sou a posse de valor que acreditam que eu seja. Esse casamento é uma farsa."

"O dom pode vir a tempo", ela respondeu com fraqueza.

Não discuti. Era sabido que a maioria das Primeiras Filhas tinha seus dons revelados por volta da época da primeira menstruação, o que já havia acontecido comigo havia quatro anos. Nenhum sinal de dom havia sido demonstrado em mim. Minha mãe agarrava-se a falsas esperanças. Virei-me, voltando a fitar o mundo afora.

"E mesmo que o dom não venha", continuou minha mãe, "o casamento não é nenhuma farsa. Esta união é muito mais do que apenas uma posse de valor. A honra e o privilégio de ter uma Primeira Filha em uma linhagem real é um dom em si, que carrega história e tradição. Isso é tudo que importa."

"Por que Primeira Filha? Como a senhora pode ter certeza de que o dom não é passado para um filho? Ou para uma Segunda Filha?"

"Isso já aconteceu, mas... não é o que se espera. E não é a tradição."

E é tradição perder o dom também? Essas palavras não ditas pendiam como uma navalha afiada entre nós duas, mas nem mesmo eu seria capaz de machucar minha mãe com elas. Meu pai não a havia consultado em questões de Estado desde o início do casamento deles, mas eu ouvi as histórias de outrora, de quando o dom dela era forte e o que ela dizia fazia diferença. Isto é, se tudo fosse mesmo verdade. Eu não sabia mais ao certo.

Eu tinha pouca paciência para essas bobagens. Gostava das minhas palavras e do meu raciocínio simples e direto. E estava tão cansada de ouvir sobre a tradição que tinha certeza de que, se essa palavra fosse pronunciada em voz alta mais uma vez, minha cabeça explodiria. Minha mãe pertencia a outra época.

Ouvi ela se aproximando e senti seus braços cálidos circundando--me. Minha garganta ficou inchada. "Minha preciosa filha", sussur-rou ela junto ao meu ouvido, "se o dom haverá de vir ou não, pouco importa. Não se preocupe com isso. Hoje é o dia do seu casamento."

Com um sapo. Eu tinha visto de relance o Rei de Dalbreck quando ele veio preparar a minuta do contrato — como se eu fosse um cava-lo sendo negociado para o filho dele. O Rei era tão decrépito e tor-to quanto os dedos dos pés artríticos de uma idosa, velho o bastan-te para ser pai do meu próprio pai. Corcunda e lento, ele precisou de ajuda para subir os degraus até o Grande Salão. Mesmo que o Prínci-pe tivesse apenas uma fração da idade dele, seria um idiota degenera-do e banguela. Só de pensar nele encostando em mim, e ainda...

Estremeci só de pensar em mãos velhas e ossudas acariciando mi-nha bochecha, ou amargos lábios ressequidos encontrando-se com os meus. Mantive meu olhar contemplativo fixo janela afora, mas nada vi além do vidro. "Eu não poderia ao menos tê-lo inspecionado primeiro?"

Minha mãe, que me envolvia com os braços, deixou-os cair. "Ins-pecionar um príncipe? Nossa relação com Dalbreck já é tênue, na me-lhor das hipóteses. Você queria que insultássemos o Reino deles no momento em que Morrighan está nutrindo a esperança de criar uma aliança crucial?"

"Eu não sou um soldado no exército do meu Pai."

Minha mãe aproximou-se de mim, esfregou minha bochecha com a mão, e disse, em um sussurro: "Sim, minha querida. Você é".

Senti um calafrio descendo pela espinha.

Ela me deu um último abraço apertado e recuou. "Está na hora. Vou buscar o manto de casamento no cofre", falou ela, e partiu.

Cruzei o aposento até meu guarda-roupa e escancarei as portas, deslizando a gaveta inferior para fora e erguendo uma bolsinha de veludo verde que continha uma pequena adaga incrustada com joias. Aquele fora o presente dos meus irmãos no meu décimo sexto aniversário, presente que nunca tive permissão de usar — pelo menos, não abertamente —, mas a porta dos fundos dos meus aposentos tinha as marcas da minha prática secreta entalhadas. Apanhei alguns pertences, embrulhei-os em uma camisola e prendi tudo com uma fita para que ficassem seguros.

Pauline voltou após se arrumar, e entreguei a ela a pequena trouxa.

"Vou cuidar disso", disse Pauline, uma pilha de nervos com as preparações de última hora. Ela saiu da câmara no exato momento em que minha mãe voltava com o manto.

"Vai cuidar do quê?", minha mãe perguntou.

"Dei a ela mais algumas coisas que quero levar comigo."

"Os pertences de que você precisa foram enviados em baús ontem", disse ela, enquanto cruzava o aposento em direção à minha cama.

"Eu me esqueci de alguns."

Ela balançou a cabeça em negativa, lembrando-me de que havia pouco espaço na carruagem e que a jornada até Dalbreck era longa.

"Darei um jeito", foi a minha resposta.

Ela colocou com cuidado o manto em cima da minha cama. A roupa tinha sido vaporizada e pendurada no cofre para que nenhuma dobra ou marca maculasse sua beleza. Passei a mão ao longo do curto tecido suave, felpudo e aveludado. O azul era tão escuro quanto a meia-noite, e todos os rubis, todas as turmalinas e safiras circundando suas bordas eram como estrelas no céu noturno. As joias se provariam úteis. Ditava a tradição que o manto deveria ser colocado nos ombros da noiva tanto por seu pai quanto por sua mãe, e ainda assim minha mãe havia voltado sozinha.

"Onde está...?", comecei a perguntar, mas então ouvi um exército de passadas ecoando no corredor. Meu coração afundou ainda mais. Ele não estava vindo sozinho nem mesmo para isso. Meu pai entrou nos meus aposentos flanqueado pelo lorde Vice-Regente de um lado, pelo Chanceler e pelo Erudito Real do outro e diversos subordinados de seu gabinete logo atrás. Eu sabia que o Vice-Regente estava apenas fazendo seu trabalho, pois ele havia me puxado para um lado pouco depois de os documentos terem sido assinados e me disse que apenas ele havia argumentado contra o casamento. Mas ele era, no fim das contas, um homem rígido no dever, tal como o restante deles. Eu desgostava especialmente do Erudito e do Chanceler, algo de que eles estavam muito cientes, mas eu sentia pouca culpa em relação a isso, visto que sabia que o sentimento era mútuo. Eu ficava com a pele arrepiada sempre que estava perto deles, como se tivesse acabado de caminhar por um campo cheio de vermes sugadores de sangue. Era bem provável que eles, mais do que ninguém, estivessem felizes em se livrar de mim.

Meu pai aproximou-se de mim, beijou minhas bochechas, e recuou um passo para me olhar, soltando, por fim, um suspiro vindo do coração.

"Você está tão bonita quanto sua mãe no dia do nosso casamento."

Eu me perguntava se a incomum demonstração de afetividade era para aqueles que estavam presentes. Raramente vi um momento terno entre meus pais, mas então, por um breve segundo, vi os olhos dele passando de mim para minha mãe e permanecendo por um breve momento nela, que o fitou em resposta. O que estava se passando entre eles? Seria amor? Ou arrependimento pelo amor perdido e pelo que poderia ter sido? A incerteza em si preenchia um estranho vazio dentro de mim, e uma centena de perguntas vieram aos meus lábios, mas com o Chanceler, o Erudito e um séquito impaciente nos olhando, senti relutância em fazer qualquer uma daquelas perguntas. Talvez fosse essa a intenção do meu pai.

O Guardião do Tempo, um homem baixo e gordo com olhos esbugalhados, sacou seu sempre presente relógio de bolso. Ele e os outros conduziram meu pai pelos arredores como se fossem eles que regessem o Reino e não o contrário.

"Não temos muito tempo, Vossa Majestade", disse ele, lembrando meu pai.

O Vice-Regente deu-me uma olhadela simpática, mas assentiu, concordando com o Guardião do Tempo. "Nós não queremos deixar a família real de Dalbreck esperando nesta grandiosa ocasião. Como o senhor bem sabe, Vossa Majestade, isso não seria bem recebido."

O encanto e os olhares contemplativos chegaram ao fim. Minha mãe e meu pai ergueram o manto e colocaram-no em volta dos meus ombros, prendendo o fecho no meu pescoço. Então, meu pai ergueu o capuz e voltou a beijar minhas bochechas. No entanto, dessa vez, com muito mais reserva, apenas cumprindo o protocolo. "Neste dia, você serve bem ao Reino de Morrighan, Arabella."

Lia.

Ele odiava o nome Jezelia porque não havia nenhuma antepassada minha chamada assim, *não havia precedente de lugar algum*, foi o que ele disse, mas minha mãe havia insistido sem dar nenhuma explicação. Neste ponto, ela permanecera inflexível. Fora provavelmente a última vez em que meu pai concedera aos desejos dela. Eu nunca teria ficado sabendo disso não fosse minha tia Bernette, e até mesmo ela pisava em ovos em relação ao assunto, ainda um tema espinhoso entre os meus pais.

Procurei por algo no rosto dele. A efêmera ternura de apenas um instante atrás se fora, e seus pensamentos já se haviam voltado para as questões de Estado, mas mantive meu olhar contemplativo, nutrindo a esperança de obter mais. Nada. Ergui o queixo, ficando mais alta. "Sim, eu de fato sirvo bem ao Reino, exatamente como deveria fazê-lo, Vossa Majestade. Afinal de contas, sou um soldado do seu exército."

Ele franziu o rosto e olhou com ares inquisitivos para minha mãe, que balançou a cabeça de leve, dispensando o assunto em silêncio. Meu pai — Rei em primeiro lugar, e pai em segundo — ficara satisfeito em ignorar meu comentário, porque, como sempre, outras questões eram de fato mais prementes. Ele se virou e saiu andando junto com seu séquito, dizendo que me encontraria na abadia, com seu dever em relação a mim agora realizado. *Dever.* Outra palavra que eu odiava tanto quanto *tradição.*

"Você está pronta?", perguntou minha mãe quando os outros saíram do aposento.

Assenti. "Mas tenho que resolver uma questão pessoal antes de partirmos. Encontrarei a senhora no salão inferior."

"Eu posso..."

"Por favor, mãe..." Minha voz falhou pela primeira vez. "Eu só preciso de uns poucos minutos."

Minha mãe demonstrou compaixão e ouvi o eco solitário de seus passos enquanto ela se retirava, descendo o corredor.

"Pauline?", sussurrei, dando uns tapas fortes em minhas bochechas.

Pauline entrou no meu quarto pelo vestíbulo. Nossos olhares se cruzaram, sem necessidade de palavras, entendendo claramente o que havia à nossa frente, cada detalhe do dia já destrinchado numa longa noite em claro.

"Ainda dá tempo de mudar de ideia. Você tem certeza do que quer fazer?", perguntou Pauline, concedendo-me uma última chance de voltar atrás.

Certeza? Meu peito estava esmagado com a dor, uma dor tão profunda e real que me levou a imaginar se corações eram literalmente capazes de se partir. Ou seria o medo me perfurando? Pressionei meu peito com a mão, tentando aliviar a pontada que sentia ali. Talvez fosse este o ponto em que seria impossível retornar. "Não há volta. A escolha foi feita por mim", respondi. "Deste momento em diante, para o bem ou para o mal, este é o destino com que terei de viver."

"Rezo que seja para o bem, minha amiga", disse Pauline, assentindo para indicar que compreendia minha situação. E, com isso, nós nos apressamos a seguir pelo corredor arqueado e vazio em direção aos fundos da cidadela, descendo depois pela escadaria dos criados. Não passamos por ninguém, pois todo mundo ou estava ocupado com as preparações na abadia, ou à espera na frente da cidadela pela procissão real em direção à praça.

Saímos por uma pequena porta de madeira com grossas dobradiças pretas e nos deparamos com a ofuscante luz solar, o vento chicoteando nossos vestidos e jogando meu capuz para trás. Avistei o portão dos fundos da fortaleza, usado somente para caças e saídas às escondidas, já deixado aberto, conforme foi ordenado. Pauline conduziu-me por um chiqueiro lamacento até o sombrio muro escondido da estalagem das carruagens, onde um cuidador de cavalos de olhos arregalados com dois animais selados estavam à nossa espera. Quando me aproximei, seus olhos ficaram ainda maiores, por mais impossível que isso parecesse. "Vossa Alteza, a senhora deve pegar uma carruagem que já está preparada", disse ele, engasgando nas palavras enquanto elas saíam aos tropeços de sua boca. "A carruagem está à sua espera perto dos degraus frontais da cidadela. Se a senhora..."

"Os planos mudaram", falei com firmeza, enquanto pegava punhados do meu vestido, erguendo-os para que pudesse pisar com segurança no estribo. O menino de cabelos loiros e bagunçados ficou boquiaberto enquanto olhava mais uma vez para o meu antes imaculado vestido com a bainha já embebida em lama que agora manchava também as mangas, o corpete de renda e, pior, o manto de casamento incrustrado de joias de Morrighan. "Mas..."

"Ande logo! Me ajude!", falei, irritada, tomando as rédeas das mãos dele. O rapaz obedeceu, ajudando Pauline também.

"O que devo dizer...?"

Não ouvi mais o que ele falou, com os cascos dos cavalos em galope dispersando todos os argumentos do passado e do presente. Com Pauline ao meu lado, em um ato rápido que nunca poderia ser desfeito — ato este que punha fim a mil sonhos, mas dava à luz um desejo —, saí em disparada, buscando a cobertura da floresta, sem, em momento algum, olhar para trás.

menos que recontemos a história,
os relatos serão passados
de pai para filho, de mãe para filha,
pois, sem apenas uma geração que seja,
história e verdade ficariam perdidas para sempre.

—*Livro dos Textos Sagrados de Morrighan, vol. III*—

CAPÍTULO 2
CRÔNICAS DE AMOR E ÓDIO

auline e eu gritamos. Berramos com toda a potência de nossos pulmões, sabendo que o vento, as colinas e a distância impediam nossa liberdade cheia de nervosismo de ser captada por qualquer ouvido. Gritamos com uma entrega eufórica e uma necessidade primitiva de acreditarmos em nossa fuga, porque, se não acreditássemos nela, seríamos tomadas pelo medo. Eu já o sentia mordendo-me as costas enquanto me impulsionava com mais força para a frente.

Seguíamos para o norte, cientes de que o cuidador de cavalos ficaria nos observando desaparecer floresta adentro. Quando estávamos sob a proteção das árvores, encontramos um riacho que eu vira em caçadas com meus irmãos e voltamos em meio às águas que fluíam, seguindo pelo raso fio d'água até nos depararmos com uma escarpa rochosa no outro lado, a qual usamos para nossa saída, sem deixar pegadas ou rastros para serem seguidos.

Assim que voltamos a um terreno nivelado, afundamos nossos calcanhares nos cavalos e corremos como se algum monstro estivesse nos perseguindo. Cavalgamos sem parar, seguindo por um caminho pouco usado que abraçava os densos pinheiros, os quais nos dariam refúgio se precisássemos nos abaixar rapidamente. De vez em quando, ficávamos tontas de tanto rir; em outras ocasiões, lágrimas escorriam por nossas bochechas, impulsionadas pela velocidade em que estávamos, mas ficamos em silêncio na maior parte do tempo, sem acreditar que havíamos realmente feito aquilo.

Depois de uma hora, eu não sabia ao certo o que doía mais: minhas coxas, minhas panturrilhas em cãimbras ou minhas nádegas machucadas, totalmente desacostumadas a nada além de um passeio real em um cavalo trotando, porque, nos últimos meses, meu pai não permitia que eu fizesse mais que isso. Meus dedos estavam entorpecidos de segurar as rédeas, mas Pauline não parou, e fiz o mesmo.

Meu vestido flamulava atrás de mim, agora casando-me com uma vida de incertezas, mas que me assustava bem menos do que a vida cheia de certezas que eu tinha encarado. Agora, essa vida era um sonho criado por mim mesma, na qual o único limite era minha imaginação. Era uma vida comandada por mim, apenas por mim.

Perdi a noção do tempo. O ritmo dos cascos era a única coisa que importava, cada batida deles no chão ampliando a linha de separação da minha antiga vida. Por fim, quase em uníssono, nossos fulgurosos cavalos ravianos, com seus pelos castanho-avermelhados, bufaram e diminuíram as passadas por decisão própria, como se uma mensagem secreta tivesse sido trocada entre eles. Os cavalos eram o orgulho dos estábulos de Morrighan, e estes receberam tudo o que mereciam. Olhei para o pouco do oeste que eu era capaz de ver acima das copas das árvores. Havia ainda pelo menos três horas de luz do dia. Ainda não podíamos parar. Seguimos em frente, pressionando os animais, em um ritmo mais lento, e, quando enfim o sol desapareceu atrás das cordilheiras de Andeluchi, procuramos um local seguro para montar acampamento e passar a noite.

Fiquei ouvindo com cautela enquanto cavalgávamos por entre as árvores e procurávamos pelo que poderia ser um provável abrigo. Senti picadas no pescoço enquanto guinchos lancinantes e repentinos de pássaros ressoaram pela floresta como se fossem um aviso. Nós nos deparamos com as ruínas desmoronadas dos Antigos, partes de muralhas e de pilares que agora eram mais floresta do que civilização, muralhas que estavam cobertas por uma espessa camada de musgo verde e líquen, e que provavelmente eram o que mantinha os destroços em pé. Talvez as modestas ruínas outrora fossem parte de um glorioso templo, mas agora, samambaias reclamavam-nas para a terra. Pauline deu um beijo no dorso da própria mão, tanto como bênção quanto como proteção contra espíritos que poderiam vagar por ali, e puxou as rédeas para rapidamente deixar as ruínas para trás. Não beijei o dorso de minha mão nem me apressei a passar logo por ali; pelo contrário, analisei os ossos verdes de uma outra época com curiosidade, como eu sempre fazia, e me pus a imaginar as pessoas que os haviam criado.

Por fim, chegamos a uma pequena clareira. Com um último brilho de luz do dia acima de nossas cabeças e tanto eu como Pauline arqueadas em nossas selas, concordamos em silêncio que este era o lugar onde iríamos acampar. Tudo que eu queria era cair na grama e dormir até de manhã, mas os cavalos estavam tão cansados quanto nós e ainda mereciam atenção, já que eram a única forma verdadeira de fugir.

Retiramos as selas de nossos cavalos deixando que caíssem no chão com um som oco e sem cerimônia, porque não tínhamos forças para nada mais que isso, e depois chacoalhamos as cobertas úmidas e as penduramos em um galho para secarem. Demos tapinhas amigáveis nos traseiros dos animais, que seguiram direto até o riacho para beber água.

Pauline e eu caímos juntas, ambas cansadas demais para comer, embora nenhuma de nós tivesse se alimentado o dia todo. Naquela manhã, estávamos nervosas demais, por conta de nossos planos clandestinos, até mesmo para comermos uma refeição decente. Embora eu tivesse considerado fugir havia semanas, aquilo teria sido impensável, mesmo para mim, até o meu banquete de despedida na última noite com minha família, no Salão de Aldrid. Foi então que tudo mudou e o impensável de repente parecia minha única escolha. Quando brindes e risadas voaram pelo salão, e eu estava ficando sufocada sob o peso da celebração e dos sorrisos satisfeitos dos membros do gabinete de meu pai, meus olhos encontraram-se com os de Pauline. Ela estava em pé, esperando, encostada na parede mais afastada, junto com os outros criados. Quando balancei a cabeça, ela soube. Eu não poderia fazer isso. Ela assentiu em resposta.

Foi uma troca de ideias tão silenciosa que ninguém mais notou. No entanto, tarde da noite, quando todo mundo havia se retirado, ela voltou para os meus aposentos e as ideias jorraram entre nós. Havia pouco tempo e muito a fazer, e quase tudo dependia de conseguirmos dois cavalos selados sem que ninguém ficasse sabendo. Na alvorada, Pauline evitou o Mestre do Estábulo, que estava ocupado preparando equipes para a procissão real, e falou baixinho com o mais jovem cuidador de cavalos, um rapaz inexperiente que ficaria intimidado demais para questionar uma solicitação direta vindo da corte da Rainha. Até agora, nossos planos elaborados às pressas tinham dado certo.

Embora estivéssemos cansadas demais para comer, enquanto o sol caía ainda mais baixo no horizonte e a luz ficava cada vez mais fraca, nossa exaustão cedera lugar ao medo. Fomos atrás de lenha para fazermos uma fogueira, de modo a manter as criaturas que espreitavam na floresta a uma distância segura de nós, ou pelo menos para que pudéssemos ver os dentes delas antes que nos devorassem.

A escuridão veio rapidamente e mascarou o mundo todo além do pequeno círculo de chamas tremeluzentes que aqueciam nossos pés. Observei as chamas lambendo o ar na nossa frente, ouvindo o crepitar delas, e o sibilar e o farfalhar da madeira assentando-se. Aqueles eram os únicos sons existentes, mas permanecemos de ouvidos abertos para ver se havia algo mais.

"Você acha que tem ursos aqui?", perguntou Pauline.

"Quase com certeza, sim." No entanto, a minha mente já havia se voltado para os tigres. Eu tinha ficado cara a cara com um quando tinha apenas dez anos de idade, tão perto que podia sentir seu hálito, seu rosnado, sua saliva, sua suprema enormidade prestes a engolfar-me. Fiquei esperando a morte. Não sei por que motivo ele não me atacou na hora, mas um grito longínquo do meu irmão, me procurando, foi a única coisa que salvou minha vida. O animal desaparecera floresta adentro com tanta rapidez quanto havia chegado. Quando eu contava isso às pessoas, ninguém acreditava em mim. Havia relatos de tigres no Cam Lanteux, porém, eram poucos. Morrighan não era seu reino natural. Os vidrados olhos amarelos da fera ainda assombravam meus sonhos. Espiei além das chamas, na escuridão, onde minha adaga ainda estava dentro do alforje, apenas poucos passos do lado de fora de nosso seguro círculo de luz. Que tola eu era de pensar nisso apenas naquele momento!

"Ou pior do que ursos, pode haver bárbaros", falei, colocando um terror fingido na voz, tentando tornar mais leves nossos humores.

Pauline arregalou os olhos, embora um sorriso brincasse abaixo deles. "Ouvi dizer que eles se reproduzem como coelhos e arrancam as cabeças de pequenos animais a dentadas."

"E falam apenas em um misto de grunhido e bufada." Eu também ouvira as histórias. Soldados traziam de volta de suas patrulhas histórias sobre os modos brutais dos bárbaros e seus números crescentes. Era apenas por causa deles que a animosidade de longa data entre Morrighan e Dalbreck havia sido posta de lado e uma aliança desconfortável, às minhas custas, havia sido alcançada. Um grande e feroz reino do outro lado do continente com uma população crescente e rumores de estar ampliando suas fronteiras era mais ameaçador do que um reino vizinho um tanto quanto civilizado, cujo povo pelo menos descendia dos escolhidos Remanescentes. Juntas, as forças de Morrighan e Dalbreck poderiam ser grandes, mas sozinhos, os reinos estavam miseravelmente vulneráveis. Apenas o Grande Rio e o Cam Lanteux detinham o avanço dos bárbaros.

Pauline lançou mais um galho seco no fogo. "Você é boa com idiomas, não deverá ter problema algum com os grunhidos dos bárbaros. É assim que metade da corte do Rei fala."

Caímos na gargalhada, imitando os rugidos do Chanceler e os suspiros de desdém do Erudito.

"Você já viu um?", perguntou ela.

"Eu? Se vi um bárbaro? Fui mantida em uma rédea tão curta nesses últimos anos que mal consegui ver alguma coisa." Meus dias de liberdade vagando pelas colinas e correndo atrás dos meus irmãos tiveram um fim abrupto quando meus pais decidiram que eu já estava começando a parecer uma mulher e que, portanto, deveria me comportar como uma. Fui arrancada das liberdades que partilhava com Walther, Regan e Bryn, como explorar as ruínas nos bosques, cavalgar pelas campinas, caçar pequenos animais e entrar em uma boa quantidade de travessuras. Conforme fomos ficando mais velhos, as travessuras deles continuavam a ser dispensadas com um dar de ombros, mas não as minhas, e soube, a partir daquele ponto, que eu era medida com base numa régua diferente da usada com meus irmãos.

Depois que minhas atividades foram restringidas, desenvolvi uma tendência a sair sorrateiramente, como fiz hoje. Não é uma habilidade que seria valorizada pelos meus pais, embora eu me orgulhasse um tanto dela. O Erudito suspeitava dos meus meandros, e montava armadilhas bem fracas, as quais eu evitava com facilidade. Ele sabia que eu tinha inspecionado com afinco a sala de textos antigos, o que era proibido, pois supostamente os textos eram delicados demais para mãos descuidadas como as minhas. Porém, naquela época, embora eu tivesse conseguido fugir dos limites da cidadela, não havia na verdade nenhum lugar aonde ir a partir dali. Todo mundo em Civica sabia quem eu era, e com certeza notícias sobre mim teriam chegado até os meus pais. Como resultado disso, minhas escapadas eram, em sua maioria, limitadas a ocasionais investidas noturnas até salas mal iluminadas para jogar cartas ou dados com meus irmãos e seus amigos de confiança, que sabiam como manter as bocas fechadas em relação à irmã caçula de Walther e que poderiam até mesmo simpatizar com meu infortúnio. Meus irmãos sempre gostaram da expressão de surpresa nos rostos de seus amigos quando eu dava as cartas tão bem quanto as recebia. Palavras e assuntos não eram poupados por causa de meu gênero ou título, e aqueles fofoqueiros escandalosos educaram-me de maneiras que um tutor real jamais poderia ter feito.

Fiz sombra nos olhos com a mão como se estivesse espiando pelo bosque escuro adentro, procurando por eles. "Eu daria as boas-vindas à distração de um selvagem agora mesmo. Bárbaros, mostrem-se!", gritei. Não obtive resposta. "Acredito que os assustamos."

Pauline deu risada, mas essa pretensa ousadia pendia no ar entre nós. Tanto eu quanto ela sabíamos que de vez em quando se avistavam pequenos bandos de bárbaros nos bosques, fazendo a travessia de Venda até os territórios proibidos do Cam Lanteux. Às vezes, eles até mesmo se aventuram, de forma bastante audaciosa, a adentrar os Reinos de Morrighan e de Dalbreck, desaparecendo com a mesma facilidade com que os lobos somem ao serem perseguidos. Por ora, nós ainda estávamos perto demais do coração de Morrighan para precisarmos nos preocupar com eles. Ou assim eu esperava. Seria mais provável que encontrássemos andarilhos, os nômades errantes que eventualmente vinham vagando do Cam Lanteux. Eu mesma nunca tinha visto um, mas ouvira relatos de seus modos de vida não usuais. Eles viajavam em carroças coloridas para comercializarem quinquilharias, comprarem suprimentos, venderem suas misteriosas poções ou, às vezes, tocarem música por uma moeda ou duas; no entanto, não eram eles quem mais me preocupavam. Minhas maiores preocupações eram meu pai e o fato de eu ter arrastado Pauline nessa fuga. Não tivemos tempo para discutir tanta coisa na noite passada...

Fiquei observando-a, enquanto a própria Pauline, distraída, fitava o fogo, colocando mais gravetos para atiçá-lo quando necessário. Ela era capaz de lidar muito bem com diversas situações, mas eu sabia que não era desprovida de medo, e que isso fazia com que sua coragem no dia de hoje fosse maior do que a minha. Ela tinha tudo a perder pelo que fizera, enquanto eu só tinha a ganhar.

"Sinto muito, Pauline. Que confusão criei para você!"

Ela deu de ombros. "Eu ia embora de qualquer forma. Falei isso a você."

"Mas não assim. Você poderia ter ido embora sob circunstâncias muito mais favoráveis."

Ela abriu um largo sorriso, incapaz de discordar. "Talvez." Seu sorriso rapidamente esvaiu-se, e ela analisava meu rosto. "Mas eu nunca poderia ter ido embora de lá por um motivo tão importante quanto este. Nem sempre é possível esperar pelo momento perfeito."

Eu não merecia uma amiga como ela. Doía-me a compaixão que Pauline me demonstrava. "Nós seremos caçadas", falei. "Haverá uma recompensa pela minha cabeça." Isso era algo sobre o qual não tínhamos conversado na madrugada.

Ela desviou o olhar e balançou a cabeça com vigor. "Não, não do seu próprio pai."

Soltei um suspiro, agarrando e juntando minhas pernas, e fixando o olhar nas brasas reluzentes perto dos meus pés. "Especialmente do meu pai. Cometi um ato de traição, como se um soldado do exército dele tivesse desertado. E, pior ainda, eu o humilhei. Fiz com que parecesse fraco. O gabinete real não permitirá que ele se esqueça disso. Ele vai ter que tomar alguma atitude."

Pauline também não podia discordar de mim. Desde os meus doze anos, fazendo parte da corte real, era minha obrigação frequentar e testemunhar as execuções de traidores — o que era uma ocorrência rara, visto que os enforcamentos públicos provavam-se uma eficiente força dissuasora —, mas tanto eu quanto Pauline conhecíamos a história da irmã do meu próprio pai. Ela havia morrido antes de eu nascer, quando se jogou da Torre Leste. Seu filho havia desertado de seu regimento, e ela sabia que nem mesmo o sobrinho do Rei seria poupado. E ela estava certa. O rapaz foi enforcado no dia seguinte, e ambos foram enterrados em desgraça no mesmo túmulo sem identificação. Certos limites não poderiam ser cruzados em Morrighan. Lealdade era um deles.

Pauline franziu o rosto. "Mas você não é um soldado, Lia. Você é filha dele. Você não tinha escolha, e isso quer dizer que eu não tinha também. Ninguém deveria ser forçada a casar-se com alguém que não ama." Ela se deitou, contemplando as estrelas e torcendo o nariz. "Especialmente com algum príncipe velho, enfadonho e gordo."

Nós caímos na gargalhada de novo, e eu estava mais grata por Pauline do que pelo ar que eu respirava. Ficamos observando as constelações reluzentes, e ela me falou sobre Mikael, sobre as promessas que trocaram, as coisas doces que ele sussurrara ao seu ouvido, e os planos que fizeram para quando ele voltasse de sua patrulha com a Guarda Real no fim desse mês. Vi o amor nos olhos dela e a mudança em sua voz enquanto falava dele.

Ela me disse o quanto sentia falta do namorado, mas também falou que estava confiante de que ele haveria de encontrá-la, porque a conhecia como mais ninguém no mundo. Eles haviam conversado sobre Terravin por incontáveis horas, sobre a vida que formariam e os filhos que criariam lá. Quanto mais ela falava, mais a dor dentro de mim aumentava. Eu tinha apenas pensamentos vagos e vazios sobre o futuro, a maior parte sobre coisas que eu não queria que acontecessem, ao passo que Pauline tinha criado sonhos com pessoas reais e com detalhes verdadeiros. Ela havia criado um futuro com outro alguém.

Eu me perguntava como seria ter alguém que me conhecesse tão bem, alguém que olharia direto na minha alma, alguém cujo próprio toque eliminaria todos os meus outros pensamentos. Tentei imaginar alguém que ansiasse pelas mesmas coisas que eu e que quisesse passar o resto da vida comigo, e não porque isso estava em conformidade com um contrato sem amor escrito em um papel.

Pauline deu um apertão suave na minha mão e sentou-se direito, colocando mais lenha na fogueira.

"Nós deveríamos dormir um pouco para que possamos começar a cavalgar cedo."

Ela estava certa. Tínhamos pelo menos uma semana de viagem pela frente, presumindo que não nos perderíamos. Pauline não ia a Terravin desde criança e não estava segura em relação ao caminho, e eu nunca estive lá, de modo que poderíamos apenas seguir os instintos dela e confiar na ajuda de estranhos que estivessem de passagem. Estirei uma coberta no chão para dormirmos e tirei dos meus cabelos as agulhas de pinho vindas do chão da floresta.

Ela olhou para mim, hesitante. "Você se importa se eu recitar as memórias sagradas primeiro? Posso falar baixinho."

"Por favor, fique à vontade", sussurrei, tentando demonstrar um pouco de respeito por ela e sentindo uma pontinha de culpa por não me sentir compelida a fazer o mesmo. Pauline tinha fé, ao passo que eu não fazia segredo do meu desdém pelas tradições que haviam ditado meu futuro.

Ela se ajoelhou, recitando as memórias sagradas. Sua voz era hipnótica, como as suaves cordas da harpa que ecoavam por toda a abadia. Fiquei observando-a, pensando na enorme tolice que era o destino. Ela teria sido uma Primeira Filha de Morrighan bem melhor, a filha que meus pais teriam desejado, quieta e discreta com a língua, paciente, leal aos modos antigos, pura de coração, que capta com facilidade o que não é dito, mais próxima de ter um dom do que eu algum dia teria, perfeita para uma Primeira Filha em todos os aspectos.

Deitei-me e fiquei ouvindo o que ela recitava em tom de cântico. Era a história da Primeira Filha original fazendo uso do dom que os deuses lhe concederam para conduzir os Remanescentes escolhidos para longe da devastação, até a segurança de uma nova terra, deixando um mundo desolado, pilhado e devastado para trás, e construindo um novo mundo, cheio de esperanças. Com a doce cadência de Pauline, a história ficava bela, redentora, cativante, e eu me deixei levar por seu ritmo, perdida nas profundezas do bosque que nos cercava e no mundo mais além, na magia de um tempo que passara. Em suas notas mais delicadas, a história chegava até o início do universo e voltava. Eu quase podia entendê-la.

Fiquei encarando o círculo de céu acima dos pinheiros, distante e intocável, cintilante, vivo, e um anseio aumentou dentro de mim para esticar a mão e partilhar de sua magia. As árvores também se estendiam em busca da magia, e depois estremeceram em uníssono, como se um exército de fantasmas tivesse acabado de varrer seus galhos mais altos, um mundo inteiro e sábio, logo ali, além do meu alcance.

Pensei em todos os momentos em que passara escondida quando criança, saindo sorrateiramente no meio da noite até a parte mais calma da cidadela: o telhado. Aquele era um lugar em que o ruído constante era silenciado, e eu me tornava um daqueles pontinhos calados conectados ao universo. Lá, eu me sentia mais perto de algo que não seria capaz de nomear.

Se eu apenas pudesse esticar as mãos e tocar as estrelas, saberia de tudo. Entenderia.

Saber do quê, minha querida?

Disso, eu dizia, pressionando a mão no peito. Não tinha palavras para descrever a dor que ardia dentro em mim.

Não há nada a saber, doce criança. É só o frio da noite. Minha mãe me pegava em seus braços e me levava de volta para a cama. Mais tarde, quando minhas perambulações noturnas não pararam, ela mandou colocar uma trava adicional na porta do telhado, fora do meu alcance.

Pauline enfim terminou suas últimas palavras saindo como um baixinho sussurrar reverente. *Então assim haverá de ser, para todo o sempre.*

"Para todo o sempre", sussurrei para mim mesma, imaginando simplesmente o quão longo seria o para sempre.

Ela se aninhou na coberta ao meu lado, e puxei o manto de casamento para cima, para cobrir nós duas. O repentino silêncio fez com que o bosque se aproximasse, audaz, de nós, e nosso círculo de luz ficou menor.

Pauline caiu no sono em pouco tempo, mas os eventos do dia ainda se reviravam dentro de mim. Não importava que eu estivesse exausta. Meus músculos cansados se contorciam, e minha mente pulava de um pensamento para o outro como um grilo desafortunado esquivando--se de uma debandada de patas.

Meu único consolo, enquanto eu erguia o olhar para as estrelas piscantes, era que provavelmente o Príncipe de Dalbreck também estava ainda acordado, voltando aos solavancos para casa, em uma estrada cheia de buracos, com seus velhos ossos doendo, em uma fria e desconfortável carruagem — sem nenhuma jovem noiva para aquecê-lo.

O PRÍNCIPE

Ajustei a fivela na minha mala. Eu tinha o suficiente para conseguir aguentar por duas semanas e também algumas moedas na minha bolsa se levasse mais tempo do que isso. Com certeza haveria uma estalagem ou duas no caminho. Era bem provável que ela não tivesse chegado muito mais longe do que um dia de viagem da cidadela.

"Não posso deixar que faça isso."

Sorri para Sven. "Você acha que tem escolha?"

Eu não era mais seu jovem tutelado para ser mantido longe de encrenca. Eu era um homem crescido, com uns cinco centímetros e uns quinze quilos a mais do que Sven, e com frustração acumulada o bastante para ser um inimigo formidável.

"Você ainda está com raiva. Só se passaram alguns dias. Dê um pouco mais de tempo."

"Não estou com raiva. Impressionado, talvez. Curioso."

Sven arrancou as rédeas do cavalo das minhas mãos, fazendo com que o animal ficasse agitado. "Você está com raiva porque ela pensou nisso antes de você."

Às vezes, eu odiava Sven. Para um sujeito marcado por cicatrizes de batalha, ele era observador demais. Apanhei as rédeas de volta. "Só estou impressionado. E curioso", jurei a ele.

"Você já disse isso."

"Sim." Coloquei a coberta para a sela no dorso do cavalo, deslizando-a para baixo e alisando-a.

Sven não parecia satisfeito com a minha empreitada e continuava a apresentar argumentos contra ela enquanto eu ajustava a sela no animal. Mal dei ouvidos a ele. Apenas pensava no quão bom seria estar *longe*. Meu pai estava bem mais irritado do que eu, dizendo que se tratava de uma afronta deliberada. *Que tipo de rei não consegue controlar a própria filha?* E essa era uma das reações mais equilibradas dele.

Meu pai e seu gabinete já estavam posicionando brigadas inteiras em importantes guarnições militares remotas, para fortificá-las e jogar na cara de Morrighan o que era de fato força decisiva. A tensa aliança havia caído de cabeça no chão, mas os olhares pesarosos de minha mãe eram ainda piores do que as bravatas do gabinete e as teorias da conspiração. Ela já estava começando a discutir o assunto de encontrar outra noiva para mim em um dos Reinos Menores, ou até mesmo dentre nossas próprias famílias nobres, fugindo totalmente do que eu queria discutir: o motivo pelo qual esse casamento seria realizado em primeiro lugar.

Coloquei o pé no estribo e subi na sela. Meu cavalo bufou e bateu as patas no chão, tão ansioso quanto eu para ir embora dali.

"Espere!", disse Sven, colocando-se no meu caminho, um movimento tolo para alguém com seu considerável conhecimento sobre cavalos — especialmente um cavalo como o meu. Ele se conteve e foi para o lado. "Você nem mesmo sabe para onde ela fugiu. Como vai encontrá-la?"

Ergui as sobrancelhas. "Você não tem confiança alguma em suas habilidades, Sven? Lembre-se de que aprendi com o melhor."

Eu quase podia vê-lo xingando a si mesmo. Ele sempre esfregava isso na minha cara quando eu perdia o foco, puxando minhas orelhas quando eu ainda era duas cabeças menor do que ele, lembrando-me de que eu tinha o melhor professor e de que não deveria desperdiçar seu valioso tempo. É claro que nós dois percebíamos a ironia da situação. Ele estava certo. Eu realmente tive o melhor professor. Sven ensinou-me muito bem. Fui entregue a ele como aprendiz aos oito anos, tornei-me um cadete aos doze, fiz meu juramento aos catorze e era um soldado pleno aos dezesseis. Eu havia passado mais anos sob a tutela de Sven do que com meus próprios pais. Eu era um soldado bem-sucedido, em grande parte por causa dele, e excelente em todo o meu treinamento, o que tornava isso tudo ainda mais irônico. Eu era provavelmente o mais inexperiente soldado da história.

As lições de Sven incluíam exercícios sobre história militar e os feitos de um ancestral ou outro (havia muitos deles). A realeza de Dalbreck sempre tivera credenciais militares, inclusive meu pai. Ele chegou, de forma legítima, a ser general, enquanto seu próprio pai ainda estava no trono, mas por eu ser o único herdeiro do único herdeiro do meu avô, minha carreira militar foi muitíssimo limitada. Eu nem mesmo tinha um primo para me substituir. Cavalgava com uma unidade militar básica, mas nunca tinha permissão para ir nas linhas de frente, tendo o calor da batalha há muito tempo sido resfriado quando eu era levado a qualquer campo, e até mesmo então, eles me cercavam com os mais fortes do esquadrão, como garantia extra de proteção contra alguma fúria súbita.

Para compensar isso, Sven sempre me dera doses duplas dos mais baixos e sujos serviços do esquadrão, para suprimir quaisquer rumores de insatisfação quanto a algum favorecimento por causa da minha linhagem, desde limpar o cocô dos estábulos e lustrar as botas dele a carregar os mortos para fora do campo. Eu nunca vi ressentimento nas faces dos meus camaradas soldados, nem ouvi isso dos seus lábios, mas sempre tive muita piedade da parte deles. Um soldado inexperiente, não importa o quanto tenha sido treinado com excelência, não era de forma alguma um soldado.

Sven montou em seu cavalo e seguiu cavalgando junto comigo. Eu sabia que ele não iria longe. Por mais que resmungasse em relação aos meus planos — porque era atado pelo dever a fazer exatamente isso —, ele também tinha obrigações devido ao forte elo que havíamos forjado durante os anos que passamos juntos.

"Como vou saber onde você está?"

"Não vai saber. Ora, isso é algo para se pensar, hein?"

"E o que vou dizer aos seus pais?"

"Diga a eles que fui ao pavilhão de caça para ficar me remoendo o verão todo. Eles vão gostar de ouvir isso. Seria um refúgio belo e seguro."

"O verão inteiro?"

"Veremos."

"Alguma coisa pode acontecer."

"Sim, pode. Espero que aconteça. Você não está melhorando a sua situação, sabia?"

Fiquei observando-o com minha visão periférica, enquanto inspecionava meus equipamentos, um sinal de que ele já estava resignado com meu desaparecimento no desconhecido. Se eu não fosse o herdeiro do trono, ele não teria pensado duas vezes. Sven sabia que eu estava preparado para o inesperado e para o pior. Minhas habilidades tinham sido provadas, ao menos nos exercícios do meu treinamento. Ele soltou um resmungo, sinalizando sua aprovação relutante. À nossa frente, havia uma estreita ravina em que dois cavalos não mais conseguiriam caminhar lado a lado, e eu sabia que seria este o ponto de partida dele. O dia já estava quase no fim.

"Você a confrontará?"

"Não, provavelmente nem mesmo vou falar com ela."

"Que bom, é melhor que não faça isso. Se fizer, tome cuidado com o jeito como pronuncia os *Rs* e os *Ls,* porque isso vai entregar a região de onde você é."

"Pode deixar", disse, para garantir a ele que eu tinha pensado em tudo, mas esse detalhe me escapara.

"Se precisar me enviar uma mensagem, escreva-a no idioma antigo, para o caso de ser interceptada."

"Não vou enviar mensagem nenhuma."

"Seja lá o que fizer, não diga a ela quem você é. Um chefe de Estado de Dalbreck interferindo em solo Morrighan poderia ser interpretado como um ato de guerra."

"Você está me confundindo com meu pai, Sven. Não sou um chefe de Estado."

"Você é o herdeiro do trono e representante de seu pai. Não torne as coisas piores para Dalbreck nem para seus camaradas soldados."

Cavalgamos em silêncio.

Por que eu estava indo? Qual era o propósito disso se eu não a traria de volta nem falaria com ela? Eu sabia que esses pensamentos estavam rodopiando na cabeça de Sven, mas não era o que ele havia imaginado. Eu não estava com raiva porque a Princesa pensara em escapulir antes de mim. Havia muito tempo que eu tinha pensado nisso, logo que o casamento fora proposto pelo meu pai, mas ele havia me convencido de que a união seria para o bem de Dalbreck e todo mundo faria vista grossa se eu optasse por ter uma amante depois do casamento. Eu estava com raiva porque ela teve a coragem de fazer o que eu não tive coragem de fazer! Quem era essa menina que metia o nariz entre dois reinos e fazia o que desejava? Eu queria saber!

Quando fomos nos aproximando da ravina, Sven quebrou o silêncio. "Foi o bilhete, não foi?"

Um mês antes do casamento, Sven havia entregado a mim um bilhete da Princesa. Um bilhete secreto, que ainda estava selado quando o recebi das mãos dele. Os olhos dele nunca tinham chegado a ver seu conteúdo. Li e ignorei a mensagem. Provavelmente não deveria ter feito aquilo.

"Não, não estou indo por causa do bilhete." Dei um leve puxão nas rédeas e parei, virando-me para ficar cara a cara com ele. "Você realmente sabe, Sven, que isso não tem mesmo a ver com a Princesa Arabella, não sabe?"

Ele assentiu. Isso já devia ter acontecido há muito tempo. Sven esticou a mão, deu tapinhas amigáveis no meu ombro e então voltou seu cavalo novamente na direção de Dalbreck sem dizer mais nada. Continuei descendo a ravina, mas, depois de uns poucos quilômetros, levei a mão até meu colete e puxei de seu bolso interno o bilhete. Olhei para as garatujas rabiscadas às pressas. Não era exatamente uma missiva real.

Eu gostaria de inspecioná-lo antes do dia de nosso casamento.

Enfiei o bilhete de volta no bolso.

Assim ela haveria de fazer.

á apenas uma história verdadeira

E um futuro verdadeiro.

Escutem bem, pois a criança nascida da miséria

Será aquela que trará a esperança.

Do mais fraco virá a força.

Dos perseguidos, a liberdade.

— **Canção de Venda** —

CAPÍTULO 4
CRÔNICAS DE AMOR E ÓDIO

O ASSASSINO

u ficaria feliz em fazer isso pessoalmente, mas preciso voltar aos meus afazeres em Venda. Você vai resolver tudo em um dia. Afinal de contas, ela não passa de um membro da realeza. Você sabe como eles são. E tem apenas dezessete anos. Quão difícil poderia ser encontrá-la?

Eu tinha sorrido com o resumo feito pelo Komizar da realeza, mas não era necessário responder. Nós dois sabíamos que seria fácil. Uma presa em pânico não se preocupa com esse negócio de deixar uma trilha bagunçada. O Komizar havia feito meu trabalho tantas vezes. Fora ele quem me treinara.

Se vai ser fácil, por que não posso ir?, Eben havia reclamado.

Esse não é um trabalho para você, eu havia dito a ele. O menino estava ansioso para provar seu valor. Ele era habilidoso tanto com o idioma deles quanto com uma faca, e, sendo pequeno e mal tendo doze anos, conseguiria passar por uma criança, especialmente com seus desolados olhos castanhos e sua face de querubim, que tinham a vantagem de desarmar suspeitas. Mas havia uma diferença entre matar em batalha e cortar a garganta de uma menina enquanto ela dormia. Eben não estava preparado para isso. Ele poderia vacilar quando visse os olhos alarmados dela. Aquele era o momento mais difícil, e não poderia haver hesitação. Nada de pensar duas vezes. O Komizar tinha deixado isso claro.

Uma aliança entre Morrighan e Dalbreck poderia tornar todos os nossos esforços inúteis. E ainda pior: dizem que a menina é uma Siarrah. Nós podemos não acreditar nessas coisas mágicas, mas outros acreditam, o que poderia encorajá-los ou deixar o nosso próprio povo com medo. Não podemos nos arriscar. A fuga dela é a má sorte deles e a nossa boa fortuna. Entrar sorrateiramente, sair sorrateiramente: nossa especialidade. Se você conseguir fazer com que isso pareça obra de Dalbreck, melhor ainda. Eu sei que você realizará seus deveres, isso é algo que você sempre faz.

Sim, eu sempre cumpri com meus deveres. Bem lá na frente, a trilha bifurcava-se, e Eben viu isso como a última oportunidade para recomeçar sua campanha. "Eu ainda não vejo por que não deveria ser eu a ir. Eu conheço o idioma tão bem quanto você."

"E todos os dialetos de Morrighan também?", questionei.

Antes que ele pudesse responder, Griz esticou a mão e deu um tapa na orelha dele. Eben soltou um grito agudo, fazendo com que os outros homens caíssem na gargalhada. "O Komizar quer que ele faça isso, não você!", gritou o homem. "Pare de choramingar!" Eben ficou em silêncio durante o restante da viagem.

Chegamos ao ponto em que nossos caminhos se separavam. Griz e seu bando formado por três homens tinham suas próprias habilidades especiais. Eles seguiriam à parte mais ao norte de Morrighan, onde, por tolice, o Reino havia concentrado suas forças. Eles criariam sua própria forma especial de caos. De uma forma não tão sangrenta quanto a minha, mas tão produtiva quanto. Porém, o trabalho deles demoraria consideravelmente mais tempo, o que queria dizer que eu teria uma "folga", como Griz descreveu, um dia de descanso enquanto esperava por eles em um acampamento designado no Cam Lanteux para a nossa viagem de volta a Venda. Ele sabia tão bem quanto eu que ficar no Cam Lanteux não tinha nada de folga.

Fiquei observando enquanto eles seguiam seu próprio caminho, com Eben de cabeça baixa, de mau humor, em sua sela.

Esse não é um trabalho para você.

Eu era assim tão ansioso para agradar o Komizar quando tinha a idade de Eben?

Sim.

Apenas alguns anos haviam se passado, mas parecia que foram duas vidas.

O Komizar não era nem mesmo doze anos mais velho do que eu, mal era um homem crescido quando se tornou regente de Venda. Foi então que me colocou sob sua tutela. Ele me salvou de morrer de fome. Ele me salvou de muita coisa que tentei esquecer. Deu-me o que minha própria gente não me dera. Uma chance. Nunca cessei de retribuir isso a ele. Há coisas que nunca se pode retribuir.

Mas isso seria uma primeira vez, até mesmo para mim. Não que eu nunca tivesse cortado gargantas na escuridão da noite, mas se tratavam de gargantas de soldados, traidores ou espiões, e eu sabia que as mortes deles eram sinônimo de que meus camaradas viveriam. Mesmo assim, cada vez que minha lâmina deslizava por uma garganta, os olhos alarmados da vítima roubavam uma parte da minha alma.

Eu mesmo teria dado um tapa em Eben se ele trouxesse o assunto à tona de novo. Ele era jovem demais para começar a se perder.

Entrar sorrateiramente, sair sorrateiramente. E depois, uma folga.

les pensavam sobre si como estando
apenas um degrau abaixo dos deuses,
orgulhosos em seu domínio sobre o céu e a terra.
Eles ficaram fortes em seu conhecimento,
mas fracos em sua sabedoria,
ansiando por mais e mais poder,
esmagando os indefesos.

—*Livro dos Textos Sagrados de Morrighan, vol. IV*—

CAPÍTULO 5
CRÔNICAS DE AMOR E ÓDIO

erravin ficava depois da próxima curva — ou pelo menos era isso que Pauline havia dito uma dúzia de vezes. A expectativa animada dela fez-se minha quando ela reconheceu pontos de referência. Passamos por uma gigantesca árvore que tinha nomes de amantes entalhados em sua casca, e então, um pouco mais adiante, havia um meio círculo de ruínas de mármore que pareciam dentes soltos e tortos na boca de um homem velho, e, por fim, ao longe, uma brilhante cisterna azul coroada por uma colina circundada por uma quadra de juníperos. Esses sinais indicavam que estávamos perto.

Demoramos dez dias para alcançar aquele ponto. Teríamos conseguido chegar antes se não tivéssemos passado dois dias fora da trilha, a fim de deixarmos pistas falsas, para o caso de meu pai ter mandado rastreadores nos caçarem.

Pauline havia ficado horrorizada quando fiz uma trouxa com meu caríssimo vestido de casamento e joguei-o em um bosque cerrado de arbustos de amoras silvestres; no entanto, ela ficou categoricamente mortificada quando usei minha adaga para arrancar as joias do meu manto de casamento e depois joguei seus restos mutilados rio abaixo, atado a uma tora. Ela fez três sinais de penitência por mim. Minha esperança, se o manto fosse encontrado por alguém, era de que presumissem que eu tinha me afogado. Por desejar que notícias tão horríveis chegassem até meus pais, eu mesma deveria ter pago penitência, mas então me lembrei de que eles não só estavam preparados para mandar sua única filha para longe, para viver com um homem que ela não amava, como também a um reino em que eles mesmos não confiavam totalmente. Engoli em seco o nó na minha garganta e não disse nada além de "já vai tarde", enquanto o manto que tinha sido usado pela minha mãe, pela minha avó e pelas mães de toda a linhagem real afastava-se flutuando no rio.

Trocamos as joias por moedas em Luiseveque, uma grande cidade que ficava a cerca de duas horas de viagem fora do nosso caminho, incluindo três safiras azuis na negociação para que o mercador se esquecesse de onde as joias vieram. A sensação de negociar daquela forma era deliciosamente maligna e excitante, e assim que estávamos descendo a estrada, caímos na gargalhada com nossa audácia. O mercador havia olhado para nós como se fôssemos ladras, mas visto que a transação estava a favor dele, não disse nada.

Voltamos pelo mesmo caminho em que viemos por mais alguns quilômetros estrada abaixo e depois viajamos novamente em direção ao leste. Nas cercanias de um pequeno vilarejo, paramos em uma casa de fazenda e trocamos nossos valiosos cavalos ravianos por três asnos com um boquiaberto fazendeiro. Também demos a ele, por debaixo dos panos, uma boa quantidade de moedas para comprar seu silêncio.

Duas meninas chegando em Terravin em esplêndidos e distintos corcéis dos estábulos de Morrighan com certeza chamariam a atenção das pessoas, e não podíamos nos dar ao luxo de permitir que isso acontecesse. Nós não precisávamos de três asnos, mas o fazendeiro insistiu que o terceiro ficaria perdido sem os outros dois, e descobrimos que ele estava certo, visto que o terceiro animal seguia bem atrás de nós sem nem precisar de um puxãozinho que fosse. O fazendeiro os havia nomeado Otto, Nove e Dieci. Eu estava montada em Otto, o maior dos três, um grande camarada marrom com um focinho branco e uma longa crina peluda entre as orelhas. A essa altura, nossas roupas de montaria estavam tão imundas por causa das centenas de quilômetros que havíamos viajado e nossas macias botas de couro tinham tantas crostas de lama que era fácil nos ignorar. Ninguém ia querer olhar para nós duas por muito tempo, e era exatamente isso que eu queria. Eu não desejava que nada interferisse com o sonho de Terravin.

Eu sabia que estávamos perto. Havia algo no ar, na luz — alguma coisa que eu não sabia nomear, mas que fluía por mim como uma voz cálida. *Lar. Lar.* Eu sabia que era tolice. Terravin nunca havia sido o meu lar, mas talvez pudesse vir a ser.

Enquanto pensava nisso, senti algo subitamente pulando de medo nas minhas entranhas, medo de que eu tivesse ouvido alguma outra coisa: o trovejar de cascos atrás de nós. O que os rastreadores do meu pai haveriam de fazer comigo era uma coisa, mas o que eles poderiam fazer com Pauline era outra. Se fôssemos pegas, eu já havia planejado dizer a eles que havia forçado Pauline a ajudar-me contra a vontade dela. Apenas teria que convencer minha amiga a manter essa história também, porque ela era extremamente sincera.

"Ali! Veja! Em meio às árvores!", gritou Pauline, apontando para longe. "A faixa azul! Aquela é a baía de Terravin!"

Fiquei animada, mas não conseguia ver nada além de espessos aglomerados de pinheiros, um carvalho e as relvadas colinas marrons entre eles. Urgi Otto a correr em frente, como se algo assim pudesse ser feito com um animal que conhecia apenas uma velocidade. Então, enquanto virávamos a curva, não só a baía como também todo o vilarejo de pesca de Terravin entraram em meu campo de visão.

Era exatamente a preciosidade que Pauline descrevera.

Senti um aperto no estômago.

Um semicírculo verde-azulado sacudido por barcos vermelhos e amarelos, alguns deles com ondulantes velas brancas, outros com grandes rodas de pás, revolvendo a água ao redor. Ainda havia outros que borrifavam uma trilha de espuma enquanto os remos mergulhavam em suas laterais. Desta distância, os barcos eram tão pequenos que pareciam brinquedos. Mas eu sabia que havia pessoas dentro deles, que os pescadores chamavam uns aos outros, jubilosos com o que haviam pescado no dia, com o vento carregando suas vozes, compartilhando suas vitórias, respirando suas histórias. Na enseada, para onde alguns deles se dirigiam, havia um longo cais com mais barcos e pessoas tão pequenas quanto formigas indo para todos os lados, ocupadas com suas funções. E então, talvez a coisa mais bela entre tudo isso, circundando a baía, havia casas e lojas que subiam pelas colinas, cada uma de uma cor diferente: azul-berrante, vermelho-cereja, laranja, lilás, como uma gigantesca tigela de frutas com a baía de Terravin em seu cerne, e, por fim, dedos verde-escuros de floresta desciam das colinas para conterem aquela abundância em sua palma.

Agora eu entendo por que sempre fora o sonho de Pauline voltar ao lar de sua infância, de onde fora arrancada quando sua mãe morrera, tendo sido enviada para morar com uma tia distante no norte. Depois, quando essa tia adoeceu, ela foi entregue a outra tia que nem mesmo conhecia, a criada da minha mãe. A vida de Pauline tinha sido uma vida de residente temporária, de passagem por diversos lugares, mas, por fim, ela estava de volta ao local de suas raízes, sua casa. E, com apenas um olhar, eu sabia que aquela cidade poderia ser minha casa também, um lugar em que o peso de quem eu deveria ser não existia. Meu júbilo veio inesperadamente à tona. *Como eu gostaria que meu irmão Bryn estivesse aqui para ver isso.* Ele amava o mar.

A voz de Pauline atravessou meus pensamentos. "Algum problema? Você está calada. O que achou?"

Olhei para ela. Meus olhos ardiam. "Eu acho que... se nos apressarmos, talvez possamos tomar banho antes do jantar." Dei um tapa nas nádegas de Otto. "Em frente, rápido!"

Pauline não ficou para trás e, com um grito selvagem e uma esporada nas costelas do animal, ela conseguiu fazer com que seu asno seguisse correndo à frente do meu.

Nossa licença temerária foi verificada quando nos viramos para entrar na principal via pública que costurava a cidade. Enfiamos nossos cabelos para dentro dos capuzes e os puxamos para baixo, cobrindo nossos olhos. Terravin era uma cidade pequena e fora do caminho, mas não era tão isolada a ponto de não ser um ponto de parada para a Guarda Real — ou para um rastreador. Mas até mesmo com o queixo colado no peito, sorvi tudo aquilo. Que maravilha! Os sons! Os cheiros! Até mesmo o estalido dos cascos de nossos asnos nas ruas de ladrilhos vermelhos soava como música. Terravin era tão diferente de Civica, de todas as maneiras.

Passamos por uma praça pública sombreada por uma grande figueira. Crianças pulavam corda sob sua imensa copa que funcionava como uma sombrinha, e músicos tocavam flauta e sanfona, soprando melodias alegres para o pessoal da cidade que conversava em volta de pequenas mesas que ladeavam o perímetro.

Mais adiante, mercadorias espalhavam-se das lojas até passadiços nas cercanias. Um arco-íris de cachecóis formava vergalhões no ar impulsionados pela brisa do lado de fora de uma das lojas, e, em outra, engradados de berinjelas frescas e brilhantes, abóboras sem casca, erva-doce que mais parecia renda, assim como bojudos nabos cor-de-rosa estavam dispostos nas fileiras vibrantes e arrumadinhas. Até mesmo a loja de suprimentos para montaria era pintada em um tom de azul da cor do ovo do pintarroxo. Não se encontravam em lugar nenhum as cores sem vida de Civica. Aqui, tudo cantava colorido.

Ninguém olhou para nós. Mesclamo-nos aos outros que estavam de passagem. Éramos apenas mais duas trabalhadoras seguindo nosso caminho depois de um longo dia nas docas, ou talvez estrangeiras cansadas em busca de uma boa estalagem. Com as calças e os capuzes que usávamos, provavelmente estávamos parecendo mais homens mirrados. Tentei não sorrir, mas não consegui, enquanto olhava para a cidade que Pauline descrevera tantas vezes para mim. No entanto, meu sorriso desapareceu quando vi três guardas reais aproximando-se de nós, montados a cavalo. Pauline também os avistou e puxou as rédeas, mas sussurrei um comando bem baixinho para ela. "Continue seguindo em frente. Mantenha a cabeça abaixada."

Fomos em frente, embora eu não soubesse ao certo se alguma de nós duas estava respirando. Os soldados estavam rindo uns com os outros, os cavalos deles movendo-se em um ritmo preguiçoso. Uma carroça guiada por um outro soldado movia-se pesadamente atrás deles.

Em momento algum eles olharam para nós, nem mesmo de relance, e Pauline suspirou aliviada depois que tinham passado por nós. "Esqueci. Peixe seco e defumado. Eles vêm uma vez por mês de um posto avançado ao leste para adquirir suprimentos, sobretudo peixe."

"Apenas uma vez por mês?", perguntei em um sussurro.

"Creio que sim."

"Então acertamos... chegamos no momento certo. Não teremos que nos preocupar com eles por um tempinho. Não que os soldados pudessem me reconhecer, é claro."

Pauline tirou um instante para inspecionar-me e então apertou o nariz.

"Ninguém seria capaz de reconhecer você, exceto, talvez, o porco lá em casa."

Como se combinado, Otto soltou um som hesitante com o comentário dela, fazendo com que nós duas caíssemos na risada, e fomos correndo tomar um banho quente.

Prendi a respiração quando Pauline bateu à pequena porta dos fundos da estalagem. Ela foi aberta de imediato, mas apenas pelo tempo curto de um acenar do braço de uma mulher que nos cumprimentou enquanto se afastava apressada e gritava por cima do ombro: "Coloque ali! No balcão de cortar carne!". Ela já estava de volta a um imenso forno de pedra, usando uma espátula de madeira para puxar o pão ázimo para fora. Eu e Pauline não nos mexemos, o que por fim chamou a atenção da mulher. "Eu disse que era para..."

Ela se virou e franziu o rosto quando nos viu. "Humpf. Não vieram trazer meu peixe, hein? Imagino que sejam mendigas." Ela fez um movimento indicando uma cesta perto da porta. "Peguem uma maçã e um biscoito e sigam em frente. Voltem depois de toda a movimentação que darei um pouco de cozido quente para vocês." A atenção dela já estava voltada para outro lugar, e a mulher gritou para alguém que a chamava do aposento da frente da estalagem. Um menino alto e desengonçado passou aos tropeços por uma porta oscilante com um tipo de tecido grosseiro nos braços, e o rabo de um peixe movendo-se na ponta do pano. "Cabeça oca! Onde está o meu bacalhau? Vou ter que fazer o cozido com um peixe qualquer?" A mulher pegou o peixe de qualquer forma, colocou-o com um estalo em cima do balcão de cortar carne e, com um corte certeiro, arrancou-lhe a cabeça fora com uma machadinha. Imaginei que aquele peixe teria que servir.

Então essa era Berdi. A ama de Pauline, sua tia, que ela chamava de Amita. Não uma tia de sangue, mas a mulher que havia arrumado trabalho para sua mãe e que havia colocado um teto sobre sua cabeça quando o marido dela morrera e a viúva destituída de posses tinha uma criança pequena para alimentar.

O peixe foi habilidosamente eviscerado e suas espinhas foram retiradas em uma questão de segundos, e ele foi colocado dentro de uma caldeira borbulhante. Puxando seu avental para cima a fim de limpar as mãos, Berdi voltou a olhar para nós, com uma sobrancelha erguida. Ela soprou um pouco de sal e pimenta que tinha na testa. "Ainda estão aqui? Achei que tivesse dito que..."

Pauline foi andando devagar na direção dela, deu dois passos e puxou o capuz, de modo que seus longos cabelos cor de mel caíssem sobre os ombros. "Amita?"

Observei enquanto o expressivo rosto da velha mulher ficava pasmo. Ela deu um passo mais para perto de Pauline, apertando os olhos. "Pollypie?"

Minha amiga assentiu.

Berdi abriu bem os braços e tomou Pauline junto ao peito. Depois de muitos abraços e diversas frases não terminadas, Pauline por fim afastou-se dela e voltou-se para mim. "E essa é minha amiga, Lia. Receio que nós duas estejamos um pouco encrencadas..."

Berdi revirou os olhos e abriu um largo sorriso. "Nada que um banho e uma boa refeição quente não resolvam."

Ela foi correndo até a porta oscilante, empurrando-a, abrindo-a e gritando ordens. "Gwyneth! Comida para cinco. Enzo ajudará você!" Ela já estava se virando antes que a porta oscilasse de volta e se fechasse, e notei que, para uma mulher com certa idade que carregava uma amostra generosa de sua própria comida na cintura, Berdi tinha os pés ligeiros. Ouvi um gemido fraco passar pela porta, vindo da sala da frente, e o ruído alto de pratos batendo uns nos outros. Berdi ignorou isso. Ela nos levou para fora pela porta dos fundos da cozinha. "O cabeça oca — isto é, o Enzo — tem potencial, mas é tão preguiçoso quanto o dia é longo. Ele puxou isso do pai. Gwyneth e eu estamos dando um jeito nisso. Uma hora ele muda. E ajuda é difícil de conseguir hoje em dia."

Nós a acompanhamos, subindo por degraus de pedra que se desintegravam entalhados na colina atrás da estalagem, depois descemos por um serpenteante caminho coberto de folhas e nos dirigimos a uma casinha escura a uma certa distância dali. A floresta avançava atrás da pequena cabana. Berdi apontou para um imenso tonel de ferro fervendo em um forno a lenha elevado em tijolos. "Mas Enzo realmente consegue manter o fogo aceso, de modo que os hóspedes possam tomar um bom banho quente, e essa é a primeira coisa de que vocês duas precisam."

Conforme nos aproximávamos, eu ouvia o som suave de água corrente escondida em algum lugar na floresta atrás da cabana, e lembrei-me do riacho que Pauline havia descrito, em cujas margens ela tinha brincado com a mãe, pulando pedras enquanto cruzava as águas gentis.

Berdi conduziu-nos até dentro da cabana, desculpando-se pela poeira, explicando que o telhado tinha goteiras e que o aposento era na maior parte do tempo usado para o excedente de hóspedes — e que era isso que éramos agora. A estalagem estava cheia, e a única alternativa era o celeiro. Ela acendeu uma lanterna e puxou uma grande banheira de cobre que ficava no canto para o meio do aposento. Ela fez uma pausa para limpar a testa com a bainha do avental, pela primeira vez mostrando algum sinal de exaustão.

"Oras, em que tipo de encrenca duas jovens meninas poderiam estar metidas?" Seu olhar contemplativo baixou para nossas barrigas, e ela acrescentou rapidamente: "Não são problemas com *meninos*, são?".

Pauline ficou ruborizada. "Não, Amita, não é nada disso. Não é nem mesmo uma encrenca exatamente. Pelo menos, não tem que ser."

"Para falar a verdade, a encrenca é minha", falei, dando um passo para a frente e falando pela primeira vez. "Pauline está me ajudando."

"Ah. Então você tem voz, no fim das contas."

"Talvez a senhora devesse sentar-se para que eu possa..."

"Desembuche logo, Lia. Seu nome é Lia, não é? Não há nada que possa dizer que eu não tenha ouvido antes."

Ela estava plantada perto da banheira, com o balde na mão, preparada para receber uma explicação rápida. Decidi dar a ela exatamente o que ela pedia. "É isso mesmo. Lia. Princesa Arabella Celestine Idris Jezelia, Primeira Filha da Casa de Morrighan, para ser mais exata."

"Sua Majestade Real", acrescentou Pauline com timidez.

"*Ex*-Majestade Real", esclareci.

Berdi inclinou a cabeça para o lado, como se não tivesse ouvido direito, e depois empalideceu. Ela esticou a mão para se segurar no pilar da cama e foi descendo para o colchão. "O que você está dizendo?"

Pauline e eu nos alternamos para explicar tudo. Berdi não disse nada, o que suspeitei que não era algo característico dela, e observei Pauline ir ficando cada vez mais inquieta com o silêncio da mulher.

Quando não havia mais nada a ser dito, dei um passo, me aproximando de Berdi. "Nós temos certeza de que ninguém nos seguiu. Sei um pouco sobre rastreamento. Meu irmão é um patrulheiro treinado na Guarda Real. Mas se a minha presença a deixa desconfortável, seguirei em frente."

Berdi permaneceu sentada por mais um instante, como se a verdade de nossa explicação só estivesse sendo absorvida por ela naquele momento, erguendo uma das sobrancelhas em uma curiosa linha torta. Ela pôs-se de pé. "Pelos fogos infernais, sua presença me deixa desconfortável, sim! Mas eu falei alguma coisa sobre seguir em frente? Você vai ficar aqui. Vocês duas. Mas eu não vou lhe dar..."

Eu a interrompi, já lendo seus pensamentos. "Eu não espero nem desejo atenção especial. Eu vim até aqui porque quero uma vida de verdade. E sei que isso inclui ganhar dinheiro para me manter. Qualquer que seja o trabalho que a senhora tiver para eu fazer, farei-o de bom grado."

Berdi assentiu. "Vamos cuidar disso depois. Por ora, precisamos que vocês duas tomem banho e comam." Ela torceu o nariz. "Nessa ordem."

"Outra coisa." Desabotoei minha blusa e virei-me, deixando o tecido cair até a cintura. Ouvi quando ela inalou o ar enquanto visualizava meu elaborado *kavah* de casamento. "Preciso tirar isso das minhas costas o mais rápido possível."

Ouvi quando ela deu um passo se aproximando e então senti seus dedos nas minhas costas. "A maioria dos *kavahs* não dura mais do que umas poucas semanas, mas este aqui... talvez demore um pouco mais para sair."

"Eles fizeram uso dos artesãos mais talentosos e das melhores tintas."

"Um bom banho todos os dias vai ajudar", disse ela. "E trarei a você uma escova para as costas e um sabão dos fortes."

Puxei minha blusa e me vesti novamente. Agradeci à mulher. Pauline abraçou-a antes que ela saísse e então pegou o balde do chão. "Seu banho primeiro, Vossa Majestade..."

"Pare!" Arranquei o balde da mão dela. "A partir deste dia, não tem mais essa de Vossa Majestade. Essa parte da minha vida se foi para sempre. Sou apenas Lia agora. Está me entendendo, Pauline?"

Os olhos dela encontraram os meus. Era isso. Tanto minha companheira de fuga quanto eu entendíamos que este era o verdadeiro início que planejáramos, aquele pelo qual havíamos esperado, mas que não sabíamos ao certo se algum dia poderia existir. Pauline sorriu e assentiu.

"E você toma banho primeiro", acrescentei.

Pauline desempacotou nossos poucos pertences enquanto eu fazia várias viagens para encher a banheira com água quente. Esfreguei as costas dela do mesmo jeito que ela fizera com as minhas tantas vezes antes, mas então, enquanto Pauline se banhava, com os olhos pesados com a fadiga, decidi ir tomar banho no riacho, de modo que minha amiga pudesse saborear esse luxo o quanto quisesse. Eu nunca seria capaz de retribuir tudo que ela fizera por mim. Isso era algo pequeno que eu poderia oferecer-lhe em troca.

Depois de tímidos protestos, Pauline me passou as direções de como chegar até o riacho, que ficava a apenas uma curta caminhada de distância da nossa cabana, avisando-me que ficasse perto das partes rasas do riacho. Ela disse que lá havia uma pequena piscina natural protegida por espessos arbustos. Prometi duas vezes que ficaria atenta, mesmo que ela já tivesse admitido sempre ter encontrado o local completamente deserto, ainda mais na hora do jantar. Não havia dúvidas de que eu estaria sozinha lá, portanto.

Encontrei o lugar, rapidamente me despi e deixei tanto meus trajes sujos quanto uma muda de roupas limpas perto da grama que cobria a margem do rio. Estremeci quando entrei na água, mas ela não estava nem metade tão fria quanto nos riachos de Civica. Meus ombros já iam se aquecendo quando irrompi pela superfície de novo. Inspirei fundo, uma respiração nova, como nunca havia feito antes.

Deste dia em diante, sou apenas Lia.

Parecia um batismo. Uma espécie mais profunda de limpeza. A água escorria pela minha face e gotejava do meu queixo. Terravin não era apenas um novo lar. Dalbreck poderia ter me oferecido isso, mas lá eu seria apenas uma curiosidade em uma terra estrangeira, ainda sem nenhuma voz quanto ao meu próprio destino. Terravin me oferecia uma vida *nova,* o que era, ao mesmo tempo, empolgante e aterrorizante. E se eu nunca mais visse meus irmãos de novo? E se falhasse nessa vida também? No entanto, tudo que eu tinha visto até agora havia me encorajado, até mesmo Berdi. De alguma forma, eu faria com que essa nova vida desse certo.

O riacho era mais amplo do que eu esperava, mas permaneci nas partes rasas e calmas, conforme Pauline havia me instruído. A piscina natural tinha uma água límpida e gentil e sua profundidade não permitia que eu mergulhasse além dos ombros, meus pés tocando as pedras lisas no fundo do rio. Fiquei ali deitada e flutuando, descansando os olhos na cobertura detalhada de carvalhos e pinheiros. Com o crepúsculo assentando-se, as sombras se aprofundavam. Em meio aos troncos das árvores, luzes douradas começaram a tremeluzir nos lares na encosta da colina enquanto Terravin se preparava para as memórias sagradas que vinham com a noite. Fiquei surpresa ao descobrir que eu esperava ouvir as canções que fluíam à noite por toda a extensão de Morrighan, mas captara na brisa apenas umas poucas amostras de melodia.

Eu encontrarei você...

No recanto mais longínquo...

Fiz uma pausa, virando a cabeça para o lado para ouvir melhor, o tom apaixonado das palavras mais urgente do que quaisquer das memórias sagradas de casa. Eu também não conseguia localizar as frases, mas os Textos Sagrados eram vastos.

As melodias desapareceram, arrancadas para longe por uma brisa fresca, e, em vez delas, ouvia o potente som da escova de Berdi enquanto eu esfregava com vigor as minhas costas. Meu ombro esquerdo ardia onde o sabão se encontrava com o *kavah* de casamento, como se estivesse sendo travada uma batalha entre os dois. A cada passagem da escova, eu imaginava a insígnia do leão de Dalbreck encolhendo-se de terror, para logo desaparecer para sempre da minha vida.

Limpei a espuma do sabão com um mergulho rápido, e depois me contorci, tentando enxergar o falecimento do leão, mas a pequena parte do *kavah* que eu conseguia ver na luz difusa — as vinhas espiralando-se em volta da garra do leão nas costas do meu ombro — ainda irradiava toda sua glória. Dez dias atrás, eu estava expressando admiração pelos artesãos. Agora eu os amaldiçoava.

Um estalo!

Abaixei-me na água e dei um giro, pronta para encarar um intruso. "Quem está aí?", gritei, tentando me cobrir.

Apenas uma floresta vazia e o silêncio me responderam. Uma corça, talvez? Mas aonde ela teria ido com tanta rapidez? Procurei nas sombras das árvores, mas não me deparei com movimento algum.

"Foi apenas o estalido de um galho de árvore", falei para mim mesma, tentando me tranquilizar. "Qualquer animal pequeno poderia ter feito isso."

Ou talvez fosse um hóspede lá da estalagem que estivesse vagando, surpreso ao se deparar comigo? Sorri, divertindo-me com o fato de que eu tinha feito alguém se afastar assustado — só esperava que isso tivesse acontecido antes de ele ter visto minhas costas. *Kavahs* eram um sinal de posição e de riqueza, e este, se examinado com muita atenção, claramente falava de realeza.

Pus os pés para fora da água, vesti apressadamente as roupas limpas, e então avistei um pequeno coelho cinza passando por trás de uma árvore. Deixei escapar um suspiro de alívio.

Era apenas um animal pequeno. Exatamente como eu havia pensado.

CAPÍTULO 6
CRÔNICAS DE AMOR E ÓDIO

epois de nos manter escondidas durante três dias, Berdi finalmente relaxou sua firme supervisão sobre nós, acreditando que havíamos dito a verdade: ninguém tinha nos seguido. Ela nos lembrou de que tinha uma estalagem para cuidar, e não podia se dar ao luxo de meter-se em apuros com as autoridades, embora eu não pudesse imaginar que alguém em um vilarejo como Terravin fosse prestar alguma atenção em nós. Lentamente, Berdi deixou que nos aventurássemos a sair, e fomos realizando pequenas tarefas para ela, pegando canela no epicurista, fios no mercador e sabão para os hóspedes da estalagem com o fabricante.

Eu ainda tinha algumas joias que restavam do meu manto de casamento, de forma que poderia ter pagado minha própria estadia, mas essa não era mais quem eu queria ser. Queria estar envolvida, ligada ao lugar onde morava da mesma forma que todo mundo, e não ser uma intrusa que fazia escambos com seu passado. As joias permaneciam bem guardadas na cabana.

Descendo até o centro da cidade, parecia que eu estava vivendo os dias de antigamente, quando eu e meus irmãos costumávamos correr livres pelo vilarejo de Civica, conspirando e rindo juntos, nos dias antes de meus pais começarem a cercear minhas atividades. Agora éramos apenas eu e Pauline. Fomos ficando cada vez mais íntimas. Ela era a irmã que eu nunca tive. Partilhávamos coisas agora que teriam sido contidas pelos protocolos em Cívica.

Ela me contava histórias sobre Mikael, e o anseio dentro de mim foi crescendo. Eu queria o que Pauline tinha, um amor duradouro, um sentimento que seria capaz de sobrepujar os quilômetros e as semanas que a separavam de Mikael. Quando ela disse novamente que o rapaz a encontraria, eu acreditei. De alguma forma, o comprometimento dele irradiava-se nos olhos dela, e não havia nenhuma dúvida de que Pauline era merecedora de tamanha devoção. Eu me perguntava se também seria merecedora de um amor como esse.

"Ele foi o primeiro menino que você beijou na vida?", perguntei.

"Quem disse que eu o beijei?", respondeu Pauline, com um ar travesso. Nós duas demos risada. Meninas da família real e empregados da realeza não deveriam entregar-se a comportamentos como este.

"Bem, *se* você fosse beijá-lo, como acha que seria?"

"Ah, acho que teria um sabor mais doce do que o mel..." Ela se abanou, como se uma lembrança a estivesse deixando zonza. "Sim, acho que seria muito bom, mas muito bom mesmo, quer dizer, *se* eu fosse beijá-lo."

Suspirei.

"Por que deu um suspiro? Você sabe tudo sobre beijos, Lia. Já beijou metade dos meninos no vilarejo."

Revirei os olhos. "Quando eu tinha treze anos, Pauline, o que mal pode ser levado em consideração. E era só parte de um jogo. Assim que se deram conta do perigo de beijar a filha do Rei, nenhum menino nunca mais voltou a chegar perto de mim. Tive um período muito longo de seca."

"E quanto a Charles? No verão passado, ele vivia com a cabeça virada na sua direção. Ele não conseguia tirar os olhos de você."

Balancei a cabeça em negativa. "Apenas olhos sonhadores. Quando o encurralei na última celebração da colheita, ele correu como um coelho assustado. Pelo que parece, Charles havia recebido o aviso dos pais dele também."

"Bem, você é uma pessoa perigosa, sabia?", disse ela, me provocando.

"Eu poderia muito bem ser uma pessoa perigosa", respondi, dando uns tapinhas na adaga escondida sob o meu colete.

Pauline riu. "Provavelmente Charles estava com tanto medo de você levá-lo a mais uma revolta quanto de um beijo roubado."

Eu quase me esquecera da rebelião de curta duração que liderei. Quando o Chanceler e o Erudito Real decidiram que todos os estudantes de Civica teriam que passar uma hora a mais estudando seleções dos Textos Sagrados, me rebelei. Nós já passávamos uma hora duas vezes por semana memorizando infinitas passagens desconexas que não tinham significado algum para nós. Na minha opinião, uma hora extra todos os dias era algo impensável. Aos catorze anos de idade, eu tinha coisas melhores para fazer, e acabou que muitos outros meninos e meninas, aflitos com esta nova imposição, concordavam comigo. Eu tinha seguidores! Liderei uma revolta, entrando com eles a reboque no Grande Salão, interrompendo uma reunião de gabinete que estava em andamento com todos os lordes dos condados. Exigi que a decisão fosse revertida, ou pararíamos com nossos estudos por completo, ou — ameacei — faríamos algo ainda pior.

Meu pai e o Vice-Regente acharam tudo aquilo muito divertido por dois minutos, mas o Chanceler e o Erudito Real ficaram lívidos na mesma hora. Travei olhares com eles, sorrindo enquanto fervilhavam. Quando a diversão esvaneceu-se da face de meu pai, fui ordenada a ficar em meus aposentos durante um mês, e os estudantes que me acompanharam receberam sentenças similares, porém mais brandas. Minha pequena insurreição morrera, e a imposição permaneceu em vigor, mas se falou aos sussurros sobre o meu ato de insolência durante meses. Alguns chamavam-me de destemida, outros, de tola. De uma forma ou de outra, daquele dia em diante, muitos no gabinete do meu pai viam-me com suspeita, o que fez com que o meu mês de confinamento valesse totalmente a pena. Foi mais ou menos naquela época que as rédeas da minha vida foram puxadas com mais força. Minha mãe passava muito mais horas dando-me aulas sobre as maneiras e os protocolos reais.

"Pobre Charles. Será que o seu pai realmente teria feito alguma coisa com ele por causa de um mero beijo?"

Dei de ombros. Eu não sabia, pois a percepção de que ele poderia fazer algo era o suficiente para manter qualquer menino a uma distância segura de mim.

"Não se preocupe. Sua hora vai chegar", garantiu-me Pauline.

Sim. *Minha hora chegaria.* Sorri. Agora eu estava no controle do meu destino, e não um pedaço de papel que me unia com um membro enrugado da realeza. Enfim estava livre de tudo aquilo. Acelerei o ritmo, gingando com a cesta de queijo em minhas mãos. Dessa vez, o meu suspiro foi cálido e com satisfação. Eu nunca estive mais certa do que agora quanto à minha decisão de fugir.

Eu e Pauline terminamos nossa caminhada até a estalagem em silêncio, cada uma de nós envolvida nos próprios pensamentos, tão confortáveis com a quietude entre nós quanto estávamos com a conversa. Fui pega de surpresa ao ouvir as memórias sagradas ao longe no meio da manhã, mas talvez as tradições fossem diferentes em Terravin. Pauline estava tão absorta no que passava em sua cabeça que nem mesmo parecia ter ouvido nada.

Eu encontrarei você...
No recanto mais longínquo...
Eu encontrarei você.

Após insistirmos bastante, Berdi finalmente nos atribuiu responsabilidades além da realização de tarefas simples. Eu trabalhava duro, pois não queria dar a impressão de ser um membro inútil da realeza sem habilidades práticas, embora, na verdade, eu tivesse poucas na cozinha. Na cidadela, eu mal tinha permissão de chegar perto da copa, menos ainda de segurar uma faca perto de um legume. Eu nunca havia cortado uma cebola na vida, mas achei que, com minhas habilidades e a precisão que eu tinha com uma adaga, como provava a porta entalhada dos meus aposentos, eu seria capaz de dominar uma tarefa tão simples.

Eu estava errada.

Pelo menos ninguém zombou de mim quando minha escorregadia e branca cebola foi catapultada pela cozinha e bateu nas nádegas de Berdi. Ela, toda prática, pegou a cebola do chão, mexeu-a em uma bacia de água para lavar a sujeira e jogou-a de volta para mim. Consegui pegar e segurar aquela coisinha escorregadia com apenas uma das mãos, arrancando um sutil assentir por parte de Berdi, o que me trouxe mais satisfação do que deixei que qualquer um soubesse.

A estalagem não estava repleta de firulas das quais era necessário cuidar, mas passamos de cortar vegetais e legumes a cuidar dos aposentos dos hóspedes. Havia apenas seis quartos na estalagem, sem contar a nossa cabana com goteiras e o banheiro de hóspedes.

Pelas manhãs, eu e Pauline varríamos os quartos vagos até que ficassem limpos, virávamos os finos colchões e deixávamos lençóis novos dobrados nas mesinhas de cabeceira. Por fim, colocávamos ramos frescos de erva-de-são-marcos nos peitoris das janelas e nos colchões para deter os vermes que poderiam querer ficar na estalagem também, especialmente os parasitas que vinham com os viajantes. Os quartos eram simples, mas bonitos, e o cheiro da erva-de-são-marcos era acolhedor; no entanto, visto que apenas alguns quartos ficavam vagos a cada dia, nosso trabalho lá levava apenas alguns minutos. "Deveriam ter colocado vocês para trabalhar na cidadela. Há muito chão para ser varrido lá."

Como eu gostaria que tivessem me dado tal escolha. Havia ansiado que eles acreditassem que eu tinha algum outro valor além de ficar sentada em meio às infinitas lições que julgavam adequadas a uma filha da realeza. Minhas tentativas de fazer renda sempre resultavam em nós irregulares que não eram adequados nem para uma rede de pesca, e minha tia Cloris me acusava de deliberadamente não prestar atenção no que estava fazendo. O fato de eu não negar isso deixava-a ainda mais exasperada. Para falar a verdade, aquela era uma arte que eu poderia ter apreciado se não fosse pela forma como era forçada para cima de mim. Era como se ninguém notasse meus pontos fortes ou meus interesses. Eu era um pedaço de queijo sendo enfiado dentro de uma forma.

Um desgosto leve me incomodava. Lembrei-me de que minha mãe percebeu minha aptidão por idiomas e permitiu que eu fosse tutora de meus irmãos e de alguns dos mais jovens cadetes nos dialetos de Morrighan, alguns dos quais tão obscuros que eram quase línguas diferentes daquela falada em Civica. No entanto, até mesmo essa pequena concessão foi encerrada pelo Erudito Real depois que eu o corrigi a respeito de tempos verbais no dialeto sienês das terras altas.

O Erudito informou à minha mãe que ele e seus assistentes eram mais bem-qualificados para assumirem tais deveres. Talvez, aqui na estalagem, Berdi apreciasse minhas habilidades com seus viajantes de longas distâncias que falavam diferentes idiomas.

Embora eu tivesse adquirido a habilidade de varrer com bastante facilidade, outras tarefas provaram-se mais desafiadoras. Eu tinha visto moças na cidadela virando os barris de lavar roupa com apenas uma das mãos. Achei que fosse ser uma tarefa fácil. Na primeira vez que tentei, girei o barril e acabei ficando com a cara cheia de água suja com sabão, porque tinha me esquecido de prender o ferrolho. Pauline fez o melhor que pôde para suprimir a gargalhada. Pendurar a roupa para secar não se provou nem um pouco mais fácil do que lavar a roupa. Depois de pendurar um cesto inteiro de lençóis e ficar parada lá, admirando o meu trabalho, um vento forte veio e soltou todos os meus pregadores, fazendo com que eles saíssem voando em diferentes direções, como gafanhotos ensandecidos. As tarefas domésticas de cada dia traziam dores a novos lugares: ombros, panturrilhas e até mesmo em minhas mãos, que não estavam acostumadas a espremer, torcer e socar. A vida simples de uma cidade pequena não era tão simples quanto eu tinha imaginado, mas estava determinada a dominar aquelas atividades. Se havia algo que aprendi na vida na corte foi a ter paciência.

As noites tinham mais tarefas a ser feitas, com a taverna cheia do pessoal da cidade, além de pescadores e hóspedes da estalagem ansiosos para encerrarem o dia com os amigos. Eles vinham pela cerveja, pelas risadas compartilhadas e por uma ocasional troca de palavras bruscas que Berdi intermediava e resolvia com vigor. A maioria vinha em busca de uma refeição simples mas saborosa. A chegada do verão era sinônimo de mais viajantes, e com a rápida aproximação do Festival Anual da Libertação, a cidade teria o dobro de ocupantes do que de costume. Com a insistência de Gwyneth, Berdi enfim admitiu que uma ajuda extra se fazia necessária no refeitório.

Em nossa primeira noite, Pauline e eu recebemos a tarefa de cuidar de uma mesa cada uma, enquanto Gwyneth lidava com mais de uma dúzia. Ela era um exemplo. Até onde eu sabia, ela era apenas uns poucos anos mais velha do que nós, mas comandava o refeitório como uma veterana calejada. Ela flertava com os rapazes, piscando e dando risada, e então revirava os olhos quando se voltava para nós. Para homens mais bem-vestidos e um pouco mais velhos, aqueles que Gwyneth sabia que tinham mais dinheiro para gastar com extravagâncias com ela, suas atenções eram mais honestas; porém, no fim das contas, não havia ninguém que ela realmente levasse a sério. Estava ali apenas para fazer seu trabalho e o fazia bem.

Gwyneth avaliava os fregueses rapidamente, assim que passavam pela porta. Era uma diversão para ela, que, toda feliz, nos atraía para seu jogo. "Aquele", sussurrava ela quando um homem baixo e gordo passou pela porta, "é açougueiro, com certeza. Todos eles têm bigodes, sabia? E grandes panças por comerem bem. Mas as mãos sempre dizem tudo. As mãos de açougueiros são como joelhos de porco, mas meticulosamente cuidadas na manicure, com as unhas quadradas e bem-feitas." E então, com mais melancolia... "Tipos solitários, porém generosos." Ela soltava um grunhido, como se estivesse satisfeita por tê-lo resumido em segundos. "Provavelmente a caminho de ir comprar um porco. Vai pedir uma cerveja e nada além disso."

Quando o homem realmente pediu apenas uma cerveja, eu e Pauline demos risadinhas. Eu sabia que havia muito que poderíamos aprender com Gwyneth. Eu estudava os movimentos dela, sua conversa com os fregueses, e seu sorriso, tudo isso com cuidado. E, é claro, estudava o jeito como ela flertava.

s velhos homens haverão de ter sonhos,
As jovens damas terão visões,
A fera da floresta haverá de virar-se e ir embora,
Eles verão o filho do infortúnio vindo,
E abrirão caminho.

— Canção de Venda —

O ASSASSINO

Eu não sabia ao certo se deveria admirar ou planejar uma morte mais lenta e dolorosa para a renegada da realeza. Estrangulá-la com minhas próprias mãos poderia ser a melhor opção. Ou talvez fosse mais justo brincar com ela e fazer com que se contorcesse primeiro. Eu tinha pouca paciência com sanguessugas egoístas que achavam que seu sangue azul lhes dava direito a terem privilégios especiais, e ela não teria nenhum privilégio comigo agora.

Por causa dela, eu tinha comido mais poeira de estrada e voltado atrás mais quilômetros do que jamais admitiria a meus camaradas. A essa altura, eu já deveria ter ido embora, deveria estar voltando com o trabalho feito, mas, no fim das contas, a culpa disso era só minha. Eu havia subestimado a Princesa.

Em sua fuga, ela provou ser mais calculista do que uma fugitiva em pânico, levando testemunhas a acreditarem que ela se dirigia para o norte, em vez de o sul. Além disso, a Princesa continuava a deixar pistas enganosas. Porém, fazendeiros que tendem à embriaguez também tendem a ter a língua solta e uma quedinha por se vangloriar de suas boas trocas. Agora eu estava seguindo a minha última pista, alguém que vira duas pessoas passando e descendo pela rua principal de Terravin com três asnos, embora não se soubesse o sexo dos viajantes, sendo descritos apenas como mendigos imundos. Para o próprio bem dela, eu esperava que nossa esperta princesa não tivesse feito mais nenhuma troca.

"Ei, você!", chamei um menino de cabelos cacheados que conduzia um cavalo até um celeiro. "A cerveja daqui é decente?"

O menino parou, como se tivesse que pensar a respeito, tirando os cabelos da frente dos olhos. "Ouvi dizer que é." Ele se virou para ir embora.

"E quanto à comida?"

Ele parou de novo, como se cada resposta exigisse que ele pensasse antes de responder, ou talvez simplesmente não estivesse tão ansioso assim para tirar os arreios e escovar seu cavalo. "O cozido de peixe é o melhor."

"Muito obrigado." Desci do cavalo. "Queria saber se vocês teriam mulas ou asnos em algum lugar na cidade para alugar. Eu preciso de alguns para carregar suprimentos colinas acima."

Os olhos dele ficaram radiantes. "Nós temos três. Pertencem a uma das pessoas que trabalham aqui."

"Você acha que ele permitiria que eu os alugasse?"

"*Ela*", corrigiu-me o menino. "E não vejo por que não. Ela só os levou para viagens curtas até a cidade desde que chegou aqui umas poucas semanas atrás. Você pode verificar isso lá dentro. A moça está servindo as mesas."

Sorri. *Finalmente.* "Mais uma vez, obrigado. Você foi muito prestativo." Joguei a ele uma moeda por ter se dado ao trabalho de responder às minhas perguntas e vi suas feições mudarem. Eu fizera um amigo de confiança. Nenhuma suspeita seria lançada na minha direção.

O menino seguiu seu caminho, e fui andando com meu cavalo até o lado mais afastado da estalagem, onde ficavam os postes para que os fregueses da taverna prendessem suas montarias. Durante todos os quilômetros poeirentos que cobri, tive muito tempo para imaginar coisas sobre a menina que eu enfim estava prestes a encontrar. Será que ela teria tanto medo assim de casamento a ponto de fugir e adentrar o desconhecido parecer uma perspectiva melhor? Como será que ela era? Eu não sabia nada além da sua idade e os rumores de que ela tinha longos cabelos escuros, mas imaginava que não seria difícil identificar alguém da realeza.

Ela tem apenas dezessete anos. Apenas alguns anos mais nova do que eu, mas com a diferença de uma vida inteira nas vidas que levamos. Ainda assim, alguém da realeza servindo mesas? Essa menina era cheia de surpresas. Era um infortúnio para a moça que, por causa de seu nascimento, ela representasse uma ameaça para Venda. No entanto, na maior parte do tempo eu me perguntava... Se ela realmente tinha o dom, será que estava vendo que eu estava a caminho?

Atei meu cavalo ao último poste com um nó desajeitado, deixando-o bem longe dos outros cavalos, e avistei um camarada ativando uma bomba hidráulica e enfiando a cabeça debaixo do fluxo de água. Não era uma má ideia fazer o mesmo antes de me aventurar lá dentro, e se eu pudesse comprar uma bebida para ele, melhor ainda. Viajantes solitários sempre chamavam atenção demais.

CAPÍTULO 8
CRÔNICAS DE AMOR E ÓDIO

O PRÍNCIPE

m *kavah* de casamento. Só foi preciso fazer-lhe umas poucas perguntas e dar-lhe algumas moedas para arrancar a informação dos lábios do menino do estábulo. Ele era astuto, e saber do segredo dela poderia se provar valioso. Joguei a ele mais umas poucas moedas e um aviso austero para que aquelas palavras nunca mais saíssem de seus lábios de novo. O segredo era para ser só nosso. Depois de uma análise atenta da espada embainhada pendurada na minha sela, ele pareceu pelo menos esperto o bastante para perceber que eu não era o tipo a quem alguém trairia. Ele não conseguia descrever o *kavah*, mas tinha visto a menina esfregando as costas com fúria, em uma tentativa de removê-lo.

Fúria. Como eu conhecia bem esse sentimento agora. Eu não estava mais impressionado ou curioso. Três semanas dormindo no chão duro e rochoso haviam dado um jeito nisso. Durante vários dias parecia que eu estava prestes a encontrá-la, ficando apenas um passo atrás, para, em seguida, perder o rastro por completo antes de encontrá-lo de novo, várias vezes seguidas. Quase como se ela estivesse brincando comigo. Desde os andarilhos que haviam encontrado o manto de casamento dela — com o qual estavam remendando sua tenda —, passando por mercadores na cidade com joias para negociar, por fogueiras de acampamento apagadas e frias em trilhas raramente usadas, um vestido imundo e dilacerado de fina renda tecida somente em Civica, até as pegadas com marcas de cascos deixadas em margens lamacentas, eu tinha seguido as míseras migalhas que ela me deixara, tornando-me obcecado em não permitir que ela ganhasse no jogo para o qual Sven havia passado anos me treinando.

Eu não gostava do fato de que uma fugitiva de dezessete anos estivesse brincando comigo. Ou talvez eu apenas estivesse levando as coisas muito para o lado pessoal. Ela jogava na minha cara o quanto queria ficar longe de mim, o que me levava a imaginar se eu teria sido tão esperto ou determinado caso tivesse agido segundo meus pensamentos, como ela fez. Tateei debaixo do meu colete para sentir o único comunicado que recebi dela, um bilhete tão cheio de ousadia que eu tinha dificuldades de imaginar a menina que o havia redigido. *Inspecionar-me.* Nós veríamos quem faria a inspeção agora.

Abaixei a cabeça sob o fluxo de água novamente, tentando resfriar não só o corpo, mas também a mente. Eu precisava mesmo era de um bom banho.

"Guarde um pouco dessa água para mim, amigo."

Ergui a cabeça com rapidez, chacoalhando as gotas de água dos meus cabelos. Um camarada mais ou menos da minha idade aproximou-se de mim, seu rosto tão marcado quanto o meu pelos duros dias na estrada.

"Tem bastante para todos. Longa jornada?"

"Longa o bastante", respondeu-me, mergulhando a cabeça debaixo da água depois de bombear um fluxo constante. Ele esfregou o rosto e o pescoço com ambas as mãos e pôs-se de pé, estendendo-me a mão molhada. Tentei analisá-lo. Com certeza ele parecia amigável o bastante, mas havia algo em relação a ele que me deixava cauteloso também, e então, quando ele voltou os olhos de relance para meu cinto e a arma na lateral do meu corpo, soube que ele estava me avaliando com o mesmo cuidado com que eu o avaliava, o tipo de escrutínio que talvez um soldado treinado utilizasse, mas com o olhar parecendo casual. Ele não era apenas um mercador no fim de uma longa jornada.

Peguei na mão dele e o cumprimentei. "Vamos entrar, amigo, e lavar um pouco da poeira em nossas gargantas também."

CAPÍTULO 9
CRÔNICAS DE AMOR E ÓDIO

Aparentemente, eu e Pauline havíamos provado nosso valor e nossas habilidades, porque, sem aviso prévio, Berdi nos promoveu para que cuidássemos de qualquer mesa que precisasse de atenção, promoção esta que viera junto com um rígido lembrete de que não deveríamos experimentar as cervejas mais pesadas que servíamos. Pauline recebeu as notícias sem se abalar, mas eu senti que havia cruzado um limiar. Sim, tratava-se apenas de servir mesas, mas a estalagem e as pessoas que a frequentavam eram tudo que Berdi tinha. Isso era a vida dela. Ela havia me confiado algo que lhe era importante. Quaisquer dúvidas que ela tivesse de que eu fosse uma desajeitada menina da realeza que haveria de esmorecer sob a mais leve pressão não existiam mais. Eu não a decepcionaria.

A taverna era um grande salão aberto. A porta vaivém da cozinha ficava nos fundos, e a parede adjacente continha a estação de abastecimento, como Berdi a chamava, que era o coração da taverna, um longo e polido bar de pinho com torneiras para vários tipos de cervejas, as quais eram conectadas a barris na adega de resfriamento. Uma alcova escura no fim do bar dava para os degraus da adega. A taverna acomodava umas quarenta pessoas, e isso não incluía aqueles que se apoiavam em um canto ou que se empoleiravam em um dos barris vazios alinhados em uma das paredes. A noite estava apenas começando, e a taverna já estava ruidosa com as atividades, e só restavam duas mesas vazias.

Para a minha sorte, o cardápio era simples e as escolhas poucas, então eu não tinha nenhum problema em entregar as bebidas ou as comidas certas para os fregueses certos. A maioria pedia pão ázimo e o cozido de peixe pelo qual Berdi era conhecida, mas sua carne de cervo defumada com salada verde fresca do jardim e melão também eram deliciosos, especialmente agora que estava na época da fruta. Até mesmo o chef lá na cidadela teria reconhecido. Meu pai tendia a dar preferência a assados gordurosos com molhos fortes, e as evidências disso estavam em sua barriga. Os pratos de Berdi eram um alívio bem-vindo àquela culinária pesada.

Enzo parecia ter desaparecido, e toda vez que eu ia até a cozinha, Berdi murmurava baixinho sobre o inútil cabeça oca, mas observei que ele *realmente* havia entregado o bacalhau hoje, de modo que o cozido dela estava excelente.

"Ah, mas veja o estado dessa louça!", disse ela, acenando com uma colher no ar. "Ele saiu para cuidar de um cavalo e não voltou. Vou servir o cozido em penicos se ele não chegar logo, aquele miserável..."

A porta dos fundos oscilou e se abriu, e Enzo entrou com passos pesados, sorrindo como se tivesse encontrado um baú cheio de ouro. Ele lançou um estranho olhar de relance para mim, com suas sobrancelhas erguidas em altos arcos, como se nunca tivesse me visto antes. Enzo era um menino estranho. Para mim ele não era exatamente um simplório, mas talvez Berdi o chamasse de cabeça oca com razão. Saí para entregar algumas cervejas e um prato de carne de cervo enquanto Berdi soltava os cachorros em cima dele, ordenando que fosse lavar a louça imediatamente.

Assim que passei pela porta vaivém e entrei no refeitório, alguns novos fregueses entraram. Em um piscar de olhos, Pauline estava ao meu lado, tentando me empurrar de volta pela porta, quase fazendo com que eu derrubasse o meu prato. "Volte para a cozinha", sussurrou ela. "Rápido! Eu e Gwyneth damos conta deles."

Olhei para o bando de soldados enquanto eles caminhavam até uma mesa e sentavam-se. Não reconheci nenhum. Provavelmente também não me reconheceriam, especialmente no meu novo papel aqui, isso sem falar nas vestimentas da taverna que Berdi tinha nos dado para vestirmos enquanto estivéssemos servindo mesas. A maior parte dos meus cabelos estava bem presa dentro da minha touca rendada, e uma princesa usando uma saia marrom sem graça e um avental não parecia de modo algum uma princesa.

"Não", eu disse a ela. "Não posso me esconder toda vez em que alguém cruzar aquela porta." Pauline continuou me empurrando, mas eu passei rápido por ela, desejando acabar logo com aquilo, de uma vez por todas. Deixei a travessa de carne de cervo na mesa certa e, com duas cervejas ainda na outra mão, segui em direção aos soldados. "O que posso oferecer a vocês, bondosos cavalheiros?" Pauline estava paralisada de medo perto da porta da cozinha.

Um dos soldados olhou para mim, seus olhos lentamente deslizando dos meus tornozelos até a minha cintura, demorando-se em sua análise do fio trançado do meu colete e por fim pousando o olhar solene no meu rosto. Ele estreitou os olhos. Meu coração parou de bater por um instante, e senti minhas bochechas corarem. Será que havia me reconhecido? Será que eu tinha cometido um erro terrível? Ele estendeu a mão e circundou com ela minha cintura, puxando-me mais para perto antes que eu pudesse apresentar alguma reação.

"Eu já tenho exatamente o que quero."

Os outros soldados riram, e meu coração, por mais estranho que pareça, aquietou-se. Reconheci esse jogo. Eu tinha visto Gwyneth defender-se de avanços como estes muitas vezes. Com aquilo eu podia lidar. Com o fato de ser reconhecida como a princesa fugitiva, não. Inclinei-me para a frente, fingindo interesse. "Soldados da Guarda de Sua Majestade... entendo que vocês têm dietas bastante rígidas. Devem tomar cuidado com aquilo que desejam." Naquele instante, consegui derramar metade da cerveja das canecas que estavam em minha mão no colo dele.

Ele soltou a minha cintura e deu um pulo para trás, irrompendo a falar sobre seu colo molhado como se fosse um garotinho de escola lamuriando-se. Os outros soldados rugiram, aprovando o espetáculo. Antes que ele pudesse soltar os cachorros em cima de mim, falei, baixinho, esperando que soasse sedutora: "Sinto muito. Sou nova nisso, e meu equilíbrio não é muito bom. Talvez seja mais seguro que você mantenha suas mãos longe de mim". Coloquei as duas canecas com cerveja pela metade em cima da mesa à frente dele. "Tome, aceite

essas cervejas como um pedido de desculpas por eu ser desajeitada."
Eu me virei antes que ele pudesse responder, mas ouvi um retumbar
de gargalhadas atrás de mim.

"Muito bem", sussurrou Gwyneth ao meu ouvido quando passei por
ela, mas quando me virei, Berdi estava plantada, grande e imóvel na porta da cozinha, com as mãos nos quadris, os lábios formando uma apertada e fina linha. Engoli em seco. Tudo estava bem em relação aos soldados. Eu não sabia por que ela deveria estar tão perturbada, mas fiz uma
promessa silenciosa de ser menos punitiva com o derramar de cerveja.

Voltei às torneiras para encher uma nova rodada de cerveja para os
fregueses que as pediram originalmente, puxando duas canecas frescas sob o balcão. Em um breve momento de calma, fiz uma pausa e observei Pauline, que fitava a porta com ar saudoso. Faltava bem pouco
para o fim do mês e ainda era um pouco cedo para que Mikael tivesse
percorrido todo o caminho desde Civica, mas a expectativa dela transparecia toda vez que a porta se abria. Ela parecera meio pálida durante
a semana que passou, com o tom normalmente rosado de suas bochechas sumindo junto com seu apetite, e eu me perguntava se alguém
poderia realmente ficar doente de amor. Enchi as canecas até as bordas e rezei para que, pelo bem de Pauline, o próximo freguês a entrar
por aquela porta fosse Mikael.

No recanto mais longínquo...

Meus olhos voltaram-se em um átimo para cima. Memórias sagradas em uma taverna? No entanto, a melodia desapareceu com tanta
rapidez quanto tinha sido trazida pelo vento, e tudo que eu podia ouvir era o ruidoso murmurar das conversas. A porta da estalagem abriu-
-se e, agora com a mesma expectativa de Pauline, meus olhos ficaram
fixos em quem passaria por ali.

Senti meus ombros caírem, junto com os de Pauline. Ela voltou sua
atenção aos fregueses que estava servindo. Pela reação dela, eu soube
que eram apenas mais dois estranhos, nenhum deles era Mikael, mas,
quando olhei com mais atenção, fiquei alerta. Eu observei enquanto os
novos fregueses punham os pés para dentro da taverna e faziam uma
busca em meio ao salão cheio, seus olhos vagando pelas pessoas que
lá estavam e pelos cantos. Uma pequena mesa ainda estava disponível
a apenas uns poucos metros deles. Se estivessem procurando por lugares
vagos para sentar, eu não entendia como poderiam ter deixado de vê-la.

Fui furtivamente para as sombras da alcova para observá-los. Os olhares contemplativos dos dois pararam abruptamente nas costas de Pauline, enquanto ela conversava com alguns cavalheiros idosos no canto.

"Oras, aquela é uma dupla interessante", disse Gwyneth, movendo-se farfalhante para o meu lado.

Eu não tinha como negar que eles haviam chamado muito a minha atenção. Algo no jeito deles...

"Pescador à esquerda", proclamou ela. "Ombros fortes. Cabelos escuros beijados pelo sol, precisando de um pente. Cortes nas mãos. Um pouco sombrio. Provavelmente não vai dar uma boa gorjeta. O loiro à direita, algum tipo de comerciante. De peles de animais, talvez. Ele anda um pouco empertigado. Os comerciantes sempre andam assim. E, olhe para as mãos dele, nunca viram uma rede de pesca ou um arado, apenas uma flecha veloz. Provavelmente dará gorjetas melhores, visto que não entra nas cidades com frequência. Essa será sua grande extravagância."

Eu teria dado risada dos resumos de Gwyneth se os recém-chegados não tivessem arrebatado a minha atenção. Eles se destacavam dos fregueses costumeiros que adentravam pelas portas da taverna de Berdi, tanto em termos de estatura quanto de comportamento. Para mim, eles não eram nem pescador, nem comerciante. Minha intuição me dizia que tinham outros negócios a tratar aqui, embora Gwyneth fosse muito mais experiente nisso do que eu.

Aquele que Gwyneth supunha ser um pescador por causa de seus cabelos escuros com mechas douradas como o sol e mãos cortadas tinha um ar mais pensativo do que os pescadores que eu vira na cidade. Ele também aparentava ter uma ousadia incomum na forma como se portava, como se estivesse confiante de cada passo que dava. Em relação às mãos dele, pequenos cortes podem ser obtidos de diversas maneiras, e não apenas com ganchos e escamas de peixes. Eu mesma havia sofrido vários em minha viagem ao esticar as mãos apressadamente por arbustos espinhentos. Era verdade que seus cabelos eram longos e não estavam bem cuidados, caindo sobre os ombros, mas ele podia ter tido uma jornada difícil e nada para prender os cabelos.

O camarada loiro tinha compleição quase idêntica à dele, talvez uns dois centímetros mais largo nos ombros, seus cabelos apenas roçando seu colarinho. Segundo minha avaliação, a expressão no rosto dele era tão sóbria quanto a de seu amigo, com um quê de taciturno que anuviava o ar em volta dele. Havia muito mais em sua mente do que apenas uma cidra fresca. Talvez fosse apenas a fadiga depois de uma longa jornada, ou poderia ser algo mais significativo. Talvez ele estivesse sem trabalho e com esperanças de que a cidade pudesse lhe prover algum... Talvez fosse esse o motivo pelo qual ambos demoraram tanto para se sentar, então? Talvez não tivessem nenhuma moeda que fosse. Minha imaginação estava ficando tão vívida quanto a de Gwyneth.

Fiquei observando o camarada de cabelos escuros dizer algo para o outro, apontando para a mesa vazia, e eles se sentaram, embora pouco mais tenha se passado entre os dois, que pareciam mais interessados em seus arredores do que um no outro.

Gwyneth me deu uma cotovelada. "Continue encarando esses dois e seus olhos vão cair." Ela soltou um suspiro. "Um pouco jovens demais para mim, mas para você..."

Revirei os olhos. "Por favor..."

"Olhe para você. Você está acabada como um cavalo no fim da corrida. Não é crime, sabia? Notar os homens. Eles vão tomar duas cidras escuras cada. Acredite em mim." Ela esticou a mão e pegou as cervejas substitutas que eu tinha despejado nas canecas. "Eu vou entregar essas daqui, e você cuida deles."

"Gwyneth! Espere!" Mas eu sabia que ela não esperaria. Para falar a verdade, eu estava feliz com o empurrãozinho. Não que eles tivessem me deixado exaltada, nem um pouco. Ambos eram um pouco desmazelados e sujos demais. Eles me deixavam intrigada, só isso. Por que eu não poderia me entregar ao joguinho de Gwyneth e ver se eu servia a um pescador e um comerciante de peles? Peguei mais duas canecas da prateleira, as últimas limpas — eu realmente esperava que Enzo fizesse progresso com a louça. Abri a torneira e deixei que a cidra dourada-escura fluísse até a borda, notando a tremulação no meu estômago.

Segurei as asas das canecas com uma das mãos e dei a volta no bar, mas então avistei Pauline. O idiota que ficou com o colo molhado, aquele que tinha me agarrado, estava segurando o pulso dela com firmeza. Eu vi que minha amiga estava com um sorriso doloroso no rosto, sendo educada enquanto tentava se soltar e se afastar dele. O soldado ria, gostando de vê-la se contorcer. Meu rosto ficou quente de imediato, e quase no mesmo instante eu estava ao lado dela, encarando os olhos da cobra lasciva.

"Já lhe avisei gentilmente uma vez, senhor. Da próxima, não terá apenas o seu colo molhado. Em vez disso, meterei essas canecas na sua cabeça! Agora pare de agir como um idiota, comporte-se como um honorável membro da Guarda Real de Sua Majestade e tire sua mão dela agora mesmo."

Dessa vez não os ouvi estapeando joelhos ou dando risadas. O salão inteiro ficou em silêncio. O soldado olhava com ódio para mim, furioso por estar sendo humilhado de uma forma tão pública. Devagar, ele soltou a mão de Pauline, e ela foi correndo até a cozinha, mas meus olhos continuaram travados nele, cujas narinas estavam dilatadas. Eu imaginava se ele estava se perguntando se poderia me estrangular em um salão cheio de gente. Meu coração martelava com selvageria em meu peito, mas forcei um lento e desdenhoso sorriso a assomar-se aos meus lábios.

"Prossigam com o que estavam fazendo", falei para o restante do salão, e virei-me rapidamente para evitar ter que trocar mais uma palavra que fosse com ele. Com apenas algumas passadas, eu me encontrava tropeçando na mesa dos recém-chegados. Fui pega de surpresa pelos olhares fixos deles, e minha respiração ficou presa em meu peito. A intensidade que eu avistara de longe era mais aparente assim tão de perto. Por um instante, fiquei paralisada. Os olhos azuis do pescador cortavam-me, e os tempestuosos olhos castanhos do mercador eram mais do que perturbadores. Eu não sabia ao certo se eles estavam com raiva ou alarmados. Tentei driblar minha entrada desajeitada e ganhar vantagem.

"Vocês são novos aqui. Sejam bem-vindos. Devo avisá-los de que as coisas não são sempre tão animadas assim aqui na estalagem, mas não haverá nenhuma cobrança extra pela diversão de hoje. Eu espero que cidras escuras sejam do agrado de vocês. Imaginei que elas seriam adequadas." Coloquei as cidras sobre a mesa. Os dois homens ficaram fitando-me sem falar nada.

"Posso garantir a ambos que nunca dei com uma caneca na cabeça de ninguém. Ainda."

O mercador apertou os olhos. "Isso é reconfortante." Ele apanhou a caneca e levou-a aos lábios, sem tirar seus olhos escuros dos meus em momento algum enquanto sorvia a bebida. Rios de calor espalharam-se pelo meu peito. Ele colocou a caneca sobre a mesa e, por fim, abriu um sorriso muito agradável de satisfação, que me deu um alívio muito necessário. "A cidra está boa", disse ele.

"Estou detectando um sotaque eislandês? *Vosê zsa tevou de mito loje?*"

A mão dele acertou a caneca e derramou cidra pela lateral. "Não", respondeu ele com firmeza.

Não o quê? Não, não era um sotaque, ou não, ele não havia viajado de muito longe? O rapaz parecia agitado pela pergunta, então não mencionei mais o assunto.

Voltei-me para o pescador, que ainda não havia falado nada. Ele tinha o que eu imaginava que poderia ser uma face agradável se apenas conseguisse abrir um sorriso de verdade, e não aquele largo sorriso presunçoso no rosto. Ele estava me esquadrinhando. Fiquei com os pelos arrepiados. Se desaprovava a forma como tratei o soldado, ele poderia cair fora agora. Eu não me humilharia mais. Era a vez dele de falar, pelo menos me agradecer pela cidra.

Ele se inclinou devagar para a frente. "Como você sabia?"

A voz dele me atingiu como um tapa forte nas costas, forçando o ar a sair dos meus pulmões. Encarei-o, tentando me orientar. O som reverberava nos meus ouvidos. Aquela voz me era perturbadoramente familiar, e ao mesmo tempo era também nova. Eu sabia que nunca a tinha ouvido antes. *Mas tinha.*

"Sabia...?", falei, sem fôlego.

"Que a cidra seria adequada para nós?"

Tentei cobrir meu estado de confusão com uma resposta rápida. "Foi ideia de Gwyneth, para falar a verdade. Uma outra garçonete daqui. É uma diversão dela. Ela é muito boa nisso, acerta na maior parte das vezes. Além de adivinhar bebidas, ela adivinha profissões. Gwyneth acha que você é um pescador, e seu amigo, um mercador."

Deparei-me com minha voz escapando de mim, uma palavra sendo cuspida em cima da outra. Mordi o lábio, forçando-me a parar. Os soldados não haviam feito de mim uma tola tagarela. Como esses dois tinham conseguido tal façanha?

"Obrigado pela cidra, *senhorita...?*" O mercador fez uma pausa, à espera.

"Pode me chamar de Lia", falei. "E você seria?"

Depois de pensar um pouco, ele respondeu: "Kaden."

Voltei-me para o pescador, esperando que ele se apresentasse. Em vez disso, ele simplesmente fez meu nome rolar em sua língua, como se fosse um pedaço de milho preso entre seus dentes. "Lia. Hum." Ele esfregou lentamente a barba de uma semana por fazer em sua bochecha.

"Kaden e...?", falei, sorrindo entredentes. Eu seria educada, mesmo que isso me matasse por dentro. Não podia me dar ao luxo de fazer mais cenas com os fregueses nessa noite, não com Berdi me observando de perto.

O olhar frio e contemplativo dele se ergueu à altura do meu, e o queixo dele estava um pouco inclinado, de lado, como em desafio. Pequenas linhas espalharam-se no canto de seus olhos enquanto ele sorria. "Rafe", ele respondeu.

Tentei ignorar o carvão quente ardendo nas minhas entranhas. O rosto dele poderia não estar bondoso quando sorriu, mas era impressionante. Senti minhas têmporas ficarem ruborizadas e quentes, e rezei para que ele não pudesse ver isso na luz difusa. Não era um nome comum por essas bandas, mas eu gostava de sua simplicidade.

"O que posso trazer para vocês nesta noite, Kaden e Rafe?" Abanei no ar o cardápio de Berdi, mas, em vez de pedirem algo, ambos me perguntaram sobre a menina pela qual eu havia feito a intervenção.

"Ela parece jovem demais para estar trabalhando aqui", observou Kaden.

"Ela tem dezessete anos, a mesma idade que eu, mas com certeza é mais inocente, de certa forma."

"Ah, é?", respondeu Rafe, uma resposta curta e cheia de insinuações?.

"Pauline tem um coração mais terno", respondi. "Ao passo que aprendi a endurecer o meu contra questionamentos rudes."

Ele abriu um largo sorriso. "Sim, dá para ver." Apesar de estar me incomodando, achei o sorriso dele afável e esqueci a resposta que estivera na ponta da minha língua. Voltei minha atenção para Kaden e fiquei aliviada ao ver que ele fitava sua caneca em vez de me encarar, como se estivesse em meio a pensamentos profundos.

"Eu recomendo o cozido", ofereci em sugestão a eles. "Parece ser um dos pratos prediletos daqui."

Kaden ergueu o olhar e abriu um sorriso cálido. "Então, um cozido para mim, Lia."

"E eu vou ficar com a carne de cervo", disse Rafe. Não me surpreendi. Eu procuraria pelo corte de carne mais duro para ele. Mastigar poderia arrancar aquele largo e presunçoso sorriso de seu rosto.

De súbito, Gwyneth estava muito perto de mim. "Berdi gostaria de sua ajuda na cozinha. *Agora*. Pode deixar que eu cuido destes cavalheiros."

É claro que nós duas sabíamos que a última coisa de que Berdi precisava era da minha ajuda para cozinhar ou cortar algo na cozinha, mas assenti e deixei Rafe e Kaden aos cuidados de Gwyneth.

Fui banida do restante da taverna pelo resto da noite depois de um sermão em voz baixa, porém enfurecido, de Berdi em relação aos perigos de não cair nas graças das autoridades. Argumentei com valentia em relação à justiça e à decência, mas ela argumentou com a mesma força sobre coisas práticas como a sobrevivência. Ela falava dançando cautelosamente em torno da palavra *princesa*, porque Enzo podia nos ouvir, mas o que ela queria dizer estava claro: aqui meu título não significava nada, e seria melhor que eu aprendesse a abafar a minha soberba e fogosa língua.

Pelo resto da noite, Berdi serviu as refeições, entrando na cozinha para me dar ordens ou temperar uma nova caldeirada de cozido, mas, na maioria das vezes, para certificar-se de que os soldados tivessem segundas porções... tudo por conta da casa. Eu odiava a concessão que ela havia feito, e cortava cebolas com ferocidade.

Assim que a terceira cebola fora reduzida a purê e toda minha raiva — ou a maior parte dela — havia passado, meus pensamentos voltaram-se para Rafe e Kaden. Eu nunca saberia se algum deles era pescador ou mercador de peles. A essa altura, provavelmente eles estavam bem longe na estrada, e eu nunca os veria de novo. Pensei em Gwyneth e na forma como ela flertava com seus fregueses, manipulando-os para que fizessem sua vontade. Será que ela havia feito o mesmo com eles?

Pequei um tubérculo nodoso e alaranjado de uma cesta e soquei-o na tábua de cortar carne. Em menos tempo do que as cebolas, ele também virou purê, exceto pelos pedaços que voaram para o chão.

CAPÍTULO 10
CRÔNICAS DE AMOR E ÓDIO

o fim da tarde, quando Pauline tinha voltado à nossa cabana, e Enzo e Gwyneth haviam partido pela escuridão, eu, cansada, raspava a última caldeira vazia de cozido, no fundo da qual alguns restos estavam teimosamente grudados. Senti como se estivesse de volta à cidadela e tivesse sido mandada para os meus aposentos mais uma vez. Lembranças das proibições que sofri mais recentemente zombavam de mim, e pisquei para refrear as lágrimas. *Eu não vou dizer isso de novo, Arabella, mas você tem que aprender a controlar sua língua!*, meu pai rugira, com o rosto vermelho, e, na ocasião, eu me perguntei se me bateria, mas ele apenas saiu tempestuosamente do meu quarto. Estávamos em um jantar da corte, com a presença de todo o gabinete real. O Chanceler estava sentado do outro lado da mesa, na minha frente, usando seu casaco ornamentado em prata, as juntas de seus dedos tão cheias de joias que eu me perguntava se ele não estava tendo alguma dificuldade para erguer o garfo. Quando a conversa se voltou para o assunto de cortes no orçamento e piadas de bêbados daquelas que faziam os soldados caírem de seus cavalos, eu entrei na conversa e disse que se o gabinete juntasse suas joias e quinquilharias, talvez os cofres do tesouro tivessem excedentes. É claro que olhei para o Chanceler e ergui meu copo a ele para certificar-me de que meu ponto não ficasse perdido nas mentes cheias de cerveja deles. Era uma verdade que meu pai não queria ouvir — não vinda de mim, pelo menos.

Ouvi um farfalhar, ergui o olhar de relance e me deparei com uma Berdi muito cansada arrastando os pés para dentro da cozinha. Redobrei meus esforços com a caldeira. Ela veio na minha direção e ficou parada, em pé e em silêncio, ao meu lado. Esperei que Berdi me repreendesse novamente, mas, em vez disso, ela ergueu meu queixo de modo que eu tivesse que olhar para ela e disse baixinho que eu tinha todo o direito de disciplinar o soldado de forma dura, e que ela estava feliz por eu ter feito aquilo.

"Porém, palavras duras vindas de uma jovem mulher como você, em oposição àquelas vindas de uma velha como eu, provavelmente farão com que seus egos ardam em chamas, em vez de domá-los. Você precisa tomar cuidado. Fiquei tão preocupada por você quanto fiquei por mim. Isso não quer dizer que as palavras não tivessem que ser ditas, e você as disse bem. Eu peço desculpas."

Minha garganta ficou apertada. Todas as vezes em que eu tinha falado o que pensava a meus pais, eles nunca me disseram que eu expressara algo bem, e menos ainda pediram alguma ponta que fosse de um pedido de desculpas. Pisquei, desejando ter uma cebola para explicar o ardor em meus olhos. Berdi me puxou para seus braços e me abraçou, dando-me uma oportunidade de recompor-me.

"O dia foi bem longo", sussurrou ela. "Vá. Descanse. Eu termino as coisas por aqui."

Assenti, ainda não confiando ser capaz de falar alguma coisa.

Fechei a porta da cozinha depois de sair e subi os degraus entalhados na encosta da colina atrás da taverna. A noite ainda estava silenciosa, e a lua aparecia e desaparecia em meio às faixas de névoa que deslizavam para cima, vindas da baía. Apesar do frio, eu estava aquecida pelas palavras de Berdi.

Quando cheguei ao último degrau, puxei o gorro da minha cabeça, deixando meus cabelos caírem sobre os ombros, sentindo-me plena e satisfeita enquanto, mais uma vez, ponderava sobre o que ela havia me dito. Eu me dirigi trilha abaixo, com o fraco brilho dourado da janela da cabana servindo como farol. Provavelmente Pauline já estava em um sono profundo, banhando-se em sonhos com Mikael e sendo abraçada com tanta força que nunca mais teria que se preocupar com ele a deixando novamente.

Soltei um suspiro enquanto descia a trilha escura. Meus sonhos eram do tipo sem graça e chatos, isso se eu sequer me lembrasse deles, e com certeza nunca foram do tipo em que eu era abraçada. Esse tipo de sonho eu tinha que trazer à vida quando estava acordada. Uma brisa salgada agitou as folhas à minha frente, e esfreguei meus braços para aquecê-los.

"Lia."

Dei um pulo e inspirei com força.

"Shh. Sou eu." Kaden saiu da sombra de um grande carvalho. "Não queria assustá-la."

Fiquei paralisada. "O que você está fazendo aqui?"

"Estava esperando por você."

Ele veio andando para mais perto de mim. Ele podia ter sido inofensivo o bastante na taverna, mas o que queria tratar comigo ali fora no escuro? Minha fina adaga ainda estava enfiada debaixo do meu colete. Abracei as laterais do meu corpo, sentindo a lâmina debaixo do tecido, e dei um passo para trás.

Kaden notou meu movimento e parou. "Eu só queria me certificar de que você chegaria em casa em segurança", disse ele. "Conheço soldados como aquele que você humilhou na taverna. Eles têm memórias que guardam as coisas por um bom tempo, assim como têm grandes egos também." O rapaz abriu um sorriso, hesitante. "E acho que eu queria dizer que admiro o que você fez. Não demonstrei antes o quanto apreciei aquilo." Depois de uma pausa, e quando eu ainda assim não lhe respondi, ele acrescentou: "Posso acompanhá-la pelo restante do caminho?".

Ele me ofereceu o braço, mas não o aceitei. "Você ficou esperando esse tempo todo? Achei que já estivesse na estrada a essa altura."

"Estou hospedado aqui. Não havia nenhum quarto disponível, mas a dona da taverna e da estalagem graciosamente me ofereceu o celeiro. Um colchão macio é uma melhoria bem-vinda, depois de um saco de dormir empoeirado." Ele deu de ombros e acrescentou: "Até mesmo se eu tiver que ouvir um ou dois asnos reclamando".

Então ele era um hóspede da estalagem, e um dos respeitosos. Além disso, era um freguês pagante que, por direito, deveria ficar na nossa cabana, que tinha uma goteira, sim, mas que era aconchegante. Relaxei os braços nas laterais do corpo. "E o seu amigo?"

"Meu amigo?" Ele inclinou a cabeça para o lado, que nem um garotinho, o que tirou instantaneamente anos de sua cuidadosa linguagem corporal. Com os dedos, ele afastou um cacho de cabelos loiros para trás. "Ah, ele. Ele vai ficar aqui também."

Aquele rapaz não era um mercador de pele de animais, disso eu tinha certeza. Separar animais de suas peles não era a especialidade dele. Seus movimentos eram silenciosos e deliberados como poderia ser próprio e adequado a um caçador, mas seus olhos... *seus olhos!* Eles eram cálidos e nebulosos, e uma turbulência agitava-se logo abaixo da superfície enganadoramente calma. Olhos estes que estavam acostumados a um tipo diferente de vida, embora eu não conseguisse imaginar qual poderia ser.

"O que o traz a Terravin?", perguntei a ele.

Antes que eu pudesse ter alguma reação, ele esticou a mão e a segurou na minha. "Permita-me acompanhá-la até sua cabana", disse ele. "E contarei a você tudo sobre..."

"*Kaden?*"

Puxei minha mão para longe da dele, e nos viramos na direção da voz que o chamava na escuridão. A escura silhueta de Rafe, apenas a uma curta distância na trilha abaixo, era inconfundível. Ele tinha chegado até nós sem indicar que estava se aproximando, seus movimentos tão sorrateiros quanto os de um gato. Eu pude ver as feições dele enquanto se aproximava vagarosamente de nós.

"O que foi?", perguntou Kaden, cujo tom estava cheio de irritação.

"Aquela sua égua arisca está dando coices na baia dela no estábulo. Antes que ela cause mais danos, você..."

"Égua não, *garanhão*", Kaden corrigiu-o. "Ele estava bem quando eu o deixei."

Rafe deu de ombros. "Ele não está bem agora. Imagino que tenha ficado nervoso com as novas acomodações."

Ah, ele era cheio de si.

Kaden balançou a cabeça e saiu, indignado, pelo que fiquei grata. Berdi não ficaria feliz com uma baia destruída no estábulo, isso sem falar que passei a pensar, com preocupação, em como os meus dóceis Otto, Nove e Dieci poderiam lidar com um vizinho tão destrutivo. Passei a gostar muito deles, que estavam do lado de fora, em uma construção coberta adjacente ao estábulo, mas apenas uma fina parede de madeira os separava dos animais alojados no celeiro.

Em segundos, Kaden se foi, e eu e Rafe ficamos desconfortavelmente sozinhos, com uma leve brisa agitando as folhas caídas entre nós. Empurrei os cabelos da frente do meu rosto e notei a mudança na aparência dele, cujos cabelos estavam bem penteados e presos para trás, e seu rosto recém-lavado reluzia sob a fraca luz do luar. Suas maçãs do rosto eram pungentes e bronzeadas, e ele estava com uma camisa trocada há pouco tempo. Parecia perfeitamente contente em me fitar em silêncio — um hábito dele, suponho.

"Você mesmo não poderia ter acalmado o cavalo?", perguntei, por fim.

Um sorriso afetado ergueu o canto de sua boca, mas ele respondeu à minha pergunta com outra pergunta.

"O que Kaden queria?"

"Ele só queria se certificar de que eu chegaria à minha cabana em segurança. Ele ficou preocupado com o soldado da taverna."

"Ele está certo. O bosque pode ser perigoso... especialmente quando se está sozinha."

Será que Rafe estava tentando me intimidar deliberadamente? "É raro que eu fique sozinha. E não estamos exatamente embrenhados no bosque. Há muitas pessoas por aqui que podem nos ouvir."

"É mesmo?" O rapaz olhou ao redor como se estivesse tentando ver as pessoas de quem eu estava falando, e então seus olhos assentaram-se em mim de novo. Um nó se contorcia nas minhas costelas.

Ele deu um passo na minha direção. "É claro que você tem aquela pequena faca enfiada debaixo do colete."

Minha adaga? Como ele sabe disso? Ela estava embainhada bem justinha na lateral do meu corpo. Será que eu a tinha revelado ao tocá-la, distraída? Notei que Rafe era uma cabeça mais alto do que eu. Ergui o queixo.

"Não é tão pequena assim", falei. "Tem uma lâmina de quinze centímetros. Longa o bastante para matar alguém se for usada com destreza."

"E quanta destreza você tem com ela?"

Apenas com alguma coisa que não se mexa, como uma porta... a porta do meu quarto. "*Muita*", respondi.

Ele não me respondeu, como se tanto a minha lâmina quanto minhas professadas habilidades não o impressionassem.

"Bem, boa noite, então", disse e virei-me para ir embora.

"Lia, espere."

Parei, ainda de costas para ele. O bom senso me dizia para continuar andando. *Vá, Lia. Siga em frente.* Eu ouvi uma vida inteira de avisos. Da minha mãe. Do meu pai. Dos meus irmãos. Até mesmo do Erudito. Todo mundo que havia me restringido antes e de forma indireta, fosse para o bem ou para o mal. *Continue andando.*

Mas não fiz isso. Talvez fosse a voz dele. Talvez fosse por ouvi-lo dizer meu nome. Ou talvez eu estivesse me sentindo plena por saber que, às vezes, eu estava certa, que, às vezes, minha intuição impulsiva poderia me conduzir ao perigo, mas que essa era a direção certa a seguir. Talvez fosse a sensação de que o impossível estava prestes a acontecer. Temor e expectativa enrolavam-se um no outro.

Virei-me e me deparei com seu olhar contemplativo, sentindo o perigo daqueles olhos, seu calor, mas não disposta a desviar meu próprio olhar do dele. Esperei que ele falasse. Ele avançou mais um passo para perto de mim, e o espaço entre nós se fechava, agora era pouco mais de um metro. Ele ergueu a mão na minha direção, e recuei um passo, tremendo, mas vi que ele estava segurando o meu gorro.

"Você deixou cair isso."

Ele o estirava, esperando que eu fosse pegá-lo, com pedacinhos de folhas esmagadas ainda grudados em sua renda fina.

"Obrigada", sussurrei, e estiquei a mão para pegar o gorro, meus dedos roçando nos dele, mas ele o segurava com firmeza. Sua pele ardia, pegando fogo em contato com a frieza da minha. Encarei seus olhos, questionando sua pegada, e, pela primeira vez, vi uma fissura em sua armadura, sua costumeira expressão de aço atenuada por uma ruga entre suas sobrancelhas, um momento de indecisão lavando sua face, e então, um erguer em seu peito, uma respiração mais profunda, como se eu o tivesse flagrado com a guarda baixa.

"Peguei", disse. "Pode soltar."

Ele soltou, desejando-me um apressado boa-noite, e então, de forma abrupta, virou-se e voltou a desaparecer caminho abaixo.

Ele ficou confuso. Eu o deixei desconcertado. Mais do que perceber isso, eu senti essa inquietude palpável na minha pele, fazendo cócegas no meu pescoço. Como? O que eu tinha feito? Não sabia, mas fitava o buraco negro no caminho onde ele desaparecera até que o vento mexeu ruidosamente os galhos acima de mim, lembrando-me de que estava tarde, de que eu estava sozinha, e de que o bosque estava muito escuro.

CAPÍTULO 11
CRÔNICAS DE AMOR E ÓDIO

O ASSASSINO

ão pode haver uma segunda chance.
E, ainda assim, eu havia deixado a segunda chance escapar. Joguei meu alforje na parede. Meu colega de celeiro tinha levado o colchão para o canto oposto. Pelo menos o espaço era grande. Ele já estava me enfurecendo, um idiota do interior que, com duas bebidas, tinha ficado de olho em uma princesa. Eu conhecia o tipo. Fazer amizade com ele fora um erro, mas, apesar disso, não havia quartos livres na estalagem, então seria bem provável que eu fosse acabar dividindo o celeiro com ele, de qualquer maneira.

As acomodações não eram das melhores. Apenas um telhado sobre nossas cabeças, e colchões fininhos que nós mesmos tivemos que trazer de um armazém, mas pelo menos o celeiro não fedia... ainda. Eu tinha que admitir que a comida na estalagem era uma opção bem melhor do que esquilo ossudo assado no espeto em uma fogueira a céu aberto, e já estava cansado de encher meu cantil com água de riachos arenosos.

Eu espero que cidras escuras sejam do agrado de vocês.

E eram. Não sei ao certo o que eu estava esperando, mas não era ela. Esfreguei as costelas debaixo da minha camisa, lembrando-me das inúmeras vezes que apanhei. Já fazia anos, mas cada chicotada permanecia fresca em minha mente. Os membros da realeza que eu conheci eram feitos de covardia e ganância, e ela mostrava ter nada de um ou de outro. Lia mantivera-se firme com aquele soldado, defendendo sua amiga como se um exército inteiro estivesse atrás dela. Ela estava com medo. Eu vi as canecas tremerem em sua mão, mas o temor não a deteve.

Ainda assim, um membro da realeza era um membro da realeza, e a arrogância desdenhosa dela provava suas raízes. Eu me lembraria disso quando chegasse a sua hora, mas não havia nenhum motivo pelo qual eu não pudesse desfrutar dos confortos e de outros prazeres da estalagem por mais uns poucos dias antes de terminar os meus negócios. Havia muito tempo para isso. Levaria pelo menos um mês para que Griz e os outros se juntassem a mim. Eu não tinha que passar esse tempo sozinho em uma terra inóspita comendo roedores quando podia ficar aqui. Eu faria o trabalho quando fosse o momento certo. O Komizar sempre pudera contar comigo, e dessa vez não seria diferente.

Tirei minhas botas e apaguei o lampião, deslizando minha faca logo abaixo da beirada do colchão, ao alcance da mão. Quantas vezes eu a havia usado para lacerar gargantas anônimas? No entanto, dessa vez eu sabia o nome da minha vítima, pelo menos o suposto nome que estava usando. *Lia.* Um nome que não parecia muito da realeza. Eu me perguntava por que ela o teria escolhido.

Lia. Era como um sussurro ao vento.

CAPÍTULO 12
CRÔNICAS DE AMOR E ÓDIO

O PRÍNCIPE

u havia dito a Sven que provavelmente nem falaria com ela, e, ainda assim, desde o momento em que a vi caminhando de forma arrogante pelos arredores como se nada no mundo importasse, falar com ela era tudo que eu queria fazer. Eu queria fazer uma crítica de proporções épicas a ela, dar-lhe um sermão que deixaria até mesmo as orelhas do meu pai — acostumadas a isso — vermelhas. Eu queria revelar a identidade dela para um salão cheio de gente, e, ainda assim, fiquei lá, sentado e em silêncio, e deixei que ela me passasse as escolhas do menu em vez de tomar alguma providência. Princesa Arabella, Primeira Filha da Casa de Morrighan, trabalhando em uma taverna.

E ela parecia estar gostando. Bastante, na verdade.

Talvez fosse isso o que mais me incomodava. Enquanto eu estava na estrada, imaginando se a Princesa seria a vítima de bandidos ou ursos, ela estava brincando de garçonete. Ela com certeza era encrenca, e no dia em que fugiu de nosso casamento, eu me esquivei de uma flecha envenenada. Ela me fez um favor. Eu quase podia dar risada da sugestão do meu pai de arrumar uma amante depois do casamento. Essa menina poderia fazer toda a corte e metade do exército real se arrepender de tal decisão.

Eu me virei, socando o colchão cheio de caroços, na esperança de que minha incapacidade de permanecer quieto mantivesse meu indesejado companheiro acordado. Ele ficara andando de um lado para o outro, pisando duro, durante uma hora antes de apagar o lampião. Eu vi quando ele estava olhando para Lia na taverna, praticamente despindo-a com os olhos desde o minuto em que entramos.

Quando a vi pela primeira vez, também fui pego de surpresa. O rosto dela não batia com a face emaciada e amargurada que eu havia visualizado depois de tantos quilômetros na estrada. Meu sermão épico encolheu-se e transformou-se em silêncio enquanto eu a observava. Eu estava quase nutrindo a esperança de que não fosse ela, mas então, quando a ouvi falar, eu soube... Soube por sua audácia e seu temperamento. Soube pela forma como ela ordenou um soldado bem maior do que ela a se calar com algumas poucas palavras ardentes e bem-colocadas, ainda que imprudentes. Depois de nos sentarmos, notei que meu novo amigo ainda a observava, passando os olhos por ela da mesma forma que uma pantera olharia para uma corça, provavelmente imaginando que ela seria sua sobremesa. Eu quase chutei sua cadeira para que caísse no chão.

Com sorte, ele iria embora amanhã e esqueceria tudo sobre a conquista de uma garçonete local. Depois que deixamos a taverna e fomos ao banheiro, olhei com atenção para seus equipamentos de montaria, todos objetos genéricos, sem nenhuma marca que indicasse se ele era um artesão ou de qual região vinha. Nada. Nem no alforje, na bainha, no cobertor — não havia nem mesmo o mais humilde adorno como uma elaborada rédea no focinho de seu cavalo. Seria isso obra do acaso ou era algo proposital?

Rolei de novo no colchão, incapaz de ficar confortável. *Então eu a tinha visto. E agora?* Eu havia dito a Sven que não falaria com ela, e falei. Eu queria envergonhá-la em público, e não o fiz. Queria falar com ela em particular, mas sabia que não podia. Nada estava saindo da maneira que eu havia planejado.

CAPÍTULO 13
CRÔNICAS DE AMOR E ÓDIO

or que você não me acordou quando chegou ontem à noite?" Eu estava em pé atrás de Pauline enquanto ela se olhava no espelho, e observei sua imagem anuviada. O vidro tinha manchas escuras causadas pelo tempo e provavelmente fora jogado ali como um excedente danificado, mas eu estava feliz de ver que um pouco de rubor havia retornado às bochechas dela, que escovava seus longos cachos cor de mel com escovadelas rápidas enquanto eu tirava minhas roupas de montaria do guarda-roupa.

"Já era madrugada e você estava dormindo profundamente. Não havia necessidade de acordá-la."

As escovadas rápidas foram ficando mais lentas, hesitantes. "Eu sinto muito que você e Berdi tenham discutido. Ela realmente está tentando..."

"Eu e Berdi estamos bem, Pauline. Não se preocupe. Nós conversamos depois que você foi embora. Ela entende meus..."

"Você tem que entender, Lia, que Terravin não é como Civica. Seu pai e o gabinete dele não estão observando todos os soldados no Reino. Berdi está fazendo o melhor que pode."

Eu me virei para brigar com ela, minha raiva ardendo por levar uma nova reprimenda, mas então a semente da verdade ficou presa na minha garganta. Meu pai raramente deixava os confortos de Civica. Nem o gabinete dele. Ele reinava de longe, se é que reinava mesmo, arranjando casamentos para resolver seus problemas. Quando fora a última vez em que ele realmente tinha viajado por seu Reino e falado com aqueles que não ficavam deitados no berço e na segurança de Civica? O Vice-Regente e seu pequeno séquito eram os únicos que passavam algum tempo longe de Civica, e isso acontecia apenas em visitas diplomáticas e rotineiras aos Reinos Menores.

Peguei minha calça e a chacoalhei, tentando tirar seus vincos, e nós duas olhamos para os joelhos da calça que estava caindo aos pedaços e para os fios corroídos onde mais uma dúzia de buracos estavam começando a irromper.

"Você tem razão, Pauline. Terravin *não é nem um pouco* como Civica."

Trocamos sorrisos, sabendo que trapos como essa calça nunca haviam sido usadas nem mesmo pelos patrulheiros externos da corte real, e deixamos o não dito passar. Depois de três décadas no trono, meu pai não conhecia mais seu Reino. Algumas coisas eram mais fáceis de ver de longe do que quando estão bem debaixo do nosso nariz.

Nós duas nos vestimos, enfiando as camisas para dentro das calças e calçando nossas botas. Atei a faca na lateral do meu corpo e coloquei meu macio colete de couro para cobri-la. *Uma lâmina de quinze centímetros.* Sorri. Será que ele caiu nessa? Na verdade, a faca mal tinha dez centímetros, mas era bem pesada, e como observado pela minha tia Bernette, um pouco de exagero era sempre esperado quando se descrevia armas, vitórias e partes do corpo. Eu carregava a pequena adaga incrustada com joias mais para me sentir perto dos meus irmãos do que para me proteger, embora não fosse ruim que Rafe pensasse que era para minha proteção. Walther sempre afiava a lâmina para mim, orgulhando-se da forma como eu atacava a porta do meu quarto com ela. Agora cabia a mim fazer isso. Toquei a bainha da arma, certificando-me de que ela estava oculta junto ao meu quadril, e me perguntei se meus irmãos sentiam tanta falta de mim quanto eu sentia deles.

Com a estalagem ainda cheia, não havia nenhum quarto a ser limpo nesta manhã, e Berdi estava nos mandando em uma expedição para coletar amoras silvestres. Era uma mudança bem-vinda na rotina, e eu também estava ansiosa para proporcionar um dia de passeio para Otto, Nove e Dieci, embora soubesse que não faria diferença: eles ficariam tão contentes com um passeio quanto comendo feno no curral e provendo comentários ocasionais a alguém que estivesse de passagem — o que eles perceptivamente pareciam fazer com regularidade sempre que Enzo estava por perto.

Nós deveríamos pegar Gwyneth no caminho, e ela nos mostraria a rota até o Cânion do Diabo, onde os arbustos de amoras silvestres eram densos. Berdi dizia que as amoras de lá eram as mais doces. Faltando menos de duas semanas para o festival, ela estava se preparando para fazer bolinhos, compotas e mingau de amoras silvestres. Além disso, como Gwyneth nos revelou às escondidas, Berdi precisava de frutas frescas para a nova safra de vinho de amoras silvestres que seria envelhecida na adega, com a qual Berdi substituiria as garrafas que seriam bebidas no festival deste ano.

Eu tinha me perguntado o que haveria dentro dos engradados escuros empilhados no canto da adega. Ao que parecia, todos os mercadores contribuíam com alguma coisa para o festival, e doces e delícias de amoras silvestres eram as especialidades de Berdi, ano após ano. Era uma tradição — pela qual eu ansiava.

Trancei os cabelos de Pauline, tentando circundar a cabeça dela com a trança, mas eu não era tão habilidosa e, por fim, tive que me conformar com uma trança simples, porém bem-feita, que descia até o meio das costas dela. Trocamos de lugar e ela fez o mesmo comigo, mas criou algo mais elaborado com muito menos esforço, começando a fazer tranças em cada uma das minhas têmporas e unindo-as na coroa da minha cabeça, deixando, de forma artística, rebentos soltos no caminho, de modo a atenuar seu efeito. Pauline cantarolava para si enquanto fazia isso, e decidi que ela ainda deveria estar refletindo sobre aqueles sonhos com Mikael da noite anterior, mas então um pequeno murmúrio escapou de seus lábios como se tivesse descoberto algo nos meus cabelos que não deveria estar ali — algo como um carrapato grande e gordo.

"O que foi?", perguntei, alarmada.

"Eu só estava me lembrando daqueles dois camaradas da noite passada. Eles pareciam abalados quando Berdi baniu você para a cozinha. Você tem alguns admiradores interessantes."

"Kaden e Rafe?"

"Olha! Você sabe o nome deles?" Pauline ficou hesitante e deu um puxão nos meus cabelos, fazendo com que eu me encolhesse de dor.

"Só por cortesia. Quando os servi, perguntei seus nomes."

Ela se inclinou para o lado para ter certeza de que eu podia vê-la no espelho e revirou os olhos com grande floreio. "Eu não consigo imaginar você perguntando o nome de açougueiros velhos apenas para servi-los. E quanto àquele terceiro camarada que entrou depois? Você perguntou o nome dele também?"

"Terceiro camarada?"

"Você não o viu? Ele entrou logo depois dos outros dois. Um homem magro, desmazelado. Ele olhou bastante de esguelha para você."

Tentei me lembrar de quem ela estava falando, mas estivera tão ocupada com aquele soldado cafajeste e depois servindo Kaden e Rafe, que nem mesmo me lembrava de a porta da taverna ter sido aberta de novo. "Não, eu não o notei."

Ela deu de ombros. "Ele não ficou por muito tempo. Nem mesmo terminou sua cidra. Mas Kaden e Reef certamente se demoraram. Eles não se pareciam nem um pouco com coelhos assustados para mim."

Eu sabia que ela estava se referindo a Charles e a muitos dos outros meninos que me evitavam. "O nome dele era Rafe", falei, corrigindo-a.

"Ohh... *Rafe.* Qual deles você preferiu?"

Minha coluna ficou rígida. *Preferência?* Agora era a minha vez de revirar os olhos. "Os dois eram rudes e presunçosos."

"Isso é a Sua Majestade Real falando ou alguém que tem medo de coelhos assustados?" Ela puxou mais uma fina mecha de cabelos.

"Eu juro, Pauline, que vou cortar sua cabeça se puxar meus cabelos mais uma vez! O que deu em você?"

Ela estava resoluta e não se intimidou nem um pouco com minha ameaça. "Eu só estou retribuindo seu favor da noite passada. Deveria ter desafiado aquele soldado eu mesma bem antes de você ter que intervir."

Soltei um suspiro. "Todos nós temos nossas habilidades. Você é paciente demais, o que às vezes não funciona a seu favor. Eu, por outro lado, tenho a paciência de um gato molhado. Apenas em raras ocasiões isso realmente vem a calhar." Eu dei de ombros, resignada, fazendo com que Pauline abrisse um largo sorriso. Rapidamente, tratei de acrescentar uma cara feia a isso. "E como puxar os meus cabelos até me deixar careca pode ajudar?"

"Estou salvando você de si mesma. Eu a observei com eles na noite passada." As mãos dela caíram nos meus ombros. "Quero que você pare de ter medo", disse ela com gentileza. "Os bons não fogem, Lia."

Engoli em seco. Eu queria desviar o olhar, mas os olhos dela estavam fixos em mim. Pauline me conhecia bem demais. Eu sempre escondera os meus temores dos outros com conversa penetrante e gestos audazes. Quantas vezes ela tinha me visto tentar domar minha respiração em um corredor escuro da cidadela depois de um encontro com o Erudito em que ele havia me dito o quanto eu era deficiente nos meus estudos, nas minhas habilidades sociais ou em quaisquer coisas em que o meu resultado era aquém do esperado. Ou as muitas vezes em que fiquei paralisada na janela do meu quarto, inexpressiva, fitando o nada por uma hora que fosse, piscando para refrear as lágrimas depois de mais uma dispensa rude do meu pai. Ou as vezes em que tive que me retirar para meu *closet* e trancar a porta. Eu sabia que Pauline havia me ouvido chorar. De qualquer forma, nos últimos anos, eu não tinha me mostrado capaz de outra coisa, e quanto mais eles me empurravam, me moldavam e me silenciavam, mais eu queria ser ouvida.

As mãos de Pauline deslizaram dos meus ombros. "Acho que ambos eram visualmente agradáveis", falei. Ouvi o fingimento na minha própria voz. A verdade era que achei ambos atraentes, cada um à sua maneira. Ora, eu não estava morta. Mas embora eles tivessem feito meu sangue correr quando entraram na taverna, aqueles dois também haviam me enchido de apreensão.

Pauline ainda esperava por mais algum detalhe, e ficou lá sem expressão. Aquilo não parecia uma admissão suficiente para ela, então dei a ela uma que eu tinha certeza de que me arrependeria depois. "E talvez eu tenha preferido um deles."

No entanto, eu não estava muito certa disso. Achar algo intrigante em relação a um dos dois rapazes não necessariamente queria dizer que eu o *preferia*. Ainda assim, ele havia assombrado meus sonhos na noite passada de um jeito estranho. Vislumbres parciais de seu rosto dissolviam-se e reapareciam repetidas vezes como um espectro, aparecendo em sombras da floresta profunda, com paredes de ruínas desfazendo-se e os olhos dele crepitando em um leque de chamas.

Ele me seguia aonde quer que eu fosse, *procurando por mim* como se eu tivesse roubado um segredo que pertencia a ele. Eram sonhos perturbadores, nem um pouco do tipo de sonhos que eu imaginava que Pauline tinha com Mikael. Talvez meus sonhos inquietos estavam sendo causados pela comida de Berdi, mas, nessa manhã, quando acordei, meus primeiros pensamentos foram sobre ele.

Pauline sorriu e prendeu minhas tranças com um fio de ráfia. "As amoras silvestres esperam por Vossa Majestade."

Enquanto colocávamos as selas sobre o trio de asnos zurradores, Kaden saiu da taverna. Berdi servia um cardápio simples pela manhã: queijo, ovos cozidos, arenques defumados, mingau, pão ázimo e muita chicória quente para beber, tudo isso disposto sobre o balcão na lateral. Era uma refeição simples em que as próprias pessoas se serviam. Se preferisse, o hóspede poderia embalar a comida em uma mochila para levar. Ninguém ficava com fome na estalagem de Berdi, nem mesmo mendigos ou princesas que apareciam nos degraus dos fundos.

Puxei a sela de Otto e fui verificar como estava a de Nove enquanto olhava de relance para Kaden. Pauline pigarreou como se algo tivesse ficado preso em sua garganta de repente. Desferi um olhar austero para ela, cujos olhos voltaram-se na direção do rapaz, que agora estava se aproximando de nós. De repente, minha boca ficou seca, e engoli em seco. Kaden trajava uma camisa branca, e suas botas esmagavam pedras na terra enquanto ele se aproximava de nós.

"Bom dia, moças. Vocês estão saindo cedo."

"Assim como você", respondi.

Trocamos gentilezas, e Kaden explicou que estava indo cuidar de algumas questões que poderiam fazer com que ele permanecesse mais alguns dias na estalagem, embora não tivesse dito que questões eram essas.

"Você é um mercador de pele de animais como Gwyneth sugeriu?", perguntei a ele.

Ele abriu um sorriso. "Sim, na verdade, sou. Negocio peles de pequenos animais. Geralmente faço as transações em Piadro, mas tenho esperanças de encontrar preços melhores mais ao norte. Elogio sua amiga quanto às habilidades de observação dela."

Então eu estava errada. Ele realmente lidava com o comércio de peles. Impressões podiam ser enganadoras. "Sim", concordei. "Gwyneth é muito perceptiva."

Ele soltou seu cavalo da grade. "Espero que quando eu voltar nesta tarde, um quarto de verdade possa estar disponível."

"É improvável que isso aconteça até depois do festival", disse Pauline. "Mas pode ser que haja algum quarto vago em outra estalagem na cidade."

Ele fez uma pausa como se contemplasse a ideia de ir procurar um quarto em algum outro lugar, repousando os olhos em mim por vários segundos, mais do que era confortável. Na reluzente luz do dia, seus cabelos loiros brilhavam, e seus profundos olhos azuis revelavam mais cor, um espectro impressionante de manchinhas cor de bronze, intensas e cálidas como terra recém-cultivada, mas a inquietude ainda espreitava debaixo da calma aparente. Alguns pelos de barba por fazer no queixo dele refletiam o sol da manhã, e eu nem mesmo me dei conta de que estava analisando seus lábios bem definidos até que um sorriso divertido espalhou-se por eles. Rapidamente voltei a minha atenção para Nove, sentindo minhas bochechas arderem.

"Eu vou ficar aqui", respondeu ele.

"E seu amigo? Ele vai ficar aqui também?", perguntei.

"Não sei quais são os planos dele, mas suspeito que seu nariz seja sensível demais para que dure muito tempo em um celeiro." Ele se despediu, e fiquei observando enquanto ele saía cavalgando em um cavalo tão preto quanto a noite, uma forte fera selvagem, com até mesmo sua respiração infligindo medo, como se ele fosse descendente de um dragão. Era uma fera que poderia rachar facilmente uma baia de estábulo — impossível confundi-la com uma égua. Sorri com esse pensamento, lembrando-me da forma como Rafe o havia provocado. Eles formavam uma dupla estranha.

Quando ele estava bem longe do alcance de nossa vista, Pauline disse: "Então, é o Rafe".

Montei em Otto e não respondi. Hoje Pauline parecia ter acordado com vontade de dar todo seu apoio a relacionamentos. Primeiro foi comigo e Berdi, e agora era comigo e... quem quer que fosse. Seria porque ela queria tão desesperadamente fortalecer seu próprio relacionamento com Mikael? Eu não era propensa a chamar os deuses fora dos rituais necessários, mas toquei os lábios com dois dedos e enviei acima uma prece para que o namorado dela voltasse logo.

Terravin era pequena, o que era parte de seu charme. Da estalagem de Berdi, localizada na parte de trás das colinas, na extremidade sul, até os primeiros agrupamentos de lojas na extremidade norte, era uma jornada de quinze minutos, no máximo — mais rápido se você não estivesse com três asnos que não tinham pressa de chegar a lugar algum. Fiquei maravilhada com todas as casas e lojas de cores chamativas, e Pauline me disse que essa era uma tradição que havia começado séculos atrás. As mulheres do pequeno vilarejo pesqueiro pintavam as fachadas de uma cor chamativa para que seus maridos pudessem ver suas próprias casas lá de longe no mar e se lembrassem de que as esposas esperavam pela volta deles. Acreditava-se que essa era uma forma de proteger seu verdadeiro amor de ficar perdido no oceano.

Será que alguém poderia realmente viajar até tão longe a ponto de não conseguir encontrar de novo o caminho de volta para casa? Eu nunca havia entrado no mar além da altura dos meus joelhos, em um mergulho congelante nas águas do oceano Safran numa rara viagem familiar, onde eu persegui meus irmãos na praia e catei conchinhas com... *meu pai*. A velha recordação passou como uma rajada alarmante de vento frio por mim. Tantas outras lembranças haviam se empilhado em cima desta que ela estava quase extinta. Eu estava certa de que meu pai não se lembrava mais de nada disso. Ele era uma pessoa diferente naquela época. Eu também era.

Eu e Pauline seguimos nosso caminho para o norte ao longo da estreita trilha superior, paralela à estrada principal lá embaixo. Faixas irregulares de luz espremiam-se entre as árvores, brincando no nosso caminho. Além da estrada principal, havia dúzias de vias estreitas como a que estávamos que serpenteavam por Terravin e pelas encostas de colinas circundantes, cada uma delas conduzindo a descobertas únicas. Cortamos caminho descendo por uma dessas vias até o centro da cidade, e a Sacrista podia ser avistada, uma estrutura grande e imponente demais para um vilarejo tão pequeno. Presumi que o povo de Terravin devia ser fervoroso em sua adoração aos deuses.

Um cemitério ladeava a cidade, perfurado por lápides espalhadas, tão antigas que eram apenas finas e simples placas de pedra. Quaisquer adornos, palavras ou grandes tributos foram lavados há muito tempo, deixando seus honrados ocupantes perdidos para a história, e, mesmo assim, velas em homenagem a eles ainda reluziam nas lanternas de vidro vermelho em frente a algumas das lápides por ali espalhadas.

Vi o olhar contemplativo de Pauline tremular pelos epitáfios e pelas velas. Até mesmo Otto diminuiu a velocidade enquanto passávamos por ali, suas orelhas agitando-se como se estivéssemos sendo saudados pelos residentes do cemitério. Uma brisa passou pelas lápides, puxando meus cachos soltos de cabelos, fazendo com que se enrolassem como cobras em volta do meu pescoço.

Foi-se... foi-se...

Minha pele se arrepiou. O horror cerrou minha garganta com uma ferocidade súbita. *Mikael. Alguma coisa está errada. Alguma coisa está irremediável e irreparavelmente errada.*

Fui completamente tomada por um medo inesperado. Tentei me forçar a rememorar os fatos: *Mikael estava apenas em patrulha.* Tanto Walther quanto Regan haviam estado em dezenas de patrulhas e, às vezes, demoravam para voltar para casa por causa das condições do tempo, dos suprimentos ou de inúmeras outras coisas absurdas. Patrulhas não eram perigosas. De vez em quando, havia escaramuças, mas raramente eles se deparavam com qualquer transgressor que fosse. O único machucado com o qual algum deles havia voltado para casa fora um dedo do pé esmagado quando um cavalo pisara no pé descalço de Regan.

Patrulhas eram apenas uma precaução, uma forma de garantir que as fronteiras não seriam cruzadas e que nenhum assentamento permanente seria estabelecido no Cam Lanteux, a zona de segurança entre os reinos. Eles perseguiam bandos de bárbaros, levando-os de volta para dentro de suas próprias fronteiras. Walther chamava isso de mera bravata. Ele dizia que a pior parte da patrulha era aguentar os odores corporais de homens que passavam dias sem tomar banho. Para falar a verdade, eu não sabia ao certo se os bárbaros constituíam uma ameaça de verdade. Sim, eles eram selvagens, segundo todos os relatos que eu tinha ouvido na corte e dos soldados, mas haviam sido mantidos atrás das fronteiras durante centenas de anos. Quão ferozes realmente poderiam ser?

Eu disse a mim mesma que o amor da vida de Pauline estava bem, mas ainda permanecia em mim aquela sensação opressiva. Eu nunca nem mesmo conhecera Mikael. Ele não era de Civica, havia sido apenas alocado lá como parte de uma rotatividade de tropas, e Pauline havia seguido as regras da corte ao pé da letra e fora discreta em seu relacionamento — tão discreta que nem mesmo mencionou Mikael para mim até um pouco antes de partirmos. Agora eu temia que poderia nunca vir a conhecer este homem que amava tanto minha amiga e que fazia com que o rosto dela ficasse radiante ao falar dele.

"Você gostaria de dar uma parada?", falei sem pensar, alto demais, deixando Pauline alarmada. Puxei para trás as rédeas do Otto.

Ela parou também, com linhas de ansiedade surgindo em sua testa. "Se você não se importar. Só vou demorar um instante."

Assenti, e ela deslizou de Nove, puxando uma moeda de seu alforje. Ela entrou apressada na Sacrista. *Uma vela. Uma prece. Uma esperança. Uma luz trêmula ardendo por Mikael. Um farol para que ele chegue em segurança a Terravin.*

Isso a sustentaria até a próxima vez em que a brisa de aviso passasse pelos ossos daqueles que estavam mortos há muito tempo. Pauline era fiel à sua palavra, como em todas as coisas, e quando voltou, pouco tempo depois, a rígida ponta de preocupação que endurecera sua face uns poucos minutos antes se suavizara. Pauline havia entregado a preocupação aos deuses. Meu próprio coração ficou mais leve.

Nós terminamos nossa jornada na estrada principal e seguimos as direções que Berdi nos deu até o pequeno quarto alugado de Gwyneth em cima das instalações do boticário, um estabelecimento minúsculo entre duas lojas maiores. Uma estreita escadaria abraçava uma das paredes e dava para um quarto no segundo piso que presumi ser o de Gwyneth, que ficava separado do restante da estrutura e era tão apertado que mal dava para abrir os dois braços ao mesmo tempo. Com certeza o cômodo não tinha água corrente ou o conforto básico de um armário. Eu estava intensamente curiosa em relação à vida de Gwyneth fora da taverna. Ela nunca falava disso e, quando sondávamos, sempre dava respostas vagas e mudava de assunto, o que só servia para atiçar minha imaginação. Eu esperava que ela morasse em algum lugar muito mais exótico ou misterioso do que em um quartinho no sobrado de uma loja em uma movimentada estrada principal.

Descemos de nossos asnos, e entreguei as rédeas de Otto a Pauline, dizendo a ela que eu subiria as escadas para pegar Gwyneth, mas de repente ela saiu da sapataria do outro lado da rua com uma criança que não tinha mais do que seis ou sete anos de idade, uma menina bonita com cachos da cor do morango caindo além de seus ombros e com sardas brilhando no nariz e nas bochechas. Ela segurava um pacotinho embrulhado, ao qual estava claro que dava valor, abraçando-o junto a seu peito. "Obrigada, senhorita Gwyneth! Mal posso esperar para mostrar isso à mamãe!"

A garota saiu correndo em disparada e desapareceu quando virou em outra rua. "Adeus, Simone!", gritou Gwyneth às costas da menininha e continuou olhando na direção em que ela havia corrido por um bom tempo depois que já se fora. Um fraco sorriso iluminava seus olhos, uma gentileza que permeava todo o seu ser. Esse era um lado terno que eu nunca havia visto na geralmente embotada Gwyneth.

"Ela é muito bonita", falei, para fazer com que Gwyneth soubesse que estávamos ali.

Ela voltou rapidamente seu olhar em nossa direção e suas costas enrijeceram-se. "Chegaram cedo demais", disse ela sumariamente.

Gwyneth juntou-se ao nosso lado da rua, inspecionando com ares de suspeita o dentuço Dieci, perguntando-se em voz alta se alguém já teria montado essa besta feia. Para falar a verdade, nós não sabíamos, mas o animal aceitou a sela muito bem. Enquanto ela verificava a cilha, uma grande carroça com comida passava ruidosamente em seu caminho até as docas, e fortes odores de enguia gordurenta frita enchiam o ar. Embora eu não gostasse dessa iguaria regional, seu aroma não era desagradável, mas Pauline levou a mão rapidamente à boca. Sua face empalideceu-se e ela se dobrou ao meio, fazendo jorrar sua refeição matinal na rua. Eu tentei ajudá-la, mas ela me dispensou e agarrou a barriga novamente quando uma nova onda a acometeu e minha amiga vomitou mais ainda. Eu estava certa de que o estômago dela estava vazio agora. Pauline endireitou-se, inspirando, trêmula, mas suas mãos ainda pressionavam sua barriga, de forma protetora. Permaneci fitando as mãos dela e, em um instante, o resto do mundo desapareceu.

Ah, benditos deuses!

Pauline?

Isso me atingiu tão rapidamente quanto um soco no estômago. Não era de se admirar que ela andasse tão pálida e cansada. Não era de se admirar que ela estivesse tão amedrontada.

"Pauline", sussurrei.

Ela balançou a cabeça, cortando-me. "Eu estou bem! Vou ficar bem. Acho que o meu estômago estranhou o mingau." Ela me enviou um rápido olhar suplicante com os olhos cheios d'água.

Poderíamos falar disso mais tarde. Com Gwyneth ainda olhando, eu me apressei em acobertar minha amiga, explicando a ela que Pauline sempre teve uma constituição delicada.

"Estômago fraco ou não, ela não está em condições de viajar por um cânion quente adentro para catar frutas", disse Gwyneth em um tom firme, e fiquei grata por minha amiga ter concordado com ela. Ainda pálida, Pauline insistiu que conseguiria voltar para casa sozinha, e eu relutantemente deixei que fosse.

"Não coma mais o mingau de agora em diante", gritou Gwyneth para ela enquanto se afastava.

Mas eu e Pauline sabíamos que não fora a refeição matinal que a fizera vomitar.

a semente do ladrão,

O *Dragão se erguerá,*

Aquele glutão,

Alimentando-se do sangue de bebês,

Bebendo as lágrimas de mães.

— **Canção de Venda** —

14
CAPÍTULO
CRÔNICAS DE AMOR E ÓDIO

 ânion do Diabo era um nome adequado. As brisas temperadas de Terravin não se aventuravam a descer até ali. O lugar era seco e cheio de areia, mas estranhamente belo à sua própria maneira. Grandes carvalhos nodosos mesclavam-se a altas palmeiras e a cactos redondos. Flores mais altas do que um homem abraçavam os finos riachos rochosos que nasciam de fissuras nas paredes. O grupo parecia ter sido reunido por um demônio, uma flora desconexa roubada dos cantos da terra para criar sua própria versão de paraíso. E, é claro, havia ali as amoras silvestres, seu fruto sedutor, mas não tínhamos nos deparado com elas ainda.

Gwyneth soprou uma baforada de ar, tentando refrescar seu rosto, e depois desabotoou a blusa, arrancando-a e prendendo-a em volta de sua cintura. Sua camiseta de baixo pouco escondia seus fartos e empinados seios debaixo do tecido fino. Minha camiseta era muito mais recatada do que a dela, mas, apesar do suor escorrendo pelas minhas costas, eu estava relutante em tirar minha blusa. Eu sabia que Terravin era mais relaxada em relação a partes do corpo expostas, porém, em Civica, seios quase desnudos eram algo escandaloso. Meus pais teriam...

Abri um sorriso e tirei meu colete e depois puxei minha blusa por sobre a cabeça. Imediatamente senti o alívio do ar na minha pele molhada de suor.

"Isso mesmo, Princesa. É bem melhor assim, não?", disse Gwyneth. Puxei abruptamente as rédeas de Otto, que soltou uma reclamação alta. "Princesa?"

Ela fez com que Dieci parasse de repente, de um modo muito mais tranquilo do que eu tinha feito com minha montaria, e abriu um largo sorriso. "Você achou que eu não soubesse? A onisciente Gwyneth sabe de tudo!"

Meu coração ficou acelerado. Eu não estava achando aquilo divertido. Não estava nem totalmente certa de que ela não estivesse apenas pescando informações. "Acho que você me confundiu com outra pessoa."

Ela fingiu estar ofendida, puxando os cantos da boca para trás em um sorriso presunçoso. "Você está duvidando de mim? Você viu como sou boa em avaliar os fregueses regulares da taverna." Ela estalou as rédeas e seguiu em frente. Eu a acompanhei, mantendo o mesmo passo enquanto Gwyneth continuava a falar, parecendo estar gostando desse jogo até mesmo mais do que aquele que estava jogando na taverna. "Ou", disse ela com um grande floreio, "pode ser que eu tenha uma bola de cristal. Ou talvez eu tenha fuçado a sua cabana."

As joias na minha bolsa. Ou pior, as coisas roubadas...

Inspirei, alarmada.

Ela se virou para olhar para mim e franziu o rosto. "Ou pode ser que Berdi tenha me contado tudo", disse ela simplesmente.

"O quê?" Puxei as rédeas de Otto novamente, e ele soltou mais uma lamúria estridente.

"Pare de fazer isso! Não é culpa do pobre animal."

"Berdi contou a você?"

Com uma graça lenta e deliberada, ela desmontou de seu asno, enquanto eu me arqueava desajeitada no meu, quase tropeçando e caindo de cara no chão. "Depois de tudo aquilo que ela falou de não contar nada a ninguém?", gritei, estridente. "Todas as advertências para tomar cuidado e aquilo de ficar nos escondendo por dias sem fim?"

"Foram apenas alguns dias. E contar para mim foi diferente. Ela..."

"Como anunciar quem eu sou para uma garçonete da taverna que conversa com estranhos para lá e para cá é diferente? Você não precisava saber!"

Virei-me para conduzir o asno adiante, mas ela me agarrou pelo pulso e me virou com rudeza. "Berdi sabe que eu moro na cidade e seria a primeira a saber se um magistrado viesse meter o nariz por aqui ou deixar notificações para sua prisão... caso as coisas chegassem a isso." Ela soltou minha mão e esfreguei meu pulso onde ela o havia torcido.

"Então você sabe o que eu fiz?", perguntei.

Gwyneth franziu os lábios com desdém e assentiu. "Eu não posso dizer que entendo seus motivos. É muito melhor estar algemada a um príncipe pomposo do que a um galanteador sem um tostão no bolso, mas..."

"Eu preferiria não estar algemada a ninguém."

"Ah. Amor. Sim, tem isso. É um truquezinho bem legal se você conseguir encontrá-lo. Mas não se preocupe, eu ainda estou do seu lado."

"Bem, mas que alívio, não?", falei, bufando de raiva.

Ela puxou os ombros para trás e inclinou a cabeça para o lado. "Não subestime minha utilidade, Lia, e não subestimarei a sua."

Eu já desejava que pudesse arrancar o meu comentário mordaz de volta. "Sinto muito, Gwyneth. Não queria descarregar em você. É só que me esforcei tanto para ser cuidadosa. Não quero que ninguém se machuque por causa da minha presença aqui."

"Quanto tempo você planeja ficar?"

Ela achava que eu estava apenas de passagem? "Para sempre, é claro. Eu não tenho nenhum outro lugar para ir."

"Terravin não é o paraíso, Lia. Os problemas de Morrighan não vão desaparecer só porque você está se escondendo aqui. E quanto às suas responsabilidades?"

"Eu não tenho responsabilidade alguma além de Terravin. Minhas únicas responsabilidades são com Berdi, Pauline e a estalagem."

Ela assentiu. "Entendo."

Mas estava claro que não entendia. Da perspectiva dela, tudo que via era privilégio e poder, mas eu conheço a verdade. Eu não consegui encontrar minha utilidade nem mesmo em uma cozinha. Como Primeira Filha, então, eu não era nem um pouco útil. E, como peão político, eu me recusava a ser útil.

"Bem", ela suspirou. "Imagino que todos os erros que cometi foram por conta própria. Você tem o direito de cometer os seus também."

"Que tipo de erros você cometeu, Gwyneth?"

Ela me desferiu um olhar contundente. "Daqueles que a gente *se arrepende.*" O tom dela desafiava-me a forçar mais as perguntas, mas seus olhos tremeram por um instante efêmero. Ela apontou para os estreitos braços do cânion onde havia dito que as melhores frutas floresciam. "Nós podemos deixar os animais aqui. Você segue uma trilha e eu sigo a outra. Não deve demorar para enchermos as nossas cestas." Aparentemente nossa discussão tinha acabado. Ela desatou as cestas das costas de Dieci e saiu sem revelar os erros lamentáveis que cometeu, mas sua breve e melancólica virada de olhos permaneceu comigo, e eu me perguntava o que ela teria feito.

Segui a trilha estreita para a qual ela apontou e vi que logo ela se abria em um oásis mais amplo, o jardim particular do diabo, completo com uma lagoa rasa alimentada por água caindo e fluindo com gentileza de um riacho. O declive sombreado ao norte do cânion pendia com arbustos de bagas de amoras silvestres, e seus frutos agrupados eram os maiores que eu já tinha visto na vida. O diabo cuidava bem de seu jardim.

Arranquei uma das suas frutas proibidas e joguei-a dentro da boca. Fui engolfada por uma onda de sabor e lembranças. Fechei os olhos e vi o rosto de Walther, Bryn e Regan, com suco de amora escorrendo de seus queixos. Vi a nós quatro correndo pelo bosque, brincando sobre ruínas dos Antigos cobertas de musgo, descuidadamente, em momento algum pensando que nosso próprio mundo um dia iria mudar também.

Escadinha — era assim que tia Bernette se referia a nós, que tínhamos quase a diferença exata de dois anos de idade um do outro, como se a mãe e o pai se reproduzissem seguindo o cronograma estrito do Guardião do Tempo. É claro que, uma vez que uma Primeira Filha fosse produzida, a reprodução cessaria por completo. O olhar de relance do meu pai para a minha mãe no meu último dia em Civica passou rapidamente por mim, a última recordação deles que eu provavelmente teria — e, de repente, o comentário dele sobre a beleza da minha mãe no dia do casamento. Teriam sido os rigores do dever que fizeram com que ele a enxotasse para um lado e se esquecesse do amor? Será que ele *algum dia* a havia amado?

É um truquezinho bem legal se você conseguir encontrá-lo.

Mas Pauline encontrara o amor.

Apanhei um punhado de bagas e aninhei-as no chão junto a uma palmeira próxima ao riacho. O curto dia já havia trazido muita comoção, e o dia anterior não tinha sido muito diferente. Eu estava cansada disso e banhada pela tranquilidade do jardim do diabo, escutando o gorgolejar de seu riacho e, sem vergonha alguma, saboreando seus frutos, uma amora de cada vez.

Eu tinha acabado de fechar os olhos quando ouvi outro som, que os fizeram se arregalar rapidamente. Seria o lamuriar distante de Otto? Ou apenas o assovio do vento descendo o cânion? Mas não havia vento algum.

Eu virei a cabeça e ouvi o inconfundível som das pancadas de cascos no chão, pesados e metódicos. Levei a mão até a lateral do corpo, mas minha faca não estava mais lá. Eu a havia deixado pendurada na trombeta da minha sela quando tirei a blusa. Só tive tempo de me arrastar e me pôr de pé quando um imenso cavalo surgiu, com Rafe sentado em cima dele.

O diabo havia chegado. E uma estranha parte de mim estava feliz com aquilo.

CAPÍTULO 15
CRÔNICAS DE AMOR E ÓDIO

le parou um pouco longe, como se esperasse um sinal meu para prosseguir. Meu estômago se contorceu. O rosto dele estava diferente hoje. Ainda era impressionante, mas ontem, com certeza, ele estava com raiva desde o momento em que me vira, e eu sentia que queria me odiar.

Hoje ele queria outra coisa.

Com o sol esplendoroso acima de nossas cabeças, as sombras laceravam as maçãs do rosto dele, e o azul de seus olhos ficava ainda mais profundo e cortante com aquela paisagem de cores embotadas. Emoldurado por cílios escuros, aqueles eram os tipos de olhos que podiam fazer qualquer um parar e reconsiderar seus passos — ao menos fez com que eu reconsiderasse os meus. Engoli em seco. De um jeito casual, Rafe ergueu duas cestas em uma das mãos como se fossem uma explicação para sua presença ali. "Pauline me mandou vir até aqui. Ela me disse que você esqueceu isso."

Resisti a revirar os olhos. *É claro que ela fez isso*. A sempre engenhosa Pauline. Mesmo em seu estado enfraquecido, ela ainda era uma leal integrante da corte da Rainha, tentando tecer possibilidades para seus encargos mesmo de longe, e, é claro, ela era do tipo a quem nem mesmo Rafe seria capaz de oferecer uma recusa.

"Obrigada", respondi. "Ela passou mal e teve que voltar para a estalagem, mas esqueci de pegar as cestas com ela antes que fosse embora."

Rafe assentiu como se tudo isso fizesse perfeito sentido, e então seu olhar contemplativo passou pelos meus ombros e braços desnudos. Minha roupa de baixo aparentemente não era tão decente quanto eu pensara, mas havia pouco que eu poderia fazer para remediar isso agora. Junto com a faca, minha blusa ainda estava pendurada na sela do Otto. Fui andando até mais perto dele para pegar as cestas, tentando ignorar o lampejo de calor que se espalhava pelo meu peito.

O cavalo dele era monstruoso e fazia com que o meu raviano parecesse um pônei. O animal tinha claramente uma constituição que não era voltada para a velocidade, mas sim para a força — e talvez para a intimidação. Rafe estava sentado tão alto na sela que teve que se inclinar para me entregar as cestas.

"Sinto muito se acabei me intrometendo", disse ele enquanto eu pegava as cestas.

O pedido de desculpas dele me pegou desprevenida. Sua voz soava educada e autêntica, não guardando nada do rancor de ontem.

"Um ato de bondade não é uma intrusão", respondi. Ergui o olhar para ele e, antes que pudesse cortar minhas próprias palavras, ouvi a mim mesma convidando-o a ficar e dar água a seu cavalo. "Quer dizer, se você tiver tempo." *O que foi que eu fiz?* Algo em relação a ele me perturbava muito, mas também havia alguma coisa que me fascinava, tanto que eu estava sendo impulsiva demais com meus convites.

Ele ergueu as sobrancelhas como se estivesse considerando minha oferta, e, por um instante, rezei para que fosse dizer não. "Acho que tenho tempo", respondeu ele. Ele desceu do cavalo e o conduziu até a lagoa, mas o animal só cheirou a água. Era um cavalo malhado de preto e de branco, formidável em estatura. Muito provavelmente era o mais belo cavalo que eu já tinha visto na vida. Seu dorso reluzia, e os pelos em suas pernas traseiras e dianteiras eram como brilhantes nuvens brancas que dançavam quando o animal andava. Rafe deixou cair a guia e voltou-se de novo para mim.

"Você está colhendo amoras?"

"Berdi precisa delas para o festival."

Ele se aproximou ainda mais, parando a apenas um braço de distância, e analisou o cânion. "Aqui, tão longe? Não há nenhuma amoreira mais perto da estalagem?"

Não cedi terreno. "Não como as desse lugar. Elas dão frutos com o dobro do tamanho das outras."

Ele me fitou como se eu não tivesse dito nada. Eu sabia que havia algo acontecendo ali. Nossos olhares contemplativos estavam travados um no outro, como se nossas vontades estivessem travando uma batalha em algum plano misterioso, e eu sabia que perderia a batalha caso desviasse o olhar. Por fim, ele baixou o olhar por um instante, quase com pesar, mascando o lábio inferior, e eu respirei.

A expressão dele se suavizou. "Você precisa de ajuda?"

Ajuda? Segurei as cestas, desajeitada, e deixei cair uma delas. "Claramente você está mais bem-humorado hoje do que ontem", falei, enquanto me agachava para pegar a cesta do chão.

"Eu não estava mal-humorado", respondeu ele, enquanto eu me endireitava.

"Sim, estava sim. Você parecia um grosseirão sem modos."

Um largo sorriso lentamente surgiu nos cantos da boca dele, aquele mesmo sorriso enlouquecedor, arrogante e reticente da noite passada. "Você me surpreende, Lia."

"De que maneira?", perguntei a ele.

"De muitas. Uma das coisas que mais me surpreendem é o seu terrível medo de coelhos."

"Medo de coelhos..." Pisquei devagar e com força. "Você não devia acreditar em tudo o que as pessoas dizem. Pauline é sempre generosa para enfeitar a verdade."

Ele esfregou o queixo devagar. "E não somos todos?"

Permaneci analisando-o, não menos do que eu tinha feito com Gwyneth, embora ele fosse um quebra-cabeças mais complexo. Tudo que dizia parecia carregar uma gravidade além das palavras que pronunciava.

Eu faria com que Pauline pagasse por aquilo, começando com um sermão sobre coelhos. Virei-me e fui andando até os arbustos de amoras silvestres. Colocando uma das cestas aos meus pés, comecei a encher a outra. As passadas de Rafe esmagavam pedrinhas no chão atrás de mim. Ele parou ao meu lado e pegou a segunda cesta. "Que tal uma trégua? Por ora? Prometo que não serei um *grosseirão* sem modos."

Mantive os olhos voltados para o arbusto de amoras silvestres na minha frente, tentando suprimir um largo sorriso. "Tudo bem", foi minha resposta.

Ele apanhou várias bagas, ficando perto de mim, ao meu lado, deixando algumas caírem dentro da minha cesta como se estivesse me ultrapassando na tarefa. "Eu não fazia isso desde que era criança", disse ele.

"Então está se saindo bem. Nenhuma entrou na sua boca ainda."

"Você está querendo dizer que eu tenho permissão para fazer isso?"

Sorri por dentro. A voz dele soava quase brincalhona, embora eu não pudesse imaginar tal expressão no rosto dele. "Não, você não tem permissão", respondi.

"Muito bem. Não é um gosto que eu deva adquirir mesmo. Não há muitas amoreiras de onde venho."

"E exatamente onde seria isso?"

Ele parou com a mão sobre uma amora silvestre como se colhê-la ou não fosse uma decisão monumental. Por fim, ele puxou a fruta do galho e explicou que vinha de um vilarejo na parte mais ao sul de Morrighan. Quando perguntei o nome do vilarejo, ele disse que era tão pequeno que não tinha nome.

Ficou óbvio que ele não queria revelar de onde era. Talvez estivesse fugindo de um passado desagradável como eu, mas isso não queria dizer que eu tinha que engolir a história dele na primeira mordida. Eu poderia brincar com ele um pouco. "Um vilarejo sem nome? *É mesmo? Que coisa mais estranha!*" Esperei que mordesse a isca, e Rafe não me desapontou.

"É só uma região. Com umas poucas casas espalhadas por lá, no máximo. Quase todos os moradores são fazendeiros. E você? De onde vem?"

Uma região sem nome? Talvez. E ele era forte, estava em boa forma, era bronzeado como um trabalhador de fazenda deveria ser, mas também havia algo um tanto *não rural* em relação a Rafe... a forma como ele falava, até mesmo a maneira como se portava, e especialmente seus enervantes olhos azuis, que eram ferozes, como os de um guerreiro. Definitivamente, não eram os olhos de um fazendeiro que se contentaria em passar seus dias revirando o solo.

Peguei a baga que ainda estava entre os dedos dele e joguei-a na minha boca. *De onde eu era?* Estreitei os olhos e abri um sorriso.

"De um pequeno vilarejo na parte mais ao norte de Morrighan. A maioria dos moradores é formada por fazendeiros. É só uma região, para falar a verdade. Umas poucas casinhas espalhadas. *No máximo*. Sem nome."

Ele não conseguiu segurar uma boa risada. "Então viemos de mundos opostos, porém similares, não é?"

Fitei-o, hipnotizada com o fato de que eu tinha sido capaz de fazê-lo rir. Fiquei observando enquanto o sorriso dele se esvanecia da face. Linhas gentis enrugavam seus olhos. Sua risada parecia fazer com que tudo em relação a ele ficasse relaxado. Ele era mais jovem do que eu originalmente achei que fosse, tinha talvez uns dezenove anos. Eu estava intrigada com...

Arregalei os olhos. Eu estivera estudando-o e nem mesmo havia respondido à sua pergunta. Desviei o olhar, com o coração batendo forte em meu peito e voltei com vigor renovado para a minha cesta cheia pela metade, colhendo várias bagas verdes antes de ele esticar a mão e encostar na minha.

"Vamos para outra amoreira?", sugeriu ele. "Eu acho que esse arbusto já foi todo colhido, a menos que Berdi queira frutas amargas."

"Sim, talvez devamos partir para outros."

Ele soltou a minha mão e andamos um pouco mais, descendo o cânion, colhendo amoras silvestres enquanto seguíamos nosso caminho. Ele me perguntou há quanto tempo eu trabalhava na estalagem, e respondi que há apenas umas poucas semanas. "O que você fazia antes disso?"

Qualquer coisa que eu fazia em Civica não valia a pena ser mencionada. *Ou quase.* "Eu era ladra", falei, "mas decidi tentar ganhar a vida honestamente. Até agora, estou me saindo bem."

Ele sorriu. "Mas pelo menos você tem uma segunda opção se tudo der errado, não?"

"Exatamente."

"E seus pais? Você os vê com frequência?"

Desde o dia da minha fuga com Pauline, eu não havia falado sobre os meus pais com ninguém. *Haverá uma recompensa pela minha cabeça.* "Meus pais estão mortos. Você gostou da carne de cervo da noite passada?"

Ele reconheceu minha abrupta mudança de assunto com um menear de cabeça. "Bastante. Estava deliciosa. Gwyneth me levou uma porção generosa."

Eu não podia deixar de imaginar com o que mais ela havia sido generosa. Não que ela alguma vez tivesse passado dos limites do decoro, mas ela realmente sabia como dispensar sua atenção a certos fregueses regulares, e eu me perguntava se Rafe teria sido um deles.

"Você vai ficar, então?"

"Por um tempinho. Pelo menos até o fim do festival."

"Você é devoto?"

"A algumas coisas."

Essa foi uma resposta bem evasiva que me colocou a pensar se o principal interesse dele no festival seria a comida ou a fé. O festival anual tinha tanto a ver com comida e bebida quanto com as observâncias sagradas, e alguns se serviam mais de umas do que das outras.

"Eu notei os cortes em suas mãos. Você os adquiriu por causa do seu trabalho?"

Ele examinou uma de suas mãos, como se ele também estivesse notando os machucados agora. "Ah, esses cortes. Estão quase curados agora. Sim, do meu trabalho na lavoura, mas estou num período entre empregos agora."

"Se você não puder pagar, Berdi vai arrancar sua pele."

"Ela não precisa se preocupar. Minha falta de trabalho é apenas temporária. Eu tenho o bastante para pagar pela minha estadia e comida."

"Então sua pele será poupada. Embora sempre haja algum trabalho em volta da estalagem que você possa fazer em troca da hospedagem e comida. A cabana, por exemplo, está precisando de um novo telhado. Então Berdi poderia alugá-la devidamente e conseguir um lucro melhor."

"Mas então onde você ficaria?"

Como Rafe sabia que eu estava ficando na cabana? Será que isso ficara aparente pela direção que eu segui na noite passada? Ainda assim, eu poderia estar indo para uma das várias casas a uma curta caminhada da estalagem — a menos que ele tivesse me espiado até eu chegar à porta da cabana ontem à noite.

Como se pudesse ver os pensamentos revirando-se na minha cabeça, ele acrescentou: "Pauline me disse que estava indo para a cabana descansar quando me pediu para trazer as cestas para você".

"Tenho certeza de que o celeiro será adequado para mim e Pauline tão bem quanto para os hóspedes pagantes de Berdi. Já fiquei em lugares piores."

Ele resmungou como se não acreditasse, e me perguntei como será que ele me via. Será que uma vida de privilégio ficava evidente pelo meu rosto ou pela minha fala? Porque era algo que não transparecia em mais nada. Minhas unhas estavam lascadas; minhas mãos, secas e rachadas; minhas roupas, rasgadas. De repente eu sentia orgulho da minha jornada árdua de Civica até Terravin. Esconder os nossos rastros fora a nossa prioridade, superando até mesmo o conforto, e mais de uma vez dormimos em solo duro e rochoso sem o privilégio de uma cálida fogueira.

O cânion estreitou-se, e subimos por uma trilha gentil até irmos parar em um planalto coberto de grama que dava para o oceano. Os ventos eram fortes aqui, balançando os cachos soltos dos meus cabelos. Estendi a mão para colocá-los para trás e examinei o oceano púrpura com picos congelados, uma tempestade selvagem, ao mesmo tempo encantadora e assustadora. As cálidas temperaturas do cânion desapareceram e eu senti o frio em meus ombros desnudos. As ondas espiralavam-se e batiam nas rochas irregulares de uma pequena caverna bem abaixo de nós, deixando trilhas espumosas para trás.

"Eu não chegaria tão perto", avisou-me Rafe. "O penhasco pode ser instável."

Olhei para baixo, para as fissuras que se estendiam como garras da beira do penhasco e dei um passo para trás. Estávamos cercados apenas por gramado varrido pelo vento. "Imagino que não haja arbustos de amoras silvestres por aqui", falei, declarando o óbvio.

"Nenhum", respondeu ele. Ele ergueu os olhos das fissuras para mim, longos segundos se passaram, e senti o peso de sua atenção como se ele estivesse me analisando. Ele se conteve abruptamente e desviou o olhar, fitando mais ao longe, costa abaixo.

Segui a linha do olhar contemplativo dele. Ao longe, as imensas ruínas desbotadas de dois domos gigantescos que haviam desmoronado no lado da direção do vento erguiam-se acima das ondas como as carcaças ossudas de gigantescas criaturas marítimas jogadas na orla.

"Já devem ter sido impressionantes", falei.

"Devem? Ainda são, você não acha?"

Dei de ombros. Os textos de Morrighan estavam permeados de avisos sobre os Antigos. Eu via tristeza quando olhava para o que restara deles. Os semideuses que antes controlavam os céus tinham sido rebaixados, humilhados até o ponto da morte. Sempre imaginei poder ouvir suas obras-primas desmoronadas entoando um infinito canto fúnebre. Eu me virei, olhando para a grama selvagem do outro lado do planalto. "Vejo apenas lembretes de que nada dura para sempre, nem mesmo a grandeza."

"Algumas coisas duram."

Encarei-o. "É mesmo? E exatamente que coisas seriam essas?"

"As coisas que importam."

A resposta dele me surpreendeu tanto em termos de substância quanto na maneira como ele falou. Era singular, estranha, um tanto quanto ingênua até, mas sincera. Certamente não era o que eu esperava ouvir de alguém endurecido como ele. Eu poderia desafiá-lo com facilidade. As coisas que importavam para mim não haviam durado. O que eu não daria para ter meus irmãos aqui em Terravin ou para ver o amor nos rostos dos meus pais mais uma vez. E as coisas que importavam para os meus pais também não haviam durado, como a tradição da Primeira Filha. Eu era uma séria decepção para eles. Minha única resposta foi um neutro dar de ombros.

Ele franziu o rosto. "Você desdenha de tudo dos modos antigos? Todas as tradições das eras?"

"A maior parte. Por isso vim a Terravin. As coisas aqui são diferentes."

Ele inclinou a cabeça para o lado e se aproximou. Eu não podia me mover sem pisar em direção às fissuras do penhasco. Ele estava a apenas uns centímetros de mim quando esticou a mão, seus dedos roçando no meu ombro. O calor fluía por mim.

"E o que é isso?", ele perguntou. "Isso me parece algo tradicional. Para marcar uma celebração, talvez?"

Olhei para onde ele havia tocado na minha pele. Minha roupa de baixo havia escorregado do meu ombro, revelando uma parte da garra do leão e das vinhas de Morrighan. *O que eles tinham feito que eu não conseguia me livrar dessa besta? Malditos artesãos!*

Puxei minha blusa para cobrir o *kavah*. "Isso é um erro terrível. É *isso* que é! Um pouco mais do que as marcas de bárbaros rosnadores!"

Eu estava enfurecida porque esse maldito *kavah* se recusava a sair de mim. Tentei passar roçando nele, mas um forte puxão me deixou de novo de frente para Rafe, cuja mão circundava meu pulso. Nós não falamos nada. Ele só ficou me encarando, com o maxilar tenso, como se estivesse segurando as palavras.

"Diga o que está pensando", falei, por fim.

Ele me soltou. "Eu já disse a você. Tome cuidado onde pisa."

Fiquei esperando. Achei que ele fosse falar mais, fazer mais. Queria que ele fizesse mais. No entanto, Rafe permaneceu parado.

"Isso é tudo?", perguntei.

Suas narinas ficaram dilatadas enquanto ele inspirava fundo, e seu peito subia e descia enquanto inspirava e exalava o ar. "Isso é tudo", disse ele, virou-se e foi andando, descendo a trilha em direção ao cânion.

ua mordida será cruel, mas sua língua é afiada,
Seu hálito, sedutor, mas mortal é sua pegada.
O Dragão conhece apenas a fome, nunca saciada,
Apenas a sede, nunca aliviada.

— **Canção de Venda** —

CAPÍTULO 16
CRÔNICAS DE AMOR E ÓDIO

Encontre-me nas ruínas do templo a leste da cabana. Venha sozinha.

u revirei o pedaço de papel rasgado nas minhas mãos. A escrita era quase ilegível — com certeza, a mensagem tinha sido redigida às pressas. Quem era esse lunático que achava que eu era louca o bastante para fazer uma viagem floresta adentro e encontrar-me com ele sozinha apenas por causa de um bilhete rabiscado e enfiado no meu guarda-roupa?

Quando me deparei com a porta da cabana escancarada ao voltar, eu sabia que havia algo errado. Pauline era cuidadosa com essas coisas e nunca deixava nada fora do lugar. Com cautela, empurrei a porta aberta até o fim, e quando me certifiquei de que a cabana estava vazia, fiz uma busca nela. Não havia nada faltando, embora as joias reais remanescentes pudessem ser facilmente encontradas em uma bolsinha no meu alforje. Não tínhamos sido visitadas por um ladrão. A porta do guarda-roupa também estava escancarada, e foi lá que encontrei o bilhete enfiado em um gancho, era impossível não vê-lo, na verdade.

A ordem *Venha sozinha* era o que mais me inquietava.

Olhei para o bilhete de novo e inspirei com pungência. Não havia nome. Talvez nem fosse para mim. *Talvez fosse para Pauline.* Talvez Mikael tivesse finalmente retornado! Ela ficaria tão...

Eu me virei rapidamente e olhei para fora pela porta aberta que dava para a floresta. Mas por que ele deixaria um bilhete? Por que ele simplesmente não iria direito até a taverna e a tomaria em seus braços? A menos que tivesse um motivo para se esconder. Balancei a cabeça e fiquei pensando no que fazer, em uma batalha mental. Eu não podia mostrar o bilhete a Pauline. E se não fosse de Mikael?

Mas e se fosse... e eu ignorasse isso? Especialmente agora com...

Escancarei a porta do guarda-roupa e vesti o manto preto de minha amiga. Já estávamos quase na hora do crepúsculo. O tecido escuro me dava alguma cobertura na mata. Eu tinha esperanças de que não fosse uma caminhada tão longa até as ruínas e que elas pudessem ser facilmente encontradas. Desembainhei minha faca e segurei-a com firmeza na mão debaixo do manto, só para o caso de não ter sido Mikael o autor do bilhete.

Segui minha jornada diretamente para o leste, até onde o terreno permitia. As árvores foram ficando mais densas, e o musgo a norte delas se tornava mais espesso enquanto menos luz era filtrada para o chão da floresta. Não havia esquilos correndo e nem pássaros voando de um lado para o outro. Era como se algo tivesse passado por esse caminho muito recentemente.

O último vislumbre de Terravin desapareceu atrás de mim. Pensei nos Antigos e nos lugares inesperados em que as ruínas deles ficavam espalhadas. Eu e meus irmãos nos referíamos às ruínas como templos ou monumentos, porque não fazíamos ideia de quais eram seus usos originais. As poucas inscrições que haviam sobrevivido às eras estavam escritas em idiomas antigos, mas os fragmentos de edificações deixados para trás emanavam grandeza e opulência, como as imensas ruínas que eu e Rafe havíamos contemplado.

Seja lá o que eu tenha dito quando estávamos olhando para elas, algo havia deixado Rafe perturbado. Fora aquilo de eu me abster das tradições? Ou a comparação entre artesãos a bárbaros rosnadores? Será que o pai dele era um artesão? Ou pior, um bárbaro? Dispensei essa possibilidade, porque Rafe era bem-articulado quando queria, e contemplativo também, como se houvesse um grande peso sobre seus ombros. *As coisas que importam.* Ele tinha um lado terno também, que tentava esconder. Que fraqueza havia feito com que partilhasse aquele lado comigo?

Meus passos ficaram mais lentos. Bem à minha frente havia uma parede de musgo, cujas bordas irregulares eram atenuadas por uma folhagem de trepadeira. Samambaias nasciam de fissuras, deixando a parede quase irreconhecível como sendo algo feito pelo homem. Eu dei a volta, tentando avistar algum vislumbre de cor além de verde adiante da parede, procurando pelo calor e o bronzeado da carne humana.

Ouvi o que pensei ter sido algo raspando e, então, uma rajada de ar. *Um cavalo.* Em algum lugar além das paredes, meu amigo misterioso estava escondendo sua montaria, o que queria dizer que ele também estava lá. Empurrei meu manto para trás de modo que meu braço ficasse livre e ajustei a faca na minha mão.

"Olá?", chamei. Ouvi passadas esmagando pedrinhas e alguém surgiu de trás da parede. Soltei um grito e saí correndo em sua direção antes que ele até mesmo pudesse falar. Abracei-o, beijei-o e girei-o em meus braços, tão cheia de alegria que tudo que consegui dizer foi seu nome, repetidas vezes.

Por fim, ele deu um passo para trás e segurou meu rosto em suas mãos em concha. "Se eu soubesse que você ficaria tão feliz em me ver, teria vindo antes! Venha, vamos entrar." Ele me conduziu para dentro das ruínas como se estivesse me levando para dentro de uma grande mansão, e então fez com que eu me sentasse em um bloco de pedra. Olhou para mim, avaliando minha saúde, virando meu rosto para um lado e depois para o outro. Por fim, assentiu, julgando-me saudável, e abriu um sorriso. "Você se saiu bem, irmãzinha. Os melhores batedores reais estão tentando rastreá-la há semanas."

"Aprendi com o melhor, Walther."

Ele deu uma risada. "Sem sombra de dúvida. Eu sabia que, quando o menino do estábulo disse que viu você indo em direção ao norte, isso significaria que estava indo para o sul." Ele ergueu uma sobrancelha, divertindo-se. "No entanto, oficialmente, eu tive que conduzir um grupo para o norte para acompanhar seu estratagema. Não queria direcionar ninguém até você, e lá no norte consegui deixar ainda mais traços de sua presença. Quando o tempo me permitiu, vim para o sul com alguns dos meus melhores homens para procurá-la."

"Você confia neles?"

"Gavin, Avro, Cyril. Você não precisava nem perguntar."

Estes eram os amigos mais próximos de Walther em sua unidade. Cyril era um sujeito desmazelado e magro. Deve ter sido ele quem Pauline avistara na taverna noite passada.

"Então você aprova o que eu fiz?", perguntei, hesitante.

"Digamos que não fiquei muito surpreso."

"E quanto a Bryn e Regan?"

Ele se sentou ao meu lado e envolveu meu ombro com um dos braços, puxando-me para perto dele. "Minha querida e doce Lia, todos os seus irmãos a amam tanto quanto sempre amaram, e nenhum de nós a culpa por querer mais do que um casamento, embora estivéssemos preocupados com o seu bem-estar. É só uma questão de tempo até que alguém a descubra."

Levantei-me em um pulo e me virei na direção dele. "É mesmo? Olhe para mim. Se você já não soubesse quem eu era, teria imaginado que eu fosse a Princesa Arabella, Primeira Filha de Morrighan?"

Ele franziu o rosto. "Roupas esfarrapadas?" Ele segurou a minha mão e examinou-a. "Unhas lascadas? Isso não é o bastante para disfarçar o que está dentro de você. Você sempre será você, Lia. Não há como fugir disso."

Puxei minha mão da dele. "Então você não aprova o que fiz."

"Eu só me preocupo. Lá em Civica, você deixou gente poderosa muito enfurecida."

"A mãe e o pai?"

Ele deu de ombros. "A mãe não fala sobre isso, e o pai, por dever, divulgou uma recompensa pela sua prisão e seu retorno."

"Apenas por dever?"

"Não me entenda errado. Ele está humilhado e furioso, e isso é só metade da situação. Já faz quase um mês que você fugiu, e ele ainda está fazendo ameaças, mas é apenas um pequeno papel na praça do vilarejo, e, até onde eu saiba, nenhum outro anúncio foi feito. Talvez isso seja o mais longe que o gabinete dele consiga forçá-lo a ir. É claro que eles tiveram que lidar com outras questões urgentes."

"Outros problemas além de mim?"

Ele assentiu. "Saqueadores vêm criando todo tipo de caos. Achamos que se trata de apenas um ou dois bandos, mas eles desaparecem na noite como se fossem espíritos de lobos. Destruíram pontes importantes no norte, onde a maior parte das nossas tropas estão posicionadas, e criaram certo pânico nos outros vilarejos pequenos."

"Você acha que é Dalbreck? Será que uma aliança rompida criaria tanta animosidade assim?"

"Ninguém sabe ao certo quais seriam os motivos. As relações com Dalbreck certamente deterioraram-se desde que você partiu, mas suspeito de que isso seja obra dos vendanos, que estão tirando vantagem de nossa situação atual. Eles estão tentando diminuir nossa capacidade de mobilizar a Guarda, o que pode significar que estejam planejando uma ofensiva maior."

"Para dentro de Morrighan?" Não consegui esconder meu choque. Quaisquer escaramuças com Venda sempre tinham ocorrido no Cam Lanteux, quando tentaram estabelecer postos militares lá, e *nunca* no nosso próprio território.

"Não se preocupe", disse ele. "Vamos mantê-los fora das nossas terras. Nós sempre fazemos isso."

"Mesmo que eles se multipliquem como coelhos?"

Ele abriu um sorriso. "Coelhos são bons de comer, sabia?" Ele se levantou e deu alguns passos, para depois se voltar e ficar cara a cara comigo outra vez, colocando seus cabelos rebeldes para trás com os dedos. "Mas as preocupações e a fúria do pai não são nada em comparação com as do Erudito." Ele balançou a cabeça e abriu um largo sorriso. "Ah, minha irmãzinha. O que foi que você fez?"

"O quê?", perguntei, inocentemente.

"Parece que alguma coisa de grande valor para o Erudito desapareceu. Exatamente no mesmo dia em que você fugiu. Ele e o Chanceler reviraram a cidadela de ponta a ponta procurando o que sumiu. Tudo por baixo dos panos, é claro, porque seja lá o que tenha sido roubado, não é uma peça catalogada da coleção real. Pelo menos esse é o rumor entre a criadagem."

Pressionei as mãos uma na outra e abri um largo sorriso. Eu não conseguia esconder meu júbilo. Ah, como eu gostaria de ver a cara do Erudito quando ele abriu o que achava ser sua gaveta secreta e se deparou com ela vazia. Quase vazia, quero dizer. Eu tinha deixado uma coisinha para ele.

"Então você está se deleitando com seu roubo?"

"Ah, muitíssimo, meu querido irmão."

Ele deu risada. "Então eu também me divirto. Me conte um pouco sobre isso. Eu trouxe algumas das suas coisas prediletas." Ele me levou até um canto onde estirou uma coberta. De uma cesta, tirou um barril lacrado de moscatel espumante de cereja, o espumante de safra antiga dos vinhedos de Morrighan que eu adorava, mas que só me era permitido tomar em ocasiões especiais. Ele também desembrulhou meia roda de queijo de figo e os biscoitos tostados de gergelim do padeiro do vilarejo. Estes eram os sabores de casa, dos quais nem mesmo havia me dado conta de que sentia falta. Nós nos sentamos sobre a coberta, e comi, bebi e narrei os detalhes do meu roubo.

Era o dia anterior ao casamento, e o Erudito estava na abadia oficializando a assinatura dos últimos documentos. Eu ainda não tinha tomado minha decisão final de fugir, mas, enquanto estava sentada na escuridão do meu vestíbulo, morrendo de calor, minha afiada animosidade com o Chanceler e o Erudito chegara ao seu ápice. Eles nem mesmo tinham tentado esconder a euforia que sentiam com a minha iminente partida quando fui mais cedo naquele dia ao escritório do Chanceler entregar meus artefatos reais de volta à coleção. Minha coroa, meus anéis, meu selo, até mesmo os menores ornamentos de cabelo que estavam sob minha posse; o Chanceler deixou claro que nada disso poderia seguir comigo quando eu fosse para Dalbreck. Ele disse que meu propósito não era o de aumentar o tesouro de outro reino.

O Erudito estava lá, na função de testemunha e contador. Notei que ele parecia especialmente ansioso para que eu saísse logo, apressando-se em seu livro de registros, nervoso, mexendo os pés. Achei curioso, visto que o Erudito era geralmente rígido e assertivo toda vez que lidava comigo. Logo antes de eu passar pela porta, um pensamento me atingiu com tudo: *Vocês têm segredos.* E dei meia-volta. Vi a surpresa nos rostos deles dois.

"Por que vocês sempre me odiaram?", perguntei.

O Erudito ficou paralisado, deixando que o Chanceler se pronunciasse, e nem mesmo se deu ao trabalho de olhar para mim e responder, voltando a revisar o livro de registros. O Chanceler cacarejou, como se eu fosse uma tola ridícula, e depois, com sua voz cortada e desdenhosa, falou: "Você sempre fez as perguntas erradas, Princesa. Talvez devesse perguntar por que eu teria algum motivo para gostar de você?" No entanto, o Erudito não tinha se mexido em nenhum momento e não tirou os olhos de mim nem por um instante, como se estivesse esperando para ver o que eu faria em seguida.

Walther me ouvia com atenção. Expliquei a ele como eu revirara aquele encontro mentalmente repetidas vezes enquanto eu suava no meu vestíbulo naquela tarde, e as palavras me vieram à mente de novo, com tudo. *Vocês têm segredos.* É claro que eles tinham segredos, e eu fui direto ao escritório do Erudito, pois sabia que ele estava na abadia.

"Não foi difícil de encontrar... uma gaveta falsa em uma escrivaninha... e um dos meus longos pinos de prender cabelo abriu a tranca com facilidade."

"Você vai me deixar esperando com esse suspense todo? O que foi que roubou?"

"Essa é a parte estranha. Não sei ao certo."

Meu irmão abriu um sorriso forçado, como se eu estivesse sendo tímida.

"É verdade, Walther. Eram uns poucos papéis soltos e dois livros pequenos, que estavam embrulhados em uma capa de couro macio e colocados dentro de uma caixa de ouro, mas não consigo ler nenhum dos dois. Eles estão escritos em idiomas antigos ou estrangeiros."

"Por que ele haveria de escondê-los? Ele tem seu conjunto de lacaios que poderiam traduzir os livros."

"A menos que já tenham feito isso." O que queria dizer que eles deveriam fazer parte da coleção oficial. Todos os artefatos recuperados das ruínas pertenciam ao Reino, até mesmo aqueles encontrados por soldados em terras distantes. Era um crime guardá-los em segredo.

Nós dois sabíamos que o Erudito Real tinha esse cargo por um bom motivo. Ele não era apenas especialista no Livro dos Textos Sagrados de Morrighan, mas também era versado na tradução de outros idiomas antigos, embora talvez não tão talentoso quanto alguns supunham. Eu o tinha visto tropeçar em alguns dos dialetos mais simples, e, quando corrigido por mim, ele ficava desvanecido, de tanta raiva que sentia.

"Por que você não tenta traduzi-los?"

"E em que momento eu poderia ter esse prazer, meu caro Príncipe Walther? Entre ser uma princesa fugitiva, cuidar de três asnos, varrer aposentos e servir refeições, tenho sorte se conseguir tempo para tomar banho. Nem *todos* podem levar uma vida de realeza." Usei o meu mais arrogante tom nobre para dizer isso, o que o fez dar risada. Eu não mencionei minhas outras atividades, como colher amoras com jovens e belos homens. "Além disso, traduzir não é uma tarefa pequena quando uma pessoa não tem conhecimento algum do idioma. As únicas pistas que eu tenho são anotações de catalogação nos papéis soltos. Um dos volumes é intitulado *Ve Feray Daclara au Gaudrel*, e o outro é de Venda."

"Um volume de Venda? Os bárbaros leem?"

Abri um sorriso. "Bem, pelo menos em algum momento eles leram. Pode ser que o Chanceler sinta falta mesmo é da caixa dourada ornamentada com joias em que os livros estavam guardados. Só o valor dela provavelmente permitiria que ele acrescentasse outra ala à sua gigantesca mansão."

"Ou talvez essa seja uma descoberta recente, e o Erudito esteja com medo de que você os traduza primeiro e roube o lugar dele. O homem realmente tem que garantir sua posição."

"Talvez", respondi. No entanto, de alguma forma eu tinha certeza de que os volumes não eram novos, estava certa de que eles tinham ficado escondidos naquela gaveta escura por muito, muito tempo, talvez por tanto tempo que o Erudito havia se esquecido deles.

Walther deu um pequeno apertão em minha mão. "Tome cuidado, Lia", disse ele em tom solene. "Por qualquer que seja o motivo, eles querem isso de volta. Quando voltar, vou fazer uma sondagem discreta para ver se a mãe ou o pai sabem de alguma coisa sobre isso. Ou talvez o Vice-Regente."

"Não deixe que eles saibam que você me viu!"

"*Discreta*", ele repetiu.

Assenti. "Mas chega de falar do Erudito", falei. A conversa estava começando a ficar sombria e eu queria desfrutar essa dádiva do tempo passado com Walther. "Conte-me outras notícias de casa."

Ele baixou o olhar por um instante e depois abriu um sorriso.

"O que foi?", exigi saber. "Conte-me!"

"A Greta está... Eu vou ser pai."

Encarei-o, incapaz de falar alguma coisa. Eu nunca tinha visto o meu irmão tão feliz, nem mesmo no dia de seu casamento, quando ele, nervoso, não parava de puxar o seu casaco, e Bryn teve que ficar cutucando-o para que ele parasse de fazer aquilo. Walther estava radiante como uma futura mãe. Walther, um *pai*. E que pai excepcional ele seria!

"Você não vai falar nada?", ele me perguntou.

Caí na risada de alegria e o abracei, fazendo a ele uma pergunta atrás da outra. Sim, Greta estava indo muito bem. O bebê deveria nascer em dezembro. Ele não se importava se seria menino ou menina — talvez eles tivessem sorte e teriam os dois. Sim, ele estava tão feliz, tão apaixonado, tão pronto para começar uma família com Greta, sim! Agorinha mesmo, eles estavam fazendo uma parada em Luiseveque, razão pela qual ele fora capaz de vir até Terravin. Eles estavam a caminho da mansão dos pais de Greta no sul, onde ela ficaria enquanto meu irmão partia para realizar sua última patrulha. Então, antes de o bebê nascer, eles voltariam a Civica, e então, e então, e então...

Eu me esforcei para ocultar a tristeza inesperada que crescia em mim quando me dei conta de que não seria incluída em nenhum dos eventos que ele mencionara. Por causa da minha nova vida, com a fuga e a necessidade de permanecer escondida, eu nunca poderia conhecer a minha sobrinha ou o meu sobrinho, embora, se eu tivesse sido despachada para as longas distâncias de Dalbreck, minhas chances de algum dia ver essa criança não teriam sido nem um pouco maiores.

Observei meu irmão, seu nariz levemente torto, seus olhos profundos e suas bochechas com covinhas de alegria — vinte e três anos de idade e mais homem do que menino agora, com seus fortes ombros largos para segurar uma criança, já se tornando um pai diante dos meus olhos. Eu olhei para ele com alegria, e a minha felicidade voltou. Sempre tinha sido assim. Walther sempre me animava quando ninguém mais conseguia.

Ele continuou falando, e eu mal notara a floresta escurecendo ao nosso redor, até que ele se ergueu de um pulo. "Nós dois precisamos ir. Você vai ficar bem sozinha?"

"Eu quase cortei você ao meio assim que cheguei", disse, dando tapinhas de leve na minha faca embainhada.

"Continua praticando?"

"Infelizmente, não."

Eu me curvei para baixo para pegar a coberta, mas ele me interrompeu, segurando-me pelo braço com gentileza e balançando a cabeça.

"Não é certo que você tenha tido que praticar escondida, Lia. Quando eu for rei, as coisas vão ser diferentes."

"E você planeja assumir o trono em breve?", perguntei, provocando-o.

Ele abriu um sorriso. "A hora chegará. Mas me prometa que, nesse meio-tempo, você vai continuar praticando."

Assenti. "Prometo."

"Apresse-se então antes que escureça."

Nós pegamos a coberta e a cesta, e ele me beijou na bochecha. "Você está feliz com sua vida aqui?"

"Eu só poderia estar mais feliz se você, Bryn e Regan estivessem em Terravin comigo."

"Paciência, Lia. Nós vamos pensar em alguma coisa. Tome, pegue isso", disse ele, empurrando a cesta para as minhas mãos. "Tem um pouco de comida no fundo. Eu vou dar uma parada aqui de novo antes de sair em patrulha. Fique em segurança até então."

Assenti, contemplando a constatação de que ele tinha agora muitas responsabilidades: marido, pai, soldado, e, por fim, herdeiro do trono. Ele não deveria ter que me tornar uma preocupação também, mas ficava feliz por ele ter feito isso. "Dê a Greta meu votos de amor e boa sorte."

"Farei isso." Ele se virou para ir, mas falei sem pensar e fiz outra pergunta a ele, incapaz de deixar que meu irmão partisse.

"Walther, quando foi que você soube que amava Greta?"

A expressão que sempre recaía sobre ele quando falava sobre a esposa assentou-se como uma nuvem sedosa. Walther soltou um suspiro. "No minuto em que pus os olhos nela."

Meu rosto deve ter demonstrado desapontamento. Ele esticou a mão e beliscou o meu queixo. "Eu sei que o casamento arranjado plantou sementes de dúvida em você, mas alguém haverá de aparecer, alguém que seja digno de você, Lia. E você saberá disso no minuto em que o vir."

Mais uma vez, não era a resposta pela qual eu esperava, mas assenti e então pensei em Pauline e suas preocupações. "Walther, juro que essa é a minha última pergunta, mas você tem alguma notícia de Mikael?"

"Mikael?"

"Ele é um soldado da Guarda. Estava em patrulha. Um jovem homem loiro. A essa altura, já deveria ter voltado."

Observei enquanto meu irmão vasculhava as memórias, balançando a cabeça em negativa. "Eu não conheço nenhum..."

Acrescentei mais alguns detalhes esparsos que Pauline havia me passado sobre seu namorado, incluindo uma tola echarpe vermelha que ele às vezes usava quando não estava trabalhando. Walther voltou imediatamente o olhar para mim.

"Mikael. É claro. Eu sei quem é." Suas sobrancelhas uniram-se de um jeito raro, ameaçador, deixando todo seu rosto sombrio. "Você não está envolvida com ele, está?"

"Não, é claro que não, mas..."

"Que bom. Fique longe desse tipo. O pelotão dele voltou faz duas semanas. Na última vez em que o vi, ele estava em um bar, mais bêbado do que um gambá, com uma moça sentada em cada perna. Aquele patife tem uma língua açucarada e uma menina desmaiando por ele em todas as cidades daqui até Civica... Ele é conhecido por se gabar disso."

Olhei para Walther boquiaberta, incapaz de falar alguma coisa.

Ele franziu o rosto. "Ah, bons deuses, se não é você, então é Pauline. Ela estava de olho nele?"

Assenti.

"Então é muito melhor que ela esteja livre dele agora e aqui com você. Aquele homem não trará nada de bom. Certifique-se de que ela fique longe dele."

"Você tem certeza, Walther? *Mikael?*"

"Ele se gaba de suas conquistas e dos corações partidos que deixou para trás como se fossem medalhas presas no peito. Tenho certeza disso."

Ele se despediu rapidamente, com os olhos atentos à escuridão que aumentava, mas parti em grande medida num estado de estupor, mal me lembrando dos passos que me levavam de volta à cabana.

Agora ela está livre dele.

Não, não está agora — e não estará nunca.

O que eu diria a ela? Seria mais fácil se Mikael estivesse morto.

CRÔNICAS DE AMOR E ÓDIO

KADEN

ntão.

Nossa princesa tem um amante.

Quando a segui floresta adentro, achei que enfim conseguiria aquilo de que mais precisava: um tempo sozinho com ela. No entanto, quanto mais Lia se afastava, mais curioso eu ficava. Aonde ela estava indo? Minha mente conjurou várias possibilidades, mas em momento algum concebeu aquela que me pegou de surpresa.

Fiquei observando enquanto ela voava para os braços dele, beijava-o, abraçando-o como se nunca o fosse soltar. Ficou óbvio que o jovem estava tão feliz em vê-la quanto ela em vê-lo. Eles desapareceram nas ruínas, ainda enganchados nos braços um do outro. Não foi difícil imaginar o que aconteceria dali em diante.

O tempo todo, era isso que a impelia.

Um amante.

Por isso que ela fugira do casamento. Eu não sabia por que deveria estar sentindo náuseas. Talvez fosse o jeito como ela havia fitado meus olhos nessa manhã. A forma como ela se demorara fazendo isso. O rubor em suas bochechas. Isso mexeu comigo. Algo de que gostei. Algo que me fez pensar que talvez as coisas ainda pudessem ser diferentes. Pensei nisso o dia todo enquanto cavalgava até Luiseveque para deixar uma mensagem. E então, em todo o caminho de volta, mesmo que estivesse tentando bani-la dos meus pensamentos. *Talvez as coisas pudessem ser diferentes.* É claro que não podiam.

Senti como se tivesse levado um soco no estômago: uma sensação com a qual não estava acostumado. Geralmente eu me protegia quanto a esse tipo de coisa. Feridas no campo eram uma coisa, mas desse tipo eram pura estupidez. Eu posso ter tido o ar arrancado de mim, mas Rafe parecia ter sido pisoteado. Bêbado idiota!

Quando me virei para ir embora, ele estava parado a apenas uns três ou quatro metros de distância e nem mesmo tentava esconder sua presença. Aparentemente, o imbecil impressionado havia nos seguido. Ele não falou nada quando o vi. Desconfio que não conseguiria falar.

Passei encostando nele. "Parece que ela falou a verdade. Ela não é do tipo inocente, hein?"

Rafe não respondeu. Uma resposta teria sido redundante. O rosto dele já dizia tudo. Talvez agora ele fosse cair fora de uma vez por todas.

Sempre ao vento.

Eu os ouço vindo.

Me conte de novo, Ama, sobre a tempestade.

Não há tempo para contar uma história, criança.

Por favor, Ama.

Os olhos dela estão fundos.

Não há ceia esta noite.

Uma história é tudo que eu tenho para alimentá-la.

Era uma tempestade, isso é tudo de que me lembro.

Uma tempestade que não tinha fim.

Uma grande tempestade, ela se prontifica a dizer.

Solto um suspiro. Sim, e a puxo para o meu colo.

Era uma vez, criança,

Há muito, muito tempo,

Sete estrelas que pendiam no céu.

Uma para chacoalhar as montanhas,

Uma para revirar os oceanos,

Uma para afogar o ar,

E quatro para testar os corações dos homens.

Mil facas de luz

Cresceram até formarem uma nuvem rolante e explosiva,

Como um monstro faminto.

Apenas uma princesinha achava graça,

Uma princesa como você...

Uma tempestade que tornou os modos de antigamente sem sentido.

Uma faca afiada, uma mira cuidadosa, uma

vontade de ferro e um coração que ouve,

Essas eram as únicas coisas que importavam.

E seguir em frente. Sempre seguir em frente.

Venha, criança, está na hora de ir embora.

Os abutres, eu estou ouvindo o farfalhar deles nas montanhas.

—Os Últimos Testemunhos de Gaudrel—

CAPÍTULO 18
CRÔNICAS DE AMOR E ÓDIO

Havia tantas coisas que eu queria ter dito a Pauline hoje. Tantas coisas que pareceram importantes na hora. Eu ia passar um sermão nela por espalhar histórias sobre o meu medo de coelhos. Provocá-la por seu eterno sentimento de iniciativa, mesmo quando estava doente. Contar a ela sobre Rafe, que levara as cestas para mim, e o tempo que passei com ele no cânion. Eu queria perguntar a ela o que achava que isso queria dizer e falar sobre todos os detalhes das nossas vidas, tal como sempre fazíamos ao fim do dia quando estávamos em nossos aposentos.

No entanto, lá estava eu, sozinha no escuro, incapaz de ficar cara a cara com ela, coçando atrás das orelhas de um asno, sussurrando para ele: "O que devo fazer? O que devo fazer?".

Eu chegara terrivelmente tarde no refeitório, e entrei voando na cozinha. Berdi estava fumegando tanto quanto sua caldeira de cozido. Eu havia pretendido contar a ela sobre o motivo pelo qual estava atrasada, mas tudo que consegui dizer foi *Tenho notícias de Mikael*, antes que minha garganta se fechasse e eu ficasse calada. Berdi parou de fumegar e assentiu, entregando-me um prato e, a partir daquele instante, a noite seguiu sua rotina, uma folga temporária do inevitável. Fiquei tão ocupada que não tive tempo de explicar mais nada. Sorri, dei boas-vindas, entreguei comida e bebida, fiz a limpeza, mas minhas palavras animadas eram poucas. Uma vez fui pega na pia olhando para o nada enquanto a caneca que eu estava enchendo de cidra transbordou. Pauline pôs a mão no meu cotovelo e perguntou se estava tudo bem comigo. "Só estou cansada", respondi. "Tomei muito sol hoje." Ela tentou se desculpar por não ter me ajudado com a colheita das amoras silvestres, mas eu a interrompi para ir entregar a cidra a um freguês.

Kaden veio sozinho para o refeitório. Fiquei aliviada por Rafe não ter vindo. Eu estava perturbada o bastante sem ter que navegar pelos humores sombrios dele. Ainda assim, me vi olhando para a porta da taverna a cada vez que ela era aberta, pensando que, mais cedo ou mais tarde, ele teria que comer. Tentei sorrir e ofereci minha saudação padrão a todos, mas quando levei a refeição a Kaden, ele me interrompeu antes que eu saísse correndo.

"Seu fogo parece apagado essa noite, Lia."

"Sinto muito. Acho que estou um pouco distraída. Esqueci alguma coisa que você queria?"

"O serviço está ótimo. O que foi que a chateou?"

Fiz uma pausa, emocionada porque ele tinha percebido como eu estava abalada. "É só minha cabeça que está latejando um pouco. Vou ficar bem."

Os olhos dele permaneceram fixos em mim; aparentemente Kaden não estava convencido. Soltei um suspiro e me rendi. "Receio ter recebido notícias desanimadoras hoje do meu irmão."

Ele ergueu as sobrancelhas como se aquela notícia o deixasse muitíssimo surpreso.

"Seu irmão está aqui?"

Sorri. *Walther.* Eu havia me esquecido do quão feliz tinha ficado. "Ele esteve aqui para uma breve visita essa noite. Fiquei mais do que animada ao vê-lo, mas, infelizmente, tivemos que nos despedir depois de algumas notícias difíceis."

"Um camarada alto? Cavalgando um cavalo tobiano? Acho que posso ter passado por ele na estrada hoje."

Fiquei surpresa por Walther ter pego a estrada principal de Luiseveque até aqui em vez de usar caminhos secundários. "Sim, era ele", respondi.

Kaden assentiu e sentou-se relaxado em sua cadeira, como se já estivesse satisfeito com a refeição, embora não tivesse nem dado a primeira garfada. "Posso ver a semelhança, agora que você me falou. Os cabelos escuros, as maçãs do rosto..."

Ele havia observado muita coisa em uma rápida passagem na estrada, mas já tinha provado ser bem observador ao ter notado minha falta de *fogo* em uma taverna lotada.

Ele se inclinou para a frente. "Há algo que eu possa fazer?"

A voz dele estava cálida e lenta e me fez lembrar do ruído gentil de uma distante tempestade de verão, tão convidativa ao longe. E aqueles olhos de novo, olhos que faziam com que eu me sentisse nua, como se ele enxergasse sob a minha pele. Eu sabia que não podia me sentar e contar a ele sobre minhas preocupações, mas seu olhar firme queria que eu fizesse isso.

"Não", sussurrei. Ele esticou a mão e deu um pequeno aperto na minha. Mais segundos em silêncio passaram-se entre nós. "Tenho outras coisas para fazer, Kaden."

Olhando de relance para o outro lado do salão, vi que Berdi estava observando a cena da porta da cozinha, e me perguntei o que ela deveria estar pensando, e depois me perguntei quem mais tinha visto... e realmente, havia alguma coisa pela qual eu devesse me sentir culpada? Não era bom saber que alguém estava preocupado comigo enquanto havia outros que queriam colocar uma corda no meu pescoço? Eu estava grata pela bondade de Kaden, mas puxei minha mão da dele.

"Obrigada", sussurrei, com medo de que minha voz pudesse se partir, e fui embora dali rapidamente.

Quando nosso trabalho da noite estava terminado, deixei Pauline boquiaberta na porta da cozinha e saí correndo sozinha, dizendo que precisava de ar fresco e que daria uma caminhada. Mas não andei muito, fui apenas até a baia de Otto no estábulo. Lá estava escuro e deserto, e minhas preocupações ficariam a salvo com ele. Eu me equilibrei no corrimão da baia no estábulo, abraçando um poste com uma das mãos e coçando a cabeça do asno com a outra. O animal não questionou minhas atenções durante a madrugada. Ele as aceitou com gratidão, o que deixou meu peito ainda mais apertado. Eu lutei para conter as lágrimas e os soluços. *O que eu deveria fazer?*

A verdade a mataria.

Ouvi um farfalhar, e uma pancada oca de metal. Fiquei paralisada, olhando na escuridão.

"Quem está aí?"

Não houve resposta. E então ouvi mais ruídos, aparentemente vindos de uma outra direção. Eu me virei, confusa, dei um pulo do corrimão e perguntei de novo: "Quem está aí?".

Sob uma fatia de luar, o rosto pálido de Pauline apareceu.

"Sou eu. Precisamos conversar."

CAPÍTULO 19
CRÔNICAS DE AMOR E ÓDIO

RAFE

ão era minha intenção testemunhar aquilo. Se fosse possível, eu teria me afastado em silêncio, mas estava encurralado. Parecia que, em um só dia, eu havia testemunhado bem mais coisas por acaso do que intencionalmente. Eu tinha ido a um bar na cidade para comer a minha refeição noturna. Não queria encontrar a Princesa de novo. Eu já tinha tido o suficiente dela por um dia. O bastante de suas farsas ardilosas de realeza. Já havia dito a mim mesmo que ela era uma arrogante dor na alma. Melhor para mim. Dessa forma, ficaria mais fácil manter distância dela. No entanto, enquanto eu bebia a minha terceira cidra e mal tinha tocado na comida, percebi que ainda estava tentando discernir o que havia acontecido, e, a cada gole que tomava, eu a amaldiçoava de novo.

O problema era que, durante a manhã, quando eu a tinha visto no cânion, fiquei de boca calada. Ela simplesmente se parecia com qualquer outra menina colhendo amoras silvestres. Com os cabelos trançados para trás, mechas soltas roçando seu pescoço, bochechas ruborizadas com o calor. Sem fingimentos. Sem ares de realeza. Nada de segredos que eu já não conhecesse. Palavras passaram pela minha cabeça tentando descrevê-la, mas nenhuma delas me pareceu exatamente certa. Eu permaneci sentado como um grande tolo no dorso do meu cavalo, apenas fitando-a. E então ela *me convidou* a ficar. Enquanto caminhávamos, eu sabia que estava seguindo uma trilha perigosa, mas isso não me impediu. A princípio, mantive todas as minhas palavras controladas, cuidadosamente medidas, mas então, de um jeito excepcional, ela as arrancou de mim. Tudo parecia muito fácil e inocente. Até que não era mais. Eu deveria saber disso.

Em cima do penhasco, onde não havia nenhum outro lugar para ir, quando nossas palavras pareciam importar menos, e nossa proximidade, mais, quando eu não conseguiria forçar meu olhar contemplativo a se desviar dela nem para salvar minha vida, minha mente estava a mil com uma possibilidade — e uma possibilidade apenas. Aproximei-me dela. Houve um instante, um longo instante em que prendi a respiração, mas então, com umas poucas palavras venenosas dela — *erro terrível, as marcas de bárbaros rosnadores!* —, fui nocauteado com a verdade.

Ela não era simplesmente qualquer menina de dezessete anos de idade, e eu não era nenhum jovem ajudando-a a colher frutas. Nossos mundos não eram nem um pouco similares. Lia tinha uma meta. Eu tinha outra. Ela praticamente cuspira suas palavras de condenação, e senti uma onda de veneno irromper por mim também. Lembrei-me do quão diferentes éramos, e que nenhuma caminhada para longe poderia mudar isso.

Quanto mais eu bebia, mais nebulosa minha raiva ficava — para, logo depois, lampejos do encontro clandestino dela na floresta virem à tona para aguçar minha ira novamente. O que me levara a seguir Kaden? Enquanto eu dava água para meu cavalo, eu o vi passando sorrateiramente pela trilha em direção a ela, e logo eu estava atrás dele. O que esperava? Não o que vi. *Ela tem um amante.* Eu sabia que estava acalentando uma fantasia perigosa.

Depois de quatro cidras, paguei a conta e voltei para a estalagem. Estava tarde, e eu não pensei que fosse me deparar com ninguém. Fui pela última vez ao banheiro depois de tirar a sela do meu cavalo e estava indo para o celeiro quando ela apareceu, descendo toda resoluta pelo caminho, com o gorro apertado em seu punho cerrado como se fosse uma arma e os cabelos esvoaçando atrás dela. Entrei em um canto cheio de sombras perto das cabines no estábulo, esperando que Lia seguisse seu caminho. Parou apenas a pouco mais de um metro de mim, subindo no corrimão onde o asno estava alojado.

Era óbvio que ela estava perturbada. Mais do que isso — estava com medo. Eu chegara a pensar que Lia não tinha medo de nada. Permaneci observando-a, com seus lábios semiabertos, sua respiração irregular, enquanto ela falava com o asno, acariciando suas orelhas, passando os dedos pela crina do animal, sussurrando palavras tão tensas e baixas que eu não conseguia ouvi-las, nem mesmo estando a pouco mais de um metro de distância. Eu poderia ter esticado a mão e encostado nela.

Olhei para seu rosto, gentilmente iluminado pela luz distante da taverna. Até mesmo cabisbaixa e com o rosto franzido, ela era tão *bela*. Aquilo era algo estranho de se pensar no momento. Eu tinha evitado deliberadamente esse pensamento toda vez que havia olhado para Lia. Eu não podia me dar ao luxo de ter esses pensamentos, mas agora a palavra veio, espontânea, inexorável.

Sei que presenciei mais do que ela queria que qualquer um visse. Ela chorava. Lágrimas escorriam por suas bochechas, e Lia, com raiva, as limpava, mas depois, qualquer que fosse o motivo que a fizesse sofrer, as lágrimas dela se tornaram insignificantes e voltaram a fluir livremente.

Eu queria sair da escuridão, perguntar a ela o que havia de errado, mas suprimi rapidamente esse impulso e questionei minha própria sanidade, ou talvez, sobriedade. Não podia confiar nela, flertando comigo em um instante, encontrando-se com um amante no momento seguinte. Tive que lembrar a mim mesmo de que eu não me importava com quaisquer que fossem os problemas dela. Eu precisava ir embora. Tentei passar por ali sorrateiramente, despercebido, mas a cidra no bar era bem forte, e eu não estava me sentindo muito seguro dos meus passos. Minha bota derrubou um balde que eu não tinha visto.

"Quem está aí?", ela gritou. Pensei que o engodo haveria de acabar e que ela estava prestes a saber que eu estava ali quando a outra menina apareceu, encobrindo minha presença.

"Sou eu", disse ela. "Precisamos conversar."

Eu estava paralisado no mundo delas, em meio às suas preocupações, suas palavras. Eu estava aprisionado, e ouvir era tudo que podia fazer.

Capítulo 20
CRÔNICAS DE AMOR E ÓDIO

le surgiu do nada. Em um instante não estava ali, no momento seguinte, *estava*, segurando Pauline em seus braços. "Vou levá-la até a cabana", disse ele, quase fazendo uma pergunta em vez de uma afirmação. Assenti, e ele saiu. Eu o segui logo atrás. Pauline estava mole em seus braços, gemendo, inconsolável.

Logo antes de chegarmos à cabana, saí correndo na frente, escancarei a porta, acendendo a luz do lampião, e ele a carregou para dentro.

Apontei para a cama, e ele, com gentileza, colocou Pauline deitada no colchão. Ela se encolheu como uma bolinha de frente para a parede. Tirei os cabelos emaranhados de sua face e pus a mão na bochecha dela.

"Pauline, o que posso fazer?" *O que eu já tinha feito?*

Ela gemia entre soluços chorosos, e as únicas palavras que consegui entender eram: "Vá embora, por favor, vá embora".

Encarei-a, incapaz de me mexer. Eu não podia deixá-la. Vi Pauline tremer, e estiquei a mão para pegar uma coberta, envolvendo-a cuidadosamente, fazendo carinho em sua testa e desejando levar sua dor embora. Aproximei-me bem dela e falei em um sussurro: "Eu vou ficar com você, Pauline. Em meio a isso tudo, juro que vou!".

Mais uma vez, as únicas palavras discerníveis eram "*Vá embora, me deixe sozinha*", cada qual uma facada no meu peito. Ouvi o raspar das botas de Rafe no chão e percebi que ele ainda estava no quarto. Ele inclinou a cabeça em direção à porta, sugerindo que saíssemos dali. Apaguei o lampião e o acompanhei, entorpecida, fechando a porta em silêncio atrás de nós. Reclinei-me junto ao batente, precisando de seu suporte. O que eu tinha dito? Como havia dito aquilo? Eu tinha dito as palavras sem pensar... com crueldade? Ainda assim, o que mais eu poderia ter feito? Eu precisaria dizer alguma coisa para ela mais cedo ou mais tarde. Tentei retraçar todas as palavras.

"Lia", sussurrou Rafe, erguendo meu queixo para que eu olhasse para ele, lembrando-me de sua presença ali. "Você está bem?"

Balancei a cabeça em negativa. "Eu não queria dizer a ela..." Olhei para ele, sem saber ao certo o que Rafe tinha ouvido. "Você estava lá? Você ouviu...?"

Ele assentiu. "Você não tinha outra opção além de dizer a verdade."

A verdade.

Eu tinha dito a Pauline que Mikael estava morto. Mas não seria esse dos males o menor? Ele não estava vindo atrás dela. *Nunca* viria. Se eu tivesse contado a ela a verdade, todos os sonhos que ela prezava desapareceriam. Todos seriam transformados em ilusões, falsos em suas próprias origens. Ela saberia que havia sido feita de tola. Não teria nada em que se prender, apenas a amargura para endurecer seu coração. Sendo assim, será que ela não poderia pelo menos ter memórias ternas dele para aquecê-la? Qual verdade era mais cruel — o engodo e a traição de Mikael... ou sua morte?

"Acho que vou embora", sussurrou Rafe. Olhei de relance para ele, que estava tão perto de mim que eu podia sentir o cheiro da cidra em seu hálito, sua pulsação, o galope de seus pensamentos, todos os meus nervos à flor da pele, a própria noite fechando-se sobre mim.

Agarrei-o pelo braço. "Não", falei. "Por favor, não vá embora ainda."

Ele olhou para o local onde a minha mão segurava o braço dele, e depois voltou a olhar para mim. Seus lábios se abriram, seus olhos ficaram cálidos, mas depois, devagar, alguma outra coisa encheu-os, algo frio e rígido, e ele se afastou de mim. "Está tarde."

"É claro", disse, deixando minha mão cair na lateral do corpo, mantendo-a ali, desajeitada, como se não fosse minha. "Eu só queria agradecer a você antes que fosse embora. Se você não tivesse aparecido, não sei o que eu teria feito."

A única resposta dele foi assentir. Em seguida, Rafe desapareceu trilha abaixo.

Passei a noite sentada na cadeira do canto, com o olhar fixo em Pauline. Tentei não a perturbar. Durante uma hora, ela encarou a parede, e depois, soluços chorosos e guturais atormentaram o peito dela, seguidos por gritos que pareciam miados de um gatinho machucado e que escapavam dos lábios dela. Por fim, gemidos baixinhos, entre os quais ela repetia *Mikael, Mikael, Mikael*, tomaram conta do aposento, como se ele estivesse lá e Pauline estivesse falando com ele. Se eu tentasse confortá-la, ela me afastava, então me sentei, oferecendo-lhe água quando podia, oferecendo-lhe preces, oferecendo mais e mais coisas a ela; no entanto, nada que eu fizesse afastaria sua dor.

Na manhã daquele mesmo dia eu temera nunca conhecer o jovem que a amava tanto. Agora, eu temia que se algum dia o encontrasse, cortaria fora seu coração com uma faca cega e o daria como comida às gaivotas.

Por fim, nas primeiras horas da madrugada, ela dormiu, mas eu ainda a encarava. Lembrei-me da minha cavalgada passando pelo cemitério com Pauline hoje de manhã. O medo havia tomado conta de mim. *Havia alguma coisa errada. Algo estava errado... sem esperanças e irrecuperavelmente errado.* Eu sentira arrepios. Brisas me avisando. Uma vela. Uma prece. Uma esperança.

Um sussurro gélido.

A mão fria com garras no meu pescoço.

Eu não tinha entendido o que isso queria dizer, mas eu *sabia*.

Capítulo 21
CRÔNICAS DE AMOR E ÓDIO

Os vários dias seguintes passaram em um borrão de emoções e tarefas — funções intermináveis que eu ficava feliz em realizar. Na manhã seguinte às notícias, Pauline levantou-se, lavou o rosto, pegou três moedas de suas parcas economias de gorjetas e partiu em direção à Sacrista. Ela ficou lá o dia todo, e, quando voltou, estava usando um lenço de seda branca em torno da cabeça, o símbolo de luto reservado para viúvas.

Enquanto ela estava lá, eu disse a Berdi e a Gwyneth que Mikael morrera. Gwyneth nem mesmo sabia da existência do rapaz, e nenhuma das duas ouvira Pauline contar suas histórias emocionadas sobre ele, de modo que não tinham como saber o quanto minha amiga estava abalada... até que ela voltou da Sacrista. Sua pele estava da mesma cor da seda branca que caía em cascata em volta de seu rosto, rosto este que estava fantasmagórico, exceto pelos inchados olhos vermelhos. Ela parecia mais um esquálido espectro que havia voltado do túmulo do que a doce e jovem empregada que fora há apenas um dia.

Mais preocupante do que a aparência dela era sua recusa em conversar. Ela aceitava as preocupações e os confortos de Berdi e Gwyneth de um jeito bem estoico, mas dispensava algo além disso, passando a maior parte dos seus dias de joelhos, oferecendo uma evocação sagrada atrás da outra a Mikael, acendendo diversas velas, febrilmente iluminando o caminho dele para que adentrasse o próximo mundo.

Berdi observou que ao menos Pauline estava se alimentando, não que estivesse comendo muito, mas o suficiente, o básico para se sustentar. Eu sabia o porquê. Aquilo também era por Mikael, e pelo que eles ainda dividiam. Se eu tivesse contado a Pauline a verdade em relação a ele, será que ela ainda teria se importado a ponto de até mesmo tocar em sua comida?

Todas concordamos que ajudaríamos Pauline a passar por isso, cada uma de nós assumindo um pouco da carga de trabalho dela, além de darmos o espaço e o tempo que ela pedira para que observasse o luto. Nós sabíamos que ela não era realmente uma viúva, mas quem mais deveria saber? Resolvemos não falar nada a respeito disso. Eu estava magoada por ela não se abrir comigo, mas eu nunca havia perdido o amor da minha vida, e era isso que Mikael havia sido para ela.

Faltando pouco mais do que duas semanas para o festival, havia mais trabalho a ser feito do que o de costume, e, sem Pauline para nos ajudar, trabalhávamos desde a aurora até a última refeição ser servida na noite. Eu pensava nos dias lá na cidadela em que ficava deitada, acordada, sem conseguir dormir, ponderando sobre uma coisa ou outra, geralmente uma injustiça perpetrada por alguém que tinha mais poder do que eu, e isso incluía praticamente quase todo mundo. Não tinha mais esse problema. Eu dormia profundamente, que nem uma pedra, e se a cabana pegasse fogo, eu morreria queimada junto com ela.

Apesar do aumento na carga de trabalho, eu ainda via com frequência tanto Rafe quanto Kaden. Para falar a verdade, em todos os turnos, um deles sempre parecia estar lá, oferecendo ajuda com um cesto de roupa suja ou me ajudando a descarregar suprimentos de Otto. Às escondidas, Gwyneth me provocava quanto às atenções convenientes deles, mas nunca passou de uma ajuda — na maior parte do tempo, pelo menos. Um dia ouvi Kaden ruminando uma vingança. Quando saí correndo da limpeza dos quartos para ver o que havia de errado, ele estava saindo do celeiro, segurando o ombro e soltando uma série de palavrões para o cavalo de Rafe, que o havia mordido na parte da frente do ombro. O sangue escorria por sua camisa.

Conduzi-o até os degraus da taverna e empurrei-o em seu ombro bom para que se sentasse, tentando acalmá-lo. Soltei o primeiro botão de sua camisa e puxei-a para o lado para dar uma olhada na ferida. A mordida do cavalo mal tinha rompido a pele, mas um inchaço feio do tamanho da palma da mão já estava se formando e ficando azul. Fui correndo até o depósito de gelo, voltei com várias lascas envolvidas em um pano e segurei-o junto ao machucado.

"Eu vou pegar algumas bandagens e sálvia", falei.

Kaden insistiu que não era necessário, mas insisti ainda mais alto, e ele cedeu. Eu sabia onde Berdi mantinha os suprimentos, e quando voltei, ele ficou observando todos os meus movimentos. Não disse nada enquanto eu aplicava o unguento com os dedos, mas senti seus músculos ficando tensos com meu toque, enquanto eu pressionava com gentileza a bandagem na ferida. Coloquei o pacote com as lascas de gelo de volta em cima do curativo, e ele ergueu sua mão, segurando a palma da minha junto ao seu ombro, como se estivesse segurando algo mais do que apenas minha mão.

"Onde foi que você aprendeu a fazer isso?", ele me perguntou.

Dei risada. "A aplicar uma bandagem? Um simples ato de bondade não precisa ser aprendido... e eu cresci com irmãos mais velhos, então sempre havia bandagens sendo aplicadas em algum de nós."

Ele apertou os dedos nos meus e me fitou. Achei que ele estava procurando uma forma de me agradecer por aquilo, mas então soube que se tratava de mais do que isso. Alguma coisa profunda, terna e particular estava à espreita nos olhos crepusculares dele. Por fim, ele soltou minha mão e desviou o olhar, com as têmporas um pouco rosadas. Com o olhar ainda desviado do meu, ele sussurrou um agradecimento simples.

A reação dele era enigmática, mas a cor desvaneceu-se tão rapidamente quanto tinha surgido, e ele puxou a camisa de volta para cima do ombro como se aquilo não tivesse acontecido.

"Você tem uma alma bondosa, Kaden", eu disse. "Tenho certeza de que isso vai curar rápido."

Quando eu estava no meio do caminho para guardar os suprimentos que não usei, me virei e perguntei a ele: "Que idioma era aquele? Dos xingamentos? Não o reconheci".

Ele ficou boquiaberto, e sua expressão... bem, ele estava inexpressivo. "Apenas umas coisas sem sentido que minha avó me ensinou", disse ele. "Com o propósito de poupar uma moeda de penitência."

Aquilo não soara como palavras sem sentido para mim. Havia soado como palavras de verdade, cheias de raiva e ditas no calor do

148

momento. "Preciso aprender algumas dessas palavras. Você poderia ensiná-las a mim um dia desses, de modo que eu também possa poupar minhas moedas."

Os cantos da boca dele se ergueram em um sorriso rígido. "Um dia eu farei isso."

Com os dias ficando mais quentes, eu apreciava a ajuda de Rafe e de Kaden ainda mais. Porém, aquilo me levava a refletir por que eles não tinham nenhum trabalho próprio para realizar. Eles eram jovens e saudáveis, e, embora ambos tivessem belos garanhões e equipamentos de montaria, não pareciam ser ricos, e ainda assim pagavam a Berdi animadamente pelo celeiro e pelas vagas para seus cavalos no estábulo. Nenhum dos dois nunca parecia ficar sem moedas. Seria possível um agricultor que não estava trabalhando e um comerciante ocioso terem tanto dinheiro assim guardado?

Eu teria questionado mais a falta de direção deles, mas a maior parte de Terravin estava repleta de visitantes de verão que só matavam tempo até o festival, inclusive os outros hóspedes da estalagem, muitos vindos de jornadas a partir de pequenos vilarejos solitários, fazendas isoladas, e, ao que parecia, no caso do Rafe, de regiões sem nomes. Rafe havia até dito que sua falta de trabalho como agricultor era temporária. Talvez seu empregador estivesse apenas fazendo uma pausa para o festival, o que também lhe dava tempo livre.

Não que ele fosse preguiçoso, nem Kaden. Ambos estavam sempre ansiosos para ajudar, Kaden consertando a roda da carroça de Berdi sem que ninguém tivesse que o lembrar de fazer isso, e Rafe provando ser um trabalhador agrícola experiente, limpando as trincheiras no jardim de legumes e vegetais de Berdi e consertando sua barragem pegajosa. Tanto eu quanto Gwyneth observamos com mais do que um pouco de interesse enquanto ele girava a enxada e erguia pedras pesadas para reforçar o canal.

Talvez, como os outros que iam para o festival, eles apreciassem essa oportunidade de terem um intervalo da costumeira rotina repleta de trabalho duro das vidas deles. O festival era tanto uma obrigação sagrada quanto um alívio bem-vindo no meio do verão. A cidade estava decorada com bandeiras e fitas coloridas, e no batente das portas havia longas guirlandas feitas com espigas de pinho penduradas, antecipando as celebrações em que se comemoraria a libertação, os Dias de Devassidão — era assim que meus irmãos chamavam, notando que os amigos deles tinham em grande conta a parte das festividades que envolvia bebida.

O festival durava seis dias. O primeiro dia era dedicado a ritos sagrados, fastio e preces, o segundo, a comida, jogos e danças. Cada um dos quatro dias restantes era dedicado a preces e atos para honrarem os quatro deuses que haviam dado o dom a Morrighan e libertado os Remanescentes.

Como membros da corte real, nossa família sempre manteve cronogramas rígidos para o festival, estabelecidos pelo Guardião do Tempo, observando todos os sacramentos, o jejum, os festins e a dança, a tudo dado o devido e apropriado tempo. No entanto, eu não era mais membro de corte alguma. Neste ano eu poderia estabelecer meu próprio cronograma e ir aos eventos que escolhesse. Eu me perguntava a quais partes das festividades Kaden e Rafe mais se dedicariam.

Apesar de todas suas atenções, Rafe ainda mantinha uma distância calculada. O que não fazia sentido. Ele poderia me evitar por completo se assim quisesse, mas não fazia isso. Talvez só estivesse ocupando seu tempo até o festival; no entanto, mais de uma vez, em uma ou outra tarefa, nossos dedos se tocavam ou nossos braços roçavam um no outro, e o fogo percorria em minhas veias.

Um dia, enquanto eu passava pela porta para sair da taverna, ele estava entrando, e nós demos um encontrão, com nossos rostos tão próximos que nossa respiração se mesclava. Esqueci para onde estava indo. Achei que tivesse visto ternura nos olhos dele, talvez até paixão, e me perguntava se o mesmo fogo percorria em suas veias. Tal como em nossos outros encontros, eu aguardava e nutria esperanças, tentando não estragar o momento, porém, como sempre, o instante se desfazia quando Rafe se lembrava de alguma outra coisa de que precisava cuidar, e eu era deixada confusa e sem fôlego.

Todos os dias nós parecíamos partilhar algum tipo de conversa amigável, talvez várias vezes em um só dia. Enquanto eu varria um pórtico do lado de fora de um quarto, ele aparecia como se estivesse a caminho de algum lugar, então dava uma parada e apoiava-se em uma coluna, perguntando-me como estava Pauline ou se havia chance de algum quarto ficar vago em breve, ou qualquer que fosse o tópico que servisse ao momento. Eu queria me apoiar na vassoura e conversar sem parar com ele, mas com que propósito? Às vezes, eu simplesmente esquecia de nutrir esperanças por algo mais e aproveitava a companhia e proximidade dele.

Eu imaginava que, se as coisas deveriam acontecer, elas aconteceriam cedo ou tarde, e tentei tirar isso da cabeça, mas, na quietude da noite, eu só pensava em nossas conversas. Conforme ia pegando no sono, revivia cada palavra que tínhamos partilhado, pensando em todas as expressões no rosto dele, imaginando o que eu estaria fazendo de errado. Talvez, durante todo esse tempo, eu fosse o problema. Talvez eu estivesse destinada a nunca ser beijada. "Nunca ser beijada." Porém, enquanto eu estava ali, deitada, ponderando sobre essas coisas, ouvia Pauline dormindo intermitentemente a meu lado e sentia vergonha das minhas rasas preocupações.

Um dia, depois de ouvir Pauline revirar-se e lamuriar-se durante a maior parte da noite, ataquei com ferocidade as teias de aranha penduradas nos tetos dos pórticos dos quartos de hóspedes, imaginando Mikael curando-se da embriaguez de passar a noite toda em algum bar com uma nova garota no colo. *Aquele homem não trará nada de bom. Certifique-se de que ela fique longe dele.* No entanto, ainda assim, ele era um soldado na Guarda Real. Aquilo me enojava. Um soldado com uma língua coberta de açúcar e um rosto angelical, mas com um coração tão negro quanto a noite. Eu descontei o engodo dele em todas as criaturas de oito patas que estavam penduradas nas vigas. Rafe acabou passando por ali e me perguntou qual aranha seria responsável por me deixar com um humor tão ruim.

"Receio que não seja nenhum destes vermes rastejantes, mas há um verme que anda sobre duas pernas contra o qual eu adoraria usar um bastão em vez de uma vassoura." Eu não mencionei nomes, mas falei sobre um camarada que havia enganado uma jovem moça, brincando com o coração dela.

"É claro que todo mundo comete um erro de vez em quando." Ele pegou a vassoura das minhas mãos e continuou a limpar calmamente as teias de aranha que não estavam ao meu alcance.

A varredura silenciosa dele me enlouquecia. "Um engodo deliberado *não* é um erro. É algo frio e calculista", falei. "Especialmente quando voltado para aquela pessoa que você diz amar." Ele fez uma pausa no meio da limpeza, como se eu o tivesse acertado na nuca. "E se a gente não pode confiar em uma pessoa no amor", acrescentei, "não se pode confiar nela para nada."

Ele parou e abaixou a vassoura, virando-se para me encarar. Ele parecia ter sido atingido pelo que eu falei, absorvendo minhas palavras como se fossem uma proclamação profunda em vez de uma reclamação movida pelo ódio contra uma pessoa horrível depois de uma noite sem dormir. Ele se apoiou na vassoura, e senti algo na minha barriga, como sempre sentia, toda vez que olhava para ele. O brilho do suor iluminava a face de Rafe.

"Eu sinto muito pelo que sua amiga está passando", disse ele, "mas a decepção e a confiança... são realmente tão incondicionais assim?"

"Sim."

"Você nunca foi culpada de decepcionar ninguém?"

"Já fui, mas..."

"Ah, então *existem* condições."

"Não quando se trata de amor e de ganhar as afeições de outra pessoa."

Ele inclinou a cabeça, como se reconhecesse o que eu havia dito. "Você acha que sua amiga sente o mesmo? Algum dia acha que ela vai perdoá-lo pelo engodo?"

Meu coração ainda doía por Pauline. Doía por mim. Balancei a cabeça em negativa. "Nunca", sussurrei. "Algumas coisas não podem ser perdoadas."

Os olhos dele se estreitaram como se ele estivesse contemplando a gravidade do imperdoável. Era isso que eu tanto amava e tanto odiava em Rafe: ele me desafiava em tudo que eu dizia, mas também me ouvia com atenção. Ele me dava ouvidos como se todas as palavras que eu dissesse fossem importantes.

CAPÍTULO 22
CRÔNICAS DE AMOR E ÓDIO

mbora já estivéssemos no meio do verão, só agora o verdadeiro calor havia chegado à beira-mar, e me vi parando com mais frequência para molhar o rosto com água da bomba. Em Civica, às vezes o verão nem chegava, com a neblina encobrindo as colinas o ano todo. Apenas quando viajávamos ao interior para uma caçada é que vivenciávamos qualquer tipo de calor de verdade. Agora eu entendia por que os vestidos finos e soltinhos que as meninas usavam aqui não eram somente apropriados, mas também necessários. As poucas roupas que eu e Pauline trouxemos conosco de Civica eram lamentavelmente inadequadas para o clima de Terravin, mas eu já tinha aprendido que blusas ou vestidos sem manga apresentavam problemas de um outro tipo. Eu não poderia ficar andando pelos arredores de Terravin com um distinto *kavah* de casamento real aparecendo no ombro.

Recrutei Gwyneth, peguei um pouco de sabão forte para lavar roupa e uma das escovas duras de lavar batatas de Berdi para me ajudar. Estava um dia quente, então Gwyneth concordou feliz, e nós fomos à parte rasa do riacho.

Ela ficou parada atrás de mim e examinou o *kavah*, roçando com os dedos ao longo das minhas costas. "A maior parte dele já saiu, sabia? Exceto por essa pequena parte aqui no seu ombro."

Soltei um suspiro. "Já se passou bem mais de um mês. *Tudo* já deveria ter saído a essa altura."

"Ainda está um bocado aparente. Não sei ao certo..."

"Aqui!", falei, segurando a escova de lavar batatas acima do meu ombro. "Pode esfregar sem dó!"

"Berdi vai arrancar sua pele se descobrir que está usando uma das escovas de cozinha dela."

"As minhas costas são mais sujas do que uma batata?"

Ela soltou um resmungo e começou a trabalhar. Eu tentei não me encolher de dor enquanto ela esfregava minha pele com a escova dura e o sabão cáustico. Depois de uns poucos minutos, ela jogou água no meu ombro para enxaguar as bolhas e a espuma do sabão, além de dar uma olhada no progresso. Soltou um suspiro. "Você tem certeza de que isso era apenas um *kavah* e não algo mais permanente?"

Saí em direção a águas mais profundas e me voltei para ela. "Nada?"

Ela balançou a cabeça, negando. Mergulhei abaixo da superfície, com os olhos abertos, observando o mundo borrado acima de mim. Não fazia sentido. Diversos *kavahs* decorativos haviam sido feitos nas minhas mãos, dezenas de vezes e para celebrações diversas, e eles sempre desapareciam em uma ou duas semanas.

Voltei à superfície e limpei a água dos meus olhos. "Tente de novo."

O canto de sua boca repuxou-se para baixo. "Não está saindo, Lia." Ela se sentou em uma pedra submersa que parecia um casco de tartaruga nos espionando da água. "Talvez o sacerdote tenha lançado alguma magia nas palavras dele, como parte dos ritos."

"*Kavahs* seguem as regras da razão também, Gwyneth. Não há nenhuma magia nisso."

"As regras da razão curvam-se à magia todos os dias", ela replicou, "e provavelmente as regras não se importam muito com a pequena magia de um *kavah* teimoso no ombro de uma menina. Você tem certeza de que os artesãos não fizeram nada de diferente?"

"Sim." No entanto, busquei em minha memória por algo. Eu não tinha como ver os artesãos enquanto eles trabalhavam, mas sabia que o desenho era todo feito ao mesmo tempo com os mesmos pincéis e as mesmas tintas. Eu me lembro da minha mãe esticando a mão para me confortar durante a cerimônia, mas, em vez de conforto, eu senti o toque dela como uma fisgada quente no meu ombro. Será que algo havia dado errado naquele instante? E então havia se seguido a prece, aquela no idioma nativo da minha mãe e que não fazia parte da tradição. *Que os deuses concedam-lhe força, protejam-na com coragem e que a verdade seja sua coroa.* Era uma prece estranha, mas vaga, e certamente as palavras em si não tinham poder algum.

"Na verdade, não é tão ruim assim. Não há nada indicando que isso foi um *kavah* da família real ou de casamento. O brasão de Dalbreck e as coroas reais saíram. Só tem agora parte de uma garra e vinhas. Poderia estar aí por qualquer motivo. Você não consegue viver com ele?"

Viver com um pedaço do brasão de Dalbreck no meu ombro para o resto da vida? Isso sem falar de que se tratava da garra de uma feroz criatura mitológica que nem mesmo era encontrado no folclore de Morrighan. Ainda assim, eu me lembrei de quando vi o *kavah* pela primeira vez e pensei que era requintado. *Perfeito,* era como eu havia me referido a ele, mas isso foi quando eu achava que logo ele sairia com a água, quando eu não sabia que aquilo iria servir como um lembrete permanente da vida que eu tinha jogado fora. *Você sempre será você, Lia. Não há como fugir disso.*

"Vai sair", falei a ela. "Só precisa de mais um tempinho."

Ela deu de ombros, e seu olhar contemplativo ergueu-se para as folhas douradas de uma árvore enlaçada, cujos ramos se estiravam acima de nós, circundadas pelo verde vibrante de outras. Ela deu um sorriso agridoce. "Olhe para esse amarelo vibrante. O outono é ganancioso, não? Já está roubando os dias do verão."

Olhei para a cor prematura. "Está cedo, sim, mas talvez tudo se ajuste. Talvez haja vezes em que o verão fica por mais tempo e se recuse a ceder espaço para o outono."

Ela soltou um suspiro. "As regras da razão. Nem mesmo a natureza consegue obedecê-las." Gwyneth tirou as roupas, jogando-as de forma descuidada na margem. Ela se juntou a mim nas águas mais profundas, mergulhando abaixo da superfície e depois torcendo as mechas espessas de seus cabelos cor de vinho tinto em um longo rabo de cavalo. Seus ombros brancos como o leite pairavam logo acima da superfície. "Você algum dia vai voltar?", ela me perguntou sem rodeios.

Eu tinha ouvido rumores de guerra. Sabia que Gwyneth também os ouvira. Ela ainda achava que eu, como Primeira Filha, poderia mudar as coisas. Aquela porta nunca tinha sido aberta para mim, e agora, não havia dúvidas de que estava firmemente fechada, mas Gwyneth provavelmente via o teimoso *kavah* como um sinal, e eu me perguntava com quanta força ela teria realmente tentado tirá-lo dali. Ela ficou me encarando, esperando pela minha resposta. *Você algum dia vai voltar?*

Mergulhei, e o mundo ficou emudecido de novo. Quase não consegui ver as folhas douradas acima de mim, o embotado eco do meu coração batendo nas minhas têmporas, as bolhas de ar escapando pelo meu nariz — e logo a pergunta de Gwyneth se fora, carregada na corrente do riacho, juntamente com todas as suas expectativas.

O ASSASSINO

spiei pela janela. Eu não poderia esperar muito mais. Dentro de uns poucos dias, meus camaradas estariam aqui, prontos para voltar para Venda. Eles uivariam como um bando de cães se o negócio não tivesse sido feito, ansiosos para seguirem seu caminho e desdenhosos porque eu tinha demorado tanto assim para realizar uma tarefa tão simples. A garganta de uma menina. Até mesmo Eben teria conseguido fazer isso.

Mas não seria só uma menina. Eu teria que matar duas.

Fiquei vendo-as dormirem. O Komizar dizia que eu tinha olhos de gato, enxergando no escuro o que mais ninguém conseguia ver. Talvez fosse isso que me destinara para esse propósito. Griz era como um touro pisoteando o chão, mais adequado para o trabalho barulhento de um machado em uma ponte ou uma incursão sangrenta em plena luz do dia.

Ele não era apropriado para esse tipo de trabalho. Não tinha os passos silenciosos de um animal noturno. Não conseguia se tornar uma sombra que atacava com precisão rápida. Mas elas dormiam na mesma cama, e suas mãos se tocavam. Nem mesmo eu conseguiria ser tão silencioso. A morte fazia seus próprios barulhos.

Olhei para a garganta de Lia. Descoberta. Exposta. Fácil. No entanto, dessa vez não seria simples.

Depois do festival. Eu poderia esperar um pouco mais.

CAPÍTULO 24
CRÔNICAS DE AMOR E ÓDIO

O PRÍNCIPE

penas os pés delas estavam visíveis debaixo da cortina de lençóis que pingavam pendurados no varal, mas eu podia ouvi-las muito bem. Eu tinha ido pagar Berdi por minhas acomodações da semana antes de partir para Luiseveque, que era a cidade mais próxima onde se podia enviar mensagens e onde os mensageiros eram discretos por um preço adequado.

Fiz uma pausa, olhando para as botas de Lia, enquanto ela seguia com seu trabalho. *Droga, se eu não ficasse fascinado por qualquer coisa dela...!* O couro estava gasto e sujo, e aqueles eram os únicos sapatos que eu já a tinha visto usar. Ela não parecia se importar. Talvez crescer com três irmãos mais velhos tivessem dado a ela sensibilidades diferentes daquelas das meninas de sangue azul que eu conhecera. Ou ela nunca havia agido como uma princesa, ou havia rejeitado todos os aspectos de ser uma quando chegara aqui. Ela teria sido miseravelmente inadequada para a corte de Dalbreck, onde o protocolo de vestimentas era elevado a proporções exaustivas e quase religiosas.

Tateei em busca de notas de Morrighan no meu bolso para entregá-las a Berdi. Lia esticou as mãos debaixo da parte inferior do lençol e puxou mais uma roupa molhada da cesta. "Você já se apaixonou alguma vez, Berdi?", ela perguntou.

Parei, com a mão ainda enfiada no bolso. A mulher mais velha ficou em silêncio por um bom tempo.

"Sim", disse ela por fim. "Há muitos anos."

"Não se casou?"

"Não. Mas estávamos muito apaixonados. Pelos deuses, como ele era bonito! Não de modo convencional. O nariz dele era curvado. Os olhos, juntos demais. E ele não tinha muitos cabelos, mas iluminava a sala quando entrava. Ele tinha o que eu chamava de *presença*."

"O que aconteceu?"

Berdi era uma mulher velha, e, ainda assim, notei que suspirava como se a lembrança fosse recente. "Eu não podia sair daqui e ele não podia ficar. Foi resumidamente isso o que aconteceu."

Lia fez mais perguntas a ela, e Berdi contou-lhe que o homem era um talhador de pedras com um negócio na cidade de Sacraments. Ele queria que ela fosse embora com ele, mas a mãe dela havia falecido, o pai estava ficando mais velho, e Berdi tinha medo de ir embora e deixá-lo sozinho com a taverna.

"Você se arrepende de não ter ido?"

"Eu não posso pensar em coisas assim agora. O que está feito, está feito. Fiz o que tinha que fazer na época." Berdi esticou sua mão nodosa para baixo, para apanhar um punhado de pregadores de roupa.

"Mas, e se...?"

"Por que não falamos sobre *você* por um tempo?", pediu Berdi. "Ainda está feliz com a sua decisão de sair de casa agora que passou algum tempo aqui?"

"Eu não poderia estar mais contente. E assim que Pauline estiver se sentindo melhor, ficarei delirante."

"Mesmo que algumas pessoas ainda achem que a tradição e o dever de..."

"Pare! Essas são duas palavras que nunca mais quero ouvir", escutei Lia dizer. "*Tradição* e *dever*. Eu não me importo com o que os outros pensam."

Berdi soltou um resmungo. "Bem, acho que em Dalbreck eles não são..."

"E essa é a terceira palavra que eu nunca mais quero ouvir de novo. Nunca mais! *Dalbreck!*"

Amassei as notas no meu punho cerrado, ouvindo aquilo, sentindo minha pulsação ficar acelerada.

"Eles foram tanto a causa dos meus problemas como qualquer um. Que tipo de príncipe...?"

Ela parou de falar e um longo silêncio se seguiu. Fiquei esperando, e, por fim, ouvi Berdi dizer em um tom gentil: "Está tudo bem, Lia. Pode falar".

O silêncio continuou e, quando finalmente Lia se pronunciou de novo, sua voz soava fraca. "Durante minha vida toda sonhei com alguém me amando pelo que eu era. Por quem eu era. Não por ser a filha de um rei. Não por ser uma Primeira Filha. Apenas por mim. E, com certeza, não porque um pedaço de papel ordenava isso."

Ela cutucou o cesto de roupas lavadas com a bota. "É pedir demais querer ser amada? Olhar nos olhos de alguém e ver..." A voz dela se partiu, e seguiu-se mais silêncio. "E ver ternura. Saber que ele realmente quer estar comigo e dividir a vida dele comigo."

Senti o sangue quente sendo drenado das minhas têmporas, e meu pescoço ficando repentinamente molhado de suor.

"Sei que alguns membros da nobreza ainda têm casamentos arranjados", ela prosseguiu, "mas isso não é mais tão comum. Meu irmão se casou por amor. Greta nem mesmo é uma Primeira Filha. Eu achei que um dia também fosse encontrar alguém, até que..."

A voz dela se partiu de novo.

"Vá em frente", disse Berdi. "Você segurou isso por tempo demais. Pode colocar tudo para fora."

Lia pigarreou, e suas palavras saíram com tudo, ardentes e sinceras. "Até que o Rei de Dalbreck propôs o casamento ao gabinete. Foi ideia dele. Eu pareço um cavalo, Berdi? Eu não sou um animal que está à venda."

"É claro que não", concordou Berdi.

"E que tipo de homem permite que o *papai* dele lhe garanta uma noiva?"

"Homem nenhum."

"Ele não se deu nem ao trabalho de vir me ver antes do casamento", disse ela, fungando. "Ele não se importava com quem ia se casar. Eu poderia muito bem ser uma égua velha. Ele não passa de um principezinho mimado seguindo ordens. Eu nunca poderia ter um pingo de respeito por um homem desses."

"Dá para entender por quê."

Sim, suponho que sim.

Enfiei as notas de volta no bolso e saí dali. Eu poderia pagar Berdi mais tarde.

*penas um pequeno remanescente
da terra inteira havia sobrado.
Eles aguentaram três gerações de testes e provações,
separando os puros daqueles que ainda
estavam voltados para as trevas.*

—*Livro do Texto Sagrado de Morrighan, vol. IV*—

CAPÍTULO 25
CRÔNICAS DE AMOR E ÓDIO

Eu passeava por Terravin balançando uma trouxa amarrada em cada mão. Uma era para mim e outra para Pauline. Não precisava de Otto para carregar essas coisas leves e queria liberdade para me aventurar pelas trilhas e avenidas do local em um ritmo de lazer, então hoje caminhava até a cidade sozinha.

Com tudo em ordem na estalagem, Berdi disse que eu deveria tirar o dia de folga e usá-lo como bem entendesse. Pauline ainda passava seus dias na Sacrista, então fui sozinha, com apenas uma aquisição em mente. Eu poderia ter que esperar para que o *kavah* sumisse, mas isso não queria dizer que era obrigada a vestir minhas calças esfarrapadas ou minhas camisas de manga comprida até que ele tivesse sumido. Aquilo era uma mera peça de decoração no meu ombro agora, sem nenhuma indicação de realeza e, saísse ou não, eu não permitiria que isso regesse a forma como eu me vestia mais um dia sequer.

Fui descendo as docas, e os aromas de sal, peixe, madeira molhada e tinta fresca da loja de equipamentos de pesca circulavam pela brisa. Era um cheiro saudável e robusto, que de repente produziu um sorriso no meu rosto. Isso me fez pensar: *Eu amo Terravin. Até mesmo o ar daqui.*

Lembrei-me das palavras de Gwyneth: *Terravin não é o paraíso, Lia.*

É claro que Terravin tinha seus problemas. Eu não precisava de Gwyneth para me dizer que a cidade não era perfeita. No entanto, em Civica, o próprio ar era tenso, esperando para nos pegar e nos nocautear, sempre embebido com o aroma de espreitas e avisos. Aqui em Terravin, o ar era apenas ar, e, o que quer que estivesse nele, estaria nele. Ele não fazia prisioneiros, e isso transparecia nos rostos das pessoas da cidade. Elas sorriam mais rápido, acenavam, chamavam a gente para entrar na loja e experimentar alguma coisa, para partilhar uma risada ou alguma notícia. A cidade era cheia de tranquilidade.

Pauline superaria Mikael. Ela haveria de olhar para o futuro. Eu, Berdi e Gwyneth a ajudaríamos com isso, e é claro que a própria cidade de Terravin a ajudaria, o lar que ela amava. Não havia lugar melhor para nós.

Como amanhã seria o primeiro dia do festival, memórias sagradas espalhavam-se por todos os cantos da cidade, com os marinheiros erguendo redes, esfregando deques, enrolando velas, com versos prediletos deste ou daquele mesclando-se sem esforço a seu dia de trabalho em uma canção que me agitava de forma nunca sentida antes, uma música natural — o bater de velas acima de nossas cabeças, o peixeiro esbravejando sobre um peixe que pescara, o borrifo das popas dos barcos batendo na água, os sinos de embarcações ao longe saudando uns aos outros, uma pausa, uma nota, um vozerio, um grito, uma risada, uma prece, o som de um esfregão sendo usado, o raspar de uma corda, tudo isso tornava-se uma canção, tudo conectado de um jeito mágico que me perpassava.

Fiéis, ó fiéis,
Levante ali! Puxe!
   Puro de coração, puro na mente,
   Sagrado Remanescente, abençoado acima de tudo,
     Robalo! Perca! Peixe-carvão! Linguado!
Estrelas e vento,
Chuva e sol,
   Remanescente escolhido, ó, Sagrado,
   Dia da Libertação, liberdade, esperança,
     Gire o sarilho! Dê o nó na corda!

Fiéis, ó fiéis,
Abençoados acima de tudo,
 Sal e céu, peixe e gaivota,
 Ergam suas vozes,
  Cantem no caminho até lá!
Morrighan governa
Pela misericórdia dos deuses,
 Peixes frescos! Trilhador! Atum! Bacalhau!
 Fim da jornada, pelo vale,
  Puxe a âncora! Ajuste a vela!
Abençoada seja Morrighan,
Para todo o sempre.

Virei em uma travessa silenciosa em direção à estrada principal, com as camadas de canções flutuando no ar atrás de mim.

"Para todo o sempre", sussurrei, sentindo as memórias sagradas de uma nova maneira, sentindo como se a minha voz fizesse parte de algo novo, talvez alguma coisa que eu pudesse entender.

Peguei você, peguei você agora.

Olhei por cima do ombro, e as palavras soavam estranhamente graves, deslocadas em meio às outras, mas a baía estava bem atrás de mim, e o mar carregava para longe as melodias.

"Ei, você aí, moça! Vai uma coroa para o festival?"

Dei meia-volta. Um homem enrugado e desdentado estava sentado do lado de fora da loja de velas, apertando os olhos sob o sol do meio-dia. Ele ergueu o braço cheio de alegres coroas de flores para serem usadas como adornos de cabeça. Parei para admirá-las, mas estava cautelosa em relação a gastar mais dinheiro. As trouxas que eu carregava já tinham me custado a maior parte das moedas que eu ganhara na taverna em um mês. Ainda tinha as gemas, é claro, e um dia eu haveria de viajar até Luiseveque para trocá-las, mas esse dinheiro seria para Pauline. Ela precisaria mais do que eu, então eu precisava ser cautelosa com o pouco que possuía. Ainda assim, enquanto segurava a coroa de flores na mão, imaginei-a na minha cabeça no festival e Rafe inclinando-se mais para perto de mim para admirar uma flor ou sentir seu aroma sutil. Soltei um suspiro. Eu sabia que aquilo provavelmente não aconteceria.

Balancei a cabeça em negativa e abri um sorriso. "Elas são bonitas", falei, "mas não hoje."

"Só uma moeda de cobre", disse ele.

Lá em Civica, eu teria jogado uma moeda de cobre na fonte só pela diversão de ver onde cairia, e, na verdade, uma moeda de cobre era um preço bem pequeno a se pagar por algo tão prestimoso, e o festival realmente só era realizado uma vez por ano. Comprei duas: uma com flores cor-de-rosa para os cabelos de Pauline e uma com flores de lavanda, para os meus.

Com as mãos agora cheias, voltei à estalagem, sorrindo, visualizando algo mais animado na cabeça de Pauline em vez do sombrio lenço branco de luto, embora eu não soubesse ao certo se conseguiria convencê-la a usar a coroa de flores em vez do lenço. Peguei a estrada superior de volta à estalagem, não mais do que uma larga trilha de terra, aproveitando-me da sombra e da quietude. O vento sussurrava baixinho e de forma reconfortante em meio aos pinheiros, embora uma gralha reclamando às vezes agitasse a paz, e um esquilo trinasse em resposta, dando-lhe uma bronca. Eu tinha uma coisinha extra na minha trouxa para Walther e Greta. Algo doce, rendado e pequeno. As mãos de Walther ficariam tão grandes e desajeitadas segurando aquilo! Só a cena já me fazia sorrir. Quando foi que ele disse que daria uma passada por lá de novo?

Tome cuidado, Lia. Tome cuidado.

Algo frio surgiu no meu âmago, e parei de andar. O aviso dele era tão próximo, tão imediato, mas também tão distante.

"Walther?", gritei, sabendo que era impossível ele estar ali, mas...

Ouvi as passadas, mas era tarde demais. Nem mesmo tive tempo para me virar antes de ser esmagada por um braço cruzando meu peito. Fui puxada para trás, e meus braços foram presos nas laterais do corpo. A mão brutal de alguém prendeu meu pulso. Soltei um grito, mas então senti a pontada de uma faca na minha garganta e ouvi um aviso para não dar mais nenhum pio. Eu podia sentir o cheiro dele, o fedor de dentes podres no bafo quente, cabelos ensebados, não lavados, e o terrível odor de roupas ensopadas de suor — tudo isso era tão opressivo quanto o braço que me apertava. Com a faca pressionada na minha carne, senti as gotas de sangue escorrendo na minha garganta.

"Não tenho dinheiro", disse. "Só um..."

"Vou dizer isso apenas uma vez. Quero aquilo que você roubou."

Minha faca estava embainhada por baixo do meu colete, no lado direito, apenas a poucos centímetros dos meus dedos, mas eu não conseguia esticar a mão esquerda para pegá-la, e meu braço direito estava firmemente preso na pegada dele. Se eu conseguisse ganhar um pouco de tempo...

"Roubei muitas coisas", disse. "De qual você está...?"

"Essa faca aqui é cortesia do Erudito e do Chanceler", ele resmungou. "Isso deve refrescar sua memória."

"Não peguei nada deles."

Ele mexeu a pegada, empurrando a lâmina mais para cima de modo que eu tinha que me apertar junto a ele para evitar que a faca cortasse a minha pele mais fundo. Não me atrevia a respirar e nem a me mexer, mesmo com ele tendo aliviado a pegada em meu braço. Ele me mostrou um pedaço de papel, chacoalhando-o em frente aos meus olhos. "Esse bilhete conta outra história. O Erudito mandou dizer que *não* achou engraçado."

Reconheci o bilhete. Meu próprio bilhete.

Que peça intrigante, mas, que pena, não devidamente arquivada.
Agora está. Espero que não se importe.

"Se eu lhe devolver o que peguei, você vai me matar." As únicas partes do meu corpo que eu conseguia movimentar eram as pernas. Hesitante, mexi com a minha bota direita na terra, tentando descobrir onde o pé dele estava posicionado atrás de mim. Por fim, deparei-me com algo sólido. Meu sangue ressoava como socos em meus ouvidos, e tudo em mim parecia estar em chamas.

"Fui pago para matar você, de qualquer forma", foi a resposta dele. "Mas poderia fazer com que isso seja mais ou menos doloroso, se for o que quer. E também tem aquela sua amiga bonita..."

Elevei o joelho e pisei no pé dele com o máximo de força que consegui, ao mesmo tempo em que lhe dava uma cotovelada nas costelas.

Pulei para longe, sacando minha faca. Ele estava vindo para cima de mim, fazendo caretas de dor, mas então, abruptamente, parou. Seus olhos se arregalaram de um jeito não natural e então sua face perdeu toda a expressão, exceto por seus olhos esbugalhados. Ele desabou no chão, caindo de joelhos. Olhei para a faca em minhas mãos, perguntando-me se a teria enfiado nele sem nem mesmo perceber. O homem caiu para a frente, aos meus pés, com o rosto voltado para baixo, contorcendo-se na terra.

Vi movimentos. Kaden estava a uns dez metros de distância, com um arco na lateral do corpo, e Rafe estava um pouco mais longe, atrás dele. Eles vieram apressados na minha direção, mas pararam a uns poucos metros de distância de mim.

"Lia", disse Rafe, esticando a mão, "me dê a faca."

Baixei o olhar para a arma que ainda estava firmemente segura em minha mão e depois voltei o olhar para ele. Balancei a cabeça em negativa. "Eu estou bem." Joguei meu colete de lado e tentei embainhar a lâmina, mas ela escorregou dos meus dedos e caiu no chão. Kaden pegou a faca e a deslizou para dentro da bainha de couro fino para mim. Permaneci fitando o que havia sobrado das coroas de flores esmagadas debaixo de nossos pés durante a briga, minúsculos pedaços de cor-de-rosa e lavanda espalhados pelo chão da floresta.

"Seu pescoço", disse Rafe. "Deixe-me ver como está." Ele ergueu meu queixo e limpou o sangue com o polegar.

Tudo ainda parecia estar acontecendo em movimentos rápidos e desajeitados. Rafe surgiu com um pedaço de pano — seria um lenço? — e fez pressão no meu pescoço. "Berdi vai dar uma olhada no machucado. Você consegue segurar isso no lugar?" Assenti e ele ergueu a minha mão até o pescoço, fazendo pressão nos meus dedos, empurrando o pano no lugar. Ele foi andando e deu um chute no ombro do homem para certificar-se de que estava morto. Eu sabia que estava. Seus dedos não estavam mais tendo espasmos.

"Ouvi você gritar", disse Kaden, "mas não consegui uma boa linha de tiro para acertá-lo até você o empurrar. A essa distância, a flecha poderia ter atravessado o peito dele e acertado você." Ele colocou o arco no chão e se ajoelhou ao lado do corpo, tirando a flecha que saía das costas do homem e quebrando-a. Juntos, ele e Rafe fizeram o cadáver rolar.

Todos nós encaramos o homem, cujos olhos ainda estavam abertos. O sangue enchia profundas rugas em cada um dos lados de sua boca, fazendo com que ele parecesse uma marionete assustada.

Nenhum deles parecia afetado pela aparência dele. Talvez tivessem examinado muitos cadáveres. Eu não. Meus joelhos fraquejaram.

"Você o conhece?", perguntou-me Rafe.

Balancei a cabeça em negativa.

Kaden se levantou. "O que ele queria?"

"Dinheiro", falei automaticamente, surpreendendo a mim mesma. "Ele só queria dinheiro." Eu não tinha como contar a verdade a eles sem revelar quem era. E então vi o bilhete, o pequeno pedaço de papel escrito com minha própria caligrafia, ondulando a poucos centímetros dos dedos dele.

"Devemos chamar as autoridades?", quis saber Kaden.

"Não!", respondi. "Por favor, não façam isso! Eu não posso..." Dei um passo para a frente e meus joelhos cederam por completo, o sangue correndo por trás dos meus olhos, o mundo girando. Senti mãos me pegando, me segurando por debaixo das pernas.

Carregue-a de volta para a estalagem. Eu cuido do cadáver.

Minha cabeça girava, e eu tentava inspirar profundamente, temendo que fosse vomitar, com a mão dele segurando o pano junto a meu pescoço de novo. *Respire, Lia, respire. Você vai ficar bem...* mas, com meu mundo dando voltas, eu não sabia ao certo se as palavras que ouvia eram de Kaden ou de mim mesma.

CAPÍTULO 26
CRÔNICAS DE AMOR E ÓDIO

RAFE

elejei com o cadáver, erguendo-o e colocando-o nas costas do meu cavalo. O sangue manchou meu ombro. O cheiro de putrefação ainda não tinha se assentado, mas tive que desviar do odor violento de abandono e excrementos para respirar um pouco de ar puro. A morte é assim. Não há dignidade alguma nela.

Um profundo e escarpado desfiladeiro me esperava logo acima da cadeia de montanhas. Dirigi-me até lá, conduzindo meu cavalo em meio ao bosque. Os animais e as intempéries dariam conta do cadáver muito antes de alguém se aventurar naquele remoto abismo. Era o que ele merecia.

Não conseguia tirar a imagem do pescoço dela sangrando da minha cabeça. Eu tinha visto muitos pescoços ensanguentados antes, mas... *por ordem do próprio pai?* O homem que a atacara não era um bandido comum. Este homem estivera na estrada há semanas procurando por ela. Eu sabia que havia um cartaz pedindo a captura dela e uma recompensa por sua devolução. Havia rumores sobre isso em uma cidade na qual parei, perto de Civica, quando eu mesmo estava atrás dela. Achei que se tratasse de um gesto raso para apaziguar Dalbreck.

Quem eram os bárbaros agora? Os vendanos ou os morrigheses? Que espécie de pai ordenaria o assassinato de sua própria filha? Até mesmo os lobos protegem suas crias! Não era de se admirar que ela tivesse fugido.

Matar em nome da guerra é uma coisa. Matar um parente é outra bem diferente.

CAPÍTULO 27
CRÔNICAS DE AMOR E ÓDIO

"Uma manhã de folga! *Uma* manhã de folga e veja só a encrenca em que você se meteu!", disse Berdi, dando uma batidinha no meu pescoço.

Kaden sentou-se ao meu lado, segurando um balde para o caso de eu vomitar de novo.

"Até parece que saí para procurar alguns bandidos", retorqui.

Berdi desferiu um olhar austero para mim, de quem sabia muito bem das coisas. Não havia bandidos em Terravin, não em uma trilha superior e remota, caçando uma garota com roupas esfarrapadas e pouco dinheiro, mas, com Kaden ali sentado, ela manteve minha história em segredo. "Com a cidade cheia de estranhos nesse momento, é preciso tomar mais cuidado."

A faca não havia exatamente cortado o meu pescoço, apenas raspado. Berdi disse que a ferida não era maior do que a picada de uma pulga, mas pescoços sangram muito. Ela colocou um bálsamo ardente no corte, e eu me encolhi. "Fique quieta!", disse ela, em tom de bronca.

"Eu estou bem. Pare de fazer tanto estardalhaço por causa de algo tão insignificante..."

"Olha para você! Seu pescoço tem um talho que vem daqui até aqui..."

"Você mesmo acabou de dizer que não era maior do que a picada de uma pulga."

Ela apontou para meu colo. "E você ainda está tremendo que nem vara verde!"

Baixei o olhar para os meus joelhos, que tremiam, indo para cima e para baixo. Forcei-os a parar. "Quando a gente coloca para fora toda a refeição da manhã, é claro que vai tremer."

Ela não me perguntou por que eu tinha vomitado todo o meu desjejum. Berdi sabia que eu não ficava facilmente chocada com sangue, mas todos nós tomamos cuidado para não mencionarmos o assunto do cadáver. Kaden havia simplesmente dito a ela que Rafe estava cuidando disso. Ela não perguntou o que ele queria dizer com isso. Nem eu. Nós apenas ficamos felizes de que alguém estava cuidando do assunto, embora me perguntasse o que Rafe poderia fazer com um cadáver além de levá-lo até uma patrulha. No entanto, eu ainda conseguia ouvir *a forma* como ele tinha dito isso. Ele não levaria o corpo do bandido às autoridades.

Não havia dúvida de que o homem morto fosse um canalha assassino. Talvez isso fosse tudo que Rafe precisava saber. Ele o havia visto segurando a faca na minha garganta e vira o sangue escorrendo de meu pescoço. Por que incomodar as autoridades quando uma conveniente ravina estava mais perto? Talvez as coisas fossem resolvidas assim nas regiões distantes. E eu estava feliz com isso.

"Você tem certeza de que era apenas um bandido?", perguntou Berdi. "Às vezes, eles andam em bandos."

Eu sabia que ela estava falando em código, querendo saber se a pessoa que havia me atacado poderia ter todo o exército real marchando em direção à estalagem no fim do dia.

"Ele estava sozinho. Tenho certeza disso. Não havia nenhum outro."

Ela exalou um longo murmúrio desprovido de palavras, que assumi como sendo a versão dela de alívio.

"Pronto", disse Berdi, pressionando uma pequena bandagem junto ao meu pescoço. "Está feito." Ela mexeu um pouco de pó dentro de uma xícara cheia de água e entregou-a para mim. "Beba isso. Vai ajudar seu estômago a ficar melhor." Bebi, obediente, na esperança de acalmá-la. "Agora, vá já para a cama e descanse", ordenou ela. "Logo vou levar pão e caldo para você."

Eu estava prestes a protestar, mas Kaden segurou meu cotovelo e me ajudou a levantar. Enquanto eu me colocava de pé, senti os efeitos da luta violenta pela qual havia passado. Todas as partes do meu corpo doíam — meu ombro, meu cotovelo, que tinha golpeado as costelas do bandido, meu tornozelo e meu calcanhar, que tinham pisoteado o homem com uma força incrível, meu pescoço, que tinha se contorcido para trás mais do que o naturalmente possível.

"Só um pouquinho", falei. "Vou conseguir trabalhar no refeitório hoje à noite."

Berdi murmurou algo baixinho e Kaden me levou para fora pela porta da cozinha. Conforme subíamos os degraus da encosta da colina, agradeci a ele por ter surgido a tempo, dizendo que com certeza eu estaria morta se ele não tivesse aparecido, e perguntei como ele acabou estando lá.

"Eu ouvi um grito, apanhei meu arco e saí correndo em direção à floresta. Achei que fosse Pauline voltando da Sacrista e que ela tivesse se deparado com algum animal. Um urso ou uma pantera. Não esperava ver você com uma faca na garganta."

Aquela era a última coisa que eu esperava também. "Fico grata por sua mira ter sido certeira. E o cadáver... ele vai...?"

"Ele vai desaparecer", disse ele, confiante.

"É só que eu também sou nova aqui", expliquei, "e não quero causar nenhum problema para Berdi. Alguns soldados já não me olham com bons olhos..."

"Entendo. Ninguém vai ficar sabendo do ocorrido. O homem não merecia nada mais do que isso."

Ele parecia tão ansioso quanto eu para deixar para trás qualquer traço do encontro. Ele havia matado um homem para me salvar. Ninguém poderia culpá-lo por isso. No entanto, talvez ele não pudesse se dar ao luxo de responder a perguntas de uma patrulha, assim como eu.

Chegamos à porta da cabana, mas ele ainda segurava meu braço, me dando apoio. "Eu deveria levar você até lá dentro?", ele me perguntou. Kaden estava firme e estável, como sempre. Exceto pelo breve acesso de raiva quando o cavalo de Rafe o mordera, nada parecia deixá-lo abalado, nem mesmo o terror do dia de hoje.

Ele pousou os olhos em mim, dois cálidos círculos castanhos, e, ainda assim, eles o traíram, exatamente como o tinham traído naquela noite na taverna, na primeira vez em que nos encontramos. Embora a serenidade fosse a regente do lado de fora, uma estranha tempestade agitava-se dentro dele. Ele me lembrava Bryn, o mais jovem e selvagem de meus três irmãos, de tantas maneiras. Bryn sempre era esperto o bastante para assumir ares de realeza na presença do meu pai, para se livrar de quaisquer suspeitas sobre seus comportamentos inadequados, mas era só minha mãe beliscar o queixo dele ou olhar em seus olhos e a verdade seria revelada. Eu só não conseguira ainda descobrir qual era a verdade de Kaden.

"Obrigada, mas estou bem agora", respondi. No entanto, mesmo enquanto eu estava lá, parada, em pé, não me sentia tão estável assim. Estava esgotada. Era como se a carga de energia de uma semana tivesse sido despachada em apenas uns poucos e rápidos momentos na tentativa de sobreviver.

"Você tem certeza de que não havia mais nenhum homem?", ele perguntou. "Ninguém mais que você tenha visto?"

"Tenho certeza." Eu não tinha como explicar que sabia que caçadores de recompensas não andavam em bandos, e que este estava em uma missão bastante particular. Ele deslizou a mão do meu braço, e fiquei grata. Berdi estava certa: eu realmente precisava descansar.

Fechei a porta atrás de mim, tirei minha blusa ensanguentada, e joguei-a em um canto. Naquele exato momento, eu estava cansada demais para ficar preocupada em lavar minha roupa. Sentei-me na cama, encolhendo-me com a dor em meu ombro e pescoço, e depois afofei meu travesseiro, enfiando minha faca debaixo dele. Eu faria o que tinha prometido a Walther: praticar, não importando o quão cedo tivesse que acordar. Ninguém me pegaria de surpresa de novo, mas, por ora, um curto descanso era tudo de que eu precisava. Minhas pálpebras ficaram mais pesadas. O que Berdi havia colocado naquela água?

Dormi pesadamente, mas me lembrei de Berdi ter vindo até a cabana: ela havia se sentado na beirada da cama para me dizer alguma coisa, roçado os cabelos da minha testa com a mão e saído em silêncio novamente. Eu senti o aroma de uma fornada de pão assada recentemente e de caldo de galinha vindo da mesa ao meu lado, mas estava cansada demais para comer e caí no sono de novo, até que ouvi alguém bater à porta.

Eu me sentei, desorientada. O sol espiava pela janela do lado oeste. Eu dormira a tarde inteira. Ouvi novamente alguém bater à porta. "Berdi? É você?"

"Sou só eu. Vou deixar isso aqui fora."

"Não, espere", eu disse.

Levantei-me de um pulo e fui mancando até a entrada, com o tornozelo mais dolorosamente enrijecido agora do que antes. Rafe estava ali parado, com o dedo enganchado nos fios das duas trouxinhas que eu deixara cair na floresta. Peguei-as dele e coloquei-as em cima da cama. Quando me virei para encará-lo novamente, ele estava segurando duas delicadas guirlandas, uma cor-de-rosa e a outra com flores de lavanda. "Acho que essas são como as que você tinha, não?"

Mordi o lábio e por fim sussurrei um leve e inadequado agradecimento enquanto ele colocava as guirlandas nas minhas mãos. Um momento desajeitado se passou, com nós dois olhando um para o outro, desviando o olhar e depois voltando a nos olharmos.

"E o seu pescoço, como está?", perguntou ele por fim, virando a cabeça para o lado, de modo a olhar para minha bandagem.

Eu me lembrei de como, apenas horas antes, ele havia deslizado o polegar pela minha pele enquanto segurava o lenço junto à ferida.

"Berdi disse que o corte não era maior do que uma picada de pulga. Era mais um raspão feio."

"Mas você está mancando."

Esfreguei o ombro. "Estou sentindo dores no corpo inteiro."

"Você lutou com força."

"Não tive escolha", falei. Encarei as roupas dele. Elas foram trocadas. Não era possível perceber nenhum traço de sangue do cadáver ou do método empregado para se livrar do corpo. Eu estava com muito medo de perguntar, mas também temia não fazer isso. "E o corpo?"

"Não faça perguntas, Lia. Está feito."

Assenti.

Ele começou a se mexer para ir embora, e então parou e disse: "Eu sinto muito".

"Pelo quê?", quis saber.

"Eu gostaria que..." Ele balançou a cabeça em negativa. "Eu só sinto muito", repetiu e desceu pelo caminho. Antes que eu pudesse chamá-lo, avistei Pauline vindo em direção à cabana. Voltei para dentro, apanhei minha blusa ensanguentada do chão e procurei um lugar para escondê-la. Em nossos aposentos minúsculos, tal lugar só poderia ser o guarda-roupa. Escancarei a porta do armário e enfiei a blusa em um canto escuro, colocando algumas outras coisas na frente dela. Eu a pegaria mais tarde para lavá-la. Pauline tinha preocupações suficientes na vida para me acrescentar a elas. Avistei a cesta que Walther tinha me dado em meio às coisas no fundo do guarda-roupa. Eu havia ficado tão consumida com as notícias que ele trouxe naquele dia que guardei a cesta apressada e me esqueci dela. Ele disse que tinha colocado uma porção de mantimentos para mim, mas, com certeza, já teriam estragado a essa altura. Imaginei mais do adorável queijo de figo perdido e me preparei para o cheiro enquanto empurrava para o lado o guardanapo que cobria o fundo da cesta. Aquilo não era queijo de figo.

A porta se abriu, e me virei para ficar cara a cara com Pauline.

"O que aconteceu com seu pescoço?", ela exigiu saber na mesma hora.

"Tropecei de leve e caí escada abaixo com um pouco de lenha nos braços. Pura obra de uma pessoa desajeitada."

Ela bateu com tudo a porta atrás dela. "Isso é trabalho do Enzo! Por que você estava fazendo isso?"

Olhei para ela, perplexa. Já fazia duas semanas que ela não se mostrava tão engajada. "O preguiçoso não estava por aqui hoje. Todas as vezes em que ele arruma um pouco de moedas, some."

Pauline começou a falar de minha bandagem, mas eu a interrompi e a arrastei até a cama para lhe mostrar a cesta. Nos sentamos e notei que ela não estava mais usando o lenço. Seus cabelos estavam cheios e dourados como o mel caindo em volta de seus ombros.

"Seu lenço de luto", falei.

"Está na hora de seguir em frente", ela me explicou. "Fiz tudo que podia por Mikael. Agora tenho outras coisas que requerem minha atenção. E a primeira delas parece ser *você*."

Eu me dirigi até ela e a abracei, puxando-a para junto de mim em um abraço apertado. Meu peito tremia. Tentei não fazer uma cena, mas a abracei por bastante tempo e com força, até que ela por fim se soltou, olhando-me com cautela.

"Está tudo bem?"

Semanas de preocupação jorraram de mim, e minha voz tremia.

"Ah, Pauline, senti tanto a sua falta! Você é tudo que eu tenho! Você é a minha família agora. E estava tão pálida e sofrendo... Fiquei com medo de que você nunca fosse voltar... E então vieram as lágrimas e o silêncio. O silêncio..." Parei de falar, pressionando os dedos junto aos meus lábios, tentando impedir o tremor deles. "O silêncio foi o pior de tudo. Eu estava com medo de que você me culpasse pelo que aconteceu com Mikael, quando me disse para ir embora."

Ela me puxou para junto dela, abraçando-me, e nós duas choramos. "Eu nunca a culparia por isso", disse ela. Ela se reclinou para poder olhar em meus olhos. "Mas o luto tem um jeito próprio, Lia. Um jeito que não dá para controlar. Eu sei que não acabou ainda, mas hoje, na Sacrista..." Ela fez uma pausa, piscando para livrar-se das lágrimas. "Hoje, eu senti alguma coisa. Uma agitação dentro de mim. *Aqui.*" Ela pegou a minha mão e a pressionou em sua barriga. "Eu soube que estava na hora de me preparar para os vivos."

Os olhos dela brilhavam. Em meio a toda a dor, vi a esperança da alegria nos olhos dela. Senti um inchaço na garganta. Essa era uma jornada que nenhuma de nós poderia ter imaginado.

Sorri e limpei minhas bochechas. "Tenho algo que preciso mostrar a você", eu disse. Coloquei a cesta entre nós e movi o guardanapo para o lado, sacando dali um rolo gordo de notas de dinheiro de Morrighan... que supostamente deveria dar para eu viver bem por um algum tempo. Meu irmão entenderia. "Walther trouxe isso. Era de Mikael. Ele falou que o soldado havia deixado uma carta dizendo que isso era para você caso alguma coisa acontecesse com ele." Pauline esticou a mão e tocou no rolo espesso de notas. "Tudo isso para um sentinela no primeiro ano?"

"Ele conseguiu controlar os gastos", disse, sabendo que qualquer bom traço de caráter atribuído a Mikael seria facilmente aceito por Pauline.

Ela soltou um suspiro, e um triste sorriso marcava seus olhos. "Ele era assim mesmo. Isso aqui vai ser de grande ajuda."

Alcancei a mão dela. "Todas nós vamos ajudar, Pauline. Eu, Berdi e Gwyneth, todas nós vamos cuidar de..."

"Elas sabem?", perguntou Pauline.

Balancei a cabeça em negativa. "Ainda não."

Mas nós duas sabíamos que o tempo — ou a própria Pauline — revelaria a elas. Algumas verdades recusavam-se a ficar escondidas.

Fale-me de novo, Ama. Sobre a calidez. Sobre antes.

A calidez vem, criança, de um lugar que desconheço.

Meu pai deu a ordem, e ela estava lá.

Seu pai era um deus?

Seria ele um deus? Parecia que sim.

Ele parecia um homem.

Mas era irracionalmente forte.

Tinha conhecimentos além do que era possível,

Era mortalmente destemido,

Poderoso como um...

Deixe-me contar uma história a você,

criança, a história de meu pai.

Era uma vez um homem tão grandioso quanto os deuses...

Mas até mesmo os grandes podem tremer de medo.

Até mesmo os grandes podem cair.

—Os Últimos Testemunhos de Gaudrel—

CAPÍTULO 28
CRÔNICAS DE AMOR E ÓDIO

Uma névoa rosa e açucarada cobria o céu, e o sol começava sua subida acima da montanha. Cada lado da estrada estava repleto de gente, todo mundo em Terravin esperando para ser conduzido na procissão que saudaria o início dos dias sagrados. Um murmúrio reverente farfalhava em meio à multidão ali reunida, a santidade encarnada, como se os deuses estivessem entre nós. Talvez estivessem.

O Festival da Liberação havia começado. No meio da estrada, esperando para liderar as multidões, havia dezenas de mulheres e meninas, jovens e velhas, de mãos dadas, vestidas em farrapos.

Todas as Primeiras Filhas de Terravin.

Berdi e Pauline estavam entre elas.

Era a mesma procissão que a minha mãe conduzia em Civica, que ela conduziria lá hoje. A mesma procissão em que eu caminhava apenas alguns passos atrás de minha mãe porque éramos as Primeiras Filhas do Reino, abençoadas até mesmo acima das outras, contendo dentro de nós o mais forte dom de todos.

A mesma procissão, às vezes imensa, às vezes frequentada apenas por um punhado de fiéis, estava sendo realizada em cidades, aldeias e vilarejos por toda Morrighan. Analisei as faces das Primeiras Filhas que se alinhavam, plenas de expectativas, confiantes, curiosas, resignadas, algumas imaginando que tinham o dom, outras sabendo que não tinham, algumas na esperança de que ele ainda pudesse vir. Entretanto, a maioria assumiu seu lugar no meio da estrada simplesmente porque era tudo o que sabia fazer. Era a tradição.

Os sacerdotes fizeram um último chamado para que quaisquer outras Primeiras Filhas se juntassem a elas. Gwyneth estava apertada ao meu lado na multidão. Ouvi quando ela suspirou. Balancei a cabeça em negativa.

E então a cantoria começou.

A canção de Morrighan erguia-se e baixava em gentis e humildes notas, uma súplica aos deuses por orientação, um coro de gratidão por sua clemência.

Todos nós ficamos para trás, vestindo nossos próprios farrapos, com os estômagos rugindo porque este era um dia de jejum, e seguimos nosso caminho até a Sacrista para os santíssimos sacramentos, os agradecimentos e as preces.

Eu achei que Rafe e Kaden não tivessem vindo. Já que era um dia de fastio, Berdi não havia servido a refeição matinal; no entanto, logo antes de chegarmos à Sacrista, eu os avistei em meio à multidão. Gwyneth também os viu. Cabeças eram baixadas, vozes erguiam-se somente seguindo a canção, mas ela veio sorrateiramente para o lado e sussurrou: "Eles estão aqui". Era como se a presença deles fosse tão milagrosa quanto os deuses conduzindo os Remanescentes para longe da destruição. E talvez fosse.

De repente, Gwyneth avançou até alcançar a pequena Simone e os pais dela. Os cabelos da mãe de Simone eram grisalhos, e os cabelos do pai dela eram brancos como a neve, ambos velhos demais para serem pais de uma criança tão nova, mas às vezes o céu trazia presentes inesperados. Segurando a mão de Simone, a mulher assentiu, indicando que notara a presença de Gwyneth, e todos eles caminharam juntos. Notei que até mesmo a pequena Simone, sempre impecavelmente vestida quando eu a tinha visto nas vezes em que fui fazer algo na cidade, havia conseguido achar trapos para usar. E então, caminhando apenas alguns passos atrás deles, percebi que os cachos cor de morango da saltitante criança eram apenas um tom mais claros do que os de Gwyneth.

Chegamos à Sacrista e a multidão se dispersou. O santuário era grande, mas não grande o bastante para conter toda a população de

Terravin, junto com os visitantes que vieram à cidade para os oito dias altamente sagrados do festival. Os mais velhos e as Primeiras Filhas foram convidados a entrarem no santuário, mas o restante teve que encontrar lugares nos arredores, nos degraus, na praça, no pátio da pequena gruta ou no cemitério, onde mais sacerdotes entoariam os ritos para que todos ouvissem. A multidão diminuiu, todos encontrando um lugar onde passariam a maior parte do dia cantando as preces. Fiquei para trás, na esperança de encontrar Kaden e Rafe, mas os perdi de vista. Por fim, fui andando até o cemitério, o último lugar em que havia algum espaço para se ajoelhar.

Coloquei meu tapete no chão e meu olhar contemplativo se deparou com o do sacerdote nos degraus dos fundos da Sacrista. Ele olhava para mim, *esperando*. Eu não o conhecia. Nunca havia me encontrado com ele, mas, com todo o tempo que Pauline havia passado lá, talvez ela tivesse dito alguma coisa. Talvez ela até mesmo tivesse confessado as nossas verdades, mas eu sabia que os sacerdotes eram atados pelo selo do silêncio da confissão. Ele continuava a me observar, e, assim que me ajoelhei, começou a entoar os ritos, iniciando pela história da devastação.

Eu conhecia a história. Já a havia memorizado. Todos a sabiam de cor. *Para que não repitamos a História, as fábulas são passadas de pai para filho, de mãe para filha.* A história era contada em todos os barracos, em todas as cabanas apinhadas de gente, em todas as grandes mansões, com os mais velhos repassando-as para os mais novos. Regan gostava de contá-la para mim e fazia isso com frequência, embora sua versão fosse decididamente mais apimentada do que a de nossa mãe, com mais sangue, batalhas e feras selvagens. A minha tia Cloris generosamente a temperava com obediência, e a versão da minha tia Bernette apresentava proeminentemente a aventura da libertação, mas eram essencialmente a mesma história, e não tão diferente assim daquela que o sacerdote contava agora.

Os Antigos julgavam-se apenas um degrau abaixo dos deuses, orgulhosos em seu poder sobre o céu e a terra. Eles controlavam a noite e o dia com as pontas dos dedos; voavam pelos céus; sussurravam, e suas vozes retumbavam acima dos cumes das montanhas; ficavam com raiva e o solo tremia de medo...

Tentei me concentrar na história, mas quando ele disse a palavra *medo*, aquilo desengatilhou o medo em mim mesma. Eu vi novamente o olhar fixo e inexpressivo da morte de uma marionete com juntas ensanguentadas, aquela que havia me assombrado em meus sonhos na noite passada. *Não diga nenhuma palavra.* Até mesmo nos meus sonhos, eu havia sido desobediente e me pronunciado. Ficar em silêncio não era o meu forte.

Sempre soube que tanto o Chanceler quanto o Erudito não gostavam de mim, mas nunca achei que fossem enviar alguém para me matar. Um caçador de recompensas deveria levar o acusado de volta para encarar a justiça por atos de traição. Aquele homem não era nenhum caçador de recompensas. Ele poderia ter me levado de volta viva para enfrentar a execução. Seria possível que meu pai partilhasse do plano deles, ansioso para se livrar discretamente de mim de uma vez por todas? *Não o seu próprio pai*, Pauline havia dito. Eu não estava mais tão certa disso.

Balancei a cabeça em negativa, lembrando-me daquela noite em que eu havia entrado às escondidas no escritório do Erudito. Por que eu deixara o bilhete? Sabia que aquilo só colocaria lenha na fogueira de fúria dele, mas não me importei. Não me trouxe nenhuma alegria ver o bilhete bem preso na mão do homem que me atacava, mas, que me salvem os deuses, eu rira alto quando o escrevi nos papéis do próprio Erudito. Ele teria sabido quem fizera aquilo, mesmo que eu não tivesse deixado bilhete algum. Eu era a única ladra possível na cidadela, mas queria ter certeza de que ele saberia que eu cometera o roubo.

Eu só podia imaginar a cara do Chanceler quando o Erudito mostrasse o bilhete para ele. Até mesmo se os livros não tivessem nenhum valor, ao deixar o bilhete, eu havia aumentado a aposta. Além de fugir do casamento cuidadosamente arranjado por eles, eu os havia provocado. Era impensável. Eles eram as pessoas mais poderosas do gabinete do meu pai, junto com o Vice-Regente, mas eu havia mostrado a ambos que tinha pouca consideração por seus poderes ou por suas posições. Deixar o bilhete havia me devolvido um pouco de controle. Eu tinha algo sobre eles, cujos segredos não estavam tão bem guardados agora, mesmo se esse segredo fosse algo tão pequeno quanto um velho livro que não haviam devidamente incluído no arquivo real.

Na noite passada, depois que Pauline caiu no sono, empurrei a cadeira até o guarda-roupa e, em pé em cima dela, estiquei a mão sobre o conteúdo ali erguido e tateei em busca da caixa que embrulhei com tecido. Eu não sabia ao certo por que havia guardado aquilo ali. Talvez porque o Erudito mantivesse a caixa escondida, achei que deveria fazer o mesmo. Estes livros não eram para os olhos de todos. Peguei os volumes frágeis e os coloquei em cima da mesa. A lanterna lançava um brilho dourado e cálido em cima de suas já amareladas páginas.

Ambos eram finos, pequenos livros atados em um couro macio em alto-relevo que mostrava sinais de danos, marcas de queimaduras nas bordas, como se tivessem sido jogados ao fogo. Um estava bem mais chamuscado do que o outro, e sua última página estava faltando quase por completo, parecendo ter sido arrancada às pressas, exceto por umas poucas letras no canto superior. O outro livro estava escrito em um estilo de garatuja que eu nunca tinha visto antes. Nenhum deles era similar a nenhum dos dialetos de Morrighan que eu conhecia, mas havia muitas línguas obscuras que acabaram morrendo. Eu imaginava que essas estranhas palavras estavam redigidas em um dos idiomas perdidos.

Virei as páginas frágeis com muito cuidado, analisando-as durante uma hora. No entanto, apesar de minha facilidade com idiomas, não fiz progresso algum. Algumas palavras pareciam ter as mesmas raízes de palavras em morrighês, mas até mesmo perceber essas raízes similares não era o bastante. Eu precisava de uma chave mais profunda, e o único arquivo em Terravin ficava na Sacrista. Talvez eu tivesse que me tornar amigável com os clérigos daqui.

O sacerdote desceu os degraus, caminhando em meio aos veneradores, contando mais da história, com a voz forte e ardente.

Eles ansiavam por informações, e nenhum mistério ficava escondido deles, cujo conhecimento foi ficando mais forte, enquanto a sabedoria foi enfraquecendo, e eles ansiavam por mais e mais poder, esmagando os indefesos.

Os deuses viram a arrogância e o vazio do coração deles, então enviaram o anjo Aster para que arrancasse uma estrela do céu e a jogasse com tudo na terra, e a poeira e os oceanos ergueram-se tão alto que afogaram os injustos. No entanto, uns poucos foram poupados... não aqueles fortes de corpo ou de mente, mas aqueles que tinham corações humildes e puros.

Pensei em Pauline; ninguém era mais pura e humilde de coração do que ela, o que a tornava presa fácil para os corações mais sombrios. Embora este fosse o mais sagrado dos dias, deixei escapar um xingamento murmurado para Mikael. Uma mulher mais velha que estava perto de mim abriu um sorriso, pensando que meus murmúrios ferventes me marcavam como uma devota. Retribuí o sorriso e voltei minha atenção para o sacerdote.

Restou apenas uma pequena porção de toda a terra. Eles aguentaram três gerações de testes e provações, separando o joio do trigo, os mais puros daqueles que ainda se voltavam para as trevas. Aqueles de coração sombrio, eles os lançaram mais a fundo ainda na devastação. No entanto, apenas uma, a Primeira Filha de Harik, uma menina humilde e sábia chamada Morrighan, viu-se caindo nas graças dos deuses. Para Morrighan, eles mostraram o caminho da segurança, para que ela pudesse levar os Remanescentes escolhidos até um lugar onde a terra seria curada, um local onde a criação poderia começar novamente.

Morrighan foi fiel à orientação deles, e os deuses ficaram satisfeitos. Ela foi entregue em casamento a Aldrid e, para todo o sempre, as filhas de Morrighan, assim como todas as gerações de Primeiras Filhas, foram abençoadas com o dom, uma promessa e uma lembrança de que os deuses nunca mais destruiriam a terra, contanto que houvesse corações puros para ouvi-los.

Os ritos prosseguiram por toda a manhã até o meio-dia, até que as Primeiras Filhas administraram a quebra do jejum, assim como a jovem menina Morrighan havia feito tanto tempo atrás quando conduzira os famintos até um local de plenitude. Avistei Pauline nos degraus do pórtico sombreado, colocando pão nas mãos dos adoradores, e Berdi, do outro lado da Sacrista, fazendo o mesmo. Uma outra Primeira Filha me serviu, e quando o último pedaço de pão havia sido distribuído, sob a orientação do sacerdote, todos partilharam dele juntos. A essa altura, meus joelhos doíam e meu estômago estava se revirando com xingamentos, berrando com o insultante e pequeno pedaço de pão. Quando o sacerdote proferiu as palavras de despedida — "Então, que assim seja..." —, todo mundo acordou e ofereceu um retumbante "Para todo o sempre".

Os adoradores levantaram-se lentamente, endurecidos de um longo dia de preces, prontos para retornarem a seus lares para a tradicional e plena quebra do jejum. Eu voltei andando, sozinha, me perguntando onde haviam ido Kaden e Rafe.

Estirei meu ombro, encolhendo-me de dor. Havia ainda trabalho a ser feito na estalagem para a refeição da noite. Era um festival sagrado, e a maior parte das pessoas fazia a observação em suas próprias casas. Muitos dos adoradores que não eram da cidade iam até à refeição pública oferecida na Sacrista, então, provavelmente apenas uns poucos hóspedes da estalagem jantariam lá. O cardápio do dia era pombo assado, nozes, feijões-anões, bagas, verduras silvestres, todos comidos de um prato comunitário, exatamente como a primeira e simples refeição que Morrighan havia servido aos Remanescentes escolhidos. No entanto, havia outros detalhes cerimoniais dos quais era preciso cuidar, especialmente a preparação da sala de jantar. Por mais que meu estômago roncasse pedindo comida, meu corpo machucado suplicava por um banho quente, e não sabia ao certo pelo que eu mais ansiava. A última e leve subida até a estalagem foi particularmente injusta com meu tornozelo.

Entre a comida e um banho, pensei em Rafe e nas guirlandas que ele havia me trazido. Trazer as trouxinhas que eu deixara cair era uma coisa, mas o esforço de encontrar as mesmas guirlandas para substituir aquelas que ficaram esmagadas ainda me deixava perplexa — especialmente com a outra tarefa vil da qual ele teve que cuidar. Era tão difícil entendê-lo. Em um instante os olhos dele estavam cheios de calor, no seguinte, eram frios como o gelo; em um minuto ele era atencioso, no outro, ele me dispensava e se afastava. Qual seria a batalha que estava sendo travada dentro dele? Arrumar outras guirlandas para substituir as que foram esmagadas foi um gesto além da bondade. Havia uma ternura sem palavras em seus olhos quando ele as estirou para mim. Por que eu não poderia...?

"Você ainda está mancando."

O calor fluiu pelo meu corpo, minhas juntas foram soltando-se e ficando quentes, tudo de uma vez. A voz dele era suave ao meu ouvido, o ombro dele roçando casualmente no meu. Não me virei para olhar para ele, apenas o senti alcançando meus passos, ficando perto de mim.

"No fim das contas, você é um devoto", falei.

"Hoje tive necessidade de falar com os deuses", ele respondeu. "A Sacrista é um lugar tão bom quanto qualquer outro."

"Você foi lá para oferecer seus agradecimentos?"

Ele pigarreou. "Não, a minha raiva."

"Você é tão valente a ponto de ir estender seu punho cerrado para os deuses?"

"Dizem que os deuses honram uma língua verdadeira. Eu também."

Olhei de esguelha para ele. "As pessoas mentem todos os dias. Especialmente para os deuses."

Ele abriu um largo sorriso. "Palavras mais verdadeiras do que essas nunca foram ditas."

"E para que deus você rezou?"

"Isso importa? Todos eles escutam as preces, não?"

Dei de ombros. "Capseius é o deus dos ressentimentos."

"Então deve ter sido ele que estava me ouvindo."

"Ah, tenho certeza de que, neste momento, os ouvidos dele estão pegando fogo."

Rafe riu, mas mantive o olhar fixo à minha frente. Não havia nenhum deus dos ressentimentos chamado Capseius. Os deuses não tinham nomes, apenas atributos. O Deus da Criação, o Deus da Compaixão, o Deus da Redenção e o Deus do Conhecimento. Rafe não era um devoto. Ele nem mesmo tinha aprendido os princípios mais fundamentais das crenças das Verdades Sagradas de Morrighan. Será que ele vinha de um lugar tão atrasado assim que nem mesmo contava com uma pequena Sacrista? Talvez fosse por isso que ele não queria falar de suas raízes. Talvez se envergonhasse delas.

29
CAPÍTULO
CRÔNICAS DE AMOR E ÓDIO

O PRÍNCIPE

vistei Enzo em meio à multidão quando estávamos chegando à Sacrista. Eu o surpreendi, indo para perto dele e fechando a mão em seu braço. Deixei claro com o inclinar da minha cabeça que faríamos um pequeno desvio. Precisávamos conversar. O suor surgiu na testa dele instantaneamente. Pelo menos ele tinha o bom senso de parecer preocupado.

Levei-o até uma boa distância das multidões, para o caso de ele ser um tolo chorão como eu suspeitava que fosse. Quando estávamos longe da vista das pessoas, joguei-o contra a parede da oficina do ferreiro. Ele ergueu os punhos cerrados por um instante para tentar se defender e então pensou melhor e irrompeu em lamúrias indignadas.

Empurrei-o de novo contra a parede com tanta força que ela estremeceu. "Cale a boca! E escute cada palavra que vou dizer, porque da próxima vez que nos encontrarmos assim, um de nós vai sair sem a língua. Você está entendendo?"

Ele assentiu de um jeito selvagem, repetindo várias vezes que sim.

"Que bom. Fico feliz que nos entendemos." Eu me inclinei para perto dele e cuspi cada palavra de forma clara e o mais silenciosamente possível. "Eu estava no celeiro ontem. Ouvi você conversando com alguém, dando direções. Depois ouvi o barulho de moedas."

Ele arregalou os olhos, horrorizado.

"Eu nunca mais quero que nenhuma palavra sobre Lia passe pelos seus lábios. E, caso alguma palavra sobre ela escape, *mesmo que por acaso*, vou enfiar todas as moedas que estiverem em sua mão gananciosa pela sua garganta antes de cortar sua língua fora. Você está me entendendo, Enzo?"

Ele assentiu, com a boca firmemente fechada, para o caso de eu decidir cumprir essa ameaça agora.

"E isso daqui vai continuar entre nós, *entendeu*?" Ele assentiu vigorosamente. "Bom garoto", disse e dei uns tapinhas amigáveis no ombro dele.

Deixei-o acovardando-se junto à parede. Quando estava a alguns metros de distância, voltei-me para encará-lo outra vez. "E, Enzo, só para você saber", acrescentei, animado, "não existe nenhum lugar neste continente em que você possa se esconder de mim caso eu decida encontrá-lo. Limpe seu nariz agora. Você vai se atrasar para os sacramentos."

Ele ficou lá, ainda paralisado. "Agora!", gritei.

Enzo limpou o nariz e saiu correndo, dando a volta e passando bem longe de mim. Fiquei observando enquanto desaparecia, descendo a via.

Não piore as coisas.

Parecia que as coisas já estavam bem piores. Se apenas eu tivesse sido valente o suficiente para recusar o casamento, para início de conversa, ela nunca teria precisado fugir, nunca teriam encostado uma faca na garganta dela, nunca teria que trabalhar em uma estalagem com um grosseirão repulsivo como Enzo. Se eu tivesse agido de outra forma, ela não precisaria fazer nada disso, tudo seria diferente.

Não diga a ela quem você é. Não piore as coisas para Dalbreck nem para os seus camaradas soldados.

Se eu ficasse aqui muito mais tempo, todo mundo descobriria. Mais cedo ou mais tarde, eu acabaria deixando escapar. Sven era mais esperto do que eu imaginara. Ele sabia que as coisas dariam errado. Mas como eu poderia prever que Lia acabaria sendo alguém tão diferente da pessoa que eu esperava que fosse?

CAPÍTULO 30
CRÔNICAS DE AMOR E ÓDIO

O ASSASSINO

u os senti bem antes de vê-los.

Era o *arranjo*, ou pelo menos era assim que minha mãe chamava: o equilíbrio de pensamento e intenção forçando seu caminho para novos lugares, encontrando um onde se assentar, deslocando o ar. Isso fazia com que os nossos dedos formigassem, alcançava nosso coração e acrescentava a ele uma batida, e, caso tivéssemos prática, o arranjo lhe transmitia algo. Ele era mais forte quando aqueles pensamentos e aquelas intenções eram estranhos, deslocados ou urgentes, e não havia ninguém mais deslocado ou urgente em Terravin do que Griz, Malich, Eben e Finch.

Dei uma olhada nas cabeças da multidão e a cabeça de Griz facilmente se agigantava acima das outras. Ele estava com o gorro puxado para baixo para proteger o rosto. As cicatrizes dele com certeza fariam crianças pequenas soltarem gritos agudos e deixariam homens crescidos pálidos. Quando tive certeza de que ele também tinha me visto, fui serpenteando em meio à multidão e desci sorrateiramente por uma passagem quieta, sabendo que eles me seguiriam.

Quando estávamos a uma distância segura, dei meia-volta. "Vocês estão malucos? O que estão fazendo aqui?"

"Quanto tempo demora para separar uma menina da cabeça dela?", resmungou Finch.

"Vocês chegaram cedo. E eu tive complicações."

"Maldição!", disse Griz. "Arranque a cabeça dela hoje e vamos embora."

"Deixa que eu faço!", disse Eben.

Desferi a Eben um olhar cheio de ódio e ameaças e voltei a encarar Griz. "Ainda estou coletando informações, que podem ser úteis para o Komizar."

Griz apertou os olhos e ergueu as sobrancelhas, a suspeita juntando-se às cicatrizes em seu rosto. "Que tipo de informações?"

"Deem-me mais uma semana. O trabalho será feito, e vamos nos encontrar em um local e uma data que ainda vou falar a vocês. Não apareçam aqui de novo."

"Uma semana", gemeu Finch.

Malich olhou ao redor com ares de drama. "Deve ser bem agradável dormir em uma cama, comer comida quente de uma panela de verdade, e desfrutar sabe-se lá de que prazeres. Eu poderia gostar de partilhar de um pouco de..."

"Uma semana", repeti. "Mas sempre posso dizer ao Komizar que vocês ficaram impacientes e tive que abrir mão de informações que beneficiariam Venda."

Malich olhou com ódio para mim. "Eu acho que você está obtendo mais do que apenas informações."

"E daí?", falei, provocando-o.

Malich nunca havia escondido seu desprezo por mim. O sentimento era mútuo. Ele tinha ciúmes da minha condição favorecida junto ao Komizar e de meus aposentos na torre da fortaleza em vez de na ala do conselho, onde ele morava. Eu não gostava de seus métodos ardentes demais. Mas ele cumpria bem seus deveres. Mortal, astuto e leal. Ele protegeu minha retaguarda mais de uma vez, pelo bem de Venda, se não pelo meu próprio bem.

Griz saiu batendo o pé sem me dizer mais nada e deu um tapa na nuca de Eben enquanto ia embora. "Vamos."

Finch soltou um murmúrio, descontente. Era o único de nós que tinha uma esposa em casa. Ele tinha motivos para ressentir-se de qualquer espera extra. Todos estávamos longe havia quase um ano. Malich esfregou os pelos da barba bem-feita em seu maxilar, perscrutando-me antes de se virar e seguir os outros.

Uma semana.

Eu tinha tirado isso do nada. Uma semana não faria diferença alguma. Não havia nenhuma informação. Nenhum motivo para o atraso. Dentro de sete dias, eu teria de cortar a garganta de Lia, porque Venda significava mais para mim do que ela. Porque o Komizar havia me salvado quando ninguém mais o fez. Eu não podia deixar de fazer o trabalho. Ela era um deles e um dia haveria de voltar a eles.

No entanto, por ora, eu tinha mais sete dias.

CAPÍTULO 31
CRÔNICAS DE AMOR E ÓDIO

"Não custa nada colocar um gingado quando você entrar lá", disse Gwyneth, inclinando a cabeça na direção da porta da cozinha.

Pauline expressou imediatamente sua desaprovação. "Esta é uma refeição sagrada, Gwyneth."

"E uma celebração", contra-atacou Gwyneth enquanto colocava seis pombos assados nas bandejas. "Como você acha que todas aquelas Primeiras Filhas vieram a nascer dos Remanescentes? Minha aposta é de que Morrighan sabia *muito bem* como gingar os quadris."

Pauline revirou os olhos e beijou os dedos em penitência pelo sacrilégio de Gwyneth.

Soltei um suspiro, exasperada. "Eu não vou flertar com ninguém."

"Mas você já não fez isso?", perguntou-me Gwyneth.

Não respondi. Ela havia testemunhado minha frustração quando entrei pela porta da cozinha. Mais uma vez, Rafe havia passado de atencioso e cálido para frio e distante assim que chegamos na taverna. Eu bati a porta da cozinha atrás de mim e disse, baixinho: "Qual é o problema dele?". Gwyneth ouviu meus resmungos. Tentei dizer que estava falando de Enzo, mas ela não acreditou nem um pouco nisso.

"E quanto ao loiro? Qual o problema dele?"

"Não tem nenhum problema com ele! Por que você…"

"Para falar a verdade, eu acho que ele tem olhos mais bondosos", disse Pauline. "E a voz dele é..."

"Pauline!" Olhei para ela, incrédula. Ela se virou de novo para arrumar pilhas de feijões-anões.

"Ah, pare de agir como se fosse tão inocente assim, Lia. Você sabe que acha os dois atraentes. Quem não acharia?"

Soltei um suspiro. Quem não acharia? No entanto, havia mais em relação ao que eu sentia do que uma simples atração. Salpiquei canela, rosas, dentes-de-leão e nêsperas nas bandejas em volta dos pombos, formando um colorido ninho comestível. Embora eu não tivesse respondido, Gwyneth e Pauline continuavam discutindo os méritos de Rafe e Kaden, e sobre como eu deveria proceder com eles.

"Fico feliz que minhas amizades proporcionem tanto entretenimento para vocês duas."

Gwyneth ladrou. "Amizades? Rá! Sabe, uma maneira certa de conseguir a atenção de uma pessoa é dando atenção à outra."

"Já chega", falei.

Berdi enfiou a cabeça pela porta oscilante. "Prontas?", perguntou ela.

Cada uma de nós levou uma bandeja para o refeitório, que Berdi havia iluminado com velas. Ela havia juntado quatro mesas, de modo a criar uma maior no centro do refeitório. Os hóspedes já estavam sentados: Kaden, Rafe e três outros que ocupavam quartos na estalagem. O restante tinha ido para a refeição pública.

Colocamos as bandejas no centro da mesa, e Pauline e Gwyneth sentaram-se nos lugares não ocupados, deixando que eu me sentasse com Kaden à minha esquerda e Rafe adjacente no canto à minha direita. Ele sorriu quando me sentei, e minhas frustrações derreteram-se e viraram outra coisa, algo cálido e cheio de expectativas. Berdi assumiu seu lugar na cabeceira e entoou as memórias sagradas. O restante de nós se juntou a ela, mas notei que Rafe apenas movia os lábios. Ele não sabia as palavras. Será que não tinha recebido instrução alguma? Essa era a mais comum das preces. Até as crianças a conheciam. Olhei de relance para Pauline, que estava sentada do outro lado de Kaden. Ela também havia notado. Kaden, no entanto, entoava a prece, uniformemente e com clareza. Ele era escolado nas canções sagradas.

As canções foram finalizadas e Berdi agradeceu pelos itens contidos nas bandejas, um por um, por todas as comidas que os Remanescentes haviam encontrado em abundância quando foram entregues em uma nova terra, e, assim que cada um dos alimentos foi abençoado, fomos convidados a comer.

O aposento passou dos sussurros reverentes às conversas festivas. A refeição foi comida apenas com os dedos, de acordo com a tradição, mas Berdi quebrou os costumes ao trazer um dos vinhos de amoras silvestres e servi-lo em uma pequena taça para os presentes. Sorvi o líquido púrpura-escuro e senti sua doçura cálida em meu peito. Virei-me para Rafe, que me observava. Audaz, retribuí seu olhar enquanto mordiscava um pedaço da sedosa carne de pombo e depois, deliberadamente, lambi os dedos cheios de gordura, sem tirar os olhos dele em momento algum.

Rafe engoliu em seco, embora não tivesse comido nada ainda. Ele apanhou um punhado de pinhões e reclinou-se para jogá-los dentro da boca. Um deles caiu na mesa, e eu estiquei a mão para pegá-lo e levar à minha boca. Pisquei devagar, empreendendo todos os truques que eu vira Gwyneth usando e mais alguns. Rafe tomou mais um gole do vinho e puxou o colarinho de sua camisa, o peito dele subindo em uma respiração profunda. E, então, de repente, a cortina de gelo caiu de novo. Ele desviou o olhar e começou a conversar com Berdi.

Meu ressentimento veio à tona. Talvez eu não soubesse flertar. Ou talvez estivesse apenas flertando com a *pessoa errada.* Olhei para Gwyneth, que estava à minha frente, do outro lado da mesa. Ela inclinou a cabeça na direção de Kaden. Eu me virei e comecei a conversar com ele. Nós falamos sobre a procissão, sobre os sacramentos e sobre os jogos que seriam realizados no dia seguinte. Notei que a sincera atenção que dávamos um ao outro deixava Rafe irritado. A própria conversa dele com Berdi ficou forçada, e ele batia os dedos na mesa. Eu me inclinei mais para perto de Kaden e perguntei de quais jogos ele participaria no dia seguinte.

"Ainda não tenho certeza." Ele estreitou os olhos, com uma pergunta à espreita atrás deles. O rapaz olhou de relance para minha mão repousada na mesa à sua frente, invadindo seu espaço, e inclinou-se mais para perto de mim. "Há algum dos jogos que eu deveria tentar?"

"Ouvi várias conversas animadas sobre a luta na tora, mas talvez você não devesse..." Ergui a mão e coloquei-a no ombro dele. "Como está seu ombro desde que fiz o curativo nele?" Rafe virou a cabeça em nossa direção, interrompendo a conversa que estava tendo com Berdi.

"Meu ombro está ótimo", respondeu Kaden. "Você cuidou bem dele."
Rafe empurrou a cadeira para trás. "Obrigado, Berdi, por..."
Minhas têmporas ficaram em chamas. Eu sabia o que ele estava fazendo. Uma de suas frias e rápidas saídas. Eu o interrompi, levantando-me de um pulo, antes que Rafe pudesse fazer isso, e joguei meu guardanapo na mesa.
"Eu não estou com tanta fome assim, no fim das contas. Com licença!"
Kaden tentou se levantar em seguida, mas Pauline segurou o braço dele e puxou-o de volta. "Você não pode ir embora ainda, Kaden. Eu queria perguntar uma coisa..."
Não ouvi o restante das palavras dela. Eu já estava do lado de fora da porta, seguindo com tudo para nossa cabana, humilhada, com minhas frustrações duplicadas em uma fúria ardente. Ouvi Rafe colado atrás de mim.
"Lia! Onde você vai?"
"Tomar um banho!", gritei. "Eu preciso de um bom banho frio!"
"Foi muito rude da sua parte deixar o jantar tão..."
Eu parei e me virei para ele, minha fúria tão completa que era bom eu não estar com minha faca na lateral do corpo. *Vá embora! Você está me entendendo? Vá! Embora! Agora!* Eu me virei de volta, não esperando para ver se ele tinha ou não me ouvido. Minha cabeça latejava. Afundei as unhas nas palmas das mãos. Quando cheguei na cabana, escancarei a porta. Peguei sabão e uma toalha do guarda-roupa, girei e me deparei com Rafe.
Recuei um passo. "Qual é o seu problema? Você me diz uma coisa com os olhos e outra com as ações! Todas as vezes em que acho que estamos conectados, você sai batendo os pés! Toda vez que eu quero..." Lutei para conter as lágrimas. "Eu sou assim tão repulsiva para você?"
Ele me encarou, sem responder, mesmo que eu estivesse esperando por *alguma coisa*, e fui afetada pelo horror da verdade. Ele cerrou o maxilar. O silêncio foi longo e cruel. Queria morrer. Os olhos dele estavam frios e acusadores. "Não é tão simples..."
Eu não poderia aguentar mais um comentário evasivo dele. "Vá embora!", gritei. "Por favor! Vá embora! Para sempre!" Eu o empurrei e senti prazer ao vê-lo tropeçar junto à grade da cama. Segui correndo em direção ao riacho.

Ouvi ruídos, meio grito, meio grunhido de animal, estranhos até mesmo para meus ouvidos, embora viessem da minha própria garganta. Rafe ainda estava me seguindo. Eu me virei na trilha para ficar de frente para ele, cuspindo as palavras.

"Em nome dos deuses, por que você está me atormentando? Por que se importa de eu ter saído da mesa? Você começou a se levantar para ir embora primeiro!"

O peito dele subia e descia, mas suas palavras gélidas me cortaram. "Eu só estava indo embora porque você parecia estar ocupada. Está planejando tomar Kaden como outro amante?"

Ele podia muito bem ter dado um soco na minha barriga, pois meu fôlego foi completamente tirado de mim. Olhei para ele, ainda tentando compreender suas palavras. *Outro amante?*

"Eu vi vocês", disse ele, perfurando-me com os olhos. "O encontro clandestino de vocês no bosque. Acho que você o chamou de Walther."

Levei vários segundos para entender do que ele estava falando. Quando finalmente compreendi, uma nuvem negra e ofuscante girava atrás dos meus olhos. "*Seu tolo idiota, idiota!*", gritei agudamente. "Walther é o meu *irmão!*" Empurrei-o com as duas mãos, e ele caiu para trás.

Fui rapidamente em direção ao riacho. Desse vez não havia passos atrás de mim. Nenhuma demanda para que eu parasse. Nada. Senti náuseas, como se o pombo gordurento fosse ser expulso do meu estômago. *Um amante.*

Ele disse aquilo com completo desprezo. Andara me espionando? Vira o que queria ver e nada mais? O que ele esperava de mim? Repassei mentalmente minha reunião com Walther, perguntando-me como poderia ter sido mal interpretada. Não podia, a menos que alguém estivesse procurando por algo impróprio. Fui correndo até Walther. Chamei-o pelo nome. Abracei-o, beijei suas bochechas, dei risada e girei de alegria com ele, e isso era tudo.

Tirando o fato de ter sido um encontro secreto, bem dentro na floresta.

Quando alcancei o riacho, plantei-me em uma grande pedra e esfreguei o tornozelo, que latejava por eu ter ficado batendo os pés sem cuidado.

O que eu tinha feito? Sentia um doloroso nó na garganta. Rafe só me via como uma volúvel empregada de taverna que brincava com vários dos hóspedes da estalagem. Cerrei os olhos e engoli em seco, tentando forçar a dor a ir embora.

Eu confessaria meu erro — e havia cometido um erro perfeitamente glorioso. Presumira coisas demais. Rafe era um hóspede da estalagem. Eu era uma empregada que trabalhava lá. Isso era tudo. Pensei na terrível cena no refeitório. Meu flerte desavergonhado com Kaden, além de tudo que eu dissera a Rafe. O calor ruborizava minha face. Como pude cometer um erro assim?

Deslizei da pedra para o chão, abraçando meus joelhos, os olhos fixos no riacho. Eu não tinha mais interesse em banho algum, fosse quente ou frio. Só queria rastejar até uma cama em que pudesse dormir para sempre e fingir que o dia de hoje jamais tivesse acontecido. Pensei em me levantar, ir até a cabana e me unir ao colchão, mas, em vez disso, meus olhos ficaram travados no riacho enquanto pensava em Rafe, em seus olhos, seu calor, seu desdém, suas suposições vis.

Achei que ele fosse diferente. Tudo em relação a Rafe parecia diferente, todas as formas como ele fazia com que eu me sentisse. Achei que tínhamos alguma espécie de conexão especial. Eu, obviamente, estava muito errada.

A cor reluzente do riacho foi se apagando até dar lugar a um cinza sombreado conforme a luz do dia ia sumindo. Eu sabia que estava na hora de ir embora antes que Pauline ficasse preocupada e viesse procurando por mim, mas minhas pernas estavam cansadas demais para me carregarem. Ouvi um ruído, um farfalhar baixinho. Virei a cabeça em direção à trilha, perguntando-me se Pauline já estaria atrás de mim, mas não era ela. Era Rafe.

Fechei os olhos e inspirei profundamente, com dor. *Por favor, vá embora.* Eu não seria capaz de lidar mais com ele. Cerrei os olhos. Ele ainda estava ali, com uma garrafa em uma das mãos e uma cesta na outra. Alto e imóvel, e ainda tão belo e irritantemente perfeito. Olhei inexpressiva para ele, sem trair nenhuma emoção. *Vá embora.*

Ele deu um passo na minha direção. Balancei a cabeça em negativa, e ele parou. "Você estava certa, Lia", disse ele baixinho.

Permaneci em silêncio.

"Logo que nos conhecemos, você me chamou de grosseirão sem modos." Rafe mexeu os pés, parando de falar por um instante para fitar o chão, com uma desajeitada expressão preocupada passando pelo rosto. Ele voltou a olhar para cima. "Sou tudo que você algum dia poderia dizer de mim, e até mais. Inclusive um idiota. Talvez especialmente isso." Ele se aproximou ainda mais.

Balancei a cabeça em negativa mais uma vez, desejando que ele parasse. O que ele não fez. Eu me pus de pé, fazendo uma careta enquanto apoiava o peso do meu corpo no tornozelo. "Rafe", disse baixinho, "apenas vá embora. Foi tudo um grande erro..."

"Por favor. Deixe-me colocar isso para fora enquanto eu ainda tenho coragem." A ruga de perturbação aprofundou-se entre suas sobrancelhas. "Minha vida é complicada, Lia. Há tantas coisas que eu não posso explicar. Coisas que você nem mesmo ia querer saber. Mas há uma coisa que você nunca pode dizer de mim..." Ele colocou a garrafa e a cesta no chão, sobre a grama. "A única coisa que você não vai poder dizer de mim é que sinto repulsa por você."

Engoli em seco. Ele acabou com a pouca distância que ainda havia entre nós, e tive que erguer o queixo para vê-lo. Ele baixou o olhar para mim.

"Porque, sempre, desde o primeiro dia em que a vi, tenho ido dormir pensando em você e, todas as manhãs, quando acordo, meus primeiros pensamentos são sobre você." Ele deu um passo impossivelmente mais para perto de mim, segurando minha face com as mãos em concha, seu toque era tão gentil que mal se sentia. "Quando não estou com você, fico me perguntando onde você está. Fico me perguntando o que está fazendo. Eu penso no quanto desejo tocá-la. Quero sentir sua pele, seus cabelos, passar todas as mechas de seus cabelos escuros pelos meus dedos. Quero abraçar você, segurar suas mãos, seu queixo." O rosto dele veio chegando mais para perto do meu, e senti a respiração dele na minha pele. "Quero puxar você para perto de mim e nunca soltar", sussurrou ele.

Ficamos ali parados, cada segundo uma eternidade, e lentamente nossos lábios se encontraram, quentes, gentis, sua boca suave junto à minha, nossas respirações se equiparando e então, tão devagar quanto começou, o momento perfeito foi pausado, e nossos lábios se separaram de novo.

Ele foi para trás o bastante para olhar para mim, deslizando as mãos do meu rosto para os meus cabelos, entrelaçando os dedos neles. Eu mesma ergui as mãos, deslizando-as atrás de sua cabeça. Puxei-o para junto de mim, nossos lábios mal se tocando, sentindo o formigar e o calor um do outro, e então nossas bocas voltaram a se pressionar.

"Lia?"

Ouvimos o chamado distante e preocupado de Pauline e nos afastamos um do outro. Limpei os lábios, arrumei minha blusa e a vi andando pela trilha. Eu e Rafe ficamos ali em pé, como desajeitados soldados de madeira. Pauline parou bruscamente quando nos viu. "Desculpe. Estava ficando escuro, e quando não a encontrei na cabana..."

"Nós já estávamos voltando", respondeu Rafe. Olhamos um para o outro, e ele me transmitiu uma mensagem com os olhos que durou apenas um breve segundo, mas era um olhar pleno e cheio de compreensão, que dizia que tudo que eu tinha sentido e imaginado em relação a nós era verdade.

Ele parou e apanhou a cesta e a garrafa, entregando-as a mim. "Eu achei que seu apetite pudesse voltar."

Assenti. Sim, parecia que meu apetite já tinha voltado.

CAPÍTULO 32
CRÔNICAS DE AMOR E ÓDIO

nclinei-me para a frente na banheira enquanto Pauline esfregava minhas costas, saboreando o luxo escorregadio dos óleos de banho na minha pele e a água quente aliviando meus músculos doloridos. Pauline deixou cair a esponja na minha frente, borrifando meu rosto de água.

"Volte para a terra, Lia", disse ela.

"Não é todo dia que a gente dá o primeiro beijo", falei.

"Posso lembrá-la de que esse não foi seu primeiro beijo?"

"A sensação é como se fosse. Foi o primeiro beijo que importou."

Ela havia me dito, enquanto estávamos pegando a água para o banho, que todo mundo podia nos ouvir gritando lá no refeitório, então Berdi e Gwyneth começaram mais uma rodada de canções para afogarem nossas palavras, mas Pauline ouviu quando eu gritei *vá embora*, de modo que em momento algum imaginou que acabaria interrompendo um beijo. Ela já havia se desculpado várias vezes, mas disse a ela que nada poderia tirar aquele momento de mim.

Ela ergueu um jarro de água de rosas. "Agora?"

Eu me levantei, e ela deixou a água aromatizada escorrer pela minha cabeça e pelo meu corpo para dentro da tina. Depois, me enrolei em uma toalha e pisei para fora, ainda revivendo cada momento, especialmente aquela última troca de olhares, um nos olhos do outro.

"Um fazendeiro", eu disse, soltando um suspiro. "Não é romântico?"

"É", concordou Pauline.

"É muito mais genuíno do que um velho príncipe estufado." Abri um sorriso. Ele trabalhava a terra. *Ele fazia as coisas crescerem.* "Pauline? Quando foi que você...?" E então me lembrei de que esse não era um assunto que deveria abordar com ela.

"Quando foi que eu o quê?"

Balancei a cabeça em negativa. "Nada."

Ela se sentou na beirada da cama, esfregando óleo em seus tornozelos recém-banhados. Por um momento, pareceu que ela havia se esquecido da pergunta que eu tinha começado, mas, depois de um instante, disse: "Quando foi que eu soube que tinha me apaixonado por Mikael?"

Sentei-me de frente para ela. "Sim."

Ela soltou um suspiro, puxando os joelhos para cima e abraçando-os.

"Era começo de primavera. Eu tinha visto Mikael diversas vezes no vilarejo. Sempre havia muitas meninas em volta dele, então nunca achei que ele me notaria. Mas ele me notou. Um dia, enquanto passava por ele, senti seu olhar sobre mim, mesmo sem estar olhando na direção dele. Todas as vezes em que nossos caminhos se cruzavam depois daquilo, ele parava, ignorando as atenções daquelas que o cercavam, e ficava olhando para mim até que eu tivesse passado, e então, um dia..." Observei que Pauline havia voltado olhar para a parede oposta, mas ela via outra coisa que não a parede. Estava vendo Mikael. "Eu estava a caminho da costureira, e de repente ele alcançou meus passos e começou a andar ao meu lado. Fiquei tão nervosa que só conseguia olhar para a frente. Ele não disse nada, apenas andou junto comigo, e então, quando estávamos quase no ateliê de costura, ele me disse: 'Eu me chamo Mikael'. Comecei a formular a resposta, mas ele me impediu, falando: 'Você não tem que me dizer quem é. Eu já sei. Você é a criatura mais bela que os deuses já criaram'."

"E foi aí que você soube que o amava?"

Ela deu risada. "Ah, não. Qual soldado não tem um punhado de palavras doces de prontidão?" Ela soltou um suspiro e balançou a cabeça. "Não, foi duas semanas depois disso, quando ele havia exaurido todas as cantadas de que dispunha, parecendo tão abatido, e olhou para mim. Ele apenas olhou para mim." Os olhos dela brilhavam. "E então sussurrou meu nome com a voz mais doce, mais fraca, mais honesta: '*Pauline*'. Só isso, apenas o meu nome: *Pauline*. Foi então que eu soube. Ele não tinha mais nada, mas não ia desistir." Ela sorriu, com a expressão sonhadora, e recomeçou a massagear o pé e o tornozelo com o óleo.

Seria possível que Pauline e Mikael tivessem partilhado algo verdadeiro ou será que o soldado só extraíra aquilo de um novo poço de truques? Qualquer que fosse o caso, ele voltou para seus modos antigos e agora aquecia o colo com um novo suprimento de meninas, esquecendo-se de Pauline e jogando fora o que quer que os dois tiveram. No entanto, isso não tornava o amor que Pauline sentia por *ele* menos verdadeiro.

Eu me curvei e esfreguei meus cabelos com a toalha para secá-los. *Quero sentir sua pele, seus cabelos, passar todas as mechas de seus cabelos escuros pelos meus dedos.* Puxei as mechas de cabelos molhados até meu nariz e as cheirei. Será que ele gostava do aroma de rosas?

Meu primeiro encontro com Rafe fora bem controverso, e nem de longe eu ficara tão abalada quanto Walther quando ele via Greta. E Rafe com certeza não me cortejou com as mesmas palavras doces de Mikael com Pauline. No entanto, talvez isso não tornasse o sentimento menos verdadeiro. Talvez houvesse centenas de formas diferentes de se apaixonar.

os quadris de Morrighan,
Da extremidade mais afastada da desolação,
Dos esquemas de regentes,
Dos temores de uma rainha,
Nascerá a esperança.
— **Canção de Venda** —

CAPÍTULO 33
CRÔNICAS DE AMOR E ÓDIO

 uase explodi de alegria ao ver Pauline vestindo as roupas novas que comprei para ela: um vestido solto da cor do pêssego e delicadas sandálias verdes. Depois de semanas usando as vestes pesadas de Civica ou suas sombrias roupas de luto, ela florescia usando os tons do verão.

"É um alívio usar isso neste calor. Eu não poderia ter gostado mais dessas roupas, Lia", disse ela, admirando a transformação no espelho. Ela se colocou de lado, puxando o tecido para analisar seu contorno. "E deve servir em mim até o último momento do outono."

Coloquei a guirlanda de flores cor-de-rosa em sua cabeça, e ela se tornou uma ninfa mágica do bosque.

"Sua vez", disse ela. Meu vestido era branco, bordado com flores de lavanda. Coloquei-o e girei, olhando para mim mesma no espelho e me sentindo como uma nuvem, leve e solta desta terra. Tanto eu quanto Pauline paramos um pouco para contemplar a garra e a vinha no meu ombro, com as finas alças do vestido deixando-as claramente visíveis.

Pauline esticou a mão, tocou na garra e balançou a cabeça devagar enquanto a estudava. "Isso lhe cai bem, Lia. Não sei ao certo por quê, mas lhe cai bem."

Quando chegamos à taverna, Rafe e Kaden estavam enchendo a carroça com mesas do refeitório e os engradados de vinho e as conservas de amoras silvestres de Berdi. Quando nos aproximamos, os dois pararam o que estavam fazendo e lentamente colocaram suas cargas pesadas de volta no chão. Eles não disseram nada, apenas ficaram olhando para a gente.

"Deveríamos tomar banho mais vezes", sussurrei a Pauline, e nós duas suprimimos uma risadinha.

Pedimos licença e fomos para dentro da taverna ver se Berdi precisava de ajuda com alguma coisa. Nós a encontramos com Gwyneth na cozinha, colocando pães em uma cesta. Pauline ficou olhando com desejo para os bolinhos de amoras silvestres com cascas douradas enquanto eles desapareciam camada por camada cesta adentro. Por fim, Berdi ofereceu um a ela, que mordeu um pedaço constrangida e engoliu.

"Tem uma coisa que preciso contar a vocês", disse Pauline, sem pensar e sem fôlego.

Por um instante, as conversas, o arrastar dos pés e o som das panelas batendo umas nas outras pararam. Todas encararam Pauline. Berdi pôs o bolinho que estava prestes a colocar na cesta de volta à bandeja.

"Nós sabemos", disse ela.

"Não", insistiu Pauline. "Vocês não sabem. Eu..."

Gwyneth esticou a mão e segurou os braços de Pauline. "Nós sabemos."

De alguma forma, isso se tornou o sinal para que nós quatro fôssemos sentar à mesa no canto da cozinha. Berdi baixou as pálpebras gentilmente, com os olhos marejados, enquanto explicava que estivera esperando que Pauline lhe contasse isso. Gwyneth assentiu seu entendimento da questão enquanto eu olhava maravilhada para elas.

As palavras eram certeiras e pensadas. Mãos foram apertadas, dias, contados, e tristezas, divididas. Minhas próprias mãos se esticaram para se tornar parte disso — o acordo, a solidariedade, a cabeça de Pauline puxada para junto do peito de Berdi, eu e Gwyneth trocando olhares de relance, tanta coisa dita sem que nenhuma palavra fosse trocada. Nossos relacionamentos mudaram. Nos tornamos uma irmandade com uma causa em comum, soldados de nossa própria guarda de elite, prometendo passar por isso juntas, todas nós jurando ajudar Pauline, e tudo isso no espaço de tempo de vinte minutos antes que alguém batesse à porta da cozinha.

A carroça estava carregada.

Voltamos aos nossos afazeres com Pauline protegida entre nós. Se antes eu tinha me sentido como uma nuvem, agora eu era um planeta que brilhava nos céus. Um fardo compartilhado não era mais algo tão pesado de se carregar. Ver os passos mais leves de Pauline fez com que os meus pés deslizassem por cima do solo.

Berdi e Pauline saíram para carregar o resto das cestas, e eu e Gwyneth dissemos que iríamos depois de varrer o chão e limpar as migalhas dos balcões. Nós sabíamos que era melhor desencorajar os pequenos visitantes com pelos cinzentos agora, em vez de assistir a Berdi persegui-los com a vassoura depois. Essa era uma tarefa fácil e rápida e, quando eu estava abrindo a porta da cozinha para sair, Gwyneth me interrompeu.

"Será que podemos conversar?"

O tom de voz dela havia mudado de apenas alguns minutos antes, quando nossa conversa fluía com a facilidade de um xarope quentinho. Agora eu notava uma ponta espinhosa em seu tom de voz. Fechei a porta, ainda de costas para ela, e me preparei.

"Eu ouvi umas notícias", disse ela.

Eu me virei para ficar de frente para ela e abri um sorriso, recusando-me a deixar que sua expressão séria me alarmasse. "Ouvimos notícias todos os dias, Gwyneth. Você precisa me dizer mais do que isso."

Ela dobrou uma toalha e colocou-a arrumada do outro lado do balcão, alisando-a, evitando fazer contato visual comigo. "Há um rumor... não, é algo mais próximo de um fato... de que Venda enviou um assassino para encontrar você."

"Para me encontrar?"

Ela olhou para cima. "Para matar você."

Eu tentei rir, dispensar aquilo, mas tudo o que consegui fazer foi abrir um sorriso rígido. "Por que Venda se daria ao trabalho de fazer isso? Eu não conduzo nenhum exército. E todo mundo sabe que não tenho o dom."

Ela mordeu o lábio. "Nem todo mundo sabe disso. Para falar a verdade, os rumores vêm crescendo de que seu dom é forte e que foi assim que você conseguiu escapar dos melhores rastreadores do Rei."

Andei de um lado para o outro, erguendo o olhar para o teto. Como eu odiava rumores! Parei e encarei Gwyneth. "Consegui escapar deles com um pouco de ajuda estratégica. E, verdade seja dita, o Rei foi preguiçoso em seus esforços de me encontrar." Dei de ombros. "Mas as pessoas vão acreditar naquilo que escolherem acreditar."

"Sim, elas vão", foi a resposta dela. "E, agora mesmo, Venda acredita que você é uma ameaça. Isso é tudo que importa. Eles não querem que haja uma segunda chance para os reinos formarem uma aliança. Venda sabe que Dalbreck não confia em Morrighan. Eles nunca confiaram. A transferência da Primeira Filha do Rei até lá era crucial para uma aliança. Era um passo significativo em direção à confiança, que agora está destruída. E Venda quer que as coisas continuem assim."

Tentei manter a suspeita afastada do meu tom de voz, mas, enquanto ela relatava cada detalhe, sentia minha cautela aumentando.

"E como você sabe de tudo isso, Gwyneth? Certamente que os costumeiros fregueses da taverna não teriam soltado tais rumores."

"Como eu descobri não é importante."

"Para mim, é."

Ela baixou o olhar para suas mãos que repousavam em cima da toalha, alisou um vinco nelas e depois voltou a me fitar. "Digamos apenas que os meus métodos e os erros de que mais me arrependo caminham lado a lado. Porém, de vez em quando, posso fazer com que eles sejam úteis."

Encarei-a. Logo quando achava que enfim entendera Gwyneth, um outro lado dela vinha à tona. Balancei a cabeça, para me livrar desses pensamentos. "Berdi não contou a você quem eu era só porque você mora na cidade, não é?"

"Não, mas juro que a maneira como fiquei sabendo disso não é da sua conta."

"É *claro que é* da minha conta", falei, cruzando os braços. Ela desviou o olhar, exasperada, um lampejo de raiva passando por seus olhos, e então voltou a me encarar. Gwyneth soltou o ar por um bom tempo, balançando a cabeça. Parecia estar travando uma batalha interna com seus lamentáveis erros bem na minha frente. "Há espiões por toda parte, Lia", ela finalmente cuspiu as palavras. "Em todas as cidades, sejam grandes ou minúsculas. Pode ser o açougueiro. Pode ser o pescador. Uma mão lava a outra em troca de olhos atenciosos. Já fui uma dessas pessoas."

"Você é uma espiã?"

"*Fui.* Todos nós fazemos o que é necessário para sobreviver." Ela deixou de ser defensiva para ser honesta. "Eu não faço mais parte daquele mundo. Não faço parte há anos, não desde que vim trabalhar para Berdi. Terravin é uma cidade calma, e ninguém se importa muito com o que acontece aqui, mas ainda ouço algumas coisas. Tenho conhecidos que, às vezes, me passam informações."

"Conexões."

"Isso mesmo. Os Olhos do Reino, é como chamam."

"E tudo isso é filtrado e volta para Civica?"

"Para onde mais seria?"

Assenti, soltando o ar profundamente. *Os Olhos do Reino?* De repente, eu estava bem menos preocupada com um bárbaro assassino rosnador vindo de lugares inóspitos atrás de mim do que estava agora com Gwyneth, que parecia levar múltiplas vidas.

"Estou do seu lado, Lia", disse ela, como se pudesse ler minha mente. "Lembre-se disso. Só estou contando isso para que tenha cuidado. Fique atenta."

Será que ela estava mesmo do meu lado? *Ela foi uma espiã.* No entanto, Gwyneth não era obrigada a me contar nada disso, e, desde que eu tinha chegado em Terravin, fora bondosa. Por outro lado, mais de uma vez ela havia sugerido que eu voltasse para Civica para cumprir com minhas responsabilidades. Dever. Tradição. Ela não acreditava que aqui era o meu lugar. Será que estaria tentando me assustar agora para que eu fosse embora?

"São apenas rumores, Gwyneth, provavelmente conjurados em tavernas como a nossa devido à falta de entretenimento."

Um sorriso tenso ergueu-se nos cantos da boca de Gwyneth, e ela assentiu, enrijecida. "Provavelmente você está certa. Só achei que deveria saber."

"E agora eu sei. Vamos."

Berdi tinha ido na frente na carroça, junto com Rafe e Kaden, para arrumar as mesas. Eu, Gwyneth e Pauline fomos andando vagarosamente em direção à cidade, absorvendo a transformação festiva de Terravin. As fachadas das lojas e as casas, já gloriosas em sua própria paleta de cores brilhantes, agora pareciam doces mágicos decorados com grinaldas e fitas coloridas. Minha conversa com Gwyneth não conseguiu abalar meu ânimo. Na verdade, isso estranhamente o elevou. Minha determinação estava cimentada. Eu nunca voltaria. Aquele era *mesmo* o meu lugar! Eu tinha agora mais motivos do que nunca para ficar em Terravin.

Chegamos à praça, cheia de pessoas da cidade e mercadores que espalharam suas especialidades nas mesas. Esse era um dia de partilhar as coisas. Nenhuma moeda seria trocada. O cheiro de javali assado sendo preparado em um fosso cavado e coberto perto da praça enchia o ar, e, logo adiante, escorregadias lampreias inteiras e pimentões vermelhos chiavam enquanto eram fritos nas grelhas. Avistamos Berdi arrumando as mesas em um canto afastado, estirando alegremente toalhas coloridas para cobri-las. Rafe descarregou um dos engradados da carroça e colocou-o no chão ao lado dela, e Kaden veio atrás com duas cestas.

"Correu tudo bem na noite passada?", perguntou-me Gwyneth.

"Sim, correu tudo muito bem", Pauline respondeu por mim.

Minha própria resposta a Gwyneth foi apenas um sorriso travesso.

Quando cheguei perto de Berdi, eu havia perdido Pauline para uma mesa de bolos fritos quentinhos e Gwyneth fora atrás de Simone, que a havia chamado de cima de um pônei que ela cavalgava.

"Não preciso de você aqui", disse Berdi, me enxotando quando me aproximei dela. "Vá se divertir. Vou me sentar à sombra e cuidar de tudo. Eu olho as mesas."

Rafe acabava de voltar da carroça com outro engradado. Tentei não ficar olhando para ele, mas, com as mangas de sua camisa enroladas para cima e seus antebraços bronzeados flexionando-se sob o peso do engradado, eu não conseguia desviar o olhar. Imaginei que o trabalho na fazenda o mantivesse em forma: cavando trincheiras, lavrando a terra dos campos, colhendo... o quê? Cevada? Melões? Além do pequeno jardim da cidadela, os únicos campos com os quais eu tinha experiência eram os vastos vinhedos de Morrighan. Eu e os meus irmãos visitávamos os vinhedos no início do outono, antes da colheita. Eles eram magníficos, e as vinhas produziam safras de alto valor no continente. Os Reinos Menores pagavam imensas somas em dinheiro por um único barril. No entanto, em todas as minhas visitas aos vinhedos, eu nunca vira um fazendeiro como Rafe. Se tivesse visto algum, com certeza teria criado um interesse mais ativo pelas vinhas.

210

Ele parou perto de Berdi, colocando o engradado no chão. "Bom dia de novo", disse ele, soando sem fôlego.

Sorri. "Você já fez o trabalho de um dia inteiro."

Ele passou os olhos por mim, a começar pela guirlanda na minha cabeça, a guirlanda que ele tinha se dado ao trabalho de buscar, até o meu novo e leve traje. "Você..." Ele olhou de relance para Berdi, que estava sentada em um engradado ao lado dele e pigarreou. "Você dormiu bem?"

Assenti, abrindo um largo sorriso.

"E agora?", ele perguntou.

Kaden surgiu atrás de Rafe, esbarrando nele enquanto arrumava uma cadeira para Berdi. "A luta na tora, certo? Lia disse que todo mundo está animado com isso." Ele arrumou a cadeira ao gosto de Berdi e ficou em pé, estirando os braços acima de sua cabeça, como se passar a manhã pegando e arrastando coisas tivesse sido apenas um aquecimento. Ele deu uns tapinhas amigáveis no ombro de Rafe. "A menos que você não esteja à altura do desafio. Posso ir andando com você, Lia?"

Berdi revirou os olhos, e eu me contorcia. Será que eu tinha criado esse problema quando flertei com Kaden na noite passada? Provavelmente, tal como todos os outros, ele havia me ouvido gritar com Rafe, mandando que ele fosse embora, mas evidentemente não ouvira nada além disso.

"Sim", falei. "Vamos todos andando juntos, que tal?"

Rafe fechou a cara por um instante, mas sua voz soava animada. "Topo um bom jogo, Kaden, e acho que um mergulho seria muito bom para você. Vamos!"

Não se tratava exatamente de um mergulho.

Assim que passamos pela multidão, vimos uma tora suspensa e presa por cordas. Só que a tora não estava sobre a água, como eu havia presumido, mas sobre uma profunda poça de lama preta.

"Ainda está dentro?", perguntou Kaden.

"Não sou eu que vou cair", foi a resposta de Rafe.

Ficamos olhando dois homens lutarem em cima da tora enquanto a multidão torcia bravamente a cada empurrão e arremesso. Todo mundo ficou boquiaberto quando ambos os homens oscilaram, girando os braços para recuperar o equilíbrio, arremeteram-se novamente e por fim caíram ao mesmo tempo com a cara na lama. Os dois ergueram os rostos e parecia que tinham sido mergulhados em massa de bolo de chocolate. A multidão deu risada e rugiu em aprovação quando os dois homens saíram da poça, limpando os rostos e cuspindo lama. Dois novos competidores foram chamados. Um deles era Rafe.

Ele ergueu as sobrancelhas, surpreso. Aparentemente, estavam chamando os homens aleatoriamente. Nós esperávamos que ele e Kaden fossem lutar um contra o outro. Rafe desabotoou a camisa, tirou-a de dentro da calça e a despiu, entregando-a para mim. Eu pisquei, tentando não ficar olhando o peito desnudo dele.

"Esperando cair?", perguntou Kaden.

"Não quero que ela seja borrifada de lama quando meu oponente cair."

A multidão gritava, encorajando-os. Rafe e o outro competidor, um camarada alto de porte musculoso, subiram as escadas até a tora. O mestre do jogo explicou as regras: nada de punhos cerrados, nada de mordidas, nada de pisar nos dedos das mãos nem nos pés um do outro, mas todo o resto valia. Ele soprou a corneta e a luta começou.

No início, eles se mexeram devagar, estudando um ao outro. Mordi o lábio. Rafe não queria fazer aquilo. Ele era um fazendeiro, um homem do campo, não um lutador, e fora Kaden que o convencera a entrar nessa competição. O oponente dele fez um movimento, lançando-se para cima de Rafe, mas ele, habilidosamente, bloqueou o homem e agarrou o antebraço dele, torcendo-o de modo a desestruturar seu equilíbrio. O homem oscilou por um instante, e a multidão gritou, achando que a disputa estava acabada, mas o homem se soltou, foi para trás aos tropeços e recuperou sua posição. Rafe não deu a ele mais tempo do que isso e avançou, mergulhando baixo e girando atrás do joelho do homem.

Era o fim. O homem debateu os braços, desajeitado, como se fosse um pelicano tentando alçar voo. Ele seguiu tombando no ar enquanto Rafe o observava com as mãos nos quadris. A lama foi borrifada para cima, pontilhando a parte de baixo da calça de Rafe. Ele sorriu e fez uma profunda reverência para a multidão, que uivou em admiração pelos feitos dele e deu gritos extras por sua teatralidade.

Ele se virou na nossa direção, assentiu para mim e, com um cativante porém presunçoso e largo sorriso, ergueu as palmas para Kaden e deu de ombros, como se tivesse sido um trabalho fácil e rápido.

A multidão vibrou. Rafe começou a descer a escada, mas o mestre do jogo o interrompeu e chamou o próximo competidor. Aparentemente, o comportamento dele em agradar o público havia lhe garantido um segundo round na tora. Ele deu de ombros e esperou que o próximo lutador se aproximasse da escada.

Seguiu-se uma onda de silêncio quando o próximo competidor veio à frente. Eu o reconheci. Era o filho do ferrador de cavalos, tinha no máximo dezesseis anos, mas era um menino corpulento, pesando fácil uns cinquenta quilos a mais que Rafe, se não mais. Será que a escada aguentaria o peso dele?

Lembrei que ele era um rapaz de poucas palavras, mas que estava focado em suas tarefas quando veio com o pai trocar a ferradura de Dieci. Ele parecia igualmente focado ao subir a escada. Rafe franziu o rosto, confuso. Seu novo oponente era duas cabeças mais baixo do que ele. O menino pisou na tora e foi de encontro a ele, com passos lentos e cautelosos, mas com o equilíbrio sólido como aço.

Rafe esticou as mãos e empurrou-o pelos ombros, provavelmente pensando que esse seria o fim. O menino nem se mexeu. Ele parecia ter se juntando à madeira, como se fosse um tronco crescendo na tora. Rafe o agarrou pelos braços, e o garoto lutou brevemente com ele, mas sua força residia em seu baixo centro de gravidade, e ele não se inclinava nem para um lado nem para o outro. Rafe aproximou-se mais dele, empurrando, arrebanhando, torcendo, mas troncos não são facilmente torcidos. Eu podia ver o suor brilhando no peito dele. Por fim, Rafe o soltou, deu um passo para trás, balançou a cabeça como se estivesse derrotado, e então avançou para cima do menino, agarrando seus braços e puxando-o para a frente. O tronco soltou-se, deixando sua posição, e Rafe caiu para trás, agarrando-se à tora para não cair. O menino caiu para a frente, arremetido com a barriga para baixo, e seus braços tentavam segurar-se em algum lugar enquanto deslizava para o lado. Rafe deu um pulo para trás, pondo-se de pé novamente, e se abaixou na direção do menino, que ainda estava desesperadamente tentando manter sua pegada.

"Boa viagem, meu amigo", disse Rafe, sorrindo enquanto, com gentileza, cutucava o ombro do menino.

Foi o bastante. O rapaz perdeu a pegada e caiu como uma pedra na lama. Dessa vez, o borrifo foi mais para cima, alcançando o peito de

Rafe. Ele limpou as gotas de lama junto com seu suor e abriu um largo sorriso. A multidão foi à loucura, e umas poucas meninas perto de mim levantaram-se e ficaram sussurrando entre si. Eu achava que já estava na hora de ele colocar a camisa de volta.

"Kaden!", chamou o mestre do jogo.

Rafe já tinha lutado na tora por bastante tempo, mas eu sabia que não recuaria agora. Kaden abriu um sorriso e subiu a escada com sua camisa branca perfeitamente vestida.

Assim que Kaden pisou na tora, ficou claro que essa luta seria diferente das outras. A tensão entre os dois aumentava a concentração da multidão, deixando-os em silêncio.

Kaden e Rafe foram devagar um em direção ao outro, ambos agachados para manter o equilíbrio, com os braços nas laterais de seus corpos. Em seguida, com a velocidade de um raio, Kaden deu um passo para a frente e girou a perna. Rafe deu um pulo no ar, evadindo a perna de Kaden e pousando com perfeita graça de volta na tora. Ele se lançou para a frente, agarrando os braços de Kaden, e ambos balançaram. Eu mal podia ver enquanto os dois batalhavam para recuperar suas posições, e depois, usando um ao outro como contrapeso, giraram, indo parar em lados opostos de onde tinham começado. Gritos de torcida incontroláveis quebraram um silêncio no qual ninguém nem respirava.

Os dois pareciam não ouvir o frenesi ao redor deles. Rafe lançou-se para a frente de novo, mas Kaden, habilidosamente, recuou vários passos de modo que Rafe perdeu o impulso e tropeçou. Em seguida, Kaden avançou, partindo para cima dele. Rafe cambaleou para trás, seus pés se esforçando para achar um apoio, ao mesmo tempo em que tentava desequilibrar o outro homem. Eu não sabia ao certo o quanto mais conseguiria ver daquilo. Quando a luta fez com que suas faces estivessem a poucos centímetros uma da outra, vi os lábios deles se movendo. Não consegui ouvir o que foi dito, mas Rafe olhou feio para ele e um sorriso apertado contorceu os lábios de Kaden.

Com uma onda de energia e um berro que lembrava um grito de batalha, Kaden empurrou, forçando Rafe a ir para um dos lados. Rafe caiu, mas conseguiu segurar-se precariamente à tora, da qual pendia. Tudo que Kaden tinha que fazer era dar um empurrãozinho e os dedos dele soltariam. Em vez disso, ele ficou em pé acima dele e disse, em voz alta: "Você se rende, amigo?".

"Quando estiver no inferno", resmungou Rafe, com esforço. Ficar pendurado abafava suas palavras. Kaden olhou de Rafe para mim. Não sei ao certo o que ele viu no meu rosto, mas se voltou de novo para Rafe, fitando-o por uns poucos, porém longos, segundos, e então deu um passo para trás, dando bastante espaço para Rafe. "Gire as pernas e venha para cima. Vamos pôr um fim nisso do jeito certo. Quero ver sua cara na lama, não só suas calças."

Até mesmo de onde eu estava dava para ver o suor escorrendo pela face de Rafe. Por que ele simplesmente não pulava? Se caísse direito, só ficaria com lama até os joelhos. Observei enquanto ele inspirava fundo e girava as pernas para cima, enganchando uma delas na tora. Ele se esforçava para chegar até o topo. Kaden permaneceu afastado, dando tempo a Rafe para que recuperasse sua firmeza e ficasse novamente em uma posição segura.

Por quanto tempo isso poderia continuar? A multidão estava aclamando, gritando, aplaudindo e os deuses sabiam o que mais — tudo isso se mesclava em um rugido distante para mim. A pele de Rafe reluzia. Estivera debaixo do sol ardente enquanto lutava com três oponentes até agora. Ele limpou o lábio superior e os dois avançaram, um na direção do outro, mais uma vez. Em um instante, Kaden recuperava a vantagem e, no seguinte, era a vez de Rafe. Por fim, ambos pareciam apoiar-se um no outro, prendendo a respiração.

"Você se rende?", perguntou Kaden mais uma vez.

"No inferno", repetiu Rafe.

Eles empurraram um ao outro e se separaram, mas, enquanto Rafe olhava de relance para trás, na minha direção, Kaden fez um movimento, um último arrojo, girando bem as pernas e nocauteando Rafe, fazendo com que se soltasse da tora e saísse voando pelos ares. Kaden caiu com a barriga para baixo, agarrando-se à tora enquanto Rafe surgia da lama abaixo dele. Rafe limpou a sujeira de sua face e ergueu o olhar.

"Você se rende?", perguntou-lhe Kaden.

Rafe fez uma saudação a ele, graciosamente dando a Kaden o que ele merecia, mas então abriu um sorriso. "No inferno!"

A multidão rugiu com mais gargalhadas, e eu inspirei fundo, aliviada por aquilo finalmente ter acabado.

Pelo menos eu esperava que tivesse acabado.

Fui serpenteando meu caminho em meio à multidão enquanto eles deixavam a arena. Embora, oficialmente, Kaden tivesse ganhado a luta, Rafe sentiu muito prazer ao apontar para a lama que borrifava a camisa de Kaden. "Acho que, no fim das contas, você deveria ter tirado a camisa", disse ele.

"Deveria mesmo", foi a resposta de Kaden. "Mas eu não esperava uma queda tão espetacular quanto a sua."

Ambos saíram dali para voltarem à estalagem, tomarem um banho e trocarem de roupa, prometendo retornar em breve. Enquanto eu observava os dois indo embora juntos, nutria esperanças de que aquele fosse o fim dos joguinhos sujos.

CAPÍTULO 34
CRÔNICAS DE AMOR E ÓDIO

aminhei pela avenida principal sozinha, absorvendo os outros eventos, comparando todos ao modo como eram feitos em Civica. Algumas coisas eram únicas de Terravin, como pegar peixes vivos com as mãos na fonte da praça, mas todos os jogos tinham suas raízes na sobrevivência dos Remanescentes escolhidos. Embora Morrighan tivesse, por fim, os conduzido a uma nova terra de abundância, a jornada não fora fácil. Muitos morreram, e apenas os mais capazes conseguiram ir até o fim. Dessa forma, os jogos tinham suas origens em tais habilidades de sobrevivência — como apanhar um peixe quando a oportunidade surgisse, mesmo que você não tivesse instrumentos de pesca, como uma vara de pescar, por exemplo.

Deparei-me com um grande campo isolado por cordas, com uma diversidade de obstáculos dispostos dentro dele, sendo a maior parte barris de madeira e uma carroça ou outra. Esse jogo representava Morrighan guiando os Remanescentes por uma passagem às cegas quando podiam contar com apenas a fé no dom dela. Os competidores eram vendados e girados, e depois tinham que conseguir ir de uma extremidade do campo à outra. Esse era um dos meus eventos prediletos lá em Civica, na época em que eu era muito nova. Sempre ganhava dos meus irmãos, para o deleite de todos que nos observavam, exceto, talvez, da minha mãe. Eu estava seguindo em direção à linha dos competidores, quando alguém se colocou em meu caminho, e me deparei com um dorso.

"Olha, se não é a garçonete arrogante e espertinha."

Fui cambaleando vários passos para trás, surpresa, e ergui o olhar. Era o soldado que eu repreendera semanas atrás. Parecia que o ardor das minhas palavras ainda estava fresco. Ele chegou mais perto, preparado para me dar a punição que achava merecedora. Minha repulsa foi renovada. *Um soldado no exército do meu próprio pai.* Pela primeira vez desde que deixara Civica, eu queria revelar quem eu era. Revelar essa verdade em voz alta e com audácia, e observar enquanto ele empalidecia. Queria usar minha posição para colocá-lo em seu lugar de uma vez por todas... mas eu não tinha mais tal posição. Nem estava disposta a sacrificar minha nova vida por causa de tipos como ele.

O soldado se aproximou de mim. "Se você está tentando me intimidar", falei, mantendo-me firme, sem ceder terreno, "posso avisá-lo agora mesmo que vermes rastejantes não me assustam."

"Sua nojentinha..."

Ele desferiu a mão para cima, com o propósito de me acertar, mas fui mais rápida que ele, que parou, com o olhar fixo na faca que já estava em minha mão. "Se você for tolo o bastante para colocar um de seus dedos lascivos em mim, temo que nós dois lamentaríamos por isso. Eu arruinaria as festividades para todo o pessoal que está aqui, porque cortaria fora a primeira coisa que estivesse perto de mim, não importa o quão pequena ela seja." Olhei direto para a virilha dele, e depois girei a faca nas minhas mãos, como se a estivesse inspecionando. "Nosso encontro poderia virar uma coisa bem feia."

O rosto dele borbulhava de fúria, o que somente me outorgava mais poder. "Mas não tema", falei, erguendo a barra de meu vestido e recolocando a faca na bainha presa à minha coxa. "Tenho certeza de que nossos caminhos se cruzarão novamente, e nossas diferenças serão acertadas de uma vez por todas. Caminhe com cuidado, porque, da próxima vez, serei eu quem haverá de surpreendê-lo."

Minhas palavras eram impulsivas e incautas, impulsionadas pelo ódio e pela sensação de asco e impelidas pela segurança de milhares de pessoas que nos cercavam. Porém, incautas ou não, a sensação era de que estavam certas e de que eram tão adequadas quanto um chute com a bota no traseiro dele.

Surpreendentemente, a fúria dele se curvou em um sorriso. "Até nosso próximo encontro, então." Ele abaixou a cabeça, em um lento e deliberado adeus, e passou roçando por mim.

Observei enquanto ele se afastava, passando o dedo no conforto da minha adaga debaixo do meu vestido. Mesmo que meus braços estivessem presos nas laterais do meu corpo, eu conseguiria alcançá-la agora, e, na minha coxa, ela ficava mais facilmente escondida, pelo menos sob um vestido fino de verão. O soldado desapareceu em meio às multidões. Eu só podia esperar que ele fosse logo chamado de volta ao regimento dele, e, se os deuses fossem justos, que levasse um coice de cavalo na cabeça. Eu não sabia o nome dele, mas falaria com Walther sobre o sujeito. Talvez meu irmão pudesse fazer alguma coisa a respeito dessa cobra que estava entre seus soldados.

Apesar do sorriso dele, que com certeza previa um resultado desagradável se nos encontrássemos de novo, eu estava revigorada. Algumas coisas precisavam ser ditas. Sorri de minha própria audácia e fui tentar a sorte com uma venda e obstáculos menos adestrados.

O sino da Sacrista soou uma vez, marcando a meia hora passada. Rafe e Kaden estariam de volta em breve, mas havia algo que eu ainda precisava fazer, e hoje poderia apresentar a melhor das oportunidades para a tarefa.

Fui subindo os degraus da frente do santuário. Crianças corriam umas atrás das outras em volta das colunas de pedra, e mães buscavam o abrigo das sombras no pórtico, mas depois do longo dia de preces de ontem, poucos estavam lá dentro, exatamente como eu esperava. Passei pelos pedidos, sentando-me em um banco nos fundos até que meus olhos se ajustassem à fraca luz e eu pudesse avaliar quem mais estava presente ali. Havia um senhor de idade sentado na fileira da frente. Duas senhoras, também de idade, sentavam-se lado a lado no meio e, ajoelhando-se na capela-mor, um cantor entoava as graças dos deuses. Era isso. Até mesmo os sacerdotes pareciam estar do lado de fora, participando das festividades.

Fiz os sinais necessários de uma evocação sagrada, fui para os fundos sem fazer barulho e saí sorrateiramente subindo pela escadaria escura. Todas as Sacristas tinham prateleiras de arquivos com os textos de Morrighan e dos outros reinos. Além de servos dos deuses, os sacerdotes também eram eruditos. No entanto, textos estrangeiros, por regra do reino, não deveriam ser partilhados com os cidadãos, a menos que fossem primeiramente aprovados pelos Eruditos de Civica, que verificavam a autenticidade dos textos e avaliavam seu valor. O Erudito Real supervisionava tudo.

Os degraus da escada eram estreitos e íngremes. Deslizei a mão ao longo da parede de pedra enquanto subia devagar. Fiquei ouvindo com atenção, em busca de ruídos. Com cuidado, emergi em um longo vestíbulo, e o silêncio me garantiu que a Sacrista estava bem vazia. Havia ali várias entradas cobertas, cujo pesado tecido puxei para o lado, revelando câmaras vazias. Entretanto, no fim do corredor, havia uma larga porta dupla.

Ali. Fui andando diretamente para lá.

A sala era grande e seu estoque, amplo. A coleção era menor do que a do Erudito em Civica, mas era grande o bastante a ponto de tomar um certo tempo de busca. Não havia ali nenhum carpete nem luxuosas cortinas de veludo para abafar o som, então, em silêncio, mudei as banquetas de lugar, de modo a conseguir alcançar as prateleiras mais altas. Repassei quase todas elas, não achando nada que se provasse útil, quando, por fim, puxei um volume minúsculo de uma das prateleiras superiores. O livro inteiro não era muito maior do que a palma da mão de um homem. *Frases Vendanas e Seus Usos.* Talvez fosse o guia de um sacerdote para conceder as bênçãos da morte aos bárbaros, não?

Deslizei os outros livros para disfarçar a pequena lacuna deixada por este volume e observei algumas de suas páginas. Esta obra poderia se provar útil para minha a tarefa de decifrar o livro vendano que roubei do Erudito, mas teria que explorá-lo mais a fundo em outro lugar. Ergui o vestido folgado que trajava e deslizei o volume para guardá-lo em minha roupa de baixo, um lugar seguro, ainda que desconfortável, para escondê-lo até que estivesse ao menos fora da Sacrista. Então, levantei o vestido, colocando-o de volta ao lugar.

"Eu teria dado o livro a você, Arabella. Não havia necessidade de roubá-lo."

Fiquei paralisada, de costas para minha companhia inesperada, e contemplei meu próximo movimento. Ainda em cima do banco, virei-me devagar e me deparei com um sacerdote parado à entrada, o mesmo que ficara me observando ontem.

"Devo estar perdendo o jeito", eu disse. "Costumava entrar sorrateiramente em uma sala, pilhar o que queria e sair com o produto do meu furto sem que ninguém sequer notasse o que fiz."

Ele assentiu. "Quando não fazemos uso de nossos dons, eles acabam nos abandonando."

A palavra *dons* caiu pesadamente sobre mim, sem dúvida da forma como ele pretendera que fosse. Ergui o queixo. "Nunca tive dons para perdê-los."

"Então você é chamada a fazer uso daqueles que tem."

"Você me conhece?"

Ele abriu um sorriso. "Eu jamais poderia esquecê-la. Eu era um jovem sacerdote, um dos doze que entregaram os sacramentos de sua cerimônia de bênção. Você choramingava como um porco aprisionado."

"Talvez, até mesmo quando era criança, eu soubesse onde a bênção me levaria."

"Não há nenhuma dúvida em minha mente. Você sabia."

Olhei para ele, cujos cabelos negros estavam marcados por mechas grisalhas nas têmporas. O sacerdote ainda era um homem jovem para os padrões de velhos sacerdotes, além de vigoroso e empenhado. Trajava as exigidas vestimentas negras e a longa capa branca, mas mal parecia um religioso. Convidou-me a descer para darmos continuidade a nossa conversa e fez um movimento, apontando para duas cadeiras sob um vitral redondo.

Nós nos sentamos, e uma luz azul e rosa vazava pelo vitral acima de nossos ombros. "Qual livro você pegou?", perguntou o sacerdote.

"Feche os olhos." Ele fez o que pedi, e ergui meu vestido para pegar o livro de seu esconderijo. "Este", falei, esticando o livro para que ele visse.

O sacerdote abriu os olhos. "Vendano?"

"Estou curiosa em relação ao idioma. Você o conhece?"

Ele balançou a cabeça em negativa. "Apenas umas poucas palavras. Nunca encontrei um bárbaro, mas, às vezes, soldados trazem de volta relatos orais. Palavras que não devem ser repetidas em uma Sacrista." Ele se inclinou para a frente, para pegar o livro de mim, e folheá-lo. "Hum. Não vi esse aqui. Parece que apresenta apenas umas poucas frases comuns.... Não é exatamente um livro didático do idioma vendano."

"Algum sacerdote aqui tem conhecimento do idioma?"

Ele balançou a cabeça em negativa. Não fiquei surpresa. A língua bárbara era tão distante e estrangeira para Morrighan quanto a lua, e não era nem de perto tão estimada. Bárbaros raramente eram capturados e, quando isso acontecia, não falavam. Certa vez, o esquadrão de Regan acompanhou um prisioneiro de volta a um posto avançado, e Regan disse que o homem jamais emitira um som que fosse no caminho todo até lá. Ele foi morto quando tentou fugir e, por fim, pronunciou algumas palavras sem sentido, enquanto agonizava, moribundo. Palavras estas que não saíram da cabeça de Regan, mesmo que não soubesse o que queriam dizer: *Kevgor ena te deos paviam*. Depois de tão longo silêncio, Regan falou que foi fascinante ouvi-lo dizer tais palavras repetidas vezes, até o seu último suspiro. Palavras estas que o deixaram arrepiado e também triste.

O sacerdote entregou o livro de volta para mim. "Por que você precisaria saber o idioma de uma terra distante como aquela?"

Olhei para o livro em meu colo, e passei os dedos por cima de sua capa de couro suja. *Quero aquilo que você roubou.* "Digamos que seja uma multiplicidade de curiosidades."

"Você sabe de alguma coisa sobre os problemas?"

"Eu? Não sei de nada. Assim como tenho certeza de que você sabe muito bem disso, por suas conversas com Pauline... Sabe muito bem que sou uma fugitiva agora. Não tenho mais conexão alguma com a coroa."

"Há muitos tipos de saberes."

Aquilo de novo. Balancei a cabeça em negativa. "Eu não..."

"Confie em seus dons, Arabella, quaisquer que sejam eles. Às vezes, um dom requer um sacrifício imenso, mas não podemos dar as costas a ele, assim como nossos corações não vão parar de bater."

Assumi uma expressão pétrea. Eu não seria forçada.

Ele se reclinou em sua cadeira, cruzando uma perna sobre a outra, uma pose nada ortodoxa para um sacerdote. "Você sabia que a Guarda está marchando na estrada lá de cima?", perguntou ele. "Dois mil soldados estão sendo movidos para a fronteira ao sul."

"Hoje?", perguntei. "Durante os dias sagrados?"

Ele assentiu. "Hoje."

Desviei o olhar e tracejei com o dedo a linha espiralada no braço da cadeira. Não se tratava de uma simples rotação de tropas. Tantos soldados assim não eram posicionados, especialmente durante os dias sagrados, a menos que as preocupações fossem verdadeiras. Lembrei--me do que Walther havia me dito. *Saqueadores vêm criando todo tipo de caos.* Mas ele também disse: *Vamos mantê-los fora das nossas terras. Nós sempre fazemos isso.*

Walther estivera confiante. Com certeza, a movimentação das tropas era apenas uma estratégia preventiva. Mais como uma bravata, como Walther se referia a isso. Os números e o momento não eram usuais, mas com o meu pai tentando recuperar sua honra junto a Dalbreck, ele bem que poderia estar chacoalhando seu poder nas caras deles como um punho cerrado. Dois mil soldados eram um punho cerrado e tanto!

Fiquei em pé. "Então é meu? Posso levar o livro?"

O sacerdote abriu um sorriso. "Sim."

Era isso? Um simples *sim?* O homem estava cooperativo demais. Nada vinha assim tão fácil. Ergui uma sobrancelha. "E como ficam as coisas entre nós?"

Uma leve gargalhada escapou dos lábios dele, que se levantou, de modo que ficássemos olho a olho.

"Se você está perguntando se vou reportar sua presença, a resposta é não."

"Por quê? Isso poderia ser entendido como traição."

"O que Pauline me contou foi em santa confissão, e você não admitiu nada, apenas que veio pegar um livro emprestado. Além disso, não vejo a Princesa Arabella desde que ela era um bebê chorão. Falaram-me que você mudou um pouco desde então, exceto pela parte dos choros. Ninguém esperaria que eu a reconhecesse."

Sorri, ainda tentando entendê-lo. "Por quê?", perguntei de novo.

O sacerdote abriu um largo sorriso e ergueu uma sobrancelha. "Há dezessete anos, segurei uma garotinha que gritava em minhas mãos. Ergui-a aos deuses, rezando pela proteção dela e prometendo-lhe a minha. Não sou um tolo. Faço promessas aos deuses, não aos homens."

Olhei para ele com incerteza, mordendo o canto do lábio. Um verdadeiro homem dos deuses?

O sacerdote deslizou o braço pelo meu ombro e foi andando comigo até a porta, dizendo-me que, se eu quisesse quaisquer outros livros, tudo que teria que fazer era pedir. Quando eu estava na metade do vestíbulo, ele disse para mim numa voz sussurrada: "Não falarei aos

outros sacerdotes sobre este assunto. Pode ser que nem todos concordem em relação a quem devemos ser leais. Estamos entendidos?".
"Certamente."

O sino da Sacrista soou novamente, dessa vez marcando o meio-dia. Meu estômago rugia. Fiquei em pé ao lado do santuário, à sombra de um canto escuro ao norte do pórtico, enquanto analisava o livro.
Kencha tor ena shiamay? Qual é o seu nome?
Bedage nict. Saia.
Sevende. Apresse-se.
Adwa bas. Sente-se.
Mi nay bogeve. Não se mexa.

Parecia um livro rudimentar de comandos que ajudava um soldado a lidar com prisioneiros, mas eu poderia estudar mais depois. Talvez me ajudasse a entender meu próprio livrinho vindo de Venda. Fechei-o, ocultando-o sob minhas roupas, e olhei por cima das cabeças daqueles que iam ao festival. Avistei os cabelos da cor do mel de Pauline reluzindo sob uma coroa de flores cor-de-rosa. Estava prestes a chamá-la quando senti um sussurro junto ao meu pescoço.

"Até que enfim."

Calafrios cálidos pinicavam a minha pele. Rafe pressionava o peito nas minhas costas, e passou o dedo por meu ombro, descendo pelo meu braço. "Achei que nunca fôssemos ficar um instante que fosse sozinhos."

Os lábios dele roçavam meu maxilar. Cerrei os olhos, e fui tomada por um tremor. "Dificilmente estamos sozinhos", eu disse. "Não consegue ver uma cidade inteira indo e vindo à sua frente?"

Ele circundou minha cintura com a mão, acariciando a lateral do meu corpo com o polegar. "Não consigo ver nada além disso..." Ele beijou meu ombro, seus lábios viajando pela minha pele até chegarem à minha orelha. "E isso... e isso..."

Eu me virei, e minha boca encontrou-se com a dele. Ele cheirava a sabão e algodão fresco. "Alguém pode nos ver", falei, sem fôlego, entre os beijos.

"E daí?"

Eu não queria me importar com aquilo, mas, com gentileza, afastei-o de mim, cautelosa porque estávamos em plena luz do dia e a sombra de um cantinho nos proporcionava pouquíssima privacidade.

Um sorriso relutante surgiu em um dos cantos da boca dele. "Estamos sempre meio fora de sincronia. Um instante sozinhos, mas com uma cidade inteira como público."

"Nessa noite haverá comida e dança e muitas sombras para nos perdermos nelas. Ninguém vai sentir falta da gente."

A expressão dele ficou solene enquanto suas mãos apertavam minha cintura. "Lia, eu..." Ele cortou as próprias palavras.

Olhei para ele, confusa. Achei que Rafe fosse ficar feliz com a possibilidade de sairmos da vista dos outros sorrateiramente. "O que foi?"

O sorriso dele estava de volta, e Rafe assentiu. "Hoje à noite."

Alcançamos Pauline, e logo Kaden foi ao nosso encontro também. Não havia mais lutas na lama, porém, entre caçar peixes, fazer uma fogueira e lançar um machado, a competição estava evidente. Pauline revirava os olhos a cada evento, como se dissesse *Lá vamos nós de novo*. Minha reação foi dar de ombros. Já estava acostumada com o espírito competitivo de meus irmãos, e eu mesma gostava de um bom desafio, mas Rafe e Kaden pareciam elevar isso a um novo nível. Por fim, seus estômagos ganharam dos jogos, e ambos saíram em busca da carne de cervo defumada, cujo aroma preenchia o ar. Por ora, eu e Pauline estávamos satisfeitas com nossos bolinhos, e continuávamos passeando pelos arredores. Chegamos até o campo onde se jogavam facas, e entreguei a Pauline meu brioche de laranja açucarado, que ela, feliz, aceitou. O apetite dela tinha voltado.

"Quero tentar a sorte nesse jogo", falei a Pauline, dirigindo-me até o portão de entrada.

Não havia espera, e me alinhei junto com três outros competidores. Eu era a única mulher. Posicionados a uns cinco metros de distância, estavam grandes pedaços de toras pintadas, o tipo de alvo imóvel do qual eu gostava. Havia cinco facas ao lado de cada um de nós em cima das mesas. Analisei-as e as ergui, estudando seu peso. Todas eram mais pesadas do que a minha própria lâmina e, certamente, não eram tão balanceadas. O mestre do jogo explicou que todos jogaríamos as facas ao mesmo tempo, ao comando dele, até que todas as cinco tivessem sido jogadas.

"Ergam suas armas. Preparar..."

Ele está observando.

As palavras me atingiram como água fria. Analisei as pessoas que estavam no festival, reunidas atrás do limite estabelecido pela corda. Eu estava sendo observada. Só não sabia por quem. Estava sendo observada, não pelas centenas de pessoas que cercavam o evento, mas por *uma pessoa.*

"Lançar!"

Hesitei e, então, lancei a faca, que atingiu o suporte do alvo e depois ricocheteou, caindo no chão. As facas de todos os outros competidores ficaram presas nos círculos de madeira, uma na parte externa da casca da árvore, uma no anel branco externo, outra no anel azul, nenhuma no centro vermelho. Mal tivemos tempo para pegar a próxima faca e o mestre do jogo falou novamente: "Lançar!".

Minha faca atingiu o alvo com um ruído alto, enfiando-se no círculo externo branco e ficando presa no lugar. Foi melhor, mas as facas eram desajeitadas e não muito afiadas.

Ele está observando. As palavras subiam pelo meu pescoço.

"Lançar!"

Minha faca passou totalmente voando pelo alvo, alojando-se na terra além dele. Minha frustração aumentava. Eu não podia usar distrações como desculpa. Walther havia me dito isso diversas vezes. Esse era o propósito da prática: bloquear as distrações. No mundo real, quando o uso de uma faca se faz necessário, distrações não esperam educadamente que a faca seja lançada — elas tentam desarmar você.

Observando... observando.

Segurei bem a ponta da lâmina, acertei a posição do meu ombro e deixei que meu braço fizesse o trabalho.

"Lançar!"

Dessa vez, acertei a linha entre o branco e o azul. Inspirei fundo. Sobrara uma faca. Perscrutei a multidão novamente. *Observando.* Senti o escárnio, o olhar contemplativo e zombeteiro, um sorriso afetado por causa das minhas habilidades nada impressionantes de lançamento de facas, mas não conseguia ver um rosto, não *o* rosto.

Então que observe!, pensei, com a ira aumentando.

Ergui a bainha do meu vestido.

"Lançar!"

Minha faca saiu cortando o ar tão rápida e harmoniosamente que mal podia ser vista. Ela acertou o centro exato do alvo. Dos vinte lançamentos, feitos por quatro competidores, a minha foi a única a acertar o vermelho. O mestre do jogo deu uma segunda olhada, confuso, e então me desqualificou. Valera a pena. Fiquei procurando em meio à massa de observadores alinhados junto às cordas e tive o vislumbre das costas de alguém que se retirava e era engolido pela multidão. Seria o soldado cujo nome eu desconhecia? Ou era outra pessoa?

Foi um lançamento de sorte. Eu sabia disso, mas não a pessoa que me observava.

Fui andando até o alvo, puxei minha adaga incrustrada com gemas do centro, e coloquei-a de volta na bainha em minha coxa. Eu praticaria, conforme prometera a Walther. Não deixaria mais meus lançamentos nas mãos da sorte.

s coroados e os derrotados,

A língua e a espada,

Atacarão juntos,

Como estrelas ofuscantes lançadas dos céus.

— **Canção de Venda** —

CAPÍTULO 35
CRÔNICAS DE AMOR E ÓDIO

KADEN

u não confiava nele. Ele era mais do que o fazendeiro que alegava ser. Seus movimentos naquela tora eram praticados demais. Mas que prática era aquela, afinal? E a fera infernal em que ele cavalgava — aquilo não era um montaria dócil que geralmente se encontra em uma fazenda. Ele também era estranhamente habilidoso na tarefa de desovar um corpo, como se já tivesse feito aquilo antes, e não estava nem um pouco hesitante como um caipira poderia estar, a menos que suas atividades rurais fossem do tipo mais sombrio. Ele até podia ser um fazendeiro, mas era também outra coisa.

Esfreguei o peito com o sabão. As atenções que ele voltava a Lia eram tão ruins quanto tudo isso. Ouvi quando ela gritou com ele para que fosse embora na noite passada. A repentina cantoria de Berdi e dos outros afogara o que havia sido dito além disso, mas escutei o bastante para saber que ela queria que ele a deixasse em paz. Eu deveria ter ido atrás deles, mas Pauline estava determinada a fazer com que eu ficasse onde estava. Era a primeira vez que eu a vira sem o lenço de luto em semanas. Ela parecia tão frágil. Eu não podia ir embora, e ela não permitiria que eu fizesse isso.

Enxaguei os cabelos no riacho. Era meu segundo banho do dia, mas, depois de pegar peixes, girar machados e me esforçar bastante para acender uma fogueira com dois gravetos antes dos outros competidores, os tais dos jogos me deixaram com uma grande necessidade de banho, especialmente se eu pretendia dançar com Lia essa noite... e eu pretendia dançar com ela. Eu haveria de me certificar disso.

A forma como ela olhara para mim na noite passada, como tocara em meu ombro... Eu gostaria que as coisas pudessem ter sido diferentes para nós. Talvez, pelo menos por uma noite, pudessem ser.

CAPÍTULO 36
CRÔNICAS DE AMOR E ÓDIO

eclinei-me junto ao pilar da varanda. Estávamos esperando que Berdi se juntasse a nós para irmos à praça a fim de aproveitar as festividades noturnas. Ela fora tomar banho e trocar de roupa. O dia havia sido longo, e eu ainda estava ponderando sobre o evento do lançamento de facas e a estranha sensação de estar sendo observada quando, certamente, havia centenas de pessoas me observando. Que diferença faria mais uma?

"Pauline", perguntei, hesitante. "Alguma vez você sabe das coisas? Apenas *sabe* delas?"

Ela ficou em silêncio por um bom tempo, como se não tivesse me ouvido, mas depois, por fim, ergueu o olhar. "Você viu, não foi? Naquele dia em que passamos pelo cemitério, você viu que Mikael estava morto."

Eu me afastei do pilar. "O quê? Não, eu..."

"Pensei nisso muitas vezes desde então. Aquela expressão em seu rosto naquele dia. Você se oferecendo para parar. Você o viu morto."

Balancei a cabeça com vigor. "Não, não foi isso." Sentei-me ao lado dela no chão. "Eu não sou uma Siarrah. Não vejo as coisas como a minha mãe via. Eu apenas senti algo, um tanto vago, mas forte também, uma sensação. Naquele dia eu apenas senti que havia alguma coisa errada."

Ela pesou o que eu disse e deu de ombros. "Então talvez não seja o dom. Às vezes, tenho uma sensação forte em relação às coisas. Para falar a verdade, eu também tinha uma sensação de que havia algo de errado com Mikael. Uma sensação de que ele não estava vindo. E essa sensação revirava-se dentro de mim, mas eu me recusava a acreditar nela. Talvez fosse por isso que eu estivesse tão ansiosa para que ele cruzasse a porta da taverna. Alguém precisava provar que eu estava errada."

"Então você não acha que seja o dom."

"O dom de sua mãe vinha na forma de visões." Ela abaixou o olhar, apologética. "Pelo menos, era assim que costumava ser."

Minha mãe parou de ter visões depois que eu nasci. Na época, pessoas odiosas deixavam implícito que eu roubara o dom dela enquanto estava em seu ventre, o que, é claro, acabou sendo risível. Minha tia Bernette dizia que não tinha sido eu coisa nenhuma, que o dom da minha mãe foi diminuindo lentamente depois que ela trocou sua terra natal pela cidadela. Outros proclamaram que ela nunca tivera o dom, mas, anos atrás, quando eu era muito pequena, testemunhei coisas. Via quando seus olhos cinzentos perdiam o foco, quando sua concentração ficava afiada. Certa vez, ela conduzira todos nós para longe do perigo antes que um cavalo assustado saísse pisoteando e destruindo o caminho justamente no local onde estávamos. Em outra situação, ela nos levou para fora antes de o chão estremecer e pedras caírem, e, com frequência, ela nos enxotava antes que meu pai irrompesse em um de seus horríveis estados de espírito.

Ela sempre dispensava a ideia, clamando que tinha ouvido o cavalo ou sentido o chão tremer antes que nós tivéssemos notado qualquer coisa, mas, na época, eu tinha certeza de que se tratava do dom. Eu observara o rosto dela. Minha mãe vira o que aconteceria antes que ocorresse, ou vira acontecer a distância, como no dia em que o pai dela faleceu e ela soube na mesma hora, embora o mensageiro só tivesse chegado duas semanas depois. No entanto, nesses últimos tempos, nada havia acontecido.

"Mesmo que não seja uma visão", disse Pauline, "ainda poderia ser o dom. Pode existir outros tipos de saberes."

Um calafrio tomou conta da minha espinha. "O que você disse?"

Ela repetiu as palavras que dissera, quase as mesmas que o sacerdote havia usado naquela manhã.

Pauline deve ter visto a aflição em meu rosto, porque deu uma risada. "Lia, não se preocupe! Sou eu quem tem o dom da visão! Não você!

Para falar a verdade, estou tendo uma visão agora mesmo!" Ela se pôs de pé e levou as mãos até a cabeça, fingindo que estava se concentrando. "Estou vendo uma mulher. Uma bela mulher idosa trajando um vestido novo. Ela está com as mãos nos quadris. Seus lábios estão franzidos. Ela está impaciente. Ela está..."

Revirei os olhos. "Ela está parada atrás de mim, não está?"

"Sim, estou", disse Berdi.

Girei e vi que Berdi estava parada à entrada da taverna, simplesmente conforme a descrição. Pauline soltou um gritinho agudo com deleite.

"Mulher idosa?", disse Berdi.

"Venerável", corrigiu Pauline, beijando-lhe a bochecha.

"Vocês duas estão prontas?"

Ah, eu estava pronta. Esperei a semana inteira por aquela noite.

Grilos trinavam, dando as boas-vindas às sombras. O céu acima da baía estava drapeado com faixas rosas e violetas enquanto o restante das cores ia desaparecendo, dando lugar ao cobalto. A lua lembrava uma foice de bronze com uma estrela na ponta. Terravin pintava uma paisagem mágica.

O ar ainda estava parado e quente, mantendo a cidade toda em suspensão. *Em segurança.* Quando chegamos à estrada principal, um cruzamento de lanternas de papel piscava acima de nossas cabeças. E então, como se a paisagem não fosse o bastante, *a canção.*

A prece era entoada de uma forma como eu nunca ouvira antes. Uma evocação sagrada aqui. Outra ali. Vozes separadas, combinando-se, reunindo-se, cedendo, uma melodia se formando. Ela era entoada em ritmos diferentes, palavras diferentes erguendo-se, caindo, seguindo um fluxo como um coro lavado e que se aglomerava em uma onda que chegava ao auge, saudosa e verdadeira.

"Lia, você está chorando", sussurrou Pauline.

Eu estava? Ergui a mão e senti minhas bochechas, molhadas com as lágrimas. Aquilo não era choro. Era outra coisa. Enquanto nos aproximávamos da cidade, a voz de Berdi, com o mais belo timbre de todos, passava da canção às saudações, com as evocações derretendo-se no agora.

O ferreiro, o tanoeiro, os pescadores, um artesão aqui, uma costureira ali, os empregados mercantes, a fazedora de sabão que lembrava Berdi de que tinha alguns aromas que ela deveria experimentar, todos eles ofereciam suas saudações. Berdi foi logo puxada para longe.

Eu e Pauline observávamos os músicos se ajeitando, colocando três cadeiras em um semicírculo. Eles ajeitaram seus instrumentos — uma zítara, uma fiola e um tambor — nas cadeiras e foram procurar um pouco de comida e bebida antes de começarem com sua música. Quando Pauline saiu andando para experimentar os ovos em conserva, caminhei mais para perto para dar uma olhada na zítara, que era feita de madeira de uma cerejeira bem vermelha, decorada com finos fios de carvalho branco e que tinha marcas de uso no lugar em que as mãos repousavam em meio a centenas de canções.

Estiquei a mão e puxei uma de suas cordas. Senti uma embotada ponta de dor. Em raras ocasiões, minha mãe e suas irmãs tocavam suas zítaras, as três criando uma música admirável, a voz de minha mãe lancinante e sem palavras, como um anjo observando a criação. Quando tocavam, um arrepio atravessava a cidadela e todos paravam. Até mesmo meu pai. Ele ficava olhando e ouvindo ao longe, escondido na galeria superior. Era a música de nossa terra natal, e isso sempre me levava a pensar em quais sacrifícios minha mãe tivera que fazer para vir até Morrighan e tornar-se sua rainha. Suas irmãs vieram dois anos depois para ficar com ela, mas quem mais minha mãe teria deixado para trás? Talvez meu pai estivesse se fazendo essa mesma pergunta enquanto ouvia e as observava tocando.

Mais pessoas chegaram para as festividades da noite, e as conversas e risadas aumentavam, formando um zumbido reconfortante. A celebração havia começado, e os músicos assumiram seus lugares, enchendo o ar com melodias de boas-vindas, mas ainda faltava algo.

Vi onde Pauline estava. "Você o viu?", perguntei a ela.

"Não se preocupe. Ele vai estar aqui." Ela tentou me puxar para longe, para vermos a iluminação das velas flutuantes na fonte da praça, mas eu disse à minha amiga que lhe faria companhia mais tarde.

Fiquei parada, em pé, nas sombras do lado de fora do boticário, e observei enquanto as mãos do tocador de zítara pressionavam e puxavam as cordas, uma dança hipnotizante em si mesma. Eu gostaria que minha mãe tivesse me ensinado a tocar o instrumento. Estava prestes a me aproximar deles quando senti a mão de alguém em minha cintura. *Ele estava aqui.* O calor passou rapidamente por mim, no entanto, pois quando me virei, vi que não era Rafe.

Inspirei rapidamente, surpresa. "Kaden."

"Não foi minha intenção deixá-la alarmada." Os olhos dele viajavam por mim. "Você está linda hoje."

Baixei o olhar de relance, envergonhada, com a culpa me cutucando por ter sido generosa demais com minhas atenções a ele na noite passada. "Obrigada."

Ele fez um movimento em direção à rua, apontando para onde as pessoas estavam dançando. "Estão tocando música", disse ele.

"Sim. Acabou de começar."

Seus cachos loiros e molhados estavam penteados para trás, e o cheiro de sabão ainda estava fresco em sua pele. Ele acenou novamente em direção à música, com um jeito desajeitado de menino, embora não houvesse nada de menino em relação a ele. "Podemos dançar?", perguntou.

Hesitei, desejando que estivessem tocando uma música mais rápida. Não queria que ele me entendesse errado, mas também não podia lhe recusar uma simples dança. "Sim, claro", foi minha resposta.

Ele me pegou pela mão e me levou até o espaço aberto em frente aos músicos para a dança, deslizando um dos braços por minhas costas e guiando minha mão para o lado com a outra. Certifiquei-me de termos uma conversa com bastante assunto, recontando os jogos do dia, para que pudéssemos manter certa distância um do outro, mas, quando o silêncio reinava, mesmo que por breves instantes, ele me puxava mais para perto de si. Seu toque era gentil mas firme, sua pele, cálida junto à minha.

"Você tem sido bondosa comigo, Lia", disse ele. "Eu..." Ele fez uma pausa por um bom tempo, seus lábios levemente abertos. Pigarreou. "Gostei muito desse tempo que passei aqui com você."

Estranhamente, o tom dele havia ficado solene, e vi certa gravidade em seus olhos. Olhei para ele, confusa com essa repentina mudança em seu comportamento.

"Fiz pouca coisa por você, Kaden, mas você salvou minha vida."

Ele balançou a cabeça em negativa. "Você conseguiu se soltar sozinha. Tenho certeza de que teria sido tão capaz com sua faca também."

"Talvez sim", falei. "Talvez não."

"Nunca saberemos o que poderia ter acontecido." Seus dedos se apertaram entre os meus. "Mas não podemos viver no talvez."

"Não... imagino que não."

"Temos que seguir em frente."

Todas as palavras vindas dele tinham peso, como se estivesse pensando uma coisa, mas dizendo outra. A inquietude que sempre estivera à espreita em seus olhos ficou dobrada.

"Você fala como se estivesse indo embora", eu disse.

"Em breve. Tenho que voltar para os meus deveres em casa."

"Você nunca me disse onde ficava sua casa."

Linhas se aprofundaram em torno de seus olhos. "*Lia*", disse ele, com a voz rouca. A música se prolongava, meu coração batia com força e mais rapidamente, e Kaden deslizava a mão mais para baixo em minhas costas. A ternura substituiu a inquietude, e ele baixou o rosto para próximo do meu. "Eu gostaria..."

Alguém colocou a mão no ombro dele, surpreendendo a nós dois. Era Rafe.

"Não seja guloso, homem", disse Rafe, animado, com um brilho malévolo nos olhos. "Dê uma chance aos outros camaradas."

O assombro passou pelo rosto de Kaden como se Rafe tivesse caído do céu. Em um instante, sua surpresa foi substituída por uma expressão de tristeza. Ele olhou de Rafe para mim, e dei de ombros, para mostrar que era apenas uma questão de educação dançar com todo mundo. Ele assentiu e foi para o lado.

Rafe deslizou o braço em volta de mim e explicou que estava atrasado porque as roupas que tinha colocado na casa de banho haviam, de uma maneira inexplicável, sumido. Por fim, ele teve que fazer uma corrida insana até o celeiro para se cobrir e acabou achando suas roupas jogadas na cabine de Otto. Suprimi uma risadinha, imaginando-o correndo até o celeiro apenas enrolado em uma toalha.

"Kaden?"

"Quem mais poderia ser?"

Rafe me puxou mais para perto de si, e seus dedos, com gentileza, tocaram minha coluna como se fosse um instrumento. Farpas quentes giravam em minha barriga. Nós só tínhamos alguns segundos juntos antes que a música desse lugar a outra mais rápida. Logo seríamos puxados e separados pela rápida troca de parceiros. O ritmo era animado e eu estava dando risada, as luzes piscando e girando além da minha vista, com mais gente se juntando à dança: Pauline, Berdi, Gwyneth, sacerdotes, o ferrador de cavalos, a pequena Simone segurando a mão do pai, estranhos que eu não conhecia, todo mundo cantando, assoviando, entrando no centro do círculo para exibirem uns poucos passos elegantes de dança, com os sons da zítara, da fiola e do tambor batendo em nossas têmporas.

Meu rosto estava úmido de suor por causa da celebração e, por fim, tive que fazer uma pausa e recuar para ficar apenas admirando. Eram giros rápidos de cores e movimentos. Rafe dançando com Berdi, a costureira, menininhas, Kaden tomando a mão de Pauline, Gwyneth com o curtidor, o moleiro, um círculo sem fim de celebração e graças. Sim, tratava-se disso: gratidão por este momento único, a despeito do que o amanhã pudesse trazer.

As palavras que Rafe dissera soavam claras agora: *Algumas coisas duram... as coisas que importam.* Aquelas mesmas palavras de que eu bufara apenas algumas semanas atrás agora me enchiam de deslumbramento. Essa noite era uma daquelas coisas que durariam — o que eu estava vivendo nesse exato momento e o que já havia passado, uma época distante, os Antigos dançando nesta mesma rua, sem fôlego, sentindo a mesma alegria que eu estava vivenciando agora. Os templos, as maravilhosas pontes, a grandeza... Isso pode não durar, mas algumas coisas realmente duram. Noites como essa. Elas seguem em frente indefinidamente, durando mais do que a lua, porque são feitas de alguma outra matéria, algo tão quieto como a batida de um coração e tão impetuoso quanto o vento. Para mim, aquela noite duraria para sempre.

Rafe avistou-me na beira da multidão e saiu de fininho também. Caminhamos pela praça, que estava tremeluzindo de velas flutuantes, com a música esvanecendo atrás de nós, e desaparecemos nas escuras sombras da floresta além dali, onde nenhuma pessoa — nem Kaden, nem Pauline, ninguém — poderia nos encontrar.

CAPÍTULO 37
CRÔNICAS DE AMOR E ÓDIO

 stirei-me na cama, deslizando as pernas ao longo dos lençóis frescos, e abri um sorriso novamente. Eu tinha meio dormido, meio sonhado, e meio que revivido todos os momentos durante a noite toda — muitas metades para caberem em uma única noite.

Havia um elo entre nós que eu não era capaz de nomear. Uma tristeza, um arrependimento, algo que ficava aquém das expectativas, um *passado*. Vi o anseio nos olhos dele, não apenas por mim, mas por algo mais, uma paz, uma completude, e queria dar isso a ele.

Eu estava imersa novamente em sua ternura... *o dedo dele tracejando uma linha pelo meu ombro, deslizando a tira do meu vestido, soltando-a, para que pudesse beijar as minhas costas, seus lábios roçando meu kavah, meu corpo inteiro formigando ao seu toque, nossos lábios se encontrando repetidas vezes.*

Desde o primeiro dia, Lia, eu queria isso, eu queria você.

Nossos dedos entrelaçados, tombando em uma cama de folhas, minha cabeça repousando no peito dele, sentindo a batida de seu coração, sua mão acariciando meus cabelos. Eu tinha que dormir um pouco, mas não conseguia parar de reviver a cena. Não achava que poderia ser assim. Jamais. Com ninguém.

Conversamos durante horas. Ele adorava pescar à margem de um rio, mas raramente tinha tempo para isso. Ele ficou hesitante quando lhe perguntei sobre seus pais, mas então me disse que haviam morrido quando era novo. Ele não tinha mais ninguém, o que explicava por que não era versado nos Textos Sagrados. Ele havia trabalhado em uma fazenda, na maior parte do tempo cuidando dos cavalos e de outros animais, mas também ajudando nos campos. Sim, melões eram uma das coisas que eles cultivavam por lá, exatamente como eu havia imaginado! Ele odiava carne de pombo e ficara feliz quando saímos cedo do jantar. Dividi minhas histórias com ele também, a maioria delas sobre incursões nas montanhas ou nas florestas com meus irmãos, cujos nomes ficaram sem ser ditos. Tomei cuidado para deixar de fora detalhes da realeza. Ele ficou surpreso ao saber que eu preferia esgrima a costura, e jogos de cartas a aulas de música. Ele prometeu me desafiar para um jogo qualquer dia desses.

Estava tarde quando ele me levou de volta, caminhando ao meu lado. Pauline tinha deixado o lampião do lado de fora para mim. Nossas palavras simplesmente continuavam ligando-se umas às outras, sempre com mais uma coisa a dizer nos impedindo de nos separarmos, mais uma coisa que precisávamos partilhar. Por fim, beijei-o pela última vez e me despedi, mas, quando estiquei a mão para pegar na maçaneta da porta, ele me parou.

"Lia, tem mais uma coisa, algo que eu preciso..."

"Amanhã, Rafe. Teremos o dia todo amanhã. Está tarde."

Ele assentiu, e então levou minha mão aos seus lábios e foi embora.

Uma noite perfeita... um para sempre perfeito.

Fiquei nesse mundo onírico semiacordada a noite toda, até as primeiras horas da manhã, quando as pontas de luz entraram de mansinho ao longo do peitoril da janela, e meus sonhos finalmente cederam lugar ao sono.

Capítulo 38
CRÔNICAS DE AMOR E ÓDIO

"ia."
Um cutucão em meu ombro.
"Lia, acorde."
Outro cutucão.
"Lia! Você tem que acordar!"

Despertei alarmada, sentando-me direito. Pauline estava na beirada da cama. O quarto estava bem iluminado. Eu tinha dormido a manhã toda.

"O que foi?", falei, protegendo meus olhos da luz. E então notei a expressão no rosto dela. *"O que foi?"*

"É Walther. Ele está atrás do depósito de gelo. Tem algo errado, Lia. Ele está..."

Saí da cama grogue, procurando por uma calça, uma camisa, algo que pudesse vestir. *Walther atrás do depósito de gelo?* As palmas das minhas mãos estavam úmidas com o suor. A voz de Pauline estava agudíssima. *Tem algo errado.* Joguei no chão o que quer que estivesse em minhas mãos e saí correndo da cabana ainda descalça e de camisola.

Primeiro vi o cavalo tobiano dele, coberto de espuma e bufando, como se tivesse sido cavalgado a noite toda. "Leve-o até o celeiro e limpe-o", disse para Pauline, que corria atrás de mim. Dei a volta no canto do depósito de gelo e vi Walther sentado no chão, apoiado em um carrinho de mão virado que estava ali guardado junto com engradados não usados e uma bagunça de outras coisas jogadas.

"Lia", disse ele ao me ver.

Minha respiração parou com tudo em minhas costelas. Ele tinha um talho na testa, mas, pior ainda, sua expressão estava ensandecida — parecia mais um homem selvagem fingindo ser meu irmão.

"Walther, o que houve?" Fui correndo até o lado dele e prostrei-me de joelhos. Levei a mão até a testa dele, que olhou para mim e disse "Lia" novamente, como se fosse a primeira vez.

"Walther, você está ferido. O que aconteceu?"

Seus olhos estavam desolados. "Eu tenho que fazer alguma coisa, Lia. Tenho que fazer alguma coisa."

Tomei o rosto dele nas minhas mãos, forçando-o a olhar para mim. "Walther, por favor", disse com firmeza. "Você tem que me dizer o que há de errado para que eu possa ajudá-lo."

Ele olhou para mim, quase como uma criança. "Você é forte, Lia. Você sempre foi a mais forte de nós. Era isso que preocupava nossa mãe."

Aquilo não fazia sentido algum. Ele desviou o olhar, e seus olhos estavam vidrados e vermelhos. "Não havia nada que eu pudesse fazer", disse ele. "Nada, por nenhum deles."

Agarrei a camisa dele e o chacoalhei. "Walther! O que aconteceu?"

Ele voltou a olhar para mim, com os lábios rachados, o cabelo cheio de mechas ensebadas caindo imundas em seu rosto. Sua voz estava desprovida de paixão. "Ela está morta. Greta está morta."

Balancei a cabeça em negativa. Não era possível.

"Uma flecha bem na garganta." O olhar contemplativo dele continuava vazio. "Ela olhou para mim, Lia. Ela sabia. Os olhos dela... Greta não conseguia falar. Só olhou para mim, sabendo de tudo, e então caiu no meu colo. Morta."

Ouvi enquanto meu irmão narrava cada pedaço estilhaçado de seu sonho. Abracei-o, embalei-o, fiquei aninhada com ele no abandono e na lama. Quando vi Pauline e Berdi dando a volta no canto do depósito de gelo, acenei para que fossem embora. Meu irmão, meu jovem, forte e robusto irmão, chorava em meus braços. Ele trilhava uma linha entre lágrimas e crença desprovida de paixão, incapaz de separar o que era relevante do irrelevante. O vestido dela era azul. Ela havia trançado seus cabelos em um círculo em volta da cabeça naquela manhã. O bebê estava se mexendo. Eles estavam a caminho da casa da tia de Greta, que ficava a apenas uma hora de cavalgada com a carruagem dos pais dela. A irmã dela e sua família estavam na carruagem logo atrás. Todos iam almoçar lá. Só uma hora, repetia ele, sem parar. *Uma hora.* E à luz do dia. *Estávamos em plena luz do dia.* Eles estavam prestes a cruzar a ponte de Chetsworth a Briarglen quando ouviram um tremendo rugido. Meu irmão ouviu o condutor gritar, seguiu-se um som oco e alto, e depois, a carruagem foi com tudo para a frente. Ele estava prestes a ver o que tinha acontecido, quando ouviu outra vez o som, o baque de flechas. Ele se virou para empurrar Greta para baixo, mas era tarde demais.

"Eles estavam ali para destruir a ponte", disse ele, com os olhos arregalados, a voz amortecida de novo, como se ele já tivesse reprisado a cena em sua cabeça umas mil vezes. "Nós surgimos justo no momento em que a ponte estava vindo abaixo. O condutor gritou, e eles o mataram. Em seguida, encheram-nos com mais flechas antes de saírem a galope."

"Quem, Walther? Quem fez isso?"

"Levei-a de volta até os pais dela. Eu sabia que ela ia querer isso. Levei-a de volta, Lia. Eu a lavei. Eu a envolvi em um cobertor e a abracei. Abracei Greta e o bebê. Fiquei abraçando-a durante dois dias antes que me fizessem entregá-la a eles."

"*Quem fez isso?*"

Walther olhou para mim, seus olhos repentinamente focados de novo, sua boca contorcendo-se em repulsa, como se eu não estivesse escutando o que ele dizia. "Tenho que ir."

"Não", sussurrei baixinho, tentando acalmá-lo. "Não." Ergui a mão para empurrar os cabelos do meu irmão para o lado e dar uma olhada no talho em sua testa. Ele não tinha me contado como o conseguira. Em seu estado ensandecido, ele provavelmente nem sabia que havia um talho ali.

Empurrou minha mão para longe. "Tenho que ir."

Ele tentou se levantar e empurrei-o de volta junto à carcaça do carrinho de mão. "Ir para onde? Você não pode ir a lugar nenhum assim..."

Ele me empurrou com violência, e caí para trás. "Tenho que ir!", ele gritou. "Meu pelotão. Tenho que alcançar o pelotão."

Saí correndo atrás dele, suplicando para que parasse. Empurrei-o, implorando, que pelo menos me deixasse lavar suas feridas, dar-lhe alguma comida, limpar suas roupas ensopadas de sangue, mas ele não parecia estar me ouvindo. Segurou as rédeas de seu cavalo tobiano e conduziu-o para fora do celeiro. Soltei um grito. Segurei-o. Tentei tirar as rédeas das mãos dele.

Ele girou, agarrou ambas as minhas mãos, chacoalhou-me e gritou: "Eu sou um soldado, Lia! Não sou mais um marido! Nem um pai! Sou um soldado!".

A fúria havia transformado meu irmão em alguém que eu não conhecia, mas então ele me puxou para junto de seu peito e me abraçou, chorando e soluçando junto aos meus cabelos. Achei que minhas costelas fossem se partir sob a pegada dele, que então se afastou de mim e disse: "Tenho que ir".

E então ele se foi.

Eu sabia que não havia nada que pudesse fazer para impedi-lo.

CAPÍTULO 39
CRÔNICAS DE AMOR E ÓDIO

 ode-se levar anos para moldar um sonho, mas é preciso apenas uma fração de segundo para despedaçá-lo. Fiquei sentada à mesa da cozinha, segurando um pedaço do sonho estilhaçado de Walther. Gwyneth, Berdi e Pauline estavam ali comigo.

Eu já tinha contado a elas tudo que sabia. Elas tentaram me garantir que Walther ficaria bem, que ele precisava de tempo para vivenciar o luto, o pesar, que precisava de muitas coisas das quais eu nem mesmo podia mais ouvi-las dizer. Em vez disso, minha cabeça latejava com os choros do meu irmão. *Uma flecha bem na garganta.*

As vozes delas eram suaves, hesitantes, soavam baixas, tentando ajudar-me a passar por aquilo. Mas como algum dia Walther ficaria bem? *Greta estava morta.* Ela caíra, de olhos abertos, no colo dele. Walther não saiu daqui como um soldado, ele foi embora como um homem ensandecido. Ele não partiu para se juntar ao pelotão, ele partiu para se vingar.

Gwyneth esticou a mão para tocar a minha. "Não é culpa sua, Lia", disse ela, como se pudesse ler meus pensamentos.

Puxei a mão para longe e pulei da cadeira. "É claro que a culpa é minha! De quem mais seria? Aquele bando de hienas está avançando Morrighan adentro porque não tem mais medo! Tudo porque eu me recusei a me casar com alguém que não *amava.*" Cuspi a última palavra com toda a repulsa que estava sentindo.

"Ninguém sabe com certeza se uma aliança teria adiantado alguma coisa para impedi-los", explicou Berdi.

Olhei para ela, balançando a cabeça em negativa, achando que a certeza não importava mais nem um pouco. Garantias nem mesmo faziam parte do meu universo nesse exato momento. Eu teria me casado com o próprio diabo se isso tivesse me dado a mais ínfima chance de salvar Greta e o bebê. Quem seria o próximo?

"Foi apenas um bando de desgarrados, Lia, não um exército. Nós sempre tivemos esses bandos. E o ataque foi em uma fronteira remota", argumentou Pauline.

Andei até a lareira e observei a pequena chama. Quanto a isso, ela estava certa. Porém, dessa vez, se tratava de algo mais. Era algo cinza e sombrio passando por mim como se fosse uma cobra. Eu me lembrei da hesitação na voz de Walther. *Vamos mantê-los fora das nossas terras. Nós sempre fazemos isso.* Mas não dessa vez.

Era algo que estava esperando para acontecer, o tempo todo. Eu simplesmente não tinha visto isso. *Uma aliança crucial*, fora como minha mãe se referira ao casamento. Seria o sacrifício de uma filha a única forma de conseguir tal aliança? Talvez fosse, quando tantas desconfianças haviam ficado no forno durante séculos. Essa aliança era para ser mais do que um pedaço de papel que poderia ser queimado. Era para ser uma aliança feita de carne e sangue.

Baixei o olhar para o minúsculo gorro de renda branca em minhas mãos que eu pretendia dar a Walther e Greta. Passei o dedo pela renda, lembrando-me da alegria que sentira ao comprá-lo. Greta estava morta. O bebê estava morto. Walther era um homem ensandecido.

Joguei aquilo na fogueira, ouvi os murmúrios sussurrados ao meu redor, fiquei observando enquanto a renda pegava fogo, curvava-se, ficava negra, cedia lugar às chamas, tornando-se, por fim, cinzas. Como se nunca tivesse estado ali.

"Eu preciso ir me lavar." Minhas pernas ainda estavam cheias de lama.

"Você quer que eu vá com você?", perguntou Pauline.

"Não", foi a minha resposta, e fechei a porta silenciosamente logo atrás de mim.

o lado mais afastado da morte,
Passando pela grande divisão,
Onde a fome come almas,
As lágrimas deles aumentarão.

— **Canção de Venda** —

CAPÍTULO 40
CRÔNICAS DE AMOR E ÓDIO

 *unc.*
Tunc.
Tunc.
Tunc.

Eu estivera parada, em pé, na campina, durante duas horas, jogando minha faca várias e várias vezes em um pequeno pedaço de tronco. Eu raramente errava. Já havia pisado na mostarda silvestre e descido em um belo caminho em linha reta para recuperar minha faca. Havia apenas uns poucos lances ao acaso, nos momentos em que permiti que minha mente vagasse.

Tunc.

Tunc.

E então o zumbido, o tilintar e o farfalhar da faca não acertando o alvo e desaparecendo na grama alta que havia atrás do tronco da árvore. As palavras de Walther, o rosto de Walther, a agonia de Walther... nada disso me deixava em paz. Tentei classificar tudo, tentando extrair sentido daquilo, mas não havia nenhum — não quando se tratava de assassinato. Greta não era um soldado. O bebê não havia nem dado seu primeiro suspiro. *Selvagens.* Fui procurar minha faca, perdida em algum lugar na grama.

"Lia?"

Virei-me. Era Kaden, que estava descendo de seu cavalo. Eu soube pelo jeito dele que ficara sabendo de alguma coisa, provavelmente pelas vozes sussurradas na taverna.

"Como foi que me encontrou?"

"Não foi difícil."

A campina fazia fronteira com a estrada que dava para fora da cidade. Deduzi que eu estava a plena vista de qualquer um que passasse por ali.

"Berdi disse que você e Rafe saíram cedo hoje de manhã. Antes do nascer do sol." Ouvi a falta de expressão na minha voz. Ela soava como se pertencesse a outra pessoa.

"Não sei onde Rafe foi. Eu tinha alguns assuntos para cuidar."

"Os deveres de que me falou."

Ele assentiu.

Olhei para ele, cujos cabelos sopravam com a brisa, um dourado lustroso e quase branco no reluzente sol do meio-dia. Ele pousou os olhos em mim, com segurança e firmeza.

Beijei sua bochecha. "Você é uma boa pessoa, Kaden. Leal e verdadeiro para com o seu dever."

"Lia, será que posso...?"

"Vá embora, Kaden", falei. "Vá embora. Preciso de tempo para pensar em meus próprios deveres."

Virei-me e voltei a caminhar pela campina, sem esperar para ver se ele havia ou não me escutado, mas ouvi o trote de seu cavalo se afastando. Recuperei minha faca da grama e joguei-a de novo.

O vestido dela era azul. O bebê estava se mexendo.

Eu tenho que fazer alguma coisa, Lia. Tenho que fazer alguma coisa.

Dessa vez, vi mais do que o rosto de Walther. Mais do que o rosto de Greta.

Vi Bryn. Vi Regan.

Vi Pauline.

Eu tenho que fazer alguma coisa.

CAPÍTULO 41
CRÔNICAS DE AMOR E ÓDIO

RAFE

uando retornei, já era noite. Eu não tinha comido o dia todo, e minha cabeça latejava. Conduzi meu cavalo até o celeiro e tirei a sela, sentindo em minha pele a queimadura do vento e do sol de um longo dia de cavalgada. Eu estava cansado, ainda tentando entender tudo. Como sairíamos dessa? Passei os dedos pelos cabelos. Não tinha planejado muito bem minha viagem, mas, depois da noite longa com Lia, eu dormira muito pouco.

"Precisamos conversar."

Olhei por cima do ombro. Eu estava tão preocupado. Não a ouvi entrar. Ergui minha sela para cima da madeira e fiquei cara a cara com ela. "Lia..."

"Onde você foi?" Os ombros dela estavam rígidos e seu tom de voz era curto e grosso.

Dei um passo hesitante em direção a ela. "Precisei cuidar de alguns negócios. Algum problema?"

"Um fazendeiro sem trabalho com negócios a cuidar?"

O que havia de errado com ela? "Eu disse a você que minha falta de trabalho era temporária. Eu precisava fazer o pedido de suprimentos." Joguei a coberta do cavalo que ainda estava nas minhas mãos por cima da cabine e fechei o espaço entre nós. Fitei-a nos olhos, querendo beijar cada cílio negro, perguntando-me como isso tinha acontecido comigo. Ela ergueu a mão e puxou meu rosto para baixo, para junto de sua boca, pressionou seus lábios com força nos meus, e depois deslizou as mãos pelo meu pescoço, até meu peito, afundando os dedos na minha pele. Não era desejo que eu sentia na respiração dela, mas sim desespero. Recuei. Encarei-a e toquei com meu lábio onde o beijo bruto havia cortado minha carne.

"Tem alguma coisa errada", eu disse.

"Estou indo embora, Rafe. Amanhã."

Encarei-a, sem entender o que ela estava dizendo. "O que você quer dizer com *indo embora*?"

Ela foi andando até um fardo de feno em uma cabine vazia e se sentou, erguendo o olhar para os barrotes. "Preciso voltar para casa", disse ela. "Tenho que cuidar de uma obrigação."

Ir para casa? Agora? Minha mente ficou acelerada. "Que tipo de obrigação seria essa?"

"Do tipo permanente. Não vou voltar."

"Nunca?"

Ela olhou para mim, inexpressiva. "Nunca", disse ela, por fim. "Eu não lhe contei tudo sobre a minha família, Rafe. Eu fui manipulada e mentiram para mim durante a minha vida inteira. Não vou voltar porque quero, mas um fato permanece... causei a eles e a outras pessoas muita dor com minha deslealdade. Se não voltar, posso causar ainda mais. Preciso voltar para cumprir meu dever."

A voz dela soava rígida e desprovida de sentimentos. Esfreguei o queixo. Ela parecia tão diferente! Uma Lia diferente daquela que eu sempre vira. *Manipulações e mentiras.* Desviei o olhar, meus olhos indo e vindo, incapazes de focar alguma coisa. Tentei analisar o que ela havia dito e reformular meus próprios planos frustrados ao mesmo tempo. Voltei a encará-la. "E sua família vai lhe dar essa chance?"

"Não sei, mas tenho que tentar."

Amanhã. Achei que fosse ter mais tempo. Era cedo demais. Os planos...

"Rafe?"

"Espere", falei. "Deixe-me pensar. Tenho que entender isso."

"Não há nada a entender."

"Tem que ser amanhã? Não pode esperar mais uns dias?"

"Não, não posso esperar."

Ela estava sentada, sozinha, imóvel. O que acontecera enquanto estive fora? No entanto, me parecia óbvio que a decisão dela estava tomada e que aquela era sua decisão final.

"Eu entendo de deveres, Lia", falei, tentando ganhar tempo e pensar nisso a fundo. "O dever é importante." E lealdade também. Engoli em seco, minha garganta ressecada pela poeira da estrada. "A que horas você vai embora amanhã?", perguntei a ela.

"Pela manhã. Cedo."

Assenti, mesmo com a minha mente acelerada. Isso me dava muito pouco tempo, mas de uma coisa eu sabia: não poderia permitir que ela voltasse para Civica.

CAPÍTULO 42
CRÔNICAS DE AMOR E ÓDIO

Não havia muita coisa a empacotar. Tudo que eu tinha caberia em uma bolsa dupla de sela e ainda sobraria espaço. Eu não estava levando comigo as roupas novas que tinha comprado. Deixaria essas aqui, para Pauline, já que não poderia vesti-las em Civica de qualquer forma. Eu levaria um pouco de comida também, mas, dessa vez, ficaria em estalagens ao longo do caminho. Essa fora uma das concessões que eu fizera quando Pauline jogou na minha cara a bolsinha de joias que eu tinha dado a ela. Nós duas discutimos a tarde toda. Também troquei palavras com Berdi, mas, por fim, ela aceitou que eu precisava ir embora. Quanto a Gwyneth, acho que ela soube o tempo todo, até antes de mim.

Mas Pauline havia ficado feroz de um jeito como eu nunca vira antes. Por fim, ela saiu da taverna batendo os pés quando puxei minha bolsa do armário. Eu não podia dizer a ela que um dos rostos que eu vira na campina era o dela. Um rosto como o de Greta, de olhos abertos mas sem ver nada, mais uma pessoa morta se eu não fizesse alguma coisa.

Fosse a aliança acabar sendo eficaz ou não, eu não poderia arriscar a chance de mais uma pessoa que eu amava ser destruída. Olhei ao redor da pequena cabana para ver se eu esquecera alguma coisa e vi minha guirlanda de flores de lavanda pendurada na cabeceira da cama. Eu não poderia levá-la comigo. As flores secas só seriam esmagadas na sacola da sela. Ergui a guirlanda e segurei-a junto à minha face, sentindo o aroma que desaparecia. *Rafe.*

Cerrei os olhos, tentando fazer a ferroada sumir. Mesmo não havendo nada que ele pudesse dizer nem fazer para que eu mudasse de ideia, achei que ele pelo menos tentaria me convencer a desistir. Mais do que tentar... *exigiria isso.* Eu queria que ele me desse centenas de motivos pelos quais eu deveria ficar. Ele não tinha me dado nem mesmo um. Era tão fácil assim me deixar partir?

Eu entendo de deveres.

Limpei as lágrimas que rolavam pelas minhas bochechas.

Talvez ele tivesse visto isso no meu rosto. Talvez tivesse ouvido a determinação na minha voz. Era possível que ele estivesse tentando tornar as coisas mais fáceis para mim.

Era possível que eu apenas estivesse inventando desculpas para ele.

Lia, tenho que cuidar de um assunto logo de manhã, mas, lá pelas onze horas, vou me encontrar com você na cisterna azul para um último adeus. Você não deve estar muito mais longe do que isso a essa hora. Prometa que vai me encontrar lá.

Que bem traria dizer um último adeus? Aquilo apenas não prolongaria a dor? Eu devia ter negado o pedido, mas não consegui. Vi a angústia no rosto dele, como se batalhasse contra algo maior e cruel. Minhas notícias o haviam deixado abalado. Talvez fosse tudo que eu precisava, algum sinal de que ele não queria que eu fosse embora.

Ele me puxou para seus braços e me beijou com gentileza, com doçura, como da primeira vez em que me beijara, cheio de remorsos como estivera naquela noite.

"Lia", disse ele em um sussurro. "*Lia.*" E eu ouvi as palavras *Eu te amo*, mesmo que ele não as tivesse proferido.

43
CAPÍTULO
CRÔNICAS DE AMOR E ÓDIO

bracei Berdi. Beijei suas bochechas. Abracei-a de novo. Já havia me despedido dela na noite passada, mas tanto Berdi quanto Gwyneth estavam do lado de fora na varanda da taverna logo cedo de manhã, com comida suficiente para alimentar duas pessoas enfiada em sacos de lona.

Tanto Rafe quanto Kaden já tinham saído quando me levantei. Lamentei por não ter me despedido de Kaden, mas sabia que veria Rafe mais tarde, na cisterna. O que era todo esse negócio que ele de repente tinha que cuidar? Talvez hoje fosse o dia em que todo mundo tivesse que cumprir com as expectativas de suas vidas e de seus deveres do passado. Eu e Pauline havíamos trocado mais algumas palavras antes de dormir, e ela estava fora da cabana até mesmo antes de mim nesta manhã. Não houve nenhuma despedida entre nós.

Abracei Gwyneth. "Você vai cuidar de Pauline, não vai?"

"É claro que vou", sussurrou ela.

"Tome cuidado com o que você fala, está me ouvindo?", acrescentou Berdi. "Pelo menos até chegar lá. Depois disso, fale muito."

Havia uma possibilidade real de que não fossem nem mesmo me dar uma chance de dizer algo. Eu ainda era uma desertora. Uma traidora. No entanto, com certeza, até mesmo o gabinete de meu pai seria capaz de ver a vantagem, àquela altura, de colocar minhas transgressões de lado e pelo menos tentar recuperar as boas graças de Dalbreck.

Sorri. "Vou falar à beça", prometi.

Ergui as duas bolsas. Eu estava me perguntando como conseguiria carregar tudo isso em Otto.

"Preparada?"

Eu me virei em um giro.

Pauline estava vestindo suas roupas de montaria, trazendo consigo Nove e Dieci.

"Não", falei. "Você não vem comigo."

"Isso é uma ordem real? O que você vai fazer? Arrancar minha cabeça se eu a acompanhar? Vai voltar tão rapidamente a ser Vossa Alteza?"

Olhei para as duas sacas de comida que tinha nas minhas mãos e então estreitei os olhos para Berdi e Gwyneth, que deram de ombros.

Balancei a cabeça. Não conseguia mais discutir com Pauline. "Vamos."

Fomos embora como chegamos, vestindo as nossas velhas roupas de montaria, com os três burros nos levando onde precisávamos ir. Mas nem tudo era a mesma coisa. Estávamos diferentes agora.

Atrás de nós, Terravin ainda era uma joia. Não idílica. Imperfeita. Mas perfeita para mim. *Perfeita para nós.* Parei no cume da colina e olhei para trás, onde apenas pequenos vislumbres da baía ainda eram visíveis entre as árvores. Terravin. Agora eu entendia os monumentos. Alguns eram feitos de suor e pedra, outros eram feitos de sonhos, mas todos eram feitos das coisas que não queríamos esquecer.

"Lia?" Pauline fez com que Nove parasse. Ela olhava para mim.

Dei um cutucão em Otto e a alcancei. Eu tinha que seguir em frente, em direção a uma nova esperança agora. Uma esperança feita de carne, sangue e promessas. Uma aliança. E se ela fosse exigir a vingança que vi nos olhos de Walther, melhor ainda.

"Como você está se sentindo?", perguntei a Pauline.

Ela olhou de esguelha para mim e revirou os olhos. "Estou bem, Lia. Se consegui cavalgar o caminho todo até aqui em uma velocidade estonteante sobre um cavalo raviano, certamente sou capaz de seguir sem pressa nos passos de tartaruga de Nove. Meu maior desafio nesse momento é essa calça de montaria. Está ficando um pouco justa." Ela puxou o cós da calça.

"Cuidaremos disso em Luiseveque", eu disse.

"Talvez possamos encontrar aqueles notórios mercadores de novo", disse ela, com um tom travesso.

Sorri. Eu sabia que ela estava tentando erguer meu moral.

A estrada estava cheia. Dificilmente ficávamos fora do campo de visão de alguém. Pequenos esquadrões de até uma dúzia de soldados passaram três vezes por nós. Também havia, com frequência, viajantes de passagem, que voltavam para lares distantes depois do festival, às vezes em grupos, às vezes sozinhos. A companhia na estrada era de algum conforto. O aviso de Gwyneth sobre um assassino tinha mais peso agora, embora ainda fosse impossível me identificar. Depois de ter passado semanas ao sol e com as mãos enfiadas na pia de uma cozinha, eu parecia, mais do que nunca, uma moça do interior. Especialmente cavalgando um burro com franjinhas. Ainda assim, mantive meu colete meio solto de modo que pudesse, com facilidade, deslizar a mão sob ele para pegar minha faca, caso precisasse dela.

Eu não fazia a mínima ideia de onde o pelotão de Walther poderia estar quando ele disse que os alcançaria. Eu tinha esperanças de que ainda estivessem em Civica e não em algum posto avançado distante. Talvez, junto com Bryn e Regan, pudéssemos colocar algum senso nele — se eu chegasse lá a tempo. Walther não estava com um estado mental adequado para cavalgar até lugar nenhum que fosse. Eu também queria vingança pela morte de Greta, mas não a custo de perdê-lo. É claro que estava novamente supondo que permitiriam que eu falasse com qualquer um. Não sabia ao certo o que me esperava de volta em Civica.

A cisterna ainda ficava a pelo menos uma hora de viagem. Lembrei-me da primeira vez que a vi, pensando que parecia uma coroa no topo da colina. Para mim, tinha sido um ponto marcando o início, e agora haveria de marcar o fim: o último lugar onde eu me encontraria com Rafe.

Tentei não pensar nele. Minha coragem e minha determinação vacilavam quando fazia isso, mas era impossível mantê-lo longe dos meus pensamentos. Eu sabia que tinha que contar a ele a verdade sobre mim mesma, porque eu precisava me despedir de Terravin e dele. Eu devia isso a Rafe. Talvez, em algum nível, ele já tivesse entendido.

Talvez fosse por isso que não tentara me convencer a ficar. *Eu entendo de deveres.* Gostaria que não entendesse.

"Água?" Pauline estirou um cantil para mim. Suas bochechas estavam rosadas com o calor. Como eu ansiava pela brisa fresca da baía! Peguei o cantil da mão dela e tomei um gole, e então joguei um pouco de água na minha blusa, para me refrescar. Ainda era cedo, mas o calor na estrada já estava desencorajador. As roupas de montaria eram sufocantes, mas pelo menos nos protegiam um pouco do sol. Olhei para baixo, para um dos muitos rasgos em minha calça, o tecido que se soltava, deixando meu joelho exposto, e comecei a dar risada, rindo tanto que mal conseguia respirar. Meus olhos se encheram de lágrimas.

Pauline olhou pra mim, alarmada, e falei: "Olhe para nós! Você consegue imaginar?".

Ela soltou uma bufada e uma gargalhada também para acompanhar a minha. "Pode ser que tudo isso valha a pena", disse ela, "nem que seja só para ver todo mundo de queixo caído!"

Oh, de queixo caído, com certeza. Especialmente o Chanceler e o Erudito.

Nossa risada foi sumindo devagar, como alguma ferida de luta, soltando-se, e, em segundos, parecia que o mundo inteiro caíra no silêncio conosco.

Escute.

Notei que, pela primeira vez, a estrada estava vazia, não havia ninguém à nossa frente ou atrás de nós. Eu não conseguia enxergar ao longe. Estávamos em um vale entre colinas. Talvez isso fosse responsável pelo pungente silêncio que repentinamente nos cercava.

Escutei, com atenção, cascos andando na terra. O tinido e o ressoar de tachas. O *silêncio.*

"Espere", falei, estirando a mão para impedir que Pauline desse um passo à frente, sussurrando: "Espere".

Fiquei lá sentada, em silêncio, com o sangue apressando-se em correr aos meus ouvidos, e inclinei a cabeça para o lado. *Escute.* Pauline não falou nada, esperando que eu dissesse algo. O dentuço Dieci soltou sons hesitantes atrás de nós, e balancei a cabeça em negativa.

"Não foi nada, acho. Eu..."

E então vi.

Havia uma silhueta em um cavalo à sombra de um pequeno carvalho a menos de vinte passos da estrada. Parei de respirar. O sol estava em meus olhos, então foi só quando ele emergiu das sombras que pude ver quem era. Soltei um suspiro, aliviada.

"Kaden, o que você está fazendo aqui?", perguntei. Puxamos nossos asnos para fora da estrada, para nos encontrarmos com ele, que trouxe seu cavalo mais para perto de nós, devagar, até que estivesse à distância de um braço de mim. Otto puxou suas rédeas e bateu com os cascos no chão, nervoso com o cavalo que se agigantava tão perto dele. Kaden parecia diferente: mais alto e rígido em sua sela.

"Não posso permitir que você vá embora, Lia", disse ele.

Ele percorreu o caminho todo até aqui só para me dizer isso? Soltei um suspiro. "Kaden, eu sei..."

Ele esticou a mão e apanhou as rédeas de mim.

"Desçam dos seu asnos."

Olhei para ele, confusa e irritada. Pauline olhou de relance para ele e de volta para mim, a mesma confusão nos olhos dela. Estiquei a mão para pegar as rédeas de volta. Ele teria que aceitar...

"*Bedage! Ges mi nay akuro fasum!*", gritou Kaden, não para mim, mas em direção à parca floresta de onde ele tinha vindo. Mais cavaleiros surgiram.

Olhei, boquiaberta, para Kaden. *Bedage?* A descrença deixou-me imóvel por um segundo febril, e depois a verdade esfaqueou-me na forma de horror. Puxei as rédeas que ele ainda segurava firmemente nas mãos, a fúria lampejando pelo meu corpo, e gritei para que Pauline saísse correndo. Foi o caos quando o cavalo bateu no asno e Kaden agarrou meus braços. Empurrei-me para longe dele e caí, cambaleando, de Otto. Nossa única chance de fuga era sair correndo a pé e nos escondermos na vegetação espessa, se conseguíssemos ir tão longe.

Não tivemos nem tempo para nos mover antes que os outros cavaleiros estivessem sobre nós. Um deles arrancou Pauline de cima de Nove. Ela gritou, e um outro braço me atingiu. O silêncio tinha explodido em uma bola de fogo de ruídos, tanto dos homens quanto dos seus animais. A mão áspera de alguém agarrou meus cabelos e caí no chão. Rolei e vi Pauline mordendo o braço que a segurava e se livrando dele, com o homem em seus calcanhares. Eu não me lembrava de tê-la pego, mas minha faca estava bem segura em meu punho cerrado, e lancei-a, a lâmina atingindo em cheio o ombro do homem que a perseguia. Ele soltou um grito, caindo de joelhos e rugindo enquanto arrancava a faca do ombro. O sangue jorrava pela ferida. Kaden pegou Pauline, segurando-a por trás, e dois braços fortes me prenderam ao mesmo tempo. O homem ferido continuava a xingar e vociferar em um idioma que eu sabia que só poderia ser vendano.

Travei meu olhar no de Kaden.

"Você não deveria ter feito isso, Lia", disse ele. "Não vai querer que Finch fique contra você."

Olhei com ódio para ele. "Vá para o inferno, Kaden. Vá para o inferno!"

Sem se abalar, sem nem mesmo pestanejar em momento algum, sua estabilidade agora transformada em algo assustadoramente à parte de si mesma, Kaden voltou a atenção de mim para um homem próximo.

"Malich, essa daqui terá que ir no cavalo com você. Eu não tinha contado com ela."

O homem que atendia pelo nome de Malich deu um passo à frente, com um sorriso lascivo, e agarrou Pauline bruscamente pelo pulso, tomando-a de Kaden. "Com prazer."

"Não!", gritei. "Ela não tem nada a ver com isso. Soltem-na!"

"Não posso fazer isso", foi a resposta calma de Kaden, entregando um trapo imundo a Finch para que o colocasse debaixo de suas roupas, na ferida. "Quando estivermos no meio do nada, nós a deixaremos ir."

Malich arrastou Pauline na direção de seu cavalo enquanto ela o atacava com as unhas e o chutava.

"Kaden, não! Por favor!", gritei. "Pelo amor dos deuses, ela está carregando uma criança!"

Ele parou no meio de seu passo. "Pare", disse ele a Malich, e me analisou para ver se era algum tipo de manobra minha.

Ele se virou para Pauline. "É verdade?"

Lágrimas escorriam pela face de Pauline, que assentiu.

Ele fez uma cara feia. "Mais uma viúva com um bebê", disse ele, bem baixinho. "Se eu deixar que ela vá embora, você virá conosco, sem lutar?"

"Sim", respondi rápido — talvez rápido demais.

Ele estreitou os olhos. "Tenho sua palavra?"

Assenti.

"*Kez mika ren*", disse ele.

O braço que me prendia com tanta força me soltou, e fui cambaleando para a frente, sem me dar conta de que meus pés mal tocavam o chão. Todos eles me observavam para ver se eu seria fiel à minha palavra. Fiquei parada, sem me mexer, tentando respirar direito.

"Lia, não", disse Pauline, chorando.

Balancei a cabeça e levei meus dedos até os lábios, beijando-os, erguendo-os no ar. "Por favor, Pauline. Confie nos deuses. Shh. Vai ficar tudo bem." Os olhos dela estavam selvagens de medo, mas ela assentiu em resposta.

Kaden aproximou-se de Pauline enquanto Malich a segurava. "Vou levar os asnos bem para dentro na vegetação rasteira e os prenderei a uma árvore. Você deve ficar lá com eles até que o sol esteja se pondo atrás das colinas do outro lado. Se sair de lá um minuto antes disso, você morrerá. Se mandar alguém atrás de nós, Lia morrerá. Você está me entendendo, Pauline?"

"Kaden, você não pode..."

Ele se inclinou ainda mais para Pauline, segurando o queixo dela com a mão. "Você me entendeu, Pauline?"

"Sim", respondeu ela em um sussurro.

"Que bom." Ele apanhou as rédeas de seu cavalo, gritando instruções a um cavaleiro menor a quem eu não tinha dado atenção. Era apenas um menino. Ele pegou a bolsa da sela de Otto e prendeu-a em outro cavalo, junto com meu cantil. Kaden recuperou minha faca, que Finch havia jogado no chão, e colocou-a na própria bolsa.

"Por que não podemos matá-la agora?", perguntou-lhe o menino.

"*Eben! Twaz enar boche!*", gritou o homem musculoso e repleto de cicatrizes.

Seguiu-se uma confusão de palavras furiosas que presumi que fossem sobre quando e como me matar, mas, até mesmo enquanto eles falavam, moviam-se com rapidez, conduzindo a nós e aos asnos até a cobertura da vegetação. Finch ficou olhando feio para mim, segurando seu ferimento e xingando em um parco morrighês que eu era sortuda por se tratar apenas de uma ferida superficial.

"Minha mira é ruim", respondi. "Mirei em seu coração negro. Mas não se preocupe, o veneno em que embebi a lâmina deve entrar em ação logo e tornar sua morte lenta e dolorosa."

Ele arregalou os olhos e se lançou sobre mim, mas Kaden empurrou-o para trás e gritou algo em vendano, voltando a mim em seguida e puxando meu braço mais para perto dele. "Não os atice, Lia", Kaden sussurrou entredentes. "Todos querem matar você agora, e não seria preciso muita coisa para que fizessem isso." Embora eu não conhecesse o idioma deles, tinha entendido a mensagem sem a tradução de Kaden.

Caminhamos mais a fundo na vegetação rasteira, ponteada de carvalhos e arbustos baixos. Quando a estrada não podia mais ser avistada, eles prenderam os asnos às árvores. Kaden repetiu as instruções a Pauline.

Ele fez um movimento indicando o cavalo em que eu deveria montar.

Virei-me para Pauline, cujos cílios estavam molhados e cuja face estava suja de terra. "Lembre-se, minha amiga, de *contar* para passar o tempo... assim como fizemos em nossa vinda até aqui." Ela assentiu e dei um beijo em sua bochecha.

Kaden olhou para mim, com ares de suspeita. "Levante-se."

Meu cavalo era imenso, quase tão grande quanto o dele, e ele me ajudou a montar, enquanto segurava as rédeas. "Você vai se arrepender se quebrar sua palavra."

Olhei com ódio para ele. "Um mentiroso sagaz confiando na palavra de outra mentirosa? Imagino que eu deveria apreciar essa ironia colossal." Estirei a mão para pegar as rédeas. "Mas lhe dei minha palavra e vou mantê-la."

Por enquanto.

Ele me entregou as rédeas, e eu me virei para acompanhar os outros.

Eu e Pauline havíamos forçado nossos cavalos ravianos ao que parecia uma velocidade estonteante, mas essas bestas negras voavam como se fossem demônios alados perseguidos pelo diabo. Eu não me atrevia a me virar nem para um lado nem para o outro, ou teria sido jogada para fora da sela e pisoteada pelo cavalo de Kaden, que estava atrás de mim. Quando a vegetação foi diminuindo, nós cavalgamos lado a lado, com Kaden de um lado e o menino, Eben, do outro. Apenas selvagens treinariam uma criança para matar.

Tentei ficar contando, exatamente como tinha instruído Pauline a fazer, mas logo se tornou impossível manter os números na minha cabeça. Eu só sabia que tínhamos andado quilômetros — quilômetros e mais quilômetros, e o sol ainda estava alto no céu. Eu e Pauline sabíamos que uma contagem até duzentos cobria um quilômetro e meio, pelo menos em nossos cavalos ravianos. Ela saberia quando os bárbaros estivessem longe demais para alcançá-la de novo. Ela não teria que esperar até que o sol estivesse se pondo atrás das colinas. Dentro de mais uma hora, estaria voltando correndo para Terravin, tão rápido quanto nossos lentos asnos permitiam. Logo depois disso, ela estaria em segurança e fora do alcance dos bárbaros, e então o valor de minha palavra haveria de expirar. Mas ainda não. Ainda era cedo demais para me arriscar, mesmo que eu conseguisse uma oportunidade.

Não havia nenhuma trilha ali, então tentei memorizar a paisagem. Cavalgamos em terrenos descampados, ao longo de leitos de riachos secos, passando por passagens montanhosas em meio à floresta esparsa, e cruzamos campinas planas. Observei a posição das montanhas, suas formas individuais, as serras cheias de árvores altas, qualquer coisa que pudesse me ajudar a encontrar meu caminho de volta. Minhas bochechas ardiam com o vento e o sol, e meus dedos doíam. Por quanto tempo conseguiríamos cavalgar naquele ritmo?

"*Sende akki!*", disse Kaden, por fim, e todos recuaram, diminuindo consideravelmente o ritmo.

Meu coração acelerou. Se eles iam me matar, por que me trariam por todo esse caminho só para fazer isso? Talvez essa fosse minha última chance. Será que eu conseguiria ser mais rápida do que os outros quatro cavalos?

Kaden andou com seu cavalo até se aproximar do meu. "Me dê suas mãos", disse ele.

Observei-os com incerteza e depois voltei meu olhar para os outros. "Posso conseguir joias", falei. "E mais dinheiro do que qualquer um de vocês poderia gastar em uma vida inteira. Deixem-me ir e..."

Eles começaram a rir. "Todo o dinheiro de dois reinos não vale o que o Komizar faz com traidores", disse Malich.

"Ouro não significa absolutamente nada para nós", disse Kaden. "Agora me dê suas mãos."

Estiquei as mãos, e ele enrolou uma extensão de corda em volta delas. Ele puxou as extremidades da corda para se certificar de que estava apertada, e me encolhi em dor. Finch observou o que ele fazia e soltou um pequeno grunhido de aprovação.

"Agora se incline na minha direção."

Meu coração batia com tanta fúria que eu não conseguia nem mesmo respirar. "Kaden..."

"Lia, incline-se para a frente."

Olhei para as minhas mãos atadas. Será que eu seria capaz de cavalgar em um cavalo mesmo assim? Meus pés tremiam, prontos para darem um chute nas laterais do corpo do meu cavalo e sair correndo em direção às árvores ao longe.

"Nem pense nisso", disse Kaden, cujos olhos estavam mortalmente frios, sem em nenhum momento tirá-los de mim, nem de relance, porém, de alguma forma, ele sabia que meus pés estavam bem firmes nos estribos.

Inclinei-me na direção dele, conforme Kaden me instruíra a fazer. Ele ergueu um capuz negro. "Não!" Eu me forcei a ir para trás, mas senti a mão de alguém violentamente me empurrando para a frente. O capuz caiu por cima da minha cabeça, e o mundo ficou preto.

"É só por alguns quilômetros", disse Kaden. "É melhor que você não veja algumas trilhas à frente."

"Você espera que eu cavalgue dessa maneira?" Ouvi o pânico na minha voz.

Senti a mão de Kaden tocando ambas as minhas mãos atadas. "Respire, Lia. Eu guiarei seu cavalo. Não tente se mexer para a esquerda nem para a direita." Ele fez uma pausa por um instante e depois puxou a mão, acrescentando: "A trilha é estreita. Um passo em falso e tanto você quanto seu cavalo morrem. Faça o que estou mandando".

Minha respiração era quente debaixo do capuz. Achei que fosse sufocar bem antes de chegarmos ao fim de qualquer trilha que fosse. Conforme seguíamos em frente, eu não me movi para a esquerda ou para a direita, enquanto forçava uma lenta e abafada respiração atrás da outra. *Eu não ia morrer assim.* Ouvi rochas caindo pelas faces escarpadas, seus ecos continuando infinitamente. Parecia que, qualquer que fosse o abismo que nos cercava, ele não tinha fundo, e, a cada passo, jurei que se algum dia chegasse até o fim da trilha e ficasse sem o capuz e desamarrada, nunca desperdiçaria uma oportunidade de novo — se eu fosse morrer, seria quando pudesse ver Kaden claramente, enquanto enfiasse uma faca entre as costelas vendanas e enganadoras dele.

263

CAPÍTULO 44
CRÔNICAS DE AMOR E ÓDIO

RAFE

"Parece que ela fez isso de novo. Sua pombinha saiu voando sem você."

"Não." Permaneci olhando a estrada, com o suor escorrendo pelas minhas costas. "Ela me prometeu que viria. Ela estará aqui."

"Ela já fez promessas que achou bem fáceis de quebrar."

Olhei com ódio para Sven. "Cale a boca. Simplesmente... cale a boca."

Já estávamos esperando há mais de uma hora. O sol estava alto acima de nossas cabeças. Nossos planos haviam sido formados às pressas, mas eu cheguei lá antes das onze, de modo que não deixaria de encontrá-la. Não era possível que Lia já tivesse passado por mim na estrada, a menos que tivesse partido mais cedo do que planejara. Ou talvez ela ainda estivesse em Terravin? Será que algo a havia atrasado? A estrada estava cheia de viajantes, até mesmo de esquadrões de soldados. Era seguro viajar. Nenhum bandido se atreveria a fazer seus afazeres ali. Toda vez que alguém surgia pela colina, eu me sentava mais alto na minha sela, mas não vi Lia.

"Cale a boca? Dizer isso é o melhor que você pode fazer?"

Virei-me para encarar Sven, que estava sentado todo arrogante e calmo em sua sela. "O que eu gostaria de fazer é rachar seu maxilar, mas não bato em pessoas mais velhas ou em enfermos."

Sven pigarreou. "Ora, isso é golpe baixo. Até mesmo para você. Você deve gostar mesmo dessa menina."

Desviei o olhar, fitando o ponto em que a estrada desaparecia sobre a colina.

Voltei a fitá-lo em um movimento rápido como uma chicotada. "Onde estão os outros?", exigi saber. "Por que não estão aqui ainda?" Eu sabia que estava sendo um pentelho arrogante, mas a espera estava me exaurindo.

"Os cavalos deles não têm asas, meu Príncipe. Eles vão nos encontrar mais adiante na estrada, se e quando chegarmos lá. As mensagens não viajam tão rápido assim, nem mesmo aquelas enviadas com urgência."

Achei que fosse ter mais tempo. Mais tempo para dar as notícias a ela, para convencê-la, mais tempo para que uma escolta chegasse. Eu queria levá-la até Dalbreck, onde estaria em segurança, livre de caçadores de recompensa e de seu pai assassino. Eu sabia que não seria fácil persuadi-la a sair de Terravin. Sabia que mais provavelmente seria impossível. Para mim, seria difícil partir... Mas então, na noite passada, todo aquele planejamento esvaíra-se como fumaça. Ela estava determinada a voltar para Civica — o último lugar para onde deveria ir. Eu tentaria conversar com ela para que mudasse de ideia no caminho até lá, mas, se não conseguisse, queria um séquito substancial o bastante a ponto de protegê-la quando passássemos cavalgando pelos portões de Civica.

É claro que eu precisaria de proteção *contra* ela, assim que lhe contasse quem eu era. Estava com medo de revelar a verdade. Eu a havia manipulado. Havia mentido. Todas as coisas que ela dissera foram imperdoáveis. Se ela estava voltando para completar a aliança, eu sabia que não era para se casar *comigo*, ela estava indo embora para se casar com um homem por quem nunca teria um pingo de respeito. Eu ainda era aquele homem. Era impossível desfazer o que já havia feito. Eu permitira que meu pai arranjasse um casamento para mim. *Papai.* O pleno e amargo desdém na voz dela permanecia fresco na minha mente. Azedava meu estômago.

"Eu estraguei tudo, Sven."

Ele balançou a cabeça em negativa. "Não, não foi você, menino. Dois reinos fizeram isso. O amor é sempre uma coisa bagunçada, que é melhor quando deixado para corações jovens. Não há regras básicas a serem seguidas. É por isso que prefiro servir como soldado, que é algo que consigo entender melhor."

Mas havia regras. Pelo menos Lia achava que havia, e eu quebrara a mais importante delas com meu engodo.

Se a gente não pode confiar em uma pessoa no amor, não se pode confiar nela para nada. Algumas coisas não podem ser perdoadas.

Eu poderia argumentar que ela também estava vivendo uma mentira, mas eu sabia que não era a mesma coisa. Ela *era* uma empregada em uma taverna agora. Isso era tudo que queria ser. Estava tentando construir uma vida nova. Eu só estava usando minha falsa identidade para conseguir aquilo de que precisava. Eu só não sabia, não antes de chegar aqui, que aquilo de que eu precisava era Lia.

Um outro cavaleiro apareceu em cima da colina. Mais uma vez, não era ela. "Tavez esteja na hora de irmos embora, não?", sugeriu Sven. "Ela provavelmente está a meio caminho de Civica a essa altura e, ao que parece, é mais do que capaz de cuidar de si mesma."

Balancei a cabeça em negativa. Havia algo errado. *Ela estaria aqui.* Arrastei meu cavalo para a esquerda. "Vou até Terravin encontrá-la. Se eu não estiver de volta ao cair da noite, venha me procurar junto com os outros." Afundei os calcanhares e me dirigi até a estrada.

CAPÍTULO 45
CRÔNICAS DE AMOR E ÓDIO

 paisagem era infértil e quente. Eles tinham coberto os meus olhos por mais duas partes da jornada. A cada vez que tiravam o capuz da minha cabeça, um novo mundo parecia se espalhar diante de mim. O mundo com que nos deparávamos agora era seco e implacável. Por causa do calor intenso, eles diminuíram a velocidade pela primeira vez e conversaram uns com os outros, embora falassem apenas na própria língua.

Já passara muito da hora em que eu haveria de me encontrar com Rafe. Tinha tantas coisas que eu queria dizer a ele. Coisas que eu *precisava* dizer e que, agora, ele nunca saberia. Provavelmente ele já estava a caminho de sua fazenda, acreditando que eu havia quebrado a minha promessa de me encontrar com ele.

Observei as baixas e brumosas montanhas ao longe, e depois voltei a olhar para trás, mas vi apenas mais do mesmo atrás de mim. O quão próxima de Terravin estaria Pauline a essa altura?

Kaden me viu avaliando o árido panorama. "Você está calada", disse ele.

"É mesmo? Perdoe-me. Sobre o que que devemos conversar? O tempo?"

Ele não respondeu. Eu não esperava uma resposta de Kaden, mas fiquei fitando-o por um bom tempo e com uma expressão dura. Sabia que ele sentia meu tempestuoso olhar compenetrado, embora estivesse com o olhar fixo à frente.

"Você quer um pouco de água?", ele perguntou sem olhar para mim.

Eu desejava desesperadamente algo para beber, mas não queria pegar nada dele. Virei-me para Eben, que cavalgava do meu outro lado. "Menino, você pode me devolver o meu cantil?" Da última vez em que eles tinham desatado minhas mãos e tirado o capuz de mim, eu havia girado o cantil na cabeça de Kaden, então eles o confiscaram. Eben olhou para Kaden, esperando pela decisão dele. Kaden assentiu.

Tomei um grande gole de água e depois mais um. A julgar pela paisagem, eu sabia que não deveria desperdiçar água molhando minha blusa. "Ainda estamos em Morrighan?", perguntei a ele.

Kaden meio que sorriu, meio que soltou um grunhido. "Você não conhece as fronteiras do seu próprio país? Típico da realeza..."

Senti minha cautela estalar. Este era o pior momento possível para sair correndo, mas chutei as laterais do meu cavalo com os calcanhares, e saí voando pela areia densa. O galope dos cascos era tão rápido e firme que soava como mil tambores socando uma única e contínua batida.

Eu não tinha como fugir: não havia lugar onde ir neste vasto e imenso vale. Se mantivesse o ritmo por muito tempo, o calor implacável mataria meu cavalo. Puxei as rédeas e deixei que me conduzisse, de modo que poderia recuperar o fôlego e o ritmo. Esfreguei sua crina com a mão e joguei um pouco da preciosa água no focinho dele para ajudá-lo a se resfriar.

Olhei para trás, esperando vê-los em cima de mim, mas eles apenas avançavam sem pressa e presunçosos. Não arriscariam seus próprios cavalos quando sabiam que eu estava presa nesse lugar desolado e abandonado por Deus.

Por enquanto.

Esse pensamento se tornara minha invocação silenciosa.

Quando me alcançaram, eu e Kaden trocamos um severo olhar de relance, mas nenhuma palavra foi dita.

A cavalgada era infinita. O sol desaparecia atrás de nós. Minhas nádegas doíam. Meu pescoço estava incomodado. Minhas bochechas ardiam. Achei que tivéssemos viajado mais de cento e cinquenta quilômetros.

O nevoeiro por fim cedeu lugar a um cor de laranja brilhante enquanto o sol poente colocava o céu em chamas. Logo à frente, um gigantesco afloramento de grandes rochas redondas, tão grandes quanto uma mansão, que pareciam ter caído direto do céu no meio desse lugar desolado. Seguiu-se outro borrão de palavras ditas, e Griz apontou e berrou bastante. Ele era o único que não falava morrighês. Tanto Malich quanto Finch tinham sotaques pesados, e Eben falava morrighês tão fluentemente quanto Kaden.

Os cavalos pareciam sentir que esse seria nosso acampamento para passarmos a noite e aumentaram suas passadas. Conforme nos aproximamos do lugar, vi uma fonte e uma minúscula poça na base de uma das pedras. Essa não era uma parada aleatória. Eles conheciam seu caminho tão bem quanto qualquer abutre do deserto poderia conhecê-lo.

"Aqui", disse Kaden para mim, simplesmente, enquanto deslizava de seu cavalo.

Tentei não me encolher de medo quanto desmontei. Eu não queria ser *típica da realeza*. Espreguicei-me, testando para ver que parte do meu corpo sentia mais dor. Virei-me e olhei com ódio para o grupo. "Vou dar a volta até o outro lado dessas rochas e cuidar de algumas coisas pessoais. Não venham atrás de mim."

Eben ergueu o queixo. "Eu vi o traseiro de uma moça uma vez."

"Bem, não vai ver o meu. Fique aqui."

Malich deu uma risada, a primeira risada que eu ouvia de algum deles, e Finch esfregou o ombro e fez uma cara feia, jogando o trapo cheio de sangue seco que estivera debaixo de sua camisa no chão. Com certeza ele guardou ressentimento de mim, mas já estava óbvio que aquela era uma ferida limpa ou ele estaria em um estado muito pior. Eu gostaria que *tivesse* banhado minha faca em veneno. Fui marchando para o outro lado, dando bem a volta em Griz, e encontrei um lugar escuro e privado para fazer xixi.

Emergi das sombras. Se eles pretendessem mesmo, teriam me matado a essa altura. Quais eram as intenções deles senão me matar? Sentei-me em uma rocha baixa e olhei para as montanhas aos pés das outras, talvez a um quilômetro e meio de distância. Ou seriam cinco? A distância era enganadora nessa terra quente, reluzente e plana. Depois que ficasse escuro, será que eu conseguiria ver meu caminho bem o bastante a ponto de fugir dali? Mas então, faria o quê? Eu precisava pelo menos do meu cantil e da minha faca para sobreviver.

"Lia?"

Kaden deu a volta, devagar, em uma das grandes pedras redondas, seus olhos buscando as rochas na luz que se esvanecia, até que ele me viu. Fitei-o enquanto ele se aproximava, sua duplicidade atingindo-me profunda e severamente, não com a raiva selvagem desta manhã, mas com uma dor lancinante. Eu havia confiado nele.

A cada passada que ele dava, todos os meus pensamentos sobre ele se desenrolavam e formavam algo novo, como uma tapeçaria sendo virada do avesso, revelando um emaranhado de nós e feiura. Apenas umas poucas semanas atrás, eu havia cuidado do ombro dele. Apenas poucas noites atrás, Pauline havia dito que os olhos dele eram bondosos. Apenas duas noites atrás, eu havia dançado com ele, e ontem mesmo, eu havia beijado sua bochecha na campina. *Você é uma boa pessoa, Kaden. Leal e verdadeiro para com seu dever.*

O quão pouco sabia eu do que isso significava para Kaden. Desviei o olhar. Como ele pôde me enganar tão por completo e absolutamente? A areia seca era esmagada sob suas botas. Seus passos eram lentos e medidos. Ele parou a poucos metros de distância.

A dor chegou à minha garganta.

"Diga-me uma coisa...", sussurrei. "Você é o assassino que foi enviado por Venda para me matar?"

"Sim."

"Então por que ainda estou viva?"

"Lia..."

"Diga-me a verdade, Kaden. Por favor. Eu mantive minha palavra e os acompanhei sem lutar. Você me deve ao menos isso." Eu temia que alguma coisa pior do que a morte ainda estivesse guardada para mim.

Ele deu mais um passo, de modo a ficar parado à minha frente. O rosto dele parecia mais gentil e reconhecível. Seria porque seus camaradas não estavam ali para vê-lo?

"Decidi que você seria mais útil para Venda viva do que morta", disse ele.

Ele decidiu. Como um deus distante. Por hoje, Lia deverá viver.

"Então você cometeu um erro estratégico", falei. "Não tenho nenhum segredo de Estado. Nada de estratégias militares. E, em termos de resgate, não valho nada."

"Você ainda tem outro valor. Eu disse aos outros que você tem o dom."

"Você o quê?" Balancei a cabeça em negativa. "Então você mentiu para seus..."

Ele agarrou meus pulsos e me puxou para que eu ficasse em pé, segurando-me a poucos centímetros de seu rosto. "Essa era a única maneira que eu tinha de salvar você", disse ele, sibilando, com a voz baixa. "Está entendendo? Então *nunca* negue que você tem o dom. Não para eles. Nem para ninguém. Isso é tudo que a mantém viva."

Meus joelhos pareciam feitos de água. "Se você não queria me matar, por que simplesmente não deixou Terravin? Por que não disse a eles que o trabalho estava terminado e ninguém ficaria sabendo de nada..."

"Para que você pudesse voltar a Civica e criar uma aliança com Dalbreck? Só porque não quero matar você, isso não quer dizer que eu não seja mais leal à minha própria gente. Nunca se esqueça disso, Lia. Venda sempre vem em primeiro lugar. Até mesmo antes de você."

O fogo irrompeu pelo meu sangue, pelos meus ossos; meus joelhos voltaram a ficar sólidos novamente, tendões, músculos, carne quente e rígida. Puxei e libertei meus pulsos das mãos dele.

Esquecer? Jamais.

CAPÍTULO 46
CRÔNICAS DE AMOR E ÓDIO

RAFE

rocurei por todas as partes ao longo da estrada em busca de algum sinal dela, dando a volta em duas casas de fazenda que havia ali perto, para o caso de Lia ter parado para beber água ou caso alguém a tivesse visto de passagem. Não a viram. Na hora em que desci cavalgando pela rua principal de Terravin, eu estava certo de que ela ainda tinha que estar na estalagem.

Conforme subi cavalgando até lá, vi os asnos, soltos e sem as selas, vagueando ao redor, do lado de fora da taverna. A porta da frente estava aberta, e ouvi a comoção lá dentro. Atei meu cavalo e subi correndo os degraus da varanda. Pauline estava sentada a uma mesa, tentando recuperar o fôlego entre soluços de choro. Berdi e Gwyneth estavam paradas, em pé, cada uma de um lado de Pauline, tentando acalmá-la.

"Qual é o problema?", perguntei.

Berdi fez um aceno com a mão para mim. "Calado! Ela acabou de chegar. Deixe que nos conte o que aconteceu!"

Gwyneth tentou dar um pouco de água a ela, mas Pauline a afastou.

Prostrei-me de joelhos em frente a Pauline, segurando suas mãos. "Onde está Lia, Pauline? O que aconteceu?"

"Eles a pegaram."

Ouvi a história enquanto ela me contava os detalhes entre soluços. Havia cinco deles, entre os quais Kaden. Eu não tinha tempo para ficar com raiva. Não tinha tempo para ficar com medo. Apenas ouvi, memorizei todas as palavras dela, e questionei-a em relação aos detalhes importantes que não havia mencionado. *Que tipo de cavalos, Pauline?* Dois tinham pelo castanho-escuro. Três eram pretos. Todos robustos. Não havia nenhuma marcação neles. Eram da mesma raça do cavalo de Kaden. *Corredores, criados para ter vigor.* Mas ela não tinha certeza. Tudo acontecera rápido demais. Um dos homens era grande. Muito grande. Um deles não passava de um menino. Eles falavam em outro idioma. Talvez fosse vendano. Lia havia chamado os homens de bárbaros. *Quanto tempo faz isso?* Ela não tinha certeza. Talvez três horas. Eles foram para o leste. *Onde pararam vocês?* No declive na estrada, logo ao norte da casa de fazenda amarela. Há uma pequena clareira ali. Eles saíram do mato. *Alguma outra coisa de que eu precise saber?* Eles disseram que, se alguém os seguisse, Lia morreria. *Ela não vai morrer. Não vai.*

Dei ordens a Berdi. Peixe seco, qualquer comida seca que fosse rápida. Eu tinha que ir. Ela foi até a cozinha e estava de volta dentro de poucos segundos.

Havia cinco deles. Mas eu não poderia esperar por Sven e os outros. A trilha ficaria fria, e todos os minutos contavam.

"Ouça com atenção", disse a Pauline. "Em algum momento depois do cair da noite, alguns homens virão procurar por mim. Espere por eles. Diga tudo o que você acabou de falar para mim. Diga a eles aonde devem ir." Virei-me para Berdi e Gwyneth. "Deixem comida preparada para esses homens. Nós não teremos tempo de caçar."

"Você não é um fazendeiro", disse Gwyneth.

"Não me importa quem diabos ele seja", disse Berdi, e enfiou um saco de pano na minha mão. "Vá!"

"O líder se chama Sven. Ele trará consigo pelo menos uma dúzia de homens", falei por cima do ombro enquanto saía pela porta. Eu ainda tinha seis horas de luz do dia. Enchi o meu cantil de couro na bomba de água e apanhei um saco de aveia para o meu cavalo. Eles estavam bem à frente. Eu demoraria um tempinho para alcançá-los. Mas os alcançaria. Faria o que fosse necessário para trazê-la de volta. Eu a encontrei uma vez. E a encontraria novamente.

CAPÍTULO 47
CRÔNICAS DE AMOR E ÓDIO

 cordei com uma face sorridente me encarando e uma faca na minha garganta.
"Se você tem o dom, por que não me viu chegando em seus sonhos?"
Era o menino, Eben, que tinha a voz de menina e os olhos de um vira--lata curioso. *Uma criança.* No entanto, sua intenção era a de um ladrão veterano. Ele pretendia roubar minha vida. Se o dom era tudo que estava me mantendo viva, Eben parecia não ter entendido a mensagem.

"Eu vi você chegando...", respondi.

"Então por que você não acordou para se defender?"

"Porque eu também vi..."

De repente, ele foi catapultado no ar, caindo a vários metros dali.

Sentei-me direito, encarando Griz, a quem eu tinha visto olhando feio por cima do ombro de Eben. Embora não gostasse de mim, Griz também parecia não tolerar decisões independentes e precipitadas. Kaden já estava em cima de Eben, puxando-o do chão pelo colarinho.

"Eu não ia machucá-la", reclamou o menino, esfregando o queixo ferido. "Só estava brincando com ela."

"Brinque assim de novo e será deixado para trás sem um cavalo", disse Kaden aos gritos, e empurrou o menino de volta ao chão. "Lembre-se de que ela é o prêmio do Komizar, não *seu.*" Ele se aproximou e soltou meu calcanhar de uma sela, uma precaução que tinha tomado para garantir que eu não tentaria sair correndo durante a noite.

"Então agora eu sou um prêmio?", perguntei.

"Prêmio de guerra", disse ele, sem rodeios.

"Eu não sabia que estávamos em guerra."

"Sempre estivemos."

Levantei-me, esfregando o pescoço, abusado com frequência nos últimos tempos. "Como eu ia dizendo, Eben. O motivo pelo qual não vi necessidade de acordar foi porque eu também enxerguei seus ossos secos sendo picados por abutres enquanto eu fugia no meu cavalo. Acho que as coisas ainda podem acabar assim, não?"

Ele arregalou os olhos por um breve instante, contemplando a veracidade da minha visão, e depois fez uma cara feia para mim, um semblante que demonstrava raiva demais para alguém tão jovem.

O dia passou como o anterior: quente, seco, cansativo e monótono. Além da região montanhosa, havia um outro vale quente, e depois, mais um. Era a estrada para o inferno, que não me concedia nenhuma chance de fugir. Até mesmo as colinas eram inférteis. Não havia nenhum lugar onde eu poderia me esconder. Não era muito de se admirar que não passássemos por ninguém. Quem mais estaria ali naquele lugar desolado?

No terceiro dia, eu fedia tanto quanto Griz, mas ninguém notava isso. Todos os outros também fediam. Seus rostos tinham camadas de sujeira, então presumi que o meu estivesse da mesma forma, todos nos tornando animais imundos. Senti o gosto de poeira na minha boca, senti-a em meus ouvidos, poeira por toda parte, pedacinhos secos de inferno soprando na brisa, minhas mãos criando bolhas nas rédeas.

Enquanto cavalgávamos, eu ouvia com atenção a tagarelice ininteligível e cheia de rosnados deles, tentando entender as palavras que diziam. Algumas eram fáceis de decifrar. *Cavalo. Água. Cale a boca. A menina. Matar.* Mas não deixei que percebessem que estava ouvindo e prestando atenção no que diziam. Durante as noites, o mais discretamente possível, eu procurava o livro de frases vendanas dentro da minha bolsa em busca de mais palavras, mas ele era básico e breve. *Coma. Sente-se. Pare. Não se mexa.*

Com frequência, Finch ocupava seu tempo assoviando ou entoando canções. Uma delas chamou minha atenção. Reconheci a melodia.

Era uma canção boba da minha infância, que acabou se tornando mais uma chave para seu falatório incompreensível em vendano à medida que eu comparava as palavras com as que eu conhecia em morrighês.

Um tolo e seu ouro,
Moeda em pilhas tão altas,
Guardando e acumulando,
Que chegavam até o céu,

Mas nenhum tostão
Jamais foi gasto pelo tolo,
Enquanto sua pilha crescia,
Ele apenas emagrecia.

Nem uma ninharia para a bebida,
Nem um pouquinho para o pão,
E num dia ensolarado,
O tolo se viu em um caixão.

Se apenas esses tolos apreciassem algumas moedas, eu estaria longe desse calor miserável. Quem era esse Komizar que instilava lealdade em face a riquezas? E exatamente o que ele fazia com traidores? Poderia ser pior do que passar por esse purgatório causticante? Limpei minha testa, mas senti apenas a poeira grudenta sobre ela.

Quando até mesmo Finch ficou em silêncio, passei o tempo pensando em minha mãe e em sua longa jornada vinda do Reino Menor de Gastineux. Eu nunca estive lá. O Reino ficava bem ao norte, onde o inverno durava três estações, lobos brancos reinavam nas florestas e o verão era de um breve e ofuscante verdejar, tão doce que seu aroma permanecia por todo o inverno. Pelo menos foi isso que minha tia Bernette disse. As descrições da minha mãe eram bem mais sucintas, mas eu via as expressões dela quando minha tia Bernette descrevia a terra natal de ambas, os vincos formando-se em seus olhos com alegria e também tristeza.

Neve. Eu me perguntava como ela seria. Minha tia Bernette disse que a neve poderia ser tanto macia quanto dura, tanto fria quanto quente. Ardia e queimava quando o vento a lançava pelo ar, e era uma gentil pena fria quando vinha descendo em círculos preguiçosos do céu. Eu não conseguia imaginar a neve como sendo tantas coisas opostas e me perguntei se ela havia tomado liberdades com sua história, como meu pai sempre dissera que ela fazia. Não conseguia pensar em outra coisa.

Neve.

Talvez fosse a alegria e a tristeza que eu via nos olhos da minha mãe, querendo senti-la só mais uma vez. Tocá-la. Saboreá-la. Eu queria também sentir o gosto de Terravin só mais uma vez. Minha mãe deixara sua terra natal, viajando milhares de quilômetros, quando não era muito mais velha do que eu. Mas, com certeza, sua jornada não foi nem um pouco parecida com a que eu estava passando naquele momento. Olhei ao redor, para a paisagem cáustica e sem cores. Não, nada era parecido com a minha jornada.

Tirei a tampa do meu cantil e tomei um gole d'água.

Não sabia ao certo como voltaria a algum local que fosse civilizado, mas sabia que preferiria morrer perdida nesse lugar desolado a ser exibida em meio aos animais de Venda — e eles eram animais! À noite, quando acampávamos, os homens, com a exceção de Kaden, nem mesmo podiam se dar ao trabalho de andar até atrás de uma rocha para fazer xixi. Davam risada quando eu desviava o olhar. Na noite passada, eles assaram uma cobra que Malich matara com sua machadinha e depois davam estalos com a boca, ruidosamente, e arrotavam após cada bocada, como se fossem porcos na gamela. Kaden arrancou um pedaço da cobra e o ofereceu para mim, mas recusei a oferta. Não foram somente o sangue escorrendo dos dedos deles nem a cobra meio-cozida que mataram meu apetite — foram os ruídos vulgares e brutos deles. Mas ficou aparente, com muita rapidez, que Kaden era diferente. Ele fazia parte *daquele povo*, mas não era *um deles*. Ainda havia verdades que ele estava escondendo.

Com a tagarelice dos homens silenciada, tudo que eu tinha ouvido agora por quilômetros era o repetitivo e enlouquecedor som da batida dos cascos na areia e ocasionais ruídos corporais vindos de Finch, que agora cavalgava ao meu outro lado, no lugar de Eben.

"Vocês estão me levando por *todo* o caminho até Venda?", perguntei a Kaden.

"Levá-la até metade do caminho não serviria para nada."

"Mas fica do outro lado do continente!"

"Ah, então vocês, da realeza, sabem de geografia, no fim das contas."

Não valia a pena gastar a energia de girar meu cantil e acertar a cabeça dele de novo. "Eu sei de muitas coisas, Kaden, inclusive do fato de que comboios mercantes passam por Cam Lanteux."

"As caravanas dos Previzi? Sua chance com eles seria nula. Ninguém chega a cem passos de sua carga e sai vivo."

"Temos as patrulhas do Reino."

"Não pelo caminho que estamos seguindo." Ele era rápido em esmagar todas as minhas esperanças.

"Quanto tempo leva para chegarmos até Venda?"

"Cinquenta dias, com mais ou menos um mês de diferença, mas, com *você* conosco, levará duas vezes esse tempo."

Meu cantil voou, atingindo-o como se fosse feito de chumbo. Kaden segurou sua cabeça, e eu me preparei para acertá-lo de novo. Ele veio para cima de mim, me derrubando do cavalo. Nós dois caímos no chão com um som oco, e acertei-o mais uma vez, dessa vez com meu punho cerrado no maxilar dele. Rolei e fiquei de joelhos, mas ele me pegou por trás, prendendo-me com o rosto voltado para baixo junto à areia.

Ouvi os outros rindo e assoviando, sinceramente entretidos pela briga.

"Qual é o seu problema?", sibilou Kaden ao pé do meu ouvido, com o peso inteiro do corpo dele fazendo pressão sobre mim. Cerrei os olhos, e então os apertei, tentando engolir em seco, tentando respirar. *Qual era o meu problema?* Essa pergunta realmente exigia uma resposta?

A areia queimou a minha bochecha. Fingi que era o frescor da neve. Senti sua umidade em meus cílios, seu toque leve como uma pluma passando por meu nariz. Qual era o meu problema? Nenhum.

O vento se acalmara por fim. Fiquei ouvindo o fogo cuspir e estalar. Paramos cedo nesta noite, à base de mais uma cadeia de colinas. Subi em um penhasco íngreme e observei o sol se pôr, com o céu ainda incandescente, sem uma gota que fosse de umidade emprestando-lhe cor ou profundidade. Eu e Kaden não trocamos mais nenhuma palavra. O restante da cavalgada fora brevemente pontuado por mais risadas dos outros enquanto jogavam meu cantil entre si, fingindo estarem aterrorizados, até que Kaden gritou para que parassem. Mantive o olhar fixo à minha frente durante o restante da cavalgada, sem, em momento algum, olhar para a esquerda ou para a direita. Não pensava nem em neve, nem em casa. Apenas me odiava por deixar que eles vissem minhas bochechas molhadas. Meu próprio pai nunca tinha me visto chorar.

"*Comida*", disse Kaden, para mim. Mais uma cobra.

Ignorei-o. Eles sabiam onde eu estava. Sabiam que não sairia correndo. Não aqui. E eu não queria comer aquela cobra cuja barriga escorregadia provavelmente também estava cheia de areia.

Em vez de comer, olhei para o alto, enquanto o céu se transformava, o branco derretendo e cedendo lugar ao preto, as estrelas densas e abundantes, tão próximas que achei que poderia tocá-las. Talvez eu fosse capaz de entender. O que havia dado errado?

Tudo que eu queria era desfazer o que tinha feito, ir de encontro ao meu dever, certificar-me de que nada acontecera a Walther, de que mais inocentes como Greta e o bebê não morressem. Eu tinha desistido de tudo que amava para fazer com que isso acontecesse: Terravin, Berdi, Pauline, *Rafe*. Mas agora, aqui estava eu, no meio do nada, incapaz de ajudar alguém, nem sequer a mim mesma. Estava esmagada no chão do deserto, com o rosto grudado na areia. Riram de mim. Me ridicularizaram. Fui traída por alguém em quem confiava. Mais do que confiara... eu me *importava* com ele.

Limpei as bochechas, forçando mais lágrimas a ficarem contidas.

Ergui o olhar para as estrelas, brilhantes, vivas, que me observavam. Eu sairia dessa situação de alguma forma. *Eu tinha que sair.* Mas prometi a mim mesma que não perderia mais tempo lutando contra insultos. Precisava guardar minha energia para propósitos mais importantes. Teria que aprender a jogar o jogo deles, só que melhor. Poderia levar algum tempo, mas eu tinha cinquenta dias para aprender, porque sabia que, se cruzasse as fronteiras e entrasse em Venda, nunca mais veria minha casa.

"Trouxe um pouco de comida para você."

Virei-me e vi que Kaden estava com um pedaço de carne de cobra espetado na faca.

Olhei para cima, para as estrelas. "Não estou com fome."

"Você precisa comer alguma coisa. Não comeu nada o dia todo."

"Já esqueceu? Comi um bocado de areia ao meio-dia. Foi bastante coisa."

Ouvi quando Kaden exalou o ar, cansado. Ele veio até mim e sentou-se ao meu lado, colocando a carne e a faca em cima da rocha. Ele também ergueu o olhar para as estrelas. "Não sou bom nisso, Lia. Levo duas vidas separadas, e geralmente uma nunca se encontra com a outra."

"Não se engane, Kaden. Você não está vivendo nem mesmo uma vida. É um assassino. Você se alimenta do infortúnio de outras pessoas e rouba vidas que não lhe pertencem."

Ele se inclinou para a frente, baixando o olhar para seus pés. Até mesmo com a pouca iluminação das estrelas, dava para ver seu maxilar cerrado, seus dentes se contorcendo.

"Sou um soldado, Lia. Só isso."

"Então quem era você em Terravin? Quem era você quando descarregou as mercadorias da carroça para Berdi? Quando cuidei de seu ombro? Quando me puxou para perto de si e dançou comigo? Quando beijei sua bochecha na campina? Quem era você *então*?"

Ele se virou para me encarar, os lábios semiabertos, os olhos escuros apertados. "Eu era apenas um soldado. É isso que sempre fui." Quando não conseguia mais suportar meu olhar, Kaden se pôs de pé. "Por favor, coma", disse baixinho. "Você vai precisar ficar forte." Ele esticou a mão e puxou a faca da carne, deixando a fatia grossa sobre a rocha, e saiu andando.

Baixei o olhar para a comida. Eu odiava o fato de ele estar certo. Eu *realmente* precisava das minhas forças. Comeria a cobra, mesmo que engasgasse com ela a cada pedacinho arenoso que ingerisse.

Para onde foi ela, Ama?

Ela se foi, minha criança.

Roubada, com muitas outras.

Mas para onde?

Ergo o queixo da criança, cujos olhos estão fundos com a fome.

Venha, vamos encontrar comida juntas.

Mas a criança fica mais velha, e suas perguntas
não são tão facilmente dispensadas.

Ela sabia onde achar comida. Nós precisamos dela.

E foi por isso que ela se foi. Foi por isso que eles a roubaram.

Você também tem o dom dentro de você,
minha criança. Ouça. Observe.
Nós encontraremos comida, um pouco
de grama, um pouco de grãos.

Ela vai voltar?

Ela está além da muralha. Está morta para nós agora.

Não, ela não vai voltar.

Minha irmã Venda é um deles agora.

—Os Últimos Testemunhos de Gaudrel—

CAPÍTULO 48
CRÔNICAS DE AMOR E ÓDIO

"Eles chamam este lugar de Cidade da Magia Negra."
Observamos as ruínas que se erguiam das areias como presas quebradas e afiadas.

Pelo menos agora eu sabia que não estávamos mais em Morrighan. "Eu sei", disse a Kaden. "Membros da realeza também ouvem histórias." Assim que vi a cidade arruinada, eu soubera do que se tratava. Ouvi sua descrição inúmeras vezes. Ela ficava logo além das fronteiras de Morrighan.

Notei que os outros haviam ficado em silêncio. Griz fitava o caminho à sua frente com o rosto franzido. "Qual é o problema deles?", perguntei.

"A cidade. A magia. Isso os deixa assustados", disse Kaden, cuja resposta foi seguida por um dar de ombros, e eu soube que ele não tinha tais reservas.

"Uma espada não serve de nada contra espíritos", sussurrou Finch.

"Mas a cidade tem água", disse Malich, "e precisamos de água." Eu tinha ouvido muitas histórias pitorescas sobre a sombria cidade mágica. Dizia-se que era erguida no meio do nada, um lugar de segredos onde os Antigos podiam praticar sua magia e oferecer prazeres indizíveis — por um preço. As ruas eram feitas de ouro, néctar fluía das fontes e feiticeiras de todos os tipos poderiam ser encontradas lá. Acreditava-se que espíritos ainda guardavam, como vigilantes, as ruínas da cidade, e que era por esse motivo que tantas dessas ruínas permaneciam de pé.

Continuamos em frente, num ritmo cauteloso. Conforme nos aproximávamos, vi que as areias haviam tirado a maior parte das cores dali, mas alguns pedaços ainda sobreviviam. Uma ponta de vermelho aqui, um brilho dourado ali, um fragmento de sua antiga escrita entalhado em uma parede. Não havia restado nada inteiro na cidade. Cada uma de suas torres mágicas que no passado alcançavam o céu haviam, em algum ponto, caído aos pedaços, mas as ruínas evocavam o espírito de uma cidade mais do que qualquer ruína que eu tivesse visto. Dava para imaginar os Antigos andando pelos arredores.

Eben permaneceu com o olhar à frente, de olhos arregalados. "Vamos manter nossas vozes baixas enquanto passamos por aqui, para não acordarmos a magia negra e os espíritos."

Acordar espíritos? Analisei as faces dos meus não mais corajosos captores, todos inclinados para a frente em suas selas. Senti um sorriso inflamando dentro de mim, *esperança*, um pouquinho de poder retornando. Sem nenhuma arma, eu tinha que fazer uso do que quer que fosse para permanecer viva e, mais cedo ou mais tarde, teria que os convencer de que realmente tinha o dom.

Puxei minhas rédeas, fazendo meu cavalo parar bruscamente. "Esperem!", disse e cerrei os olhos, meu queixo erguido para o ar. Ouvi os outros pararem, suas bufadas, a pausa calada e cheia de expectativa.

"O que você está fazendo?", perguntou Kaden, impaciente.

Abri os olhos. "É o *dom*, Kaden. Não consigo controlar quando ele vem."

Ele repuxou com firmeza os lábios e estreitou os olhos. Também estreitei os meus logo em seguida.

"O que você viu?", perguntou Finch.

Balancei a cabeça em negativa e certifiquei-me de demonstrar preocupação em minha expressão facial. "Não foi claro, mas eram problemas. Vi problemas à nossa frente."

"Que tipo de problema?", quis saber Malich.

Soltei um suspiro. "Não sei. Fui interrompida por Kaden."

Os outros olharam feio para ele. "*Idaro!*", grunhiu Griz, que claramente entendia morrighês, mesmo que não falasse o idioma.

Kaden puxou as rédeas do cavalo. "Não acho que temos que nos preocupar com..."

"Foi você quem disse que ela tinha o dom", enfatizou Eben.

"E ela tem mesmo", disse Kaden entredentes. "Mas não vejo nenhum problema à nossa frente. Vamos proceder com cautela." Ele desferiu a mim um austero olhar de relance.

Minha resposta foi um largo, porém rígido, sorriso.

Eu não pedira para fazer parte desse jogo. Kaden não poderia esperar que eu o jogasse seguindo as regras dele. Continuamos descendo pelo caminho principal, que cortava a cidade. Não havia nenhuma rua, de ouro ou de qualquer outro material, à vista, apenas a areia que reclamava a maior parte da cidade, mas era impossível não ficar completamente deslumbrado com a grandiosidade das ruínas. Lá em casa, a cidadela era imensa. Foi preciso meio século para construí-la e décadas além disso para expandi-la. Aquela era a maior estrutura que eu conhecera, mas parecia minúscula diante desses monstros silenciosos e colossais.

Kaden sussurrou para mim, dizendo que, no meio de uma das ruínas, havia uma fonte natural e uma lagoa em que eu poderia me lavar. Decidi conter qualquer visão adicional até que pelo menos conseguisse tomar um banho. Cavalgamos entre as ruínas até o mais longe que conseguimos, e então prendemos os cavalos a resquícios de pilares de mármore que bloqueavam nossa trilha e fomos andando o restante do caminho.

Era mais do que uma lagoa. Era algo mágico, e quase acreditei que os espíritos dos Antigos ainda cuidavam daquele lugar. A água borbulhava de espessas lajes de mármore quebrado, escorrendo por sobre a pedra escorregadia e borrifando em uma piscina viva abaixo, protegida em três de seus lados por paredes caindo aos pedaços.

Fiquei com o olhar fixo naquilo, sentindo o desejo e o prazer pela água como nunca antes. Não queria apenas mergulhar as mãos e lavar meu rosto. Queria cair ali e sentir cada gota deliciosa beijando o meu corpo. Kaden me viu fitando a água.

"Me dê seu cantil. Vou enchê-lo e dar água a seu cavalo. Vá em frente."

Olhei para Griz e os outros, que borrifavam água em suas faces e pescoços.

"Não se preocupe", disse Kaden. "Eles não vão se banhar muito além disso. Você terá a lagoa só para si." Ele passou os olhos por mim

284

e depois olhou para trás, de relance, para Malich. "Mas, se eu fosse você, ficaria com as roupas."

Reconheci a prudente sugestão dele com um único aceno de cabeça. Eu tomaria banho com um espesso manto invernal agora se essa fosse a minha única opção. Ele foi encher os cantis, e tirei minhas botas. Entrei na lagoa, meus pés afundando na fresca areia branca que forrava o fundo, e pensei que estava no céu. Mergulhei, afundando abaixo da superfície e nadando até o outro lado, onde a água escorria das lajes partidas como se fosse uma cachoeira. Quando os outros saíram para dar água a seus cavalos, rapidamente desabotoei minha blusa e tirei-a junto com minha calça. Nadei com a roupa de baixo e minha camisola, esfregando-me para tirar a sujeira e a areia que haviam se engrenhado em cada poro e em cada fenda do meu corpo. Abaixei a cabeça sob a água de novo e esfreguei o couro cabeludo, sentindo a poeira se soltar. Quando voltei à tona, inspirei fundo, um inspirar purificador. Nunca antes a água me parecera assim, tão soberbamente purificadora. O inferno não era feito de fogo, mas sim de poeira, areia e vento.

Agitei com rapidez minha calça na água para limpar a terra e vesti-a novamente. Estava prestes a apanhar minha blusa quando ouvi uns ruídos estrondosos. Virei a cabeça para o lado, tentando discernir que som era aquele e de onde vinha, e então escutei o ritmo sutil: *cavalos.*

Aquilo me confundiu. Soava como se fossem mais do que apenas nossos seis homens, e então ouvi a rajada de uma trombeta. Por um instante, fiquei pasma. *Ah, benditos sejam os deuses! Uma patrulha!*

Saí correndo da lagoa, tropeçando por cima de rochas e ruínas. "Aqui!", gritei. "Aqui!" Os estrondos foram ficando mais altos, e saí correndo pelas trilhas estreitas, com pedaços de escombros quebrados machucando e cortando meus pés descalços. "Aqui!", gritei repetidas vezes, enquanto corria em direção à estrada principal que atravessava o centro da cidade. Era um labirinto para chegar lá, mas eu sabia que estava perto, pois o barulho ficou ainda mais alto, e então, em meio a uma trilha estreita, captei um vislumbre de cavalos que passavam a galope. "Aqui!", gritei mais uma vez. Eu estava prestes a alcançar a estrada quando senti a mão de alguém fechando-se na minha boca enquanto era arrastada de volta, para um canto escuro.

"Fiquei quieta, Lia! Ou todos nós vamos morrer!"

Lutei para me livrar da mão de Kaden, tentando abrir a boca para mordê-lo, mas ele manteve a mão firmemente fechada em concha sobre meu maxilar. Ele me puxou para o chão e me segurou com força junto ao seu peito, aninhando a nós dois ali no canto. Até mesmo com a boca fechada pela mão dele, soltei um grito, mas não foi alto o bastante para que fosse ouvido acima do estrondo dos cascos.

"É uma patrulha de Dalbreck!", sussurrou ele. "Eles não saberão quem você é! Vão nos matar primeiro e fazer perguntas depois."

Não! Lutei para me soltar das garras dele. Poderia ser a patrulha de Walther! Ou de qualquer outra pessoa que fosse! Eles não me matariam! Mas então me lembrei do lampejo de cor enquanto os cavalos passavam voando por nós. Azul e preto, o estandarte de Dalbreck.

Ouvi o som se esvanecer, ficar mais baixo, cada vez mais baixo, até que não passava de um estremecimento, e então eles tinham ido embora.

Eles se foram.

Caí junto ao peito de Kaden, cuja mão deslizou da minha boca.

"Precisamos ficar aqui um pouco até termos certeza de que os soldados se foram", sussurrou ele no meu ouvido. Com o retumbar dos cavalos tendo chegado ao fim, fiquei bastante ciente de que seus braços ainda estavam me envolvendo.

"Eles não teriam me matado", falei, baixinho.

Ele se inclinou, aproximando-se de mim, seus lábios roçando minha orelha em um aviso sussurrado. "Tem certeza? Você parece uma de nós agora, e não importa — homem ou mulher — eles nos matariam. Não passamos de bárbaros para eles."

Se eu tinha certeza? Não. Eu sabia muito pouco sobre Dalbreck e suas forças armadas. Sabia apenas que Morrighan tivera desavenças e disputas com eles no decorrer dos séculos, mas, com certeza, minha situação atual não era muito melhor.

Kaden me ajudou a ficar em pé. Meus cabelos ainda pingavam. Minha calça molhada contorcia-se em volta de mim, mais uma vez coberta de poeira. No entanto, quando baixei o olhar para meus pés machucados e sangrando, dois pensamentos me consolaram.

Um, pelo menos sabia que as patrulhas às vezes se aventuravam tão longe. Eu ainda estava ao alcance deles. E, dois, *houve problemas*, exatamente como eu previ que aconteceria.

Ah, o poder que isso me daria agora!

CAPÍTULO 49
CRÔNICAS DE AMOR E ÓDIO

RAFE

urvei-me para baixo e olhei para o ponto escuro no chão. Esfreguei a terra entre os meus dedos.
Sangue.
Eu os mataria.
Mataria cada um deles com minhas próprias mãos se a tivessem machucado, e guardaria Kaden por último.

Segui com ímpeto redobrado, tentando ficar na trilha deles enquanto ainda havia luz. O chão se tornou rochoso, e ficava cada vez mais difícil seguir seus rastros. Precisei diminuir o ritmo, e parecia que haviam se passado apenas minutos antes que o sol se tornasse uma ardente bola alaranjada no céu. Estava seguindo rápido demais. Pressionei o animal o máximo que pude, mas não seria capaz de rastreá-los no escuro.

Parei em um outeiro elevado e montei uma fogueira para o caso de Sven e os outros aparecerem cavalgando durante a noite. Se isso não acontecesse, os restos da fogueira de acampamento seriam fáceis de avistar durante o dia, quando estivessem me rastreando. Cutuquei o fogo com um graveto, enquanto me perguntava se Lia estaria aquecida, ou sentindo frio, ou ferida. Pela primeira vez desde que soubera da existência dela, quando o casamento foi proposto por meu pai, nutria a esperança de que Lia realmente tivesse o dom e pudesse ver que eu estava indo atrás dela.

"Espere por mim", murmurei para as chamas, e rezei para que ela fizesse o necessário para permanecer forte e sobreviver até chegarmos a ela.

Mesmo se os alcançasse, eu sabia que teria que me retrair até que os outros chegassem. Havia sido treinado em incontáveis táticas militares e estava bastante ciente de quais eram as chances de um contra cinco. Exceto por uma emboscada oportuna, eu não poderia arriscar a segurança de Lia indo até lá todo empertigado e preparado para arrancar as cabeças deles fora.

O que ela estaria fazendo naquele momento? Será que Kaden a havia machucado? Será que a estava alimentando? Será que ele...?

Parti o ramo ao meio.

Lembrei-me das palavras que ele cuspiu quando estávamos brigando na tora. *Desista, Rafe. Você vai cair.*

Não, Kaden.

Não dessa vez.

Capítulo 50
CRÔNICAS DE AMOR E ÓDIO

s planícies de areias brancas desapareceram e foram substituídas pela areia da cor de céu queimado — tons de ocre de todos os matizes. Ainda estava quente de um jeito causticante, e o ar tremulava com ondas de calor, mas agora a paisagem oferecia uma variedade de rochas e formações extraordinárias.

Passamos por imensos blocos de pedra com grandes buracos redondos, como se uma cobra gigantesca os tivesse atravessado, e ainda havia outras que oscilavam, precárias, como se tivessem sido empilhadas por alguma mão colossal. Se eu algum dia fosse acreditar em um mundo de magia e gigantes, seria neste lugar. Aqui era o reino deles. Às vezes, chegávamos a uma alta cadeia montanhosa e víamos quilômetros de cânions multicoloridos e tão profundos que as águas que trilhavam por eles se tornavam finas fitas verdes.

Isso me fez imaginar e sentir a ânsia com a mesma sensação trazida por um céu negro pontilhado de estrelas reluzentes. Eu nunca soube da existência deste mundo peculiar. Havia tanta coisa além das fronteiras de Morrighan...

Meus captores ainda eram grossos e hostis, e, ainda assim, se eu virasse a cabeça de um certo modo e fizesse uma pausa, tremeluzindo os cílios como se estivesse vendo alguma coisa, eu me deleitava com a forma como atraía a atenção deles, que se remexiam, agitados em suas selas, e olhavam para o horizonte, de relance, taciturnos e sombrios. Kaden direcionava seus olhares sombrios para *mim*. Ele sabia que estava brincando com os medos dos outros homens e talvez se preocupasse com o poder que me concedera, mas não havia nada que ele pudesse dizer ou fazer em relação a isso. No entanto, eu usava essa influência sobre eles apenas de vez em quando, pois esperava a chegada de um momento em que isso me serviria melhor do que em longas extensões de vazio, onde não havia, aparentemente, nenhuma forma de fuga. Em algum ponto, talvez, uma porta se abriria para eu escapar.

Eu mantinha a noção dos dias que se passavam rabiscando linhas no couro de minha sela com uma rocha afiada. Eu não me importava com o rumo deles, queria saber apenas quanto tempo teria para descobrir uma forma de me livrar de suas garras. Parecia que estavam me levando deliberadamente pelos lugares mais solitários e desolados imagináveis. Seria todo o restante de Cam Lanteux assim? No entanto, se houve um erro de cálculo estratégico como aquele que cometeram na Cidade da Magia Negra, haveria outro — e, da próxima vez, eu estaria preparada. Da mesma forma que os olhos deles analisavam o horizonte em busca de visitantes inesperados, os meus também faziam isso.

Tentei não pensar em Rafe, porém, depois de horas de mesmice, horas de preocupação com Pauline, horas garantindo a mim mesma que ela ficaria bem, horas pensando em Walther, o lugar aonde ele estava indo e se tudo ficaria bem com ele, horas lutando com o nó na minha garganta, pensando em Greta e no bebê, minha cabeça, inevitavelmente, circulou de volta para Rafe.

Ele provavelmente estaria em casa agora, onde quer que a casa dele fosse, recomeçando a vida que uma vez teve. *Eu entendo de deveres.* Mas será que ele ainda pensava em mim? Será que me via em seus sonhos do jeito que eu o via? Será que revivia nossos momentos juntos como eu fazia? Então, como vermes escuros e escavadores, outros pensamentos me corroíam e eu me perguntava... *Por que ele não tentou me fazer mudar de ideia?* Por que me deixou ir embora tão facilmente? Será que eu era apenas mais uma menina no caminho da estrada, mais um flerte de verão, algo de que se gabar em uma taverna tomando uma caneca de cerveja? Se Pauline podia ser ludibriada, será que o mesmo não poderia acontecer comigo?

Balancei a cabeça em negativa, tentando eliminar a dúvida. Não, não o Rafe. O que tínhamos era verdadeiro.

"Qual é o problema agora?", perguntou Kaden. Os outros também estavam me encarando.

Olhei para ele, confusa. Eu não tinha dito nada.

"Você estava balançando a cabeça."

Eles me observavam com mais atenção do que eu notara. Soltei um suspiro. "Não é nada." Dessa vez, eu não estava com ânimo para brincar com os medos deles.

Os abismos vermelhos e as rochas por fim deram lugar a contrafortes novamente, mas agora havia um brilho verde neles, que se aprofundava e crescia enquanto seguíamos viagem por um longo e sinuoso vale entre duas cadeias de montanhas. Aqui e ali surgiam os inícios de florestas, uma revelação gradual de outro mundo. Parecia que eu já tinha viajado até os confins da terra. Ainda tínhamos um mês de jornada? Lembrei-me de ter olhado para o outro lado da baía em Terravin, para a linha que separava o oceano e o céu, e me perguntar: *Será que alguém realmente viajaria tão longe a ponto de não encontrar mais seu caminho de volta para casa?* Os lares brilhantes que cercavam a baía protegiam os entes queridos de ficarem perdidos no oceano. O que haveria de me proteger? Como eu algum dia encontraria meu caminho de volta?

Estava escurecendo. As montanhas em ambos os lados ficavam mais altas, e a floresta que nos cercava se tornava cada vez mais densa e comprida, mas avistei algo na extremidade do vale que era quase tão glorioso quanto uma patrulha.

Nuvens. Escuras, furiosas e abundantes. Seu negrume revolto marchava em nosso encontro como se fosse um exército retumbante. Até que enfim, um alívio do sol inclemente!

"*Sevende! Ara te mats!*", berrou Griz, e chutou seu cavalo para que entrasse em galope. Os outros fizeram o mesmo.

"Com medo de um pouco de chuva?", falei a Kaden.

"Dessa chuva, sim", foi a resposta dele.

Instigamos os cavalos a entrar naquilo que quase parecia um abrigo, feito de ruínas e árvores. Limpei a chuva dos olhos para conseguir ver o que estava fazendo. "Entre, junte-se aos outros!", gritou Kaden mais alto do que o rugir do vento e o som ensurdecedor da chuva na floresta. "Vou tirar as selas dos cavalos e trazer os equipamentos!"

Os sons estalados de trovão faziam meus dentes vibrarem. Já estávamos ensopados. Eu me virei para acompanhar os outros até a parte de dentro das ruínas escuras junto à montanha. O vento bagunçava meus cabelos e eu tinha que os manter para trás para poder enxergar o caminho. A chuva caía através de maior parte da estrutura, mas um relâmpago iluminou o esqueleto ossudo e revelou alguns cantos e nichos secos. Griz já estava tentando começar a fazer uma fogueira em uma das alcovas rochosas na extremidade mais afastada da caverna. Finch e Eben se ajeitaram em outra alcova. Este lugar uma vez fora uma imensa habitação, um templo, como eu e meus irmãos teríamos nos referido a ele, mas não parecia sagrado esta noite.

"Por aqui", disse Malich, e me puxou sob uma rocha baixa e protuberante. "Está seco aqui."

Sim, estava seco, mas também estava muito escuro e era bem apertado. Ele não soltou meu braço. Em vez disso, sua mão deslizou do meu braço para cima do meu ombro. Tentei voltar para a chuva, mas ele me segurou pelos cabelos.

"Fique aqui", disse ele, e me puxou de volta. "Você não é mais uma princesa. Você é uma prisioneira. Lembre-se disso." Ele deslizou a outra mão pelas minhas costelas.

Meu sangue gelou. Ou eu perderia um pedaço do meu couro cabeludo, ou ele perderia um pedaço daquilo que o tornava homem. Eu preferia a segunda opção. Meus dedos ficaram tensos, preparados para causar uma mutilação, mas Kaden entrou procurando por mim e me chamou. Malich soltou-me imediatamente.

"Aqui", respondi ao chamado dele.

A fogueira de Griz no lado mais afastado da caverna finalmente foi acesa e iluminou o fantasmagórico interior. Kaden avistou-nos no nicho escuro. Ele veio até mim e me entregou o alforje.

"Ela pode dormir aqui comigo essa noite", disse Malich.

Kaden olhou para ele, uma linha dourada de luz iluminando as maçãs de seu rosto e seus cabelos que pingavam. A veia em sua têmpora estava saltada. "Não", disse ele simplesmente.

Seguiu-se um longo silêncio. Kaden não piscou. Embora os dois homens fossem do mesmo tamanho e tivessem a mesma força, Malich parecia ter uma certa reverência, senão medo dele. Seria porque Kaden era um assassino mais alto na hierarquia social dos bárbaros ou era por outro motivo?

"Você que sabe", disse Malich, e me empurrou na direção de Kaden. Caí em cima do peito dele, tropeçando nos cascalhos. Kaden me segurou e me ergueu para que eu ficasse em pé novamente.

Ele encontrou um outro nicho seco, longe dos outros, e chutou algumas rochas para arrumar um lugar para se deitar. Deixou os sacos de dormir caírem, assim como sua bolsa. Não haveria jantar esta noite. O tempo tornava impossível coletar ou caçar alguma coisa. Tomei outro gole de água para aquietar o ronco da minha barriga. Eu poderia facilmente comer um dos cavalos.

De costas para mim, Kaden desabotoou sua camisa ensopada e tirou-a, pendurando-a em um afloramento de pedra para que secasse. Fitei as costas dele. Até mesmo sob a parca luz do fogo, podia ver as marcas. Múltiplas e longas cicatrizes que se esticavam de suas omoplatas até a parte mais baixa das suas costas. Ele se virou e viu que eu o observava. Inspirei. O peito dele tinha mais talhos longos que se cruzavam e desciam até as costelas.

"Achei que você veria isso mais cedo ou mais tarde", disse ele.

Engoli em seco. Lembrei-me de como ele se recusara a tirar a camisa nos jogos. Agora eu entendia por quê.

"Alguma das suas vítimas tentou se defender?"

"Nas minhas costas? Dificilmente. Não se preocupe, essas cicatrizes são antigas e já curaram faz tempo." Ele dispôs os sacos de dormir no chão e fez um movimento indicando o espaço ao lado dele para que eu deitasse. Fui, sem jeito, para a frente, e deitei-me o mais próximo possível da parede.

Ouvi quando Kaden se estirou ao meu lado e senti os olhos dele em minhas costas. Virei-me para ficar cara a cara com ele. "Se você não conseguiu essas cicatrizes por causa do trabalho, como foi?"

Ele estava apoiado em um cotovelo e passava, distraído, sua outra mão pelas linhas em suas costelas. Os olhos dele estavam inquietos, como se estivesse relembrando cada talho, mas sua face permanecia calma — ele tinha prática em enterrar seus segredos. "Faz muito tempo. Isso não importa mais. Vá dormir, Lia." Ele virou de costas e fechou os olhos. Observei o peito dele, vendo-o subir em lentas respirações cautelosas.

Aquilo importava, sim.

Duas horas depois, eu ainda estava acordada, pensando em Kaden e na vida violenta que levava, mais violenta do que eu poderia imaginar. As cicatrizes me deixaram assustada. Não a aparência, mas a origem delas. Ele dissera que eram antigas e haviam se curado há tempos. Quão antigas poderiam ser? Ele era só alguns anos mais velho do que eu. Eu me perguntava se Eben teria cicatrizes debaixo da camisa também. O que é que os vendanos faziam com suas crianças? O que fariam comigo?

Pela primeira vez no que parecia ser uma eternidade, eu estava com muito frio. Estava ensopada da cabeça aos pés, mas não tinha mais nada para vestir. A dura cavalgada de Civica até Terravin tinha sido um luxo em comparação a esta. O trovão continuava a ribombar, mas Kaden dormia profundamente, ignorando o ruído. Ele não havia me algemado à noite desde que saímos da Cidade da Magia Negra, provavelmente imaginando que meus pés cortados e machucados seriam o bastante para me impedir de ir muito longe. Isso era verdade... no começo. Meus pés estavam quase curados agora, mas eu continuava mancando generosamente para fazer com que ele pensasse o contrário.

O vento e a chuva ainda estavam enfurecidos, e o trovão vibrava através de mim. A tempestade era tão ensurdecedora que facilmente mascarava o barulho dos roncos de Griz. Eu me revirei e olhei para o alforje que estava aos pés de Kaden. Minha pulsação ficou acelerada: minha faca ainda estava ali. Eu precisaria dela. A enlouquecedora batida da chuva poderia mascarar mais do que roncos.

Meu peito tremia, pesado, enquanto eu me sentava lentamente. Com a floresta em volta de nós, havia lugares onde eu poderia me esconder agora, mas será que conseguiria cavalgar um cavalo arisco e sem sela em uma tempestade furiosa? Tentar subir no lombo de um deles sem agitações já seria um desafio, se é que eu conseguiria fazer isso. No entanto, se pudesse levar um deles até um tronco caído...

Levantei-me, agachada a princípio, e depois me ergui, esperando para ver se alguém me notava. Quando vi que não, inspirei fundo e fui andando até os pés de Kaden, depois parei, sem em momento algum tirar os olhos dele enquanto erguia o alforje com cuidado. Eu estava com medo até de engolir saliva. A tempestade encobria qualquer som que eu fizesse, mas eu remexeria na bolsa dele em busca da minha faca assim que estivesse lá fora. Tremendo, dei um passo cauteloso e...

Não vá. Ainda não.

Parei. Minha garganta se fechou com tudo. Meus pés estavam preparados para correr, mas uma voz tão clara quanto a minha me avisou para não fazer isso. Meu punho cerrado tremia, segurando firmemente a bolsa.

Ainda não.

Olhei para Kaden fixamente, incapaz de me mover. *Maldito seja o que quer que esteja falado comigo!* Forcei o ar a entrar em meus pulmões e, devagar, indo contra todas as outras demandas na minha cabeça, agachei-me mais uma vez, centímetro por centímetro, para colocar o alforje de volta no lugar, e me deitei ao lado dele. Fitei as pedras acima de nós, os olhos úmidos de frustração.

"Sábia decisão", sussurrou Kaden, sem, em momento algum, abrir os olhos.

CRÔNICAS DE AMOR E ÓDIO

RAFE

u tinha doze anos quando Sven começou a me ensinar a rastrear. Reclamei com amargura, preferindo passar meu tempo treinando com uma espada ou aprendendo manobras sobre o lombo de um cavalo. Eu não gostava do trabalho silencioso e cauteloso de um rastreador. Era um soldado. Ou me tornaria um.

Ele havia me empurrado, feito com que eu caísse estirado no chão. *Nem sempre o inimigo vem marchando em grandes exércitos, menino*, disse-me com desdém. *Às vezes, o inimigo é apenas uma pessoa capaz de derrubar um reino.* Ele cravou um olhar feio em mim, com o nariz empinado, me desafiando a me levantar. *Devo dizer a seu pai que você quer ser aquela pessoa que vai fracassar com o Reino porque quer ficar girando uma longa vara de metal?* Fiz uma careta, mas balancei a cabeça em negativa. Eu não queria ser essa pessoa. Tinha sido colocado de lado cedo, tinha sido entregue a Sven para que ele fizesse de mim um homem. E Sven havia cuidado de seu trabalho com zelo. Estendeu uma das mãos para que eu me levantasse, e dei ouvidos a ele.

Sven conhecia os modos da natureza selvagem, os modos do vento, do solo, das rochas e do gramado, e sabia ler as trilhas que o inimigo deixava para trás. As pistas estavam em mais do que simplesmente os restos deixado por fogueiras ou excrementos. Em mais do que sangue derramado no chão. Em mais do que pegadas ou rastros de cavalos — na verdade, você teria sorte caso se deparasse com algo assim. Havia também ervas pisadas. Um galho partido. Um mínimo de pistas em meio à vegetação que tivesse sido roçada por um ombro ou por um cavalo. Até mesmo o chão rochoso deixava sinais. Um cascalho esmagado no solo. Cascalhos amontoados em padrões irregulares. Um sulco na terra causado por uma pedra recém-lançada. Poeira lançada por cascos e pelo vento aonde não era o lugar dela. Mas nesse momento eu ponderava sobre essas instruções que me foram passadas há tempos, *a chuva é tanto amiga quanto inimiga, dependendo em cima de quem ela cai.*

Tão em cima da hora, Sven conseguira reunir apenas um modesto esquadrão formado por três homens, especialmente considerando que Dalbreck estava preparando uma exibição de força no posto avançado de Azentil. Eles me alcançaram no terceiro dia. Conseguiram fazer a jornada em menos tempo do que eu, porque eu tinha deixado sinais claros no meu caminho, às vezes empilhando pedras que seriam facilmente vistas de longe quando o solo ficava rochoso.

Eu achava que estávamos dois dias inteiros atrás de Lia agora. Talvez mais. Os rastros ficaram escassos. Tínhamos que nos espalhar ou ficar voltando várias vezes quando perdíamos a trilha, mas encontramos os rastros deles de novo bem do lado de fora da Cidade da Magia Negra. Conforme fomos nos aproximando do lugar, vimos que as trilhas haviam sido obliteradas por dúzias de cavalos viajando na direção oposta. Uma patrulha — mas de quem seria?

Encontramos os rastros novamente descendo uma trilha estreita entre as paredes que se agigantavam. No fim da trilha havia uma ruína, onde agora eu estava sentado, agachado. Eu queria quebrar alguma coisa, mas tudo ao meu redor já estava quebrado. Fixei o olhar na impressão de um dedo do pé ensanguentado em uma placa de mármore perto de uma lagoa, enquanto ouvia o feroz cair da chuva, cujas gotas eram todas inimigas, e não amigas.

Sven estava sentado em um pilar caído à minha frente. Ele balançou a cabeça, olhando para os pés. Eu conhecia a chance real de tentar alcançar rastros de pessoas que estavam pelo menos dois dias à nossa frente. Poderiam ser milhares de quilômetros ou mais antes de nos depararmos com trilhas recentes. Isso se conseguíssemos achá-las. As chuvas torrenciais teriam lavado tudo entre nós e eles.

"Seu pai vai querer a minha cabeça por isso", disse Sven.

"E um dia eu serei rei, e vou querer sua cabeça por não ter me ajudado."

"Quando isso acontecer, serei um homem muito velho."

"Meu pai já é um homem muito velho. Posso vir a ser rei mais cedo do que você imagina."

"Vamos procurar algum sinal novamente?"

"Em que direção, Sven? A partir desse ponto, há uma dúzia de rotas que eles podem ter seguido."

"Poderíamos nos dividir."

"E isso cobriria cerca de metade das possibilidades e nos deixaria com um homem contra cinco caso pegássemos a rota certa."

Eu sabia que Sven não estava sugerindo nada disso a sério, e ele não estava preocupado com o meu pai nem com o próprio pescoço. Estava me forçando a tomar a difícil e definitiva decisão.

"Talvez esteja na hora de admitir que ela está fora de nosso alcance, não?"

"Pare de me provocar, Sven."

"Então tome sua decisão e viva sua vida conforme o que decidir."

Eu não podia nem suportar o pensamento de deixar Lia nas mãos dos bárbaros por tanto tempo, mas isso era tudo que eu poderia fazer. "Vamos cavalgar. Chegaremos em Venda antes deles."

KADEN

Eu tinha um buraco ardendo em chamas no meu âmago desde que deixamos Terravin. Não esperava que ela fosse agradável comigo depois do que eu havia feito. Como ela poderia entender? Mas eu não tinha as escolhas ou as opções daqueles que haviam nascido nobres. Na verdade, minhas opções eram poucas, e a lealdade era superior a todas elas. Era a lealdade que sempre me mantivera vivo.

Até mesmo se eu tivesse sido capaz de desconsiderar lealdades e não a tivesse trazido conosco, outra pessoa teria sido enviada para finalizar o trabalho do jeito que era para ser feito. Alguém mais ansioso, como Eben. Ou pior, alguém como Malich.

E é claro que eu estaria morto, como deveria estar pela minha traição. Ninguém mente para o Komizar.

Ainda assim, era exatamente isso que eu vinha fazendo quando disse a ele que Lia tinha o dom. Ela podia ser capaz de enganar os outros — Griz e Finch eram dos velhos vilarejos nas colinas, e por lá ainda se acreditava no invisível —, mas o Komizar não acreditava no pensamento mágico.

A menos que ele tivesse prova visível do dom, acharia a presença de Lia inútil. Ela teria que entrar no jogo. Ainda assim, era certo que o Komizar me perdoaria por esse único lapso em tomar a decisão de trazê-la de volta em vez de matá-la. Ele tinha conhecimento de como comecei e sabia do papel que o invisível desempenhara em minha vida. Também entendia os modos de tantos vendanos que ainda acreditavam no invisível. Ele poderia distorcer isso para seu próprio propósito.

Esfreguei o peito, sentindo as cicatrizes uma vez mais, agora que ela as havia visto, pensando em como deveriam parecer para alguém como Lia. Talvez apenas completassem a imagem de um animal. Receava que isso fosse tudo que eu era para ela agora.

CAPÍTULO 53
CRÔNICAS DE AMOR E ÓDIO

ra apenas meio-dia, mas eu sentia que estávamos chegando perto de alguma coisa, e isso me deixava nervosa. Finch estivera assoviando sem parar, e Eben continuava cavalgando em frente, para depois voltar logo em seguida. Talvez estivessem revigorados por causa da mudança no tempo. Estava consideravelmente mais fresco, e a chuva torrencial de molhar os ossos da noite passada havia levado embora uma camada de imundície de todos nós.

Malich estava mal-humorado, como de costume, apenas mudando sua expressão para desferir a mim ocasionais e sugestivas olhadas de relance, mas Griz começou a cantarolar. Apertei a pegada em minhas rédeas. Griz nunca cantarolava. *É cedo demais para chegarmos em Venda.* Eu não poderia ter perdido o registro de tantos dias assim.

Eben voltou galopando. "*Le fe esa! Te iche!*", gritou ele, várias vezes.

Não tentei esconder o fato de estar alarmada. "Ele está vendo um acampamento?", perguntei.

Kaden olhou para mim de um jeito que achei estranho. "O que foi que você disse?"

"De que acampamento Eben está falando?"

"Como você sabe disso? Ele falou em vendano."

Eu não queria que ele soubesse o quanto do idioma eu tinha captado, mas *acampamento* fora uma das primeiras palavras que eu aprendera.

"Griz resmunga a palavra *iche* todas as noites quando está pronto para encerrar o dia", expliquei. "O entusiasmo de Eben me disse o resto." Kaden ainda não tinha respondido a minha pergunta, o que só me deixava mais nervosa. Estaríamos chegando a um acampamento bárbaro? Será que agora eu ficaria cercada por milhares de vendanos?

"Vamos parar por vários dias. Há uma boa pradaria aqui e isso dará uma oportunidade aos nossos cavalos de se recuperarem e descansarem. Não somos os únicos que perderam peso — e ainda temos um longo caminho pela frente."

"Que tipo de acampamento?", eu quis saber.

"Estamos quase lá. Você vai ver."

Eu não queria ver. Eu queria saber. Naquele instante. Forcei-me a pensar no lado bom de qualquer tipo de acampamento. Além de estar fora do alcance do calor causticante, a próxima e maior bênção seria ser capaz de descer das costas desse cavalo gigante por alguns dias que fosse. Sentar em algo que não fosse uma sela dura feito pedra era um prazer que eu imaginara mais de uma vez. E talvez fôssemos até mesmo conseguir comer mais do que uma refeição por dia. Uma refeição de verdade. Não um roedor ossudo e meio cru que tinha gosto de sapato fedido. Tinha me esquecido de como era ficar com a barriga cheia. Era verdade, todos nós havíamos perdido peso, e não só os cavalos. Eu podia sentir minha calça escorregando pelos quadris, deslizando cada vez mais a cada dia, sem nenhum cinto para mantê-la no lugar.

Talvez eu pudesse até ter um momento de privacidade para mim, de modo a estudar os livros que eu roubara do Erudito. Eles estavam guardados no fundo da bolsa da minha sela, e eu ainda queria saber por que eram importantes o bastante a ponto de fazer com que ele me quisesse morta.

Eben deu a volta de novo, com um largo sorriso estampado no rosto. "Estou vendo os lobos!"

Lobos? Minhas fantasias do acampamento desapareceram, mas chutei o cavalo e fui galopando à frente, junto com Eben. Havia duas maneiras de aproximar-se do inevitável: ser arrastada de encontro ao destino ou tomar a ofensiva. Quem quer que fosse que estivesse prestes a encontrar, eu não podia deixar que percebessem meu medo. Isso fora algo que eu precisei aprender cedo em minha vida na corte. *Eles vão comer você viva se deixar que vejam seu medo*, Regan tinha dito a mim. Até mesmo minha mãe fazia disso uma arte, confrontar com austeridade o gabinete, mas com a mais gentil das línguas. Eu só não tinha dominado essa parte da gentileza ainda.

Eben riu por eu estar galopando ao seu lado, como se estivéssemos participando de um grandioso jogo. *Ele é só uma criança*, pensei novamente, mas, se ele não tinha medo de lobos, eu também não teria, mesmo com meu coração me dizendo o contrário.

"É logo ali, logo depois daquelas árvores", Eben disse. As montanhas escarpadas ao nosso redor haviam se aberto um pouco mais, e a floresta recuava para dar espaço a um amplo prado e a um lento rio que se enroscava em meio a ele. Demos a volta no bosque denso, e Eben galopava mais rápido, mas eu puxei as rédeas e parei. Meu estômago se revirou. *O que eu estava vendo?* Pisquei. Vermelho, laranja, amarelo, púrpura, azul — tudo isso aninhado em um oceano de verde tremeluzindo na brisa. Paredes de tapeçaria, fitas ondeando ao vento, bules gentilmente fumegantes, uma colcha de retalhos de cores vibrantes. *Terravin.* As cores vibrantes de Terravin.

A brisa que despenteava o gramado passava pela campina, chacoalhava os álamos, e serpenteava ao redor para tocar minha face. *Aqui.* Empoleirava-se cálida e certeira nas minhas entranhas.

Kaden ficou ao meu lado. "É um acampamento de andarilhos."

Eu nunca tinha visto um, mas tinha ouvido falar das carroças coloridas e elaboradas que eles chamavam de *carvachis*, de suas tendas feitas de tapeçarias, tapetes e quaisquer pedaços de pano que os agradassem, os sinos pendurados em suas carroças feitos de pedaços de vidros coloridos, as crinas cheias de contas de seus cavalos, suas roupas de cores berrantes ornamentadas com cobre e prata moídos, seus modos misteriosos que não conheciam lei ou fronteira.

"É lindo", sussurrei.

"Achei que você poderia gostar, Lia."

Virei-me para observá-lo, perguntando-me sobre a forma como ele havia incluído meu nome na frase. Era a primeira vez em que ele o dizia sem angústia desde que deixamos Terravin. "Eles sempre acampam neste local?", perguntei.

"Não, eles mudam de lugar a cada estação. Os invernos são muito duros por aqui. Além do mais, não fazem isso de ficar em um único lugar."

Griz, Finch e Malich passaram por nós, dirigindo-se até o acampamento. O cavalo de Kaden pisou duro no chão e puxou suas rédeas, ansioso para acompanhar os outros.

"Devemos ir?", perguntou ele.

"Eles têm cabras?", indaguei.

Um sorriso aqueceu seus olhos. "Acho que eles podem ter uma ou duas cabras."

"Que bom", respondi, porque tudo em que conseguia pensar era que, se não fizessem queijo de cabra, eu mesma o faria para eles. *Queijo de cabra.* Isso era tudo que importava no momento. Eu toleraria até mesmo lobos para conseguir queijo de cabra.

Havia cinco *carvachis* e três pequenas tendas espaçadas em semicírculo, e, em frente a elas, havia uma única tenda relativamente grande. A disposição era a única coisa organizada em relação ao pequeno acampamento. Todas as cores, todas as texturas, todas as formas das *carvachi*, todas as quinquilharias oscilando de uma árvore ali perto pareciam nascer do momento e do capricho.

Os outros já haviam descido de seus cavalos, e os ocupantes do acampamento estavam se aproximando para cumprimentá-los. Um homem acertou Griz com força nas costas e ofereceu-lhe um pequeno frasco. Griz jogou a cabeça para trás, tomou um gole generoso, e depois limpou a boca com as costas da mão, e ambos deram risada. Griz *riu.* Mais de uma dúzia de andarilhos de todas as idades nos cercavam. Uma velha mulher com longas tranças prateadas que passavam de sua cintura surgiu da grande tenda e foi em direção aos recém-chegados.

Eu e Kaden puxamos nossos cavalos para trás deles e paramos. Cabeças viraram-se para nos observarem, e sorrisos desapareceram momentaneamente quando me viram.

"Abaixe-se", Kaden disse em sussurro para mim. "Tome cuidado com a velha."

Tomar cuidado com uma velha mulher quando eu tinha como companheiros assassinos cruéis? Ele não podia estar falando sério!

Deslizei do meu cavalo, fui andando e me pus de pé entre Griz e Malich. "Olá", falei. "Meu nome é Lia. Princesa Arabella Celestine Idris Jezelia, Primeira Filha da Casa de Morrighan, para ser precisa. Fui raptada e trazida até aqui contra minha vontade, mas posso colocar tudo isso de lado se vocês tiverem um pedaço de queijo de cabra e uma barra de sabão para me emprestar."

Eles ficaram boquiabertos, mas então a velha mulher com as tranças prateadas passou pressionando os corpos que se aglomeravam.

"Vocês ouviram a menina", disse a mulher, com sotaque pesado e tom impaciente. "Alguém arrume um pouco de queijo de cabra para ela. O sabão pode ficar para depois."

Eles irromperam em gargalhada com minha apresentação, como se fosse alguma história selvagem, e senti mãos no meu cotovelo e nas minhas costas, uma criança puxando e empurrando minha perna, todos me levando até a grande tenda no centro do acampamento. Eu me lembrei de que eles eram nômades, e não vendanos; não tinham aliança com reino algum. Ainda assim, eram mais do que amigáveis com esses bárbaros. Eles os conheciam bem, e eu não sabia ao certo se tinham acreditado ou não em mim. Eles podem ter dado risada, mas notei a longa e sem graça pausa antes de a risada vir. Deixaria isso para depois, por ora, exatamente como falei que faria. Comida vinha em primeiro lugar. Comida de verdade! *Meus deuses, eles têm mesmo queijo de cabra!* Beijei meus dedos e ergui-os aos céus.

A parte interna da tenda estava disposta da mesma forma que a parte externa. Era um apanhado de tapetes e tecidos floridos cobrindo o chão e as paredes, com almofadas de tamanhos diferentes ladeando o perímetro. Cada uma delas era única em termos de cor e padrão. Vários lampiões de vidro, todos diferentes entre si, pendiam de postes nas tendas, e dúzias de ornamentos estavam pendurados nas paredes de tecido. Eles fizeram com que eu me sentasse em um travesseiro macio e cor-de-rosa, e meus cílios se agitaram, pois minhas nádegas tinham esquecido o que era conforto. Soltei um suspiro e cerrei os olhos por um instante, deixando que a sensação tivesse minha atenção completa.

Senti meus cabelos sendo erguidos e abri os olhos com tudo. Duas mulheres os examinavam, erguendo mechas e balançando as cabeças, empáticas.

"*Neu, neu, neu*", disse uma delas, como se alguma grave injustiça tivesse sido perpetrada contra meus cabelos.

"*Cha lou útor li pair au entrie noivoix*", disse a outra.

O que elas falavam não era bem vendano, mas também não era morrighês. Parecia reminiscente de ambos, pontilhado de outros dialetos, mas, bem, eles eram nômades, andarilhos, e obviamente reuniam coisas, só de ver a tenda deles. Parecia que também colecionavam idiomas e os costuravam, usando todos juntos.

Balancei a cabeça em negativa. "Sinto muito. Não estou entendendo."

Elas voltaram prontamente a falar em um idioma que eu entendesse, sem pestanejar. "Seus cabelos precisam de muitos cuidados."

Ergui a mão e senti o emaranhado do que uma vez foram meus cabelos. Eu não os penteava havia dias. Não parecia ser importante. Fiz uma careta, pensando que devia provavelmente ter a aparência de um animal selvagem. *Como uma bárbara.*

Uma delas esticou a mão para baixo e abraçou meus ombros. "Não precisa se preocupar. Vamos cuidar de você depois, como Dihara mandou... depois que você tiver comido."

"Dihara?"

"A velha."

Assenti e notei que ela não tinha vindo até a tenda com as outras. Kaden e o restante dos homens também não tinham entrado ali, e quando perguntei onde estavam, uma mulher belamente redonda e com grandes olhos negros como um corvo disse: "Ah, os homens... eles pagam seus respeitos ao Deus do Grão primeiro. Nós não os veremos tão cedo".

Todas as outras deram risada. Era difícil para mim imaginar Griz, Malich e Finch pagando seus respeitos a alguém. Kaden, por outro lado, tinha prática no engodo. Ele cortejaria o deus com palavras doces em um instante, enquanto tramava roubar seus olhos pagãos no instante seguinte.

A aba da tenda se abriu e uma menina da idade de Eben entrou com uma grande bandeja e colocou-a a meus pés. Engoli em seco. Meu maxilar doía só de olhar para a comida. *Em pratos. Pratos de verdade!* E os mais minúsculos e belos garfos com padrões de flores circulando seus cabos. Eles viajavam surpreendentemente bem. Fitei um prato de queijo de cabra, um pequeno dedal de porcelana com mel, uma cesta com tortas amanteigadas, uma grande tigela de sopa de cenoura, e um montinho de fatias crocantes de batatas salgadas. Esperei que alguém se servisse primeiro, mas todas ficaram ali sentadas, com os olhares fixos em mim, e por fim me dei conta de que aquilo *tudo* era para mim.

Entoei um rápido memorial, por respeito, e comecei a comer. Elas ficaram conversando enquanto eu comia, às vezes no próprio idioma delas, às vezes no meu. A jovem menina que havia me trazido a comida me disse que se chamava Natiya e me fez uma dúzia de perguntas, que eu respondi entre uma mordida e outra. Eu estava faminta e não tentei esconder isso, lambendo os dedos e suspirando a cada bocado delicioso que comia. Em determinado ponto, achei que pudesse chorar de gratidão, mas o choro teria interrompido meu banquete.

As perguntas de Natiya variavam de quantos anos eu tinha até de que comida eu mais gostava, mas, quando me perguntou "Você é mesmo uma princesa?", a conversa na tenda parou e todas olharam para mim, esperando.

Será que eu era mesmo uma princesa?

Eu abdicara desse papel havia semanas, quando saí de Civica e bani "Sua Alteza Real" do vocabulário de Pauline. Certamente agora eu não me parecia com uma princesa e nem agia como uma. Ainda assim, prontamente retirara meu título do exílio quando este me serviu. Lembrei-me das palavras de Walther: *Você sempre será você, Lia.*

Peguei o queixo dela e o segurei com a mão em concha, assentindo. "Não mais do que você por me trazer essa refeição. Estou realmente grata por isso."

Ela sorriu e abaixou seus longos e escuros cílios, com um rubor aquecendo suas bochechas. A conversa recomeçou, e voltei para minha última torta amanteigada.

Ao ficar satisfeita, elas me levaram para outra tenda e, conforme prometido, lidaram com meus cabelos. Foi preciso muito trabalho para ajeitá-los, mas elas foram gentis e pacientes. Enquanto duas das mulheres penteavam cada mecha, outras preparavam um banho, enchendo um grande tonel de cobre sobre uma fogueira. Notei suas olhadelas de esguelha e para mim. Para elas, eu era uma curiosidade. Provavelmente nunca tiveram visitantes do sexo feminino antes. Quando o banho ficou pronto, não me importei que me vissem nua. Tirei as roupas e me molhei, fechei os olhos e deixei que esfregassem seus óleos e ervas na minha pele e nos meus cabelos, e rezei para que, se era para eu morrer naquela jornada, que fosse naquele exato instante.

Elas ficaram curiosas em relação ao meu *kavah*, referindo-se a ele como sendo uma tatuagem, o que percebi que era mesmo àquela altura. Não havia mais nada de temporário. Elas tracejaram o desenho com os dedos, dizendo o quão incrível era. Sorri. Fiquei feliz por alguém pensar assim.

"E as cores...", disse Natiya. "Tão bonitas!"

Cores? Não havia nenhuma cor. Apenas profundas linhas cor de ferrugem formavam o desenho, mas presumi que ela estava se referindo a isso.

Ouvi gritos do lado de fora da tenda e comecei a me levantar. A mulher que atendia pelo nome de Reena puxou-me com gentileza para trás. "São só os homens. Eles voltaram das águas termais e estão pagando seus respeitos, embora seus tributos provavelmente terão continuidade no interior da tenda noite adentro."

Eles eram tipos mais reverentes do que eu havia pensado. Os barulhos ruidosos pararam, e voltei ao luxo do meu banho. Odiava a ideia de colocar meus trapos imundos de volta, mas, depois de me secar, as mulheres começaram a me vestir com suas próprias roupas, erguendo várias saias, xales, blusas e contas como se estivessem vestindo uma criança. Quando terminaram, eu me senti como uma princesa de novo — uma princesa nômade. Reena colocou um xale azul sedoso com um elaborado trabalho de contas prateadas na minha cabeça, centralizando-o para que um V de contas pendesse de minha testa.

Ela deu um passo para trás, com as mãos nos quadris, para analisar seu trabalho. "Você agora parece menos uma loba e mais uma verdadeira membro da Tribo de Gaudrel."

A Tribo de Gaudrel? Virei a cabeça, baixando o olhar para o tapete florido. *Gaudrel...* Parecia tão familiar, como se o nome tivesse passado pelos meus lábios antes. "Gaudrel", sussurrei, testando a palavra, e então lembrei.

Ve Feray Daclara au Gaudrel.

Era esse o título de um dos livros que eu tinha roubado do Erudito.

Eu a chamo, chorando, rezando para que me ouça,
Não tenha medo, criança,
As histórias estão sempre ali.
Verdades cavalgam o vento,
Ouça, e ela a encontrará.
Eu encontrarei você.

—Os Últimos Testemunhos de Gaudrel—

CAPÍTULO 54
CRÔNICAS DE AMOR E ÓDIO

u estava deitada de bruços na campina, virando com cuidado as páginas frágeis do antigo manuscrito. Tinha afastado Eben de mim, ameaçando a vida dele. Agora o menino se mantinha a uma distância segura, brincando com os lobos e banhando-os com algo que eu não sabia que ele tinha: afeto.

Ao que parecia, ele ficara encarregado da tarefa de me observar enquanto Kaden pagava seus respeitos ao Deus do Grão. Esse deus deveria ser muito importante para que Kaden me confiasse a Eben, embora eu tivesse certeza de que Kaden sabia que eu não era nenhuma tola. Eu precisava recuperar um pouco da minha força antes de me separar deles. Esperaria a hora certa chegar. Por enquanto.

Também senti a atração de alguma outra coisa.

Havia mais de que eu precisava aqui além de comida e descanso.

As palavras do antigo manuscrito eram um mistério para mim, embora eu pudesse adivinhar algumas, devido à sua frequência e às suas posições. Muitas das palavras pareciam ter as mesmas raízes que o morrighês, mas eu não sabia ao certo, porque várias das letras eram formadas de um jeito diferente. Uma simples chave teria ajudado, e muito — o tipo de chave que o Erudito tinha em abundância. Mostrei o livro a Reena e às outras, mas o idioma era tão estranho para elas quanto para mim. Um idioma antigo. Até mesmo na página, eu podia ver que era escrito de um jeito diferente de como as pessoas falavam. As palavras delas eram respiradas e suaves. Estas tinham uma cadência mais dura. Fiquei maravilhada com a forma como as coisas podiam ser rapidamente perdidas, até mesmo as palavras de um idioma. Isso pode ter sido escrito por um de seus ancestrais, mas não era mais entendido pela Tribo de Gaudrel. Toquei nas letras, cuidadosamente escritas à mão com uma pena. Esse livro foi feito para durar eras. O que o Erudito queria com ele? Por que o havia escondido? Tracejei as letras com os dedos mais uma vez.

> *Meil au ve avanda. Ve beouvoir. Ve anton.*
> *Ais evasa levaire, Ama. Parai ve siviox.*
> *Ei revead aida shameans. Aun spirad. Aun narrashen. Aun divesad etrevaun.*
> *Ei útan petiar che oue, bamita.*

Como eu algum dia aprenderia o que o livro queria dizer se o próprio povo de Gaudrel não sabia? *A Tribo de Gaudrel.* Por que eu nunca tinha ouvido falar desse livro antes? Para nós, eles eram apenas nômades, pessoas sem raízes ou história, mas estava claro que tinham uma história — e o Erudito queria que ela ficasse escondida. Fechei o livro e me levantei, limpando pedaços de grama da minha saia, observando o campo passar de verde a dourado enquanto uma última faixa de sol caía atrás de uma montanha.

Fui pressionada por um silêncio assombroso. *Aqui.*

Cerrei os olhos, sentindo um misto de dor e ânsia que me eram familiares. A amarga necessidade aumentava dentro de mim. Eu me sentia como se fosse uma criança de novo, fitando um céu negro e pontilhado de estrelas, com tudo que eu queria fora do meu alcance.

"Então você acha que tem o dom."

Eu me virei e dei de cara com a face profundamente marcada por linhas da velha Dihara. Pisquei, pega desprevenida. "Quem disse isso?"

Ela deu de ombros. "As histórias... elas viajam." Ela carregava uma roca de fiar e um saco de estopa pendurado em um dos ombros. Passou por mim, com a alta grama tremeluzindo aos seus passos, e carregou a roca até onde o campo se encontrava com o rio. Ela se virou para uma direção e depois para outra, como se estivesse tentando ouvir alguma coisa, e colocou a roca de fiar no chão, em uma clareira, onde a grama era menos alta. Ela deixou o saco cair de seu ombro no chão.

Aproximei-me devagar, mas ainda mantinha certa distância, não sabendo ao certo se minha presença seria bem-vinda. Mantive o olhar fixo em suas costas, notando que suas longas tranças prateadas quase tocavam o chão quando se sentava.

"Você pode chegar mais perto", disse ela. "A roca de fiar não vai morder você. Nem eu."

Para uma mulher idosa, ela tinha uma excelente audição.

Sentei-me no chão, a uns poucos passos de distância. Como ela sabia do meu suposto dom? Será que Finch ou Griz tinham falado de mim para ela? "O que você sabe sobre o dom?", perguntei.

Ela soltou um grunhido. "Que você sabe pouco sobre ele."

Ela não tinha conseguido aquela informação com Griz ou com Finch, visto que eles estavam completamente convencidos das minhas habilidades, mas eu não tinha como discutir com a conclusão dela. Soltei um suspiro.

"Não é culpa sua", disse a velha, enquanto empurrava o pedal da roca de fiar. "Aqueles que ficam enclausurados entre muralhas passam fome, assim como aconteceu com os Antigos."

"Enclausurados pelas muralhas? O que quer dizer com isso?"

Ela parou com o pé no pedal e virou-se para olhar para mim. "Seu povo. Vocês ficam cercados pelos ruídos que vocês mesmos fazem e cuidam apenas daquilo que conseguem ver, mas não é assim que o dom funciona."

Olhei para os olhos afundados dela, cujas íris azuis estavam tão esvanecidas que eram quase brancas. "*Você* tem o dom?", perguntei a ela.

"Não fique surpresa. O dom não é mágico nem raro."

Dei de ombros, não querendo discutir com uma mulher idosa, mas sabendo, pelo que aprendi pelos ensinamentos de Morrighan e pela minha própria experiência, que não era bem assim. O dom *era* mágico, um presente dos deuses para os Remanescentes escolhidos e seus descendentes, o que incluía muitos nos Reinos Menores, mas não nômades desprovidos de raízes.

Ela ergueu uma sobrancelha, perscrutando-me. Levantou-se, afastando a roca de fiar, e voltou o rosto para o acampamento. "Levante-se", ela ordenou. "Olhe para lá. O que está vendo?"

Fiz conforme ela me instruía e vi Eben brincando de lutar com os lobos. "Os lobos não agem com os outros da mesma forma que fazem com Eben", disse ela. "A necessidade dele é profunda, e há um entendimento entre eles. Eben o nutre até mesmo agora, fortalecendo-o, mas é um modo que não tem nome. É um modo de confiança. É misterioso, mas não é mágico."

Observei o menino, tentando entender o que ela estava dizendo.

"Há muitos modos que podem ser vistos ou ouvidos apenas com um tipo diferente de olhar ou ouvir. O dom, como vocês se referem a ele, é uma maneira similar à de Eben."

Ela voltou ao trabalho, como se sua explicação estivesse completa, embora ainda fosse um quebra-cabeças para mim. Ela puxou lã bruta, não preparada para o tear, de seu saco, e depois algo com fibras ainda mais longas e retas.

"O que você está tecendo?", perguntei.

"A lã das ovelhas, o pelo das lhamas, o linho dos campos. Os dons do mundo. Eles vêm em muitas cores e forças. Feche os olhos. Escute."

"Escutar a senhora tecendo?"

Ela deu de ombros.

Aqui.

As últimas pontas de luz do sol haviam desaparecido, e o céu acima das montanhas tingia-se de púrpura. Cerrei os olhos e fiquei ouvindo o tecer dela, o girar da roca, o clique do pedal, o farfalhar da grama, o gorgolejo do riacho, o baixo zumbido do vento passando pelos pinheiros, e isso era tudo. Eu estava em paz, mas não em uma paz profunda, e fiquei impaciente. Abri os olhos.

"A senhora disse que as histórias viajam. Você espera que eu acredite que a minha história viajou até aqui, até o seu povo?"

"Espero que você acredite no que quer acreditar. Sou apenas uma mulher velha que precisa voltar a tecer." Ela cantarolava, virando a face em direção ao vento.

"Se você acredita nesses modos, assim como acredita que minha história que viajou até aqui seja verdadeira, então sabe que era verdade quando disse ter sido trazida até aqui contra minha vontade. A senhora não é vendana. Vai me ajudar a fugir deles?"

Ela olhou por cima do ombro, de volta para o acampamento e para as crianças que brincavam em frente a uma carroça. As sombras do crepúsculo aprofundavam as linhas em sua face. "Você está certa. Não sou vendana. Mas também não sou morrighesa", disse ela. "Você ia querer que eu interferisse nas guerras dos homens e trouxesse a morte dos jovens?" A mulher acenou em direção às crianças. "É assim que nós sobrevivemos. Não temos nenhum exército, e nossas poucas armas são apenas para a caça. Somos deixados em paz porque não ficamos do lado de ninguém, mas damos as boas-vindas a todos com comida, bebida e uma fogueira quentinha. Não posso dar o que você está me pedindo."

Eu estava grata pela comida e pelas roupas limpas, mas ainda tinha esperanças de conseguir mais. *Precisava* de mais. Eu não era simplesmente uma viajante em uma longa jornada. Eu era uma prisioneira. Puxei os ombros para trás e me virei para ir embora. "Então os modos de vocês não são úteis para mim."

Já estava a vários metros de distância quando ela me chamou. "Mas posso ajudar você de outras formas. Venha aqui amanhã, e lhe contarei mais sobre o dom. Prometo que vai achar útil."

Será que eu realmente tinha tempo para as histórias de uma velha? Eu tinha muitas de minhas próprias histórias de Morrighan. Nem mesmo sabia ao certo se estaria aqui amanhã. Até lá eu teria descansado e minha oportunidade de ir embora poderia surgir. Não pretendia ser arrastada para muito longe desse lugar desolado. Minha oportunidade viria com ou sem a ajuda dela.

"Vou tentar", eu disse e voltei andando em direção ao acampamento.

Ela me parou de novo, falando mais baixo. "As outras, elas não podem lhe dizer o que seu livro diz porque não sabem ler. Ficaram com vergonha de dizer isso." Ela apertou os olhos claros. "Até mesmo nós somos culpadas de não nutrirmos os dons, e os dons que não são alimentados encolhem e morrem."

Quando voltei para o acampamento, Eben ainda me observava, fiel em sua tarefa até mesmo enquanto estava lá, deitado com os lobos como se fosse um deles. Ouvi conversas e risadas ruidosas vindas da grande tenda no centro do acampamento. Os *respeitos* pareciam ter escalado e chegado a uma variedade jovial. Fui cumprimentada por Reena e Natiya.

"Você quer entrar na *carvachi* para descansar primeiro ou quer se juntar aos outros para comer?", perguntou Reena.

"*Carvachi*? O que quer dizer?"

Natiya falou gorjeando, como se fosse um ávido passarinho: "O homem loiro, o que chamam de Kaden, ele comprou a *carvachi* da Reena, para que você pudesse dormir em uma cama de verdade".

"Ele *o quê?*"

Reena me explicou que Kaden havia apenas alugado a *carvachi* pelo tempo que eu passasse ali, enquanto ela dormiria na tenda ou em outra *carvachi*. "Mas a minha é a melhor. Ela tem um colchão grosso. Você vai dormir bem lá."

Comecei a protestar, mas ela insistiu, dizendo que a moeda que ele havia lhe dado seria útil quando viajassem para o sul. Ela precisava mais da moeda do que de uma *carvachi* para si, e teria muito mais noites a passar sozinha pela frente.

Eu não sabia ao certo o que queria mais: uma boa refeição ou um colchão de verdade com um teto sobre a cabeça, longe dos roncos e dos ruídos corporais dos homens. Escolhi a refeição primeiro, lembrando-me de que minha força era importante.

Entramos em fila na tenda, junto com outras três mulheres que tinham acabado de trazer algumas bandejas com costelas do fogo. Meus acompanhantes vendanos sentaram-se em almofadas no meio, ao lado de cinco homens do acampamento. O banho demorado deles nas águas termais tinha limpado toda sua sujeira e trouxe cor de volta às suas peles. As bochechas de Griz brilhavam de tão rosas que estavam. Eles bebiam de cornos de carneiros e comiam com os dedos, embora eu já tivesse visto que havia talheres disponíveis. Pode-se oferecer civilização aos bárbaros, mas isso não quer dizer que eles farão uso dela.

Nenhum dos homens pareceu notar minha entrada, e então me dei conta de que eles não me reconheceram. De banho tomado, com um xale de contas na cabeça e com as roupas coloridas, eu não era a menina imunda que chegara no acampamento mais cedo. As mulheres colocaram duas bandejas na frente dos homens e levaram a terceira até um canto, onde havia uma pilha alta de almofadas, sentando-se lá juntas. Continuei em pé, observando meus captores, que banqueteavam-se e davam risada, jogando as cabeças para trás aos berros, como se estivessem na corte de um rei sem terem que se preocupar com nada no mundo. Isso me incomodava. Eu tinha algo com que me preocupar — uma pequena coisa chamada *minha vida*. Eu queria que eles se preocupassem com algo também.

315

Soltei um gemido e as risadas pararam. Cabeças viraram. Bati os cílios, como se estivesse tendo uma visão. Kaden me encarou, tentando recuperar o foco, e, por fim, percebeu quem eu era. Ele ficou ruborizado e inclinou a cabeça para o lado, como se para olhar uma segunda vez e decidir se era eu mesmo.

"O que foi?", quis saber Finch.

Revirei os olhos para cima e fiz uma careta.

"*Osa azen te kivada*", disse Griz para o homem que estava ao seu lado. *O dom.*

Malich não disse nada, mas passou os olhos pelas novas roupas que eu estava vestindo.

Kaden fez uma cara feia. "O que foi agora?", ele me perguntou, com a paciência curta.

Esperei, segura de mim, até que todos se sentassem um pouco mais endireitados.

"Nada", falei, sem convencer ninguém, e fui sentar-me junto com as mulheres. Senti como se estivesse de volta na taverna, usando um novo conjunto de habilidades para controlar clientes desordeiros. Gwyneth adoraria isso. Meu desempenho foi bom o bastante para diminuir a animação deles de modo considerável, pelo menos por um curto tempo, e isso me deixou animada. Comi minha porção, lembrando-me de que cada bocada poderia ser aquela que haveria de me sustentar por mais um quilômetro no descampado assim que eu estivesse livre deles.

Tentei parecer engajada na conversa das mulheres, mas, assim que os homens recomeçaram a tagarelar, ouvi com atenção o que eles diziam. Eles continuavam a comer e beber — sobretudo beber —, e seus lábios foram ficando mais soltos.

"*Ade ena ghastery?*"

"*Jah!*", disse Malich, acenando a cabeça na minha direção. "*Osa ve verait andel acha ya sah kest!*"

Todos riram, mas depois a conversa ficou mais baixa e reticente, com apenas algumas poucas palavras sussurradas alto o bastante para que eu pudesse ouvi-las.

"*Ne ena hachetatot chadaros... Mias wei... Te ontia lo besadad.*"

Falavam sobre trilhas e patrulhas, e eu me inclinei na direção deles, esforçando-me para ouvir mais do que diziam.

Kaden me pegou ouvindo a conversa, fixou o olhar contemplativo em mim e disse, em um tom alto, aos outros: "*Osa'r e enand vopilito Gaudrella. Shias wei hal... le diamma camman ashea mika e kisav.*" Os homens assoviaram, erguendo seus cornos para Kaden, e depois voltaram para suas conversas, mas os olhos deles continuaram focados em mim, sem pestanejar, esperando pela minha reação.

Meu coração parou de bater por um instante. Lutei para não apresentar reação alguma, para manter meu olhar fixo, inocente e indiferente e fingir que não sabia o que ele havia dito, mas por fim, tive que desviar o olhar, sentindo que meu rosto ficava quente e vermelho. Quando alguém acaba de anunciar que acha que você está linda vestida de nômade que quer te beijar, fica difícil fingir ignorância. Ele escolheu as palavras perfeitas em seu pequeno teste para confirmar suas suspeitas. Voltei a olhar para minha comida, tentando fazer sumir a cor das minhas bochechas. Terminei minha refeição sem olhar na direção dele e então perguntei a Reena se ela poderia me mostrar a carroça dela.

Conforme nos aproximávamos da *carvachi* no fim do acampamento, notei que Dihara se afastava. Nos degraus, havia um pequeno livro, um livro muito velho, e, com uma rápida olhada de relance, vi que era totalmente manuscrito. Peguei-o e deixei que Reena me levasse e mostrasse sua colorida carroça.

Parecia bem maior por dentro do que por fora. Reena me mostrou todas as conveniências que tinha ali, mas a maior atração era a cama nos fundos. Exuberante com as cores, os travesseiros, as cortinas e os adornos com franjas, parecia algo saído de um livro. Empurrei o colchão para baixo e minha mão desapareceu em meio a uma macia e mágica nuvem.

Reena abriu um largo sorriso. Ela estava contente com a minha reação. Não consegui resistir e deslizei a mão pelas franjas douradas que pendiam dali, vendo-as se mexerem ao meu toque. Passei os olhos por todos os detalhes da cama, como se fosse uma ovelha faminta que fora solta em um pasto de trevos.

Ela me deu uma camisola para vestir e saiu, oferecendo-me sua própria bênção enquanto descia os degraus, batendo no batente da porta com os nós dos dedos. "Que os deuses lhe concedam um coração calmo, olhos pesados e anjos guardando a sua porta."

Assim que ela foi embora, joguei-me no colchão, prometendo a mim mesma que nunca mais deixaria de dar o devido valor a uma cama macia e a um teto sobre minha cabeça. Eu estava para lá de exausta, mas ainda não queria dormir, preferindo, em vez disso, me jogar no luxo da *carvachi*. Fiquei olhando para as inúmeras quinquilharias que Reena tinha penduradas nas paredes, incluindo diversas das estranhas garrafas cheias de fitas dos Antigos, um dos poucos artefatos que ainda eram encontrados em abundância.

Eu pensava em todas as terras pelas quais esse pequeno bando de nômades havia viajado, muito mais lugares do que eu poderia imaginar, embora parecesse que eu tinha visto metade do continente até agora. Pensei em meu pai, que nunca saía de Civica. Ele nem mesmo visitava metade do próprio Reino de Morrighan, muito menos os vastos territórios além dele. É claro, ele tinha seus Olhos do Reino para trazer o mundo até ele. *Espiões. Eles estão por toda parte, Lia.*

Não por aqui. Uma coisa boa em relação a estar nesse inóspito fim de mundo era que pelo menos eu estava longe das garras do Chanceler e do Erudito. Era improvável que um caçador de recompensas algum dia me encontrasse aqui.

Mas Rafe também não me encontraria.

Ocorreu-me com força renovada que eu nunca o veria de novo. *Os bons não fogem, Lia.* Ele não havia exatamente fugido, mas parecia que estava preparado para seguir com sua vida. Não precisei de muita coisa para convencê-lo de que eu precisava ir. Eu já refletira sobre a reação dele por muito tempo. Estava entorpecida e sofrendo demais na época para absorver tudo, mas tive muito tempo para pensar nisso desde então. *Reflexão*, minha mãe costumava dizer quando nos mandava para nossos quartos por alguma infração descoberta. Minhas reflexões diziam-me que ele também estava sofrendo. *Deixe-me pensar.* Mas então, com a mesma rapidez ele disse: *Vou me encontrar com você para um último adeus.* O pesar dele durou pouco. O meu, não.

Tentei não pensar em Rafe após deixar Terravin, mas não podia controlar meus sonhos. No meio da noite, sentia os lábios dele roçando nos meus, seus braços fortes em volta de mim, seus sussurros ao meu ouvido, nossos corpos pressionados um no outro, próximos um do outro, os olhos dele fitando os meus como se eu fosse tudo o que mais importasse no mundo para ele.

Balancei a cabeça e me sentei direito. Como dissera Kaden, não é bom viver no talvez. O talvez pode ser distorcido e transformado em coisas que nunca existiram de verdade. Para Rafe, eu provavelmente já era uma memória distante.

Eu tinha que me concentrar no presente, que era real e verdadeiro. Apanhei a fina e macia camisola que Reena havia me emprestado e coloquei-a. Uma camisola era outro luxo cujo valor eu nunca mais deixaria de notar.

Folheei o livro que Dihara havia deixado para mim e me aninhei na cama com ele. Parecia ser um manual infantil, em gaudriano, para ensinar diversos idiomas dos reinos, incluindo o morrighês e o vendano. Comparei-o com o livro que eu tinha roubado do Erudito. Os idiomas não eram exatamente os mesmos, como eu havia suspeitado. *Ve Feray Daclara au Gaudrel* era centenas, talvez até mesmo milhares de anos mais velho, mas o livro de instruções revelou o que eram algumas das estranhas letras, e havia similaridades suficientes nos idiomas de modo que eu pudesse traduzir algumas palavras com confiança. Eu deslizava meus dedos com gentileza pela página enquanto lia, sentindo os séculos nela contidos.

Fim da jornada. A promessa. A esperança.
Conte-me de novo, Ama. Sobre a luz.
Busco em minhas memórias. Um sonho. Uma história. Uma lembrança indistinta.
Eu era menor do que você, criança.
O limite entre verdade e sobrevivência se fortalece. A necessidade. A esperança. Minha própria avó contando-me histórias, porque não havia mais nada além disso. Olho para esta criança, fraca, de estômago sempre vazio, mesmo em seus sonhos. Esperançosa. À espera. Puxo seus finos braços e coloco seu corpo leve como uma pluma em meu colo.

Era uma vez, minha criança, uma princesa que não era maior do que você. Ela tinha o mundo ao alcance de seus dedos. Ela ordenava, e a luz obedecia. O sol, a lua e as estrelas ajoelhavam-se e erguiam-se ao seu toque. Era uma vez...

Foi-se. Agora há apenas esta criança de olhos dourados em meus braços. E é o que importa. Assim como o fim da jornada. A promessa. A esperança.

Venha, minha criança. Está na hora de partir.

Antes que venham os abutres.

As coisas que duram. As coisas que permanecem. As coisas que não me atrevo a dizer a ela.

Contarei mais a você enquanto caminhamos. Sobre outrora.

Era uma vez...

Parecia mais um diário ou uma fábula para ser compartilhado em volta de uma fogueira de acampamento — uma história floreada de uma princesa que comandava a luz? Mas também era uma história triste, sobre a fome. Seriam Gaudrel e esta criança residentes temporários? Os primeiros nômades? E quem ou o que seriam os abutres? Por que o Erudito teria medo de um contador de histórias? A menos que Gaudrel contasse mais do que histórias a essa criança. Talvez isso fosse o que o restante do livro revelaria.

Por mais que eu quisesse continuar estudando as palavras que me deixavam perplexa, meus olhos estavam se fechando contra minha vontade. Coloquei os livros de lado e já estava me levantando para apagar o lampião quando ouvi alguém tropeçar nos degraus lá fora. Logo depois, Kaden irrompeu com tudo porta adentro. Ele tropeçou e segurou-se na parede para recuperar o equilíbrio.

"O que você está fazendo?", exigi saber.

"Certificando-me de que você está confortável." Ele balançava a cabeça para cima e para baixo enquanto falava, e suas palavras saíam lentas e arrastadas.

Fui para a frente, de modo a empurrá-lo para fora, o que parecia uma tarefa simples, mas ele bateu a porta com tudo, fechando-a, e me empurrou contra ela. Ele se inclinou junto à porta, prendendo-me entre seus braços, e olhou para mim, com as pupilas grandes, os olhos tentando achar o foco.

"Você está bêbado", eu disse.

Ele piscou. "Talvez."

"Não tem nada de talvez em relação a isso."

Ele abriu um largo sorriso. "É a *tradição*. Eu não posso insultar meus anfitriões. Você entende bem de tradição, não é, Lia?"

"Você sempre fica bêbado assim que nem um gambá quando vem até aqui?"

Seu largo e desleixado sorriso se foi, e ele se inclinou mais para perto de mim. "Não sempre. Nunca."

"Qual é o problema? Está se sentindo culpado dessa vez e tem esperanças de que o Deus do Grão possa absolvê-lo?"

Ele franziu o rosto. "Não me sinto culpado em relação a *nada*. Sou um soldado, e você é... uma... uma... você é um deles. Membro da realeza. São todos iguais."

"E você conhece *muitos* membros da realeza."

Um rosnado avançou pelo lábio dele. "Você e suas visões. Você acha que não sei o que está fazendo?"

Eu estava fazendo exatamente o que *ele* faria se estivesse no meu lugar: tentando sobreviver. Ele esperava que fosse me arrastar pelos continentes e eu fosse segui-lo educadamente?

Sorri. "Eles não sabem o que estou fazendo. Isso é tudo que importa. E você não vai contar a eles."

Ele aproximou seu rosto do meu. "Não tenha tanta certeza disso. Você... eu sou *um deles*. Eu sou vendano. Não se esqueça disso."

Como poderia esquecer? Mas parecia inútil discutir com ele. Kaden mal conseguia falar sem tropeçar em suas palavras, e sua face estava chegando perto demais da minha.

"Kaden, você precisa..."

"Você é espertinha demais para o seu próprio bem, sabia? Você entendeu o que eu disse lá. Sabe tudo o que nós dizemos..."

"A baboseira bárbara de vocês? Como eu ia saber? Eu nem mesmo me importo com isso. Saia daqui, Kaden!" Tentei afastá-lo, mas ele caiu sobre mim, com a face enterrada em meus cabelos, todos os músculos de seu corpo fazendo pressão no meu. Eu não conseguia respirar.

"Eu ouvi vocês", ele sussurrou ao meu ouvido. "Naquela noite. Eu ouvi você dizendo a Pauline que me achava atraente."

Ele esticou a mão e levou-a aos meus cabelos. Pegou as mechas e apertou-as, e depois sussurrou ao pé do meu ouvido as mesmas palavras que havia dito lá na tenda... e mais ainda. Minhas têmporas latejavam. A respiração dele estava quente em minha bochecha enquanto ele falava, e seus lábios roçavam o meu pescoço, demorando-se.

Ele se reclinou e prendi o fôlego. "Você não é..." Ele oscilou, e seus olhos estavam perdendo o foco. "Para o seu próprio bem também..." Ele se debruçou para um dos lados, segurando-se à parede. "Agora eu tenho que dormir no... de tocaia", disse ele, empurrando-me para o lado. "Vou dormir ali, bem em frente à sua carroça. Porque eu não confio em você. Lia. Você é muito..." Ele baixou as pálpebras. "E agora, o Malich..."

Ele caiu de costas para a porta, de olhos fechados, e foi deslizando até o chão, ainda sentando-se direito. Tudo que eu tinha que fazer era abrir a porta, e ele cairia para trás aos tropeços, mas, com a minha sorte, ele quebraria o pescoço descendo os degraus, e eu teria que lidar sozinha com Malich.

Observei-o desmaiado, com a cabeça pendendo para o lado. Ele seria de alguma proteção contra Malich, porém, todos estavam provavelmente tão estupidamente bêbados quanto ele a essa altura.

Puxei a cortina de renda para o lado e abri a janela que estava fechada com persianas. Agora poderia ser um momento oportuno para sair correndo, se todos estivessem daquele jeito, mas vi Malich, Griz e Finch lá adiante, perto dos cavalos. Eles ainda pareciam bem o bastante de pé. Talvez Kaden estivesse falando a verdade e não fosse acostumado a beber tanto assim. Na taverna, ele sempre fora cuidadoso e mantinha a compostura, nunca bebendo mais do que duas cidras. Eu poderia beber aquele tanto sem sentir nada. O que fizera com que ele bebesse tanto assim esta noite?

Fechei a persiana e voltei a olhar para Kaden, cuja boca pendia aberta. Sorri, pensando em como estaria a cabeça dele pela manhã. Apanhei um travesseiro da cama de Reena e joguei-o no chão ao lado dele, e depois empurrei seu ombro por cima. Ele se ajustou no travesseiro, sem se agitar em nenhum momento.

Era verdade. Eu tinha dito a Pauline que o achava atraente. Ele tinha um corpo bonito, era musculoso, e como Gwyneth ressaltara mais de uma vez, bem agradável aos olhos. Eu também tinha dito a ela que achava o comportamento de Kaden cativante, grave e pacificador ao mesmo tempo. Ele havia me deixado intrigada, mas eu e Pauline estávamos dentro da cabana enquanto falávamos dele. Será que estivera nos espionando? Ouvindo à janela? *Ele é um assassino*, recordei. O que mais eu poderia esperar de alguém como ele? Tentei me lembrar das outras coisas sobre as quais eu e Pauline tínhamos conversado. *Meus deuses, o que será que ele ouviu além disso?*

Soltei um suspiro. Não podia me preocupar com aquilo agora.

Fui rastejando para o denso colchão e puxei uma das colchas coloridas de Reena sobre mim. Virei-me de lado, olhando para Kaden, perguntando-me por que ele odiava tanto assim os membros da realeza. Estava claro que ele não me odiava, e sim a ideia de quem eu era, assim como eu odiava a ideia de quem ele era: isso fazia com que eu pensasse em como as coisas poderiam ter sido se nós dois tivéssemos nascido em Terravin.

CAPÍTULO 55
CRÔNICAS DE AMOR E ÓDIO

bservei Dihara durante quase uma hora da janela antes de pular sobre um Kaden adormecido e sair da carroça para me aproximar dela, que estava sentada em uma banqueta perto da fogueira no centro do acampamento, escovando seus longos cabelos prateados e trançando-os para trás. Em seguida, ela esfregou um bálsamo amarelo em seus cotovelos e nas juntas de seus dedos. Seus movimentos eram lentos e metódicos, como se tivesse feito isso todas as manhãs durante mil anos, que era quase o quão velha ela parecia, mas seus ombros não eram corcundas, e ela, com certeza, ainda parecia forte. Ontem ela havia carregado uma roca de fiar por todo o caminho do acampamento até o descampado. Um pequeno talho de grama estalava no canto de sua boca enquanto ela o mascava.

Uma coisa que percebi ao observá-la era que havia algo de diferente em relação a ela. Era o mesmo *diferente* que eu vira em Rafe e em Kaden logo que entraram na taverna. A mesma diferença que vi quando olhei para o Erudito. Algo que não podia bem ser escondido, fosse bom ou ruim. Algo que nos invadia de forma tão leve quanto uma pluma ou talvez ficasse preso em nosso estômago como se fosse uma pedra pesada, mas cuja presença percebíamos de qualquer maneira. Havia algo incomum o bastante em Dihara para que isso me levasse a pensar que ela poderia realmente saber mais sobre o dom.

Dihara ergueu os olhos na direção dos meus quando me aproximei. "Obrigada pelo livro", falei. "Foi útil."

Ela pressionou os joelhos com as mãos e se levantou. Parecia que estava esperando por mim. "Vamos até a campina. Vou ensinar a você o que sei."

Nós paramos no meio de um canteiro de trevos. Ela ergueu uma mecha dos meus cabelos, deixou-a cair, e então deu a volta em mim. Sentiu o cheiro no ar e balançou a cabeça.

"Você é fraca com o dom, mas também, teve muita prática em ignorá-lo."

"Você consegue perceber isso no ar?"

Ela sorriu pela primeira vez, e uma bufada escapou por seus lábios enrugados em uma quase risada. Ela segurou minha mão. "Vamos dar uma volta." O campo se estirava pela extensão do vale, e nós circulamos por ele, sem nenhum destino específico. "Você é jovem, criança. Sinto que é bastante forte em outros dons — talvez naqueles que queira nutrir, mas isso não significa que seja tarde demais para que aprenda algo sobre este também. É bom ter muitas forças."

Conforme caminhávamos, ela apontou para as finas nuvens acima de nossas cabeças e sua marcha lenta sobre os topos das montanhas. Ela apontou para o gentil reluzir de longos salgueiros ao longo da margem do rio, e então me fez virar e olhar para nossas pegadas na grama do campo, já se desfazendo conforme a brisa as bagunçava como se fosse a mão de alguém passando por elas.

"Esse mundo, ele nos inspira, ele nos cheira, ele nos *conhece*, e depois nos exala de novo, nos partilha. Você não está contida aqui nesse único lugar somente. O vento, o tempo, ele circula, repete, ensina, revela, alguns golpes de ceifeira cortando mais a fundo do que outros. O universo sabe. O universo tem uma longa memória. É assim que o dom funciona. No entanto, há aqueles que são mais abertos a compartilharem as coisas do que outros."

"Como o mundo pode nos inspirar?"

"Existem alguns mistérios que até mesmo o mundo não revela. Nós todos não precisamos de nossos segredos? Sabemos por que duas pessoas se apaixonam? Por que um pai haveria de sacrificar um filho ou uma filha? Por que uma mulher jovem fugiria no dia de seu casamento?"

Eu parei, sugando um leve suspiro, mas ela me puxou para si. "As verdades do mundo desejam ser conhecidas, mas elas não se forçam sobre a gente como as mentiras fazem. Elas vão nos cortejar, sussurrar para nós, brincar por trás de nossas pálpebras, deslizar para dentro de nós e aquecer nosso sangue, dançar ao longo de nossas colunas e acariciar nossos pescoços até que a pele fique toda arrepiada."

Ela pegou minha mão e cerrou-a em punho, pressionando-a com força no meio da minha barriga, logo abaixo das costelas. "E, às vezes, ela espreita bem aqui, pesada nas suas entranhas." Ela soltou minha mão e voltou a caminhar. "Esta é a verdade desejando ser conhecida."

"Mas eu sou uma Primeira Filha e, segundo os Textos Sagrados..."

"Você acha que o caminho da verdade se importa com seu nascimento ou com palavras escritas em papel?", ela me perguntou. Se Pauline estivesse aqui, ela estaria rezando uma prece como penitência pelo sacrilégio de Dihara, e o Erudito teria batido nos nós dos dedos da velha senhora por sequer pensar em tal coisa. O dom que ela descrevia não era aquele sobre o qual eu havia aprendido.

"O dom deveria simplesmente vir até nós, não é?"

"Ler veio simplesmente do nada para você? Ou precisou devotar algum esforço em relação a isso? A semente do dom pode vir, mas uma muda que não é nutrida morre rapidamente." Ela se virou, conduzindo-me para baixo, mais para perto do rio. "O dom é uma forma delicada de saber. É escutar sem usar os ouvidos, ver sem usar os olhos, perceber sem ter o conhecimento. Foi como os poucos Antigos que sobraram sobreviveram. Quando não tinham mais nada, eles tiveram que voltar à linguagem do saber enterrada profundamente neles. É um modo tão antigo quanto o próprio universo."

"E os deuses? Onde estavam em tudo isso?", perguntei a ela.

"Olhe a seu redor, menina. Que árvore da floresta eles não criaram? Eles estão onde você escolher por vê-los."

Fomos andando e descendo até o ponto em que o rio fazia uma curva abrupta de volta à montanha e nos sentamos em uma margem cheia de cascalhos. Ela me contou mais sobre o dom e sobre si mesma. Nem sempre fora uma nômade. Havia sido filha de um flecheiro no Reino Menor de Candora, mas as circunstâncias de sua vida mudaram quando seus pais e sua irmã mais velha morreram de febre. Em vez de ir morar com um tio de quem tinha medo, Dihara fugiu. Na época, ela era uma criança de sete anos de idade e se perdeu nas profundezas da floresta. Provavelmente teria sido comida por lobos, se uma família de nômades que estava de passagem não a tivesse encontrado.

"Eristle disse que me ouviu chorando, o que teria sido impossível de se ouvir da estrada. Ela me ouviu de outra maneira." Dihara partiu com eles naquele dia e nunca mais voltou.

"Eristle me ajudou a aprender a ouvir, a me fechar para o ruído até mesmo quando os céus tremiam com o trovão, até mesmo quando meu coração tremia de medo, até mesmo quando os ruídos das coisas do dia a dia enchiam minha cabeça. Ela me ajudou a aprender a ficar em silêncio e ouvir o que o mundo queria compartilhar. Ela me ajudou a aprender a ficar imóvel e a *saber*. Deixe-me ver se consigo ajudar você."

Fiquei sentada, sozinha, no campo, com a grama na altura do ombro roçando em meus braços, e pratiquei o que Dihara havia me ensinado. Fechei meus pensamentos, tentando inspirar o que me cercava, a grama oscilante da campina, o ar, bloqueando os ruídos de Griz correndo atrás de seu cavalo, os gritos das crianças brincando, os uivos dos lobos. Logo, todas essas coisas foram sumindo com a brisa. *Quietude.*

Minha respiração e meus pensamentos se acalmaram. Essa era apenas uma manhã de quietude. Uma manhã de ficar escutando. Dihara havia me dito que eu não poderia invocar o dom. Isso era exatamente o que era, um *dom*. No entanto, era necessário estar pronta, preparada. Era preciso prática para ouvir e confiar.

O dom não veio para mim de forma conhecida ou clara, e eu ainda tinha muitas perguntas, mas, ainda assim, hoje, quando me sentei na campina, parecia que as pontas dos meus dedos haviam tocado a cauda de um cometa. Minha pele formigava com a poeira das possibilidades.

Quando me levantei para voltar ao acampamento, o formigamento deu lugar a algo que parecia dedos frios e pungentes agarrando meu pescoço, e minhas passadas ficaram hesitantes. Algo que Dihara havia dito saíra de onde estava e tomara conta de mim. *Você teve muita prática em ignorá-lo.* Parei, com o peso pleno das palavras dela enfim se assentando.

Era verdade. Eu tinha ignorado o dom, mas não tinha feito isso sozinha.

Não há nada a saber, doce criança. É só o frio da noite.

Eu havia sido treinada para ignorar o dom.

Pela minha própria mãe.

KADEN

Acordei no chão da carroça de Lia e achei que ela tivesse finalmente cravado um machado em meu crânio. Então me lembrei de pelo menos uma parte da noite passada, e minha cabeça doeu ainda mais. Quando vi que ela havia saído, tentei me levantar rapidamente, mas esse foi um erro tão grande quanto beber a bebida vagabunda dos nômades, para começo de conversa.

O mundo se despedaçou em milhares de luzes ofuscantes, e meu estômago deu um salto até minha garganta. Agarrei-me à parede para obter apoio e puxei as cortinas de Reena no processo. Consegui sair da carroça e me deparei com Dihara, que me disse que Lia tinha acabado de voltar andando até a campina. Ela me colocou sentado e me deu um pouco de seu repulsivo antídoto para que eu bebesse e um balde d'água para que eu lavasse o meu rosto.

Griz e os outros riram do meu estado. Eles sabiam que eu geralmente não bebia mais do que um gole educado, por causa de quem eu fora treinado a ser, um assassino *preparado*. O que fizera com que eu perdesse meu bom senso na noite passada? Mas eu sabia a resposta a essa pergunta. *Lia.* Eu nunca estive em uma jornada cruzando o Cam Lanteux que fosse tão agonizante quanto esta.

Eu me limpei e fui encará-la. Ela me viu chegando, cruzando o campo, e levantou-se. Estaria olhando com ódio para mim? Eu gostaria de poder me lembrar mais da noite passada. Ela ainda estava usando as roupas dos nômades, que lhe caíam bem até demais.

Parei a alguns passos de distância. "Bom dia."

Ela olhou para mim, com a cabeça inclinada e uma das sobrancelhas levantadas. "Você *sabe* que já não é manhã, certo?"

"Boa tarde", eu me corrigi.

Ela ficou com o olhar fixo em mim, sem dizer nada, quando eu tinha esperança de que ela preenchesse as lacunas. Pigarreei. "Sobre a noite passada..."

Eu não sabia muito bem como abordar o assunto.

"Sim?", prontificou-se ela a dizer.

Dei um passo mais para perto. "Lia, espero que saiba que não paguei a carroça porque pretendia dormir lá com você."

Ela permaneceu calada. Esse não era o dia em que eu queria que ela adquirisse a habilidade de controlar a língua. Eu me rendi. "Fiz alguma coisa que...?"

"Se tivesse feito, ainda estaria no chão daquela carroça, só que não estaria respirando." Ela soltou um suspiro. "Você foi, na maior parte do tempo, um cavalheiro, Kaden — bem, tanto quanto um tolo bêbado que vai entrando sem permissão pode ser."

Inspirei profundamente. Uma preocupação a menos. "Mas posso ter dito algumas coisas..."

"Você disse."

"Coisas que eu deveria saber?"

"Imagino que, se você as disse, é porque já tem conhecimento delas." Ela deu de ombros e voltou seu olhar contemplativo para o rio. "Mas você não revelou nenhum segredo vendano, se é com isso que está preocupado."

Fui andando até ela e peguei sua mão. Ela ergueu o olhar para mim, surpresa. Ergui a mão dela com gentileza, de modo que Lia poderia tê-la puxado, se quisesse, mas não fez isso. "Kaden, por favor, vamos..."

"Não estou preocupado com segredos vendanos, Lia. Acho que você sabe disso."

Ela apertou bem os lábios e seus olhos pareciam estar em chamas. "Você não disse nada que eu conseguisse entender. Certo? Só bobagens sem sentido... coisa de gente bêbada."

Não sabia se podia realmente acreditar nela. Eu sabia o que aquela bebida fogosa era capaz de fazer com a língua de alguém, e também sabia das palavras que tinha dito em minha mente uma centena de vezes por dia contra minha vontade quando olhava para ela. E então havia as coisas sobre mim mesmo que eu não queria que ninguém soubesse.

O olhar dela se deparou com o meu, contemplativo, a determinação nos olhos dela, o queixo erguido da forma como ela sempre fazia quando sua mente estava a mil por hora. Eu havia estudado cada gesto, cada piscadela, cada nuance, toda a linguagem que era Lia em todos os quilômetros que havíamos viajado, e com toda a força que eu tinha restante, voltei a mão para o lado. Um latejar perfurava minhas têmporas, e apertei os olhos.

Um sorriso travesso ergueu os cantos da boca de Lia. "Que bom. Fico feliz de ver que você está pagando pelos seus excessos." Ela acenou em direção ao rio. "Vamos pegar um pouco de *chiga* para você, a erva que cresce ao longo das margens. Dihara disse que é boa para a dor. Isso será meu agradecimento pela *carvachi*. Foi muita bondade sua."

Observei enquanto ela se virava, vendo a brisa apanhar seus cabelos e erguê-los. Observei enquanto ela se afastava. Eu não odiava todos os membros da realeza. Eu não odiava Lia.

Segui atrás dela e caminhamos ao longo das margens, primeiro subindo por um dos lados, depois cruzando rochas escorregadias e descendo pelo outro. Ela me mostrou a erva *chiga* e colheu vários talos enquanto caminhávamos, tirando as folhas de fora e partindo um pedaço de uns dez centímetros.

"Mastigue isso", disse ela, entregando-o a mim. Olhei para aquilo com ares de suspeita. "Não é veneno", disse Lia, em tom de promessa. "Se estivesse tentando matar você, encontraria uma forma muito mais dolorosa de fazer isso."

Sorri. "Sim, imagino que sim."

CAPÍTULO 57
CRÔNICAS DE AMOR E ÓDIO

RAFE

"ocê vai nos contar ou não?" Jeb mascava um osso, saboreando cada pedacinho de sabor da primeira carne fresca que comíamos depois de vários dias, e então jogou-o no fogo. "Ela tem o dom?"

"Eu não sei."

"Como assim, não sabe? Você passou metade do verão com ela e não descobriu se ela tem ou não o dom?"

Orrin deu uma bufada. "Ele estava ocupado demais colocando a língua pela garganta dela para fazer perguntas."

Todos riram, mas olhei com ódio para Orrin. Eu sabia que eles falavam isso de brincadeira; de certa forma, eles me aprovavam, considerando-me um homem que tinha caçado uma menina e feito com que ela se curvasse à minha vontade. Mas eu sabia da verdade. Não era nada disso. Se alguém tinha sido dobrado e quebrado, esse alguém era eu. Não queria que eles ficassem falando dela daquele jeito. Um dia, ela seria a rainha deles. Pelo menos eu rezava para que fosse.

"Como ela é, essa menina que vamos trazer de volta?", quis saber Tavish.

Eu devia a eles pelo menos isso, umas poucas respostas que fossem, um vislumbre de quem era Lia. Eles estavam arriscando suas vidas, vindo comigo sem fazer muitas perguntas, embarcando na jornada mais exaustiva pela qual já passaram. Essas respostas, eles fizeram por merecê-las. Eu também estava grato pela forma como Tavish havia colocado as coisas

— *trazer de volta* —, sem nem por um momento questionar se seríamos bem-sucedidos em nosso propósito. Eu precisava daquilo agora. Mesmo que estivéssemos em número menor, Sven havia conseguido os melhores de uma dúzia de regimentos. Eles eram treinados em todos os deveres e armamentos de um soldado, mas cada um tinha suas forças especiais.

Embora Orrin bancasse o bruto, sua habilidade com o arco era refinada e inquestionável. Sua mira, mesmo com o vento e a distância, era precisa, e ele conseguia matar por três. Jeb era habilidoso com ataques silenciosos. Ele tinha um sorriso impressionante, e seus modos não eram imponentes, mas essa era a última coisa que quaisquer de suas vítimas notava antes de ele quebrar seus pescoços. Tavish falava de forma mansa e certeira. Enquanto outros se gabavam, ele diminuía o valor de seus feitos, que eram muitos. Não era o mais forte ou o mais rápido dos soldados, mas era o mais engenhoso e calculista. Fazia com que todos os movimentos contassem em direção à vitória. Todos tínhamos nos conhecido e treinado juntos como candidatos a soldados.

Eu também tinha meus talentos, mas as habilidades consumadas deles eram testadas e comprovadas em campos de batalha, ao passo que tinham visto as minhas apenas nos treinos. Com a exceção de Tavish. Dividíamos um segredo: a vez em que matei oito homens num espaço de dez minutos. Saí dessa com um imenso talho na coxa, no qual o próprio Tavish teve que fazer pontos, visto que o machucado também precisava permanecer em segredo. Nem mesmo Sven tinha conhecimento daquela noite, e ele sabia quase tudo sobre mim.

Analisei as quatro faces que esperavam que eu dissesse alguma coisa. Até mesmo Sven, que tinha trinta anos a mais do que todos nós e geralmente demonstrava pouco interesse no falatório ocioso de soldados em volta de um fogueira de acampamento, parecia estar esperando por alguns detalhes de Lia.

"Ela não é nem um pouco como as damas da corte", falei. "Não se preocupa com roupas. Na maior parte do tempo, se não estivesse trabalhando na taverna, ela vestia calça. Uma calça esburacada."

"Calça?", disse Jeb, duvidando. A mãe dele era a Costureira Mestre da corte da Rainha, e ele mesmo desfrutava os deleites da moda quando não estava de uniforme.

Sven sentou-se para a frente. "Ela trabalhava em uma taverna? Uma princesa?"

Eu sorri. "Atendendo a clientes e lavando louça."

"Por que você não me contou isso antes?", quis saber Sven.

"Você nunca perguntou."

Sven resmungou alguma coisa para si e se sentou, relaxado.

"Eu gosto dela", disse Tavish. "Conte-nos mais."

Falei sobre o nosso primeiro encontro e sobre como queria odiá-la, e sobre todos os bons momentos que passamos juntos depois disso. Bem, sobre *quase* todos os bons momentos. Contei a eles que ela era pequena, uma cabeça menor do que eu, mas que tinha um temperamento forte e parecia tão alta quanto um homem quando estava com raiva, e que a tinha visto fazer com que um soldado de Morrighan ficasse no seu devido lugar com umas poucas e pungentes palavras. Contei a eles sobre como havíamos colhido amoras silvestres e como ela flertara comigo, e, embora ainda achasse que a odiava, tudo que queria fazer era beijá-la, mas então, depois, quando por fim nos beijamos... fiz uma pausa em minha descrição e exalei o ar devagar e por um tempinho.

"Foi bom?", prontificou-se a dizer Jeb, ansioso para saber dos detalhes do que vivenciei.

"Foi bom", respondi, simplesmente.

"Por que não disse a ela quem você é de verdade?", perguntou Tavish. Imaginei que eles precisavam saber disso também, antes cedo do que tarde, pelo menos antes que a conseguíssemos de volta. "Eu contei a vocês que nós não nos dávamos tão bem assim no começo. Depois fiquei sabendo que ela não gosta exatamente de Dalbreck nem de ninguém vindo de lá. Não os consegue tolerar, para falar a verdade."

"Mas nós somos de Dalbreck", disse Jeb.

Dei de ombros. "Ela não admira as tradições e responsabiliza Dalbreck por seu casamento arranjado." Bebi um gole do meu cantil de couro. "E ela desprezava especialmente o Príncipe de Dalbreck por permitir que seu *papai* arranjasse um casamento para ele."

Vi Tavish se encolhendo.

"Mas essa pessoa é você", disse Jeb.

"Jeb, eu sei quem é quem! Não precisa me dizer nada disso", eu disse, irritado. Reclinei e falei, em um tom de voz mais baixo: "Ela disse que nunca seria capaz de respeitar um homem assim". E agora eles sabiam exatamente com o que eu estava lidando e com quem eles também lidariam.

"Do que ela sabe?", quis saber Orrin, erguendo uma perna de frango na mão. Ele chupava um pedaço de carne entre os dentes. "Ela é só uma menina. Esse é o jeito como as coisas são feitas."

"Quem ela achou que você fosse?", quis saber Tavish.

"Um fazendeiro de passagem para o festival."

Jeb deu risada. "Você? Um fazendeiro?"

"Isso mesmo, um bom menino de fazenda que foi para a cidade para suas alegrias anuais", disse Orrin. "Você já colocou um bebê na barriga dela?"

Meu maxilar ficou rígido. Nunca lembrei meus soldados de quem eu era, mas naquele momento não hesitei em fazer isso. "Tome *muito cuidado*, Orrin. É da sua futura rainha que você está falando."

Sven olhou para mim e assentiu sutilmente.

Orrin sentou-se, relaxado, com uma expressão fingida de medo nos olhos. "Bem, que me enforque! Parece que nosso príncipe finalmente poliu suas joias."

"Já estava na hora", acrescentou Tavish.

"Eu tenho pena do vendano que levou a menina embora", disse Jeb, entrando na conversa.

Aparentemente, nenhum deles estava ligando para a minha imposição de autoridade. Parecia que estavam até mesmo esperando por isso.

"A única coisa que não entendo", disse Jeb, "é por que aquele vendano simplesmente não deixou que o caçador de recompensas cortasse a garganta dela, que fizesse o trabalho por ele."

"Porque eu estava parado, em pé, bem atrás dele. Mandei ele atirar."

"Mas então por que levá-la por todo o caminho até Venda? Para pedir um resgate?", questionou Tavish. "Qual era o propósito dele ao pegá-la?"

Lembrei-me de como Kaden havia olhado para ela naquela primeira noite, uma pantera observando uma corça, e de como ele havia olhado para ela todos os dias depois disso.

Não respondi a Tavish, e talvez meu silêncio tivesse sido resposta suficiente.

Seguiu-se uma longa pausa, e então Orrin soltou um arroto. "Vamos pegar a minha futura rainha de volta", disse ele, "e então vamos arrancar as malditas coisas preciosas deles e colocar em uma vara."

Havia momentos em que a língua bruta de Orrin parecia mais refinada e eloquente do que a de qualquer um dos outros.

CAPÍTULO 58
CRÔNICAS DE AMOR E ÓDIO

entei-me na grama da margem do rio, observando a corrente que formava ondas, meus pensamentos pulando entre o passado e o presente. Nos últimos dias, conservei o máximo de energia que pude, tentando recuperar meu peso. Fiquei sob os olhares atentos de Eben ou Kaden a maior parte do tempo que passei no campo, mas os bloqueei, como Dihara havia ensinado a fazer, tentando *escutar*. Era tudo que me restava: uma prece para encontrar meu caminho para casa de novo.

Quando eu inclinava a cabeça para o lado, cerrava os olhos ou erguia o queixo para o ar, Kaden achava que eu estava continuando a atuar para os outros, mas Eben olhava para mim maravilhado. Certo dia, ele me perguntou se eu tinha realmente visto abutres comendo a carne de seus ossos. Minha resposta foi um dar de ombros. Era melhor mantê-lo na dúvida, deslumbrado e longe de mim. Eu não queria sua faca em minha garganta de novo e, segundo as palavras do próprio Kaden, o fato de acreditarem no dom era o que me mantinha viva. Quanto tempo isso poderia durar?

Depois do desjejum desta manhã, Kaden me disse que tínhamos mais três dias para passarmos aqui antes de partirmos, o que significava que eu precisaria seguir meu caminho mais cedo. Todos estavam ficando preguiçosos em me vigiar, visto que eu não tinha feito nenhuma tentativa de fuga. Eu estava lentamente preparando minha oportunidade. Tinha dado voltas no acampamento em busca de armas que pudesse roubar dos nômades, mas, se eles possuíam alguma, elas pareciam estar bem guardadas em suas *carvachis*. Um pesado espeto de ferro, uma machadinha e uma grande faca de açougueiro eram o melhor que o acampamento tinha a oferecer, e seria fácil sentir falta de tudo isso, além de serem coisas pesadas e grandes se eu tentasse colocar alguma delas sorrateiramente nas dobras da minha saia. O arco de Kaden, assim como sua espada e minha adaga, estavam dentro da tenda. Entrar lá sorrateiramente era uma tarefa impossível.

Além da arma, um cavalo seria essencial para minha fuga, e eu tinha bastante certeza de que o cavalo mais rápido era o de Kaden, então seria esse o que eu precisaria pegar. E isso trazia mais um problema à tona. Eles deixavam os cavalos sem sela ou rédeas. Eu poderia cavalgar um lombo nu se fosse necessário, mas poderia ir muito mais rápido com uma sela, e velocidade seria essencial.

Avistei Kaden ao longe, parado, em pé ao lado de seu cavalo, escovando-o, aparentemente absorto em sua tarefa, embora eu me perguntasse com que frequência ele olhava na minha direção.

Ainda estava ponderando sobre algo que ele havia me dito na noite passada. Eu tinha passado a maior parte do dia de ontem tentando entender o antigo idioma vendano, e perguntei a Kaden se ele tinha alguma vez ouvido falar da Canção de Venda. Ele a conhecia, mas me explicou que havia muitas canções do tipo, cantadas em diversas versões. Dizia-se que todas eram as palavras provenientes daquela que dera nome ao Reino.

Ele disse que Venda tinha sido o nome da esposa do primeiro regente. Ela enlouquecera e passou a ficar sentada na muralha da cidade o dia todo, cantando canções para o povo. Umas poucas ela escreveu, mas a maioria era memorizada por aqueles que ouviam. Ela era reverenciada por causa de sua bondade e sabedoria, e, até mesmo depois de ter ficado louca, as pessoas iam até ela para ouvir suas canções chorosas, até que, por fim, ela caiu do muro e morreu. Muitos acreditavam que fora seu marido quem a havia empurrado, por não aguentar mais ouvir as coisas sem sentido que ela cantava.

Seus balbucios ensandecidos continuaram vivos, apesar dos esforços do Rei em bani-los. Ele queimou todas as canções transcritas que conseguiu encontrar, mas as outras ganharam vida própria quando eram cantadas pelas pessoas enquanto realizavam suas tarefas cotidianas. Perguntei a Kaden se poderia ler para mim uma passagem em vendano, e ele disse que não sabia ler. Declarou que nenhum deles sabia ler e que a leitura era algo raro em Venda.

Aquilo me deixou confusa. Tinha certeza de que lá em Terravin eu o tinha visto ler várias vezes. Berdi não tinha cardápios na taverna, então recitávamos os pratos do dia, mas havia notificações pregadas do lado de fora da taverna, e eu estava certa de que o vira parar e dar uma olhada nelas. É claro que isso não significava que ele entendia o que via, mas, nos jogos do festival, achei que ele tinha lido o quadro de eventos junto com o restante de nós, apontando o placar das lutas. Por que mentiria em relação a saber ler?

Fiquei observando enquanto ele dava uns tapinhas de leve no traseiro de seu cavalo, fazendo com que fosse para o campo com os outros, e então ele desapareceu dentro da tenda. Voltei novamente minha atenção para o rio, jogando uma pequena pedra lisa dentro dele e observando enquanto afundava e se aninhava ao lado de uma outra. Meu tempo no acampamento com Kaden tinha se tornado constrangedor diversas vezes, ou talvez apenas agora eu estivesse mais ciente das minhas ações.

Eu sabia que ele gostava de mim. Isso não era exatamente um segredo. Era esse o motivo pelo qual eu ainda estava viva, mas não tinha exatamente captado *o quanto* ele gostava de mim. E, mesmo sem querer, eu sabia, do meu próprio jeito, que também gostava dele. Não de Kaden, o assassino, mas sim do Kaden que conhecera lá em Terravin, aquele que me prendeu a atenção no instante em que cruzou a porta da taverna. Aquele que era calmo e que tinha olhos misteriosos mas bondosos.

Eu me lembrei de quando dancei com ele no festival, de seus braços puxando-me mais para junto, e da forma como ele lutava com seus pensamentos, contendo-os. Ele não se segurou na noite em que estava bêbado. A bebida soltara sua língua e ele havia colocado as coisas às claras de um jeito bem direto. Com palavras arrastadas e sujas, mas claras. *Ele me amava.* Isso vindo de um bárbaro que fora enviado para me matar.

Fiquei deitada de costas, fitando o céu sem nuvens, em um tom mais azul e brilhante do que o de ontem.

Será que ele sequer sabia o que era amor? A propósito, será que eu sabia? Até mesmo os meus pais pareciam não saber. Cruzei os braços atrás da minha cabeça, como se fossem um travesseiro. Talvez não houvesse nenhuma forma de definir o sentimento. Talvez houvesse tantos tons de amor quanto existem tons de azul no céu.

Eu me perguntava se o interesse dele tinha começado quando cuidei de seu ombro. Lembrei-me de sua estranha expressão de surpresa quando toquei nele, como se nunca ninguém tivesse demonstrado bondade a ele antes. Se Griz, Finch e Malich fossem algum indicativo do passado de Kaden, talvez isso fosse verdade. Eles demonstravam uma certa devoção uns em relação aos outros, mas isso, de forma alguma, se parecia com bondade. E havia também aquelas cicatrizes no peito e nas costas de Kaden. Apenas selvagens cruéis poderiam ter sido responsáveis por fazer aquelas coisas. Ainda assim, em algum lugar ao longo do caminho, Kaden tinha aprendido a bondade. Até mesmo a ternura. Isso vinha à tona em pequenas ações. Parecia que ele era duas pessoas separadas, o intensamente leal assassino vendano e alguma outra pessoa muito, mas muito diferente, alguém que ele tinha trancado, um prisioneiro, assim como eu.

Levantei-me para retornar ao acampamento e estava limpando a sujeira da saia quando o avistei, caminhando na minha direção. Fui andando até o campo para encontrar-me com ele.

"Reena preparou esses daqui hoje de manhã", disse ele. "Ela me disse para trazer um para você."

Reena mandando que Kaden fizesse uma entrega? Improvável. Ele estava um tanto conciliador desde que invadiu minha *carvachi* e desmaiou lá, em um estupor de bebedeira. Talvez estivesse com vergonha daquilo.

Ele me entregou uma cesta com três bolinhos crocantes. "É de maçã silvestre", disse ele.

Eu estava prestes a esticar a mão e pegar um dos bolinhos quando um cavalo que estivera pastando ali por perto de repente avançou contra outro cavalo. Kaden me segurou e me puxou para fora do caminho. Nós dois cambaleamos para trás, incapazes de recuperarmos nosso equilíbrio, e ambos caímos no chão. Ele rolou sobre mim em um movimento protetor, abraçando-me para o caso de o cavalo chegar mais perto, mas o animal já tinha ido embora.

338

Num estalo, o mundo ficou em silêncio. A grama alta ondulava acima de nós, nos ocultando. Ele baixou seu olhar contemplativo para mim, seus cotovelos um de cada lado do meu corpo, seu peito roçando o meu, seu rosto a poucos centímetros de distância.

Vi a expressão nos olhos dele. Meu coração batia com tanta força que martelava em minhas costelas.

"Você está bem?" A voz dele estava baixa e rouca.

"Sim", sussurrei em resposta.

O rosto dele pairava mais próximo do meu. Eu ia me afastar, desviar o olhar, fazer alguma coisa, mas não fiz e, antes que soubesse o que estava acontecendo, o espaço entre nós desapareceu. Os lábios dele eram quentes e gentis junto aos meus, e sua respiração tamborilava aos meus ouvidos. O calor me atravessava com rapidez. Era exatamente como eu imaginei naquela noite com Pauline em Terravin, há tanto tempo. Antes de...

Empurrei-o para longe.

"Lia..."

Pus-me de pé, meu peito arfando, e me ocupei com um botão solto da minha blusa. "Vamos esquecer que isso aconteceu, Kaden."

Ele também ficara de pé em um pulo. Agarrou a minha mão e tive que olhar para ele. "Você queria me beijar."

Balancei a cabeça, negando, mas era verdade. Eu queria beijá-lo. *O que foi que eu fiz?* Eu me soltei e saí andando, deixando-o parado no campo, sentindo seus olhos me seguindo durante todo o caminho até minha *carvachi*.

Capítulo 59
CRÔNICAS DE AMOR E ÓDIO

Nós estávamos sentados debaixo de uma lua cheia em volta da fogueira do acampamento. Estava quente, o que fortalecia os fortes cheiros de pinho e da grama da pradaria no ar. Eles tinham trazido cobertores e travesseiros para fora para que pudéssemos comer nossa ceia em volta do fogo crepitante. Terminado o último dos bolos de sálvia, não hesitei em lamber as migalhas dos meus dedos. Esses nômades comiam bem.

Olhei para Kaden, que estava à minha frente, do outro lado, com os cabelos de um dourado cor de mel cálido à luz do fogo. Eu havia cometido um erro terrível ao beijá-lo. Ainda não sabia ao certo por que tinha feito isso. Eu ansiava por alguma coisa. Talvez por ser abraçada, por ser confortada, sentir-me menos sozinha. Talvez fingir, por um instante. Mas fingir o quê? Que estava tudo bem? Porque não estava.

Talvez eu só estivesse em dúvida. Eu precisava saber.

O brilho do fogo acentuava o maxilar duro de Kaden, assim como a veia saltada em sua têmpora. Ele estava frustrado. Seu olhar se encontrou com o meu — raivoso, em busca de algo. Olhei para o outro lado.

"Está na hora de descansar, meu anjinho", disse uma das jovens mães ao filho, um menino chamado Tevio. Muitos dos outros já tinham ido para a cama. Tevio protestou, disse que não estava cansado, e Selena, apenas um pouquinho mais velha, juntou-se a ele como se na expectativa de que seria a próxima a ser arrastada para longe dali.

Sorri. Eles me lembravam de mim mesma naquela idade. Eu nunca estava pronta para ir para o meu quarto, talvez porque fosse mandada para lá com bastante frequência.

"Se eu contar uma história", falei, "vocês concordam em ir dormir?"

Ambos assentiram, entusiasmados, e notei que Natiya se aninhou mais próximo dos dois, esperando pela história também.

"Era uma vez", comecei, "há muito, muito tempo, em uma terra de gigantes, deuses e dragões, havia um pequeno príncipe e uma princesinha que se pareciam muito com vocês." Eu alterei a história, do jeito como meus irmãos fizeram quando a contaram para mim, do modo como minhas tias e minha mãe tinham feito, e contei a eles a história de Morrighan, uma jovem e valente menina especialmente escolhida pelos deuses para guiar sua *carvachi* púrpura pelos lugares inóspitos e conduzir os Remanescentes sagrados até um local seguro. Fiquei mais inclinada em contar a versão do meu irmão, falando dos dragões que ela havia domado, dos gigantes que enganara, dos deuses que visitara e das tempestades que puxava do céu com uma conversa e as punha na palma da mão, para depois soprá-las para longe com um sussurro. Enquanto eu contava a história, notei que até mesmo os adultos estavam dando ouvidos, mas especialmente Eben. Ele havia se esquecido de agir como o bruto endurecido que era e se transformou numa criança de olhos tão arregalados quanto as outras. Ninguém nunca tinha contado uma história a eles antes?

Acrescentei algumas aventuras que até mesmo meus irmãos nunca tinham conjurado para levar a história até seu fim, de modo que, até que Morrighan chegasse à terra do renascimento, um grupo de ogros já tinha puxado sua *carvachi* e ela havia cantado para que as estrelas cadentes da destruição voltassem ao céu.

"Que foi onde as estrelas prometeram ficar para todo o sempre."

Tevio sorriu e bocejou, e a mãe dele o pegou em seus braços, sem mais nenhum protesto. Selena também acompanhou a mãe até a cama, sussurrando que ela era uma princesa.

Uma imobilidade pesada se assentou depois que eles se foram. Vi que aqueles que permaneceram ali ficaram fitando o fogo, como se a história permanecesse em seus pensamentos. Então uma voz quebrou o silêncio.

Espere.

Inspirei com pungência e olhei por cima do ombro para o interior da floresta negra. Esperei por algo mais, mas nada aconteceu. Lentamente, voltei-me para a fogueira e me deparei com o olhar fixo e intenso de Kaden. "Outra vez?"

No entanto, dessa vez *era* alguma coisa. Eu simplesmente não entendia o que era. Baixei o olhar para os meus pés, não querendo entregar que eu não estava atuando em benefício de ninguém.

"Não é nada", respondi.

"Sempre parece não ser nada", disse Malich, zombando de mim.

"Não foi assim na Cidade da Magia Negra", disse Finch. "Ela os viu vindo lá."

"*Osa lo besadad avat e chadaro*", concordou Griz.

Os homens nômades mais velhos que estavam sentados cada um ao lado dele assentiram, fazendo sinais para os deuses. "*Grati te deos.*"

Kaden resmungou. "Aquela historinha sua, você realmente acredita no que acabou de contar às crianças?"

Fiquei com os pelos arrepiados. Aquela *historinha*? Ele não precisava atacar uma história de que as crianças claramente tinham gostado só porque estava frustrado comigo. "Sim, Kaden, eu realmente acredito em ogros e dragões. Vi quatro deles, por experiência própria, embora fossem mais feios e idiotas do que aqueles que descrevi. Não queria amedrontar as crianças."

Malich se ofendeu e bufou com o insulto, mas Kaden abriu um sorriso, como se gostasse de me ver irritada. Finch riu da menina chamada Morrighan e, depois, ele e Malich levaram a história inteira por um caminho profano e vulgar.

Levantei-me para ir embora, sentindo repulsa, estreitando os olhos e voltando-os para Kaden. Ele sabia o que havia liberado. "Assassinos sempre têm tantos acompanhantes grosseiros?", perguntei. "São todos realmente necessários ou só nos acompanham pelo entretenimento grosseiro?"

"É um longo caminho até termos cruzado o Cam Lanteux..."

"Nós não somos simples acompanhantes!", reclamou Eben, empinando o peito como se estivesse altamente injuriado. "Temos as nossas próprias funções."

"O que você quer dizer com isso?", perguntei.

Kaden se inclinou para a frente. "Eben, cale a boca."

Griz soltou um grunhido, ecoando os sentimentos de Kaden, mas Malich acenou com a mão no ar. "Eben está certo", disse. "Deixem que ele fale. Pelo menos nós terminamos o trabalho que tínhamos que fazer, você não pode dizer o mesmo."

Eben se apressou em descrever o que eles haviam feito em Morrighan antes que Kaden pudesse interrompê-lo. Ele descreveu estradas que bloquearam com deslizamentos de terra, ravinas e cisternas que poluíram e as muitas pontes que destruíram.

Dei um passo à frente. "Vocês destruíram *o quê*?"

"Pontes", repetiu Finch, e então abriu um sorriso. "Isso mantém o inimigo ocupado." ·

"Não somos tão feios ou idiotas assim para algumas tarefas, Princesa", disse Malich, zombando.

Minhas mãos tremiam e senti a minha garganta se fechar. O sangue chegou às minhas têmporas com tanta violência que fiquei zonza.

"O que há de errado com ela?", quis saber Eben.

Dei a volta na fogueira até que estava parada acima deles. "Vocês derrubaram a ponte em Chetsworth?"

"Aquela foi fácil", disse Finch.

Eu mal conseguia falar acima de um sussurro. "Exceto pela carruagem que vinha por ela?"

Malich deu risada. "Eu cuidei da carruagem. Foi fácil também", disse ele.

Ouvi os gritos de um animal, senti carne debaixo das minhas unhas, a quentura do sangue em minhas mãos, as mechas de cabelos entre os meus dedos enquanto eu o atingia repetidas vezes, afundando seus olhos, chutando suas pernas, dando joelhadas em suas costelas e socando sua face com meus punhos cerrados. Os braços de alguém me agarraram pela cintura e me puxaram para longe dele, mas continuei a gritar e a chutar e a afundar as unhas em qualquer coisa que estivesse ao meu alcance.

Griz prendeu os meus braços, mantendo-os juntos ao meu corpo. Kaden conteve Malich. Fios de sangue cobriam seu rosto, e ainda mais sangue escorria de seu nariz.

"Me solte! Eu vou matar essa vadia!", gritou ele.

"Seus canalhas desprezíveis e inúteis!", gritei. Eu não sabia ao certo quais palavras voavam pela minha boca. Uma ameaça juntava-se à outra em uma batalha com as ameaças que Malich jogava de volta para mim, enquanto Kaden gritava para que todo mundo calasse a boca — até que, por fim, eu me engasguei e tive que parar. Engoli em seco, sentindo o gosto do sangue quente na minha bochecha, no lugar onde eu a havia mordido. Meu peito tremia, e abaixei o tom de voz, minhas próximas palavras saindo até mesmo sem som.

"Vocês mataram a esposa do meu irmão! Ela só tinha dezenove anos. Ela estava grávida, e vocês, seus miseráveis covardes, colocaram uma flecha na garganta dela." Olhei feio para eles, com a cabeça latejando, observando-os juntarem os pontos em suas próprias mentes. Eu sentia tanta repulsa por mim mesma quanto sentia por eles. Eu vinha jantando e contando histórias com os assassinos de Greta.

Quem quer que tivesse ido para a cama em suas *carvachis* ou em suas tendas havia saído de novo. Eles se reuniam, em silêncio, com suas roupas de dormir, tentando entender o furor. Finch tinha fios de sangue em seu maxilar também, e Kaden no pescoço. Eben deu alguns passos para trás, com os olhos arregalados, como se olhasse para um demônio ensandecido.

"*Ved mika ara te carvachi!*", berrou Griz.

Finch e um dos nômades seguraram Malich, que ainda se debatia para me pegar, e Kaden veio e me agarrou bruscamente pelo braço, arrastando-me para a *carvachi*. Ele me jogou para dentro dela, batendo a porta atrás de si.

"Qual é o seu problema?", perguntou ele, aos gritos.

Encarei-o, descrente do que estava ouvindo. "Você espera que eu dê os parabéns a eles por a matarem?"

O peito dele arfava, mas ele se forçou a inspirar lenta e profundamente. Estava com os punhos cerrados ao lado do corpo. Ele abaixou o tom de voz. "Não foi a intenção deles, Lia."

"Você acha que a intenção deles importa? Ela está *morta*."

"A guerra é feia, Lia."

"Guerra? Que guerra, Kaden? Essa guerra imaginária que você está travando? Aquela para a qual Greta não havia se alistado? Ela não era um soldado. Ela era inocente!"

"Muitos inocentes morrem na guerra. A maioria deles é de Venda. Inúmeros vendanos morreram tentando montar moradias no Cam Lanteux."

Como ele *se atrevia* a comparar Greta com pessoas que infringiam as leis? "Existe um tratado que proíbe isso, um tratado com centenas de anos!"

O maxilar dele ficou travado. "Por que você não diz *isso* a Eben? Ele só tinha cinco anos quando viu o pai e a mãe morrerem tentando defender seu lar de soldados que o incendiavam. A mãe dele morreu com um machado no peito, e o pai morreu incinerado junto com a casa."

A raiva ainda socava dentro da minha cabeça. "Não foram soldados morrigheses que fizeram isso!"

Kaden se aproximou, uma careta entortando sua face. "*Será mesmo?* Ele era novo demais para saber de onde os soldados eram, mas realmente se lembra de muito vermelho... a cor do estandarte de Morrighan."

"Deve ser muito conveniente colocar a culpa nos soldados de Morrighan quando não há nenhuma testemunha e apenas a lembrança de uma criança. Olhe para seus próprios selvagens sangrentos e o sangue que derramam pelos culpados."

"Inocentes morrem, Lia! De *todos* os lados!", disse ele, aos gritos. "Enfie isso na sua cabeça real e se acostume!"

Olhei para ele, incapaz de falar.

Ele engoliu em seco, balançando a cabeça, e depois passou a mão pelo ar. "Eu sinto muito. Não quis dizer isso." Seus olhos focaram o chão, e depois ele voltou-os para mim outra vez, sua raiva agora subjugada por sua irritante calma bem-treinada. "Mas você tornou as coisas bem mais difíceis. Será ainda mais complicado mantê-la a salvo de Malich agora."

Inspirei, fingindo estar chocada. "Mil perdões! Eu não ia querer tornar nada mais complicado para *você*, porque tudo é tão fácil para mim! Isso aqui são férias, certo?"

Minhas últimas palavras saíram indecisas e minha visão ficou turva.

Ele soltou um suspiro e deu um passo na minha direção. "Deixe-me ver suas mãos."

Baixei meu olhar para elas, que estavam cobertas de sangue e ainda tremiam. As pontas dos meus dedos latejavam onde três unhas tinham sido quebradas, e dois dos dedos na minha mão esquerda já estavam inchados e azulados — eles pareciam estar quebrados. Eu atacara Malich e os outros como se meus dedos fossem feitos de aço temperado. Eles eram as únicas armas que eu tinha.

Voltei a olhar para Kaden. Ele sabia o tempo todo que haviam matado Greta.

"Quanto sangue você tem em suas mãos, Kaden? Quantas pessoas matou?" Eu não conseguia acreditar que não tinha feito essa pergunta antes. Ele era um assassino. O trabalho dele era matar, mas ele escondia isso bem demais.

Kaden não respondeu, embora eu tenha percebido seu maxilar ficar enrijecido.

"*Quantas?*", perguntei de novo.

"Muitas."

"Tantas que você perdeu a conta."

Pequenas rugas aprofundaram-se nos cantos de seus olhos.

Ele esticou a mão para pegar na minha, mas eu a afastei. "Saia, Kaden. Posso ser sua prisioneira, mas não sou sua meretriz."

Essas palavras deixaram nele uma ferida mais profunda do que as que tinha em seu pescoço. A raiva passou como um lampejo pelos olhos dele e estilhaçou sua calma. Ele se virou e foi embora, batendo a porta quando saiu.

Tudo que eu queria era cair no chão e chorar, mas, apenas segundos depois, ouvi uma batida leve à porta, que se abriu lentamente. Era Dihara. Ela entrou carregando um balde pequeno de água aromatizada com folhas flutuando em cima. "Para suas mãos. Dedos ficam rapidamente inflamados."

Mordi o lábio e assenti. Ela me mandou sentar na única cadeira que havia na *carvachi* e puxou uma banqueta baixa para si. Mergulhou minhas mãos na água e limpou-as, com gentileza, com um pano macio.

"Sinto muito se deixei as crianças assustadas", falei.

"Você perdeu alguém que lhe era próximo."

"Duas pessoas", sussurrei, porque eu não tinha certeza se algum dia teria o Walther que conhecia de volta. Aqui eu não podia fazer nada por ele. Por ninguém. Quão pouco valor parecia ter minha própria felicidade fugaz agora. Até mesmo os bárbaros teriam tido o bom senso de recuar diante da força conjunta de dois exércitos. A perspectiva havia deixado os bárbaros amedrontados o bastante para que quisessem se livrar de mim. Seria essa a maneira com que Kaden havia planejado me eliminar? Com uma flecha na garganta, como aconteceu com Greta? Seria disso que ele tinha se arrependido tão profundamente naquela noite em que dançamos? A perspectiva de me matar? As palavras dele — *não podemos viver no talvez* — vieram de novo à minha cabeça, amargas e pungentes.

Dihara puxou um pedaço de unha que estava pendurada, e eu me contraí de dor. Ela colocou minhas mãos de volta no balde, lavando e limpando o sangue. "Os dedos quebrados também vão precisar de bandagem", disse ela. "Mas vão sarar logo. Rápido o bastante para que você faça o que quer que precise fazer."

Observei as ervas flutuando na água. "Eu não sei mais o que é isso."

"Você saberá."

Ela tirou minhas mãos de dentro do balde e secou-as com cuidado, e depois aplicou um bálsamo espesso e pegajoso na carne viva das unhas arrancadas, o que, de imediato, aliviou a dor com um frescor entorpecente. Ela envolveu os três dedos em faixas.

"Inspire fundo", disse ela, e puxou os dois dedos que estavam azuis, fazendo com que eu gritasse. "Você vai querer que eles curem sem demora." Ela os amarrou juntos com mais pano até que estivessem rígidos e não pudessem ser dobrados. Olhei para eles, tentando me imaginar colocando a sela em um cavalo ou segurando suas rédeas agora.

"Quanto tempo vai demorar?", eu quis saber.

"A natureza é confiável quanto a essas coisas. Geralmente umas poucas semanas, mas, às vezes, a magia vem, e ela é maior do que a própria natureza."

Kaden havia me avisado para tomar cuidado com ela, e agora eu me perguntava se alguma coisa do que ela me disse era verdade... ou será que eu vinha simplesmente me agarrando a falsas esperanças quando não tinha mais nada além disso?

"Sim, sempre há a *magia*", falei, com o cinismo pesado na língua. Ela colocou minhas mãos cheias de bandagens sobre meu colo.

"Todos os caminhos pertencem ao mundo. O que é a magia senão aquilo que ainda não entendemos? Como o símbolo da vinha e do leão que você carrega em seu corpo?"

"Você sabia disso?"

"Natiya me contou."

Soltei um suspiro e balancei a cabeça em negativa. "Isso não foi magia. É apenas o resultado do serviço de artesãos descuidados, de tintas fortes demais e do meu azar infinito."

A velha face dela se enrugou com um largo sorriso. "Talvez." Ela pegou seu balde de água medicinal e se colocou de pé. "Mas lembre-se, criança, de que todos nós podemos ter as nossas próprias histórias e os nossos próprios destinos e, às vezes, uma sorte aparentemente ruim, mas todos também fazemos parte de uma história maior. Uma história que transcende o solo, o vento, o tempo... e até mesmo nossas próprias lágrimas." Ela esticou a mão e limpou debaixo do meu olho com o polegar. "Histórias mais grandiosas terão sua vez."

Capítulo 60
CRÔNICAS DE AMOR E ÓDIO

u me levantei cedo, na esperança de tomar uma xícara quente de chá de chicória antes que Malich se mexesse em sua tenda. Eu não tinha dormido bem, o que não era nenhuma surpresa. Acordei alarmada várias vezes durante a noite depois de ver o olhar fixo de uma marionete com as juntas ensanguentadas e então, enquanto eu pairava sobre ela, a face se transformava na de Greta.

Aqueles sonhos foram substituídos por outros que tive com Rafe logo que nos conhecemos, vislumbres parciais do rosto dele dissolvendo-se como um espectro em meio a ruínas, floresta, fogo e água. E então ouvi a voz novamente, a mesma que ouvira lá em Terravin e que tinha pensado se tratar apenas de mais alguém entoando uma memória sagrada. *No recanto mais longínquo, eu encontrarei você.* Só que, dessa vez, eu sabia que a voz era de Rafe. No entanto, piores foram os sonhos em que Eben caminhava na minha direção com o rosto cheio de sangue e um machado no peito. Eu gritei, acordando, sugando o ar com a palavra *inocentes* ainda na minha língua. *Acostume-se a isso.* Eu nunca me acostumaria. Será que Kaden estava me enchendo com mais mentiras? Ardis pareciam ser tudo que ele conhecia. Quando acordei, pela manhã, senti como se tivesse lutado com demônios a noite toda.

Os pássaros da floresta estavam apenas começando a emitir seus sons na luz dos momentos que antecediam a alvorada quando saí da *carvachi*, por isso fiquei surpresa ao ver que meus depravados companheiros vendanos já estavam todos sentados em volta da fogueira. Consegui evitar ficar ofegante quando os vi, mas todos pareciam ter lutado com um leão. Os arranhões ficaram mais escuros com a virada da noite e agora eram como chicotadas raivosas e sangrentas marcando as carnes deles. Malich era o que estava em pior estado, com seu rosto mutilado e a pele debaixo de seu olho esquerdo reluzente, azul e vermelha onde eu o havia socado, mas até mesmo Griz tinha um talho cruzando o nariz, e um dos braços de Finch estava cheio de traços. Malich me olhou feio enquanto me aproximava deles, e Kaden inclinou-se para a frente, pronto para intervir se necessário.

Ninguém disse nada, mas eu estava ciente de que eles me observavam enquanto eu segurava, desajeitada, uma xícara para ser enchida com o conteúdo do bule. Eu ia levar o chá até a grande tenda para evitar a companhia deles, mas, quando me virei e vi o olhar de ódio de Malich, pensei duas vezes: se eu recuasse agora, Malich acharia que tenho medo dele, e isso só colocaria mais lenha na fogueira. Além disso, eu tinha chicória fumegante que podia jogar em sua face mutilada se ele desse um passo na minha direção.

“Acredito que vocês tenham dormido bem”, disse, mantendo meu tom de voz deliberadamente leve. Respondi ao olhar de ódio de Malich com um largo e forçado sorriso.

“Sim, dormimos”, Kaden respondeu rapidamente.

“Lamento ouvir isso.” Sorvi um gole do meu chá chicória e notei que Eben não estava presente. “Eben ainda está dormindo?”

“Não”, disse Kaden. “Ele está preparando os cavalos.”

“Preparando os cavalos? Por quê?”

“Nós vamos embora hoje.”

O chá de chicória escorreu da minha xícara, e metade do líquido caiu no chão. “Você disse que não partiríamos antes de três dias.”

Finch riu e esfregou seu braço arranhado. “Você acha que ele ia contar a você quando realmente iríamos embora?”, ele indagou. “Para que pudesse sair sorrateiramente antes disso?”

“Ela é uma *princesa*”, disse Malich. “E todos nós somos ogros idiotas. É claro que foi o que ela pensou.”

Olhei para Kaden, que permaneceu em silêncio.

"Coma alguma coisa e pegue suas coisas da *carvachi* de Reena", disse ele. "Vamos embora dentro de uma hora."

Malich sorriu. "Isso é avisar antecipadamente o bastante para você, Princesa?"

Kaden me analisava em um silêncio pétreo, não se importando se eu me atrapalhava com os dedos cobertos por bandagens enquanto reunia meus poucos pertences. Ele sabia exatamente onde eu guardava a bolsa de comida que vinha juntando para minha fuga, com pedacinhos de bolos de sálvia, bolas de queijo de cabra enroladas em sal e gaze e batatas e nabos que tinha pilhado dos suprimentos dos nômades. Ele apanhou a bolsa debaixo da cama de Reena sem emitir nenhuma palavra e foi colocá-la nos cavalos junto com os outros mantimentos, deixando-me para enfiar meus últimos itens em meu alforje. Dihara entrou na *carvachi* e me deu um pequeno frasco de bálsamo para os dedos e um pouco de erva *chiga* para o caso de eu sentir mais dor.

"Espere", falei, enquanto ela se virava para ir embora. Joguei para trás a aba do meu alforje e tirei de lá a caixa de ouro incrustada de joias que eu roubara do Erudito. Tirei os livros do interior e os coloquei de volta à bolsa. Entreguei a caixa a ela. "No inverno, quando se viaja em direção ao sul, há cidades nos Reinos Menores onde se pode encontrar livros e professores. Isso deve pagar por muitos deles para vocês. Nunca é tarde para aprender um outro dom. Pelo bem das crianças, ao menos." Empurrei a caixa nas mãos dela. "Como você disse, é bom ter muitas forças."

Ela assentiu e colocou a caixa em cima da cama. Ergueu as mãos e segurou meu rosto com gentileza. "*Ascente cha ores ri vé breazza.*" Ela se inclinou para perto de mim, pressionando a bochecha na minha e sussurrou: "*Zsu viktara*".

Quando ela recuou um passo, balancei a cabeça em negativa. Ainda não tinha aprendido o idioma deles.

"Volte seus ouvidos para o vento", ela traduziu. "Permaneça forte."

Natiya olhou com ódio para Kaden enquanto ele me ajudava a montar em meu cavalo. Malich havia insistido para que minhas mãos fossem cortadas ou amarradas antes de partirmos. Uma semana atrás, Kaden teria discutido com Malich; no entanto, hoje ele não fez isso, e eu estava com as mãos atadas. Natiya e as outras mulheres rapidamente arranjaram roupas de montaria para mim, visto que haviam queimado minhas vestes antigas. Ficou claro que elas também não sabiam que íamos embora hoje. Acharam uma saia longa de montaria com fendas nas pernas e uma blusa justa branca para eu vestir. Também me deram uma velha capa para o caso de o tempo mudar, e embrulhei-a junto com meu saco de dormir. Reena fez com que eu ficasse com o lenço na cabeça.

Griz rugiu um adeus sentimental, mas nenhum dos nômades lhe respondeu. Talvez não fossem bons com despedidas — ou talvez se sentissem como eu, como se isso simplesmente não estivesse certo. Uma despedida parecia nascida de uma escolha de ir embora, e todos eles sabiam que essa não era minha escolha, mas, no último minuto, Reena e Natiya saíram correndo atrás dos nossos cavalos. Kaden interrompeu nossa procissão para que elas nos acompanhassem.

Como os dizeres de Dihara, suas palavras de despedida vieram no idioma delas, talvez porque assim fosse mais natural e de coração para as mulheres, mas suas palavras eram dirigidas somente a mim. Cada uma estava de um lado do meu cavalo, paradas, em pé.

"*Revas jaté en meteux*", disse Reena, sem fôlego. "Seja valente e verdadeira consigo", sussurrou ela, com preocupação e esperança nos olhos. Ela tocou o próprio queixo, erguendo-o, indicando que eu deveria fazer o mesmo.

Assenti e toquei com as minhas mãos atadas nas dela.

Natiya colocou a mão na minha perna do outro lado, seus olhos ferozes enquanto encarava os meus. "*Kev cha veon bika reodes li cha scavanges beestra!*" Seu tom não era suave nem esperançoso. Ela desferiu outro olhar de ódio para Kaden, inclinando a cabeça para o lado dessa vez, como se estivesse desafiando-o a traduzir o que havia dito.

Ele franziu o rosto e a atendeu. "Que o seu cavalo chute pedras nos dentes do seu inimigo", disse ele, sem emoção na voz, sem partilhar a paixão de Natiya.

Baixei o olhar para ela, com meus olhos ardendo enquanto beijava meus dedos e os erguia aos céus. "Do seu coração nobre aos ouvidos dos deuses."

Partimos com a bênção final de Natiya sendo nossa última despedida. Kaden manteve seu cavalo perto do meu, como se achasse que eu poderia fugir até mesmo com as mãos atadas. Eu não sabia ao certo se estava exausta, entorpecida ou despedaçada, mas uma estranha parte de mim permanecia calma. Talvez fossem as palavras de despedida de Dihara, Reena e Natiya que tivessem me dado forças. Ergui o queixo. Minhas táticas haviam sido descobertas, mas eu não estava derrotada. Ainda não.

Quando estávamos a cerca de um quilômetro e meio vale abaixo, Kaden disse: "Você ainda planeja fugir, não?".

Olhei para minhas mãos atadas repousadas sobre a sela, com as rédeas quase inúteis na minha pegada. Aos poucos, meu olhar encontrou-se com o dele. "Devo mentir e dizer não, quando ambos já sabemos da resposta?"

"Você morreria nesse local inóspito sozinha. Não há nenhum lugar para onde ir."

"Eu tenho um lar, Kaden."

"Que está bem distante agora. Venda será seu novo lar."

"Você ainda poderia me deixar ir embora. Eu não vou voltar para Civica para garantir a aliança. Eu lhe prometo solenemente que não farei isso."

"Você é uma péssima mentirosa, Lia."

Olhei de esguelha para ele. "Não, para falar a verdade, posso ser uma mentirosa muito boa, mas algumas mentiras precisam de mais trabalho ao serem usadas. Você deveria saber disso. Afinal, é tão habilidoso nessa arte."

Por um bom tempo, ele não me respondeu, e depois, soltou abruptamente as seguintes palavras: "Sinto muito, Lia. Não podia contar a você que estávamos partindo".

"Nem sobre a ponte?"

"O que você teria a ganhar com isso? Só tornaria as coisas mais difíceis para você."

"Mais difíceis para *você*, na verdade."

Ele puxou as rédeas e fez com que o meu cavalo parasse também. A frustração cintilava em seus olhos. "Sim", admitiu. *Mais difíceis para mim.* Era isso que queria ouvir? Não tenho as opções que você acha que tenho, Lia. Quando falei que estava tentando salvar sua vida, não era mentira."

Encarei-o. Sabia que ele acreditava no que estava dizendo, mas isso não tornava o que ele dizia verdade. Sempre haveria opções. Algumas escolhas simplesmente não são fáceis de serem feitas. Nossos olhares fixos permaneceram travados um no outro até que ele, por fim, soltou uma outra mescla de gemido e bufada, incomodado, estalou as rédeas e continuamos em frente.

O estreito vale estirava-se por mais uns poucos quilômetros e então seguimos por uma longa e árdua descida em uma trilha em zigue-zague pela montanha. De nosso primeiro ponto de vantagem aberto, vi terra plana estirando-se por quilômetros e mais quilômetros abaixo de nós, aparentemente até os confins da terra, mas, agora, em vez de deserto, era uma terra com grama, grama verde e dourada que ia tão longe quanto os olhos podiam ver. Ela brilhava e ondulava ao mesmo tempo.

No horizonte ao norte, vi um brilho de um outro tipo, uma linha branca cintilante como o sol vespertino no oceano e tão longe quanto.

"A desolação", disse Kaden. "Quase tudo é pedra branca e terra infértil."

Infernaterr. O inferno na terra. Eu ouvira falar desse lugar. De longe, não parecia tão terrível assim.

"Você já esteve lá alguma vez?"

Ele acenou em direção aos outros em suas montarias. "Não com eles. Isso é o mais perto que chegarão de lá. Dizem que apenas duas coisas habitam esse lugar: os fantasmas de mil Antigos atormentados que não sabem que estão mortos e os famintos bandos de *pachegos* que roem os ossos deles."

"E isso abrange toda a região norte?"

"Quase toda. Nem mesmo o inverno visita a desolação. Fumega com vapor. Eles dizem que isso veio junto com a devastação."

"Bárbaros também acreditam na história da devastação?"

"Conhecer nossas origens não é algo exclusivo do seu Reino, Princesa. *Vendanos* também têm suas histórias."

O tom dele não deixou de me afetar. Ele se ressentia quando era chamado de bárbaro. Porém, se ele podia brincar tão pesado com o termo *realeza*, jogando-o na minha cara como se fosse um punhado de lama, por que deveria esperar algo diferente vindo de mim?

Assim que descemos das montanhas, o ar se tornou mais quente novamente, mas pelo menos havia sempre uma brisa varrendo a planície. Para uma faixa tão grande de terra, nos deparamos com muito poucas ruínas, como se todas tivessem sido varridas por uma força maior do que o tempo.

Quando acampamos naquela noite, dei a eles a opção de soltarem minhas mãos para que eu pudesse fazer as minhas necessidades ou que continuassem cavalgando a meu lado com as minhas roupas sujas. Até mesmo bárbaros tinham limites que não gostavam de ultrapassar, e Griz me soltou. Eles não me ataram de novo. Deixaram o ponto deles bastante claro, um lembrete severo de que eu era uma simples prisioneira e não uma convidada num passeio, e que seria melhor eu me conter.

Os próximos poucos dias seguintes trouxeram mais da mesma paisagem, exceto quando passamos por uma área em que a grama estava queimada, como se fosse uma gigantesca pegada chamuscada. Havia apenas uns poucos punhados de palha e alguns montes de destroços impossíveis de serem discernidos deixados para trás. Galhinhos verdes emergiam entre os destroços, já tentando apagar a cicatriz.

Ninguém disse nada, mas notei que Eben desviou o olhar. Não parecia possível que isso tivesse sido um assentamento no meio do nada. Por que alguém construiria um lar aqui? Muito provavelmente seria o resultado de um relâmpago ou uma fogueira de acampamento de nômades, mas eu me perguntava sobre os poucos montículos de coisas podres que estavam derretendo nas pegadas pretas.

Bárbaro.

Essa palavra, de repente, ficou sem gosto na minha boca.

Depois de vários dias, nos deparamos com as ruínas substanciais de uma gigantesca cidade — ou do que havia sobrado de uma. As ruínas iam tão longe quanto eu conseguia ver. As estranhas fundações da antiga cidade erguiam-se acima da grama, mas nenhuma delas passava da minha cintura, como se um dos gigantes da minha história tivesse usado sua foice para nivelá-las. Eu ainda podia ver sinais de onde as ruas atravessavam entre os montes de ruínas, embora agora estivessem cobertas de grama e não de cascalho. Um riacho raso seguia seu fluxo, descendo pelo meio de uma das ruas.

Mais estranhos do que a cidade semidestruída e as ruas de grama eram os animais que vagavam por elas. Rebanhos de grandes criaturas que pareciam cervos com pelagens elegantemente cheias de marcas pastoreavam em meio às ruínas. Os elegantes cornos chanfrados eram mais longos do que o meu braço. Quando as criaturas nos viram, espalharam-se aos pulos, passando pelas baixas paredes com a graça de dançarinos.

"Sorte nossa que são ariscos", disse Kaden. "Os cornos deles podem ser mortais."

"O que são?", perguntei.

"Nós os chamamos de *miazadel* — criaturas com lanças. Eu só vi rebanhos deles aqui e um pouco mais ao sul, mas há animais por toda a savana que não se vê em nenhum outro lugar."

"Animais perigosos?"

"Alguns. Dizem que vêm de mundos distantes e que os Antigos os trouxeram até aqui para servirem como animais de estimação. Depois da devastação, ficaram à solta, e alguns procriaram. Pelo menos é o que diz uma das canções de Venda."

"É daí que tiram sua história? Achei que tivesse me dito que a mulher era louca."

"Talvez não em relação a tudo."

Eu não conseguia imaginar alguém tendo uma daquelas criaturas exóticas como um animal de estimação. Talvez os Antigos realmente estivessem apenas um degrau abaixo dos deuses.

Eu pensava bastante nos deuses enquanto viajávamos. Era como se a paisagem exigisse isso. De alguma forma, eles eram maiores nessa vastidão sem fim, maiores do que os deuses confinados ao Texto

Sagrado e ao mundo rígido de Civica. Aqui pareciam ser maiores em seu alcance. Incognoscíveis até mesmo para o Erudito Real e seu exército de catadores de palavras. *Mundos distantes?* Eu sentia como se já estivesse em um deles — e ainda havia mais? Que outros mundos os Antigos tinham criado... ou abandonado?

Levei dois dedos ao ar pelo meu próprio sacrilégio, um hábito instilado em mim, embora fizesse isso sem a sinceridade que certamente seria exigida pelos deuses. Sorri pela primeira vez em dias, pensando em Pauline. Esperava que minha amiga não estivesse se preocupando comigo. Agora ela teria que pensar no bebê. Mas é claro que eu sabia que ela estava preocupada. Provavelmente Pauline ia à Sacrista todos os dias para oferecer rezas a mim. Eu nutria esperanças de que os deuses estivessem ouvindo essas preces.

Acampamos em meio a esta outrora grande mas agora esquecida cidade, e, enquanto Kaden e Finch foram procurar alguma caça pequena para o jantar, Griz, Eben e Malich tiraram as selas dos cavalos e foram cuidar dos animais. Eu disse que iria coletar lenha, embora parecesse haver bem pouco da preciosa madeira pequena por ali. Descendo pelo riacho, havia um bosque de arbustos altos. Talvez eu fosse encontrar alguns galhos secos por lá. Escovei os cabelos enquanto caminhava. Prometi que não permitiria que eles me transformassem de novo no animal que eu tinha me tornado quando cheguei ao acampamento dos nômades, imunda, com os cabelos opacos e devorando a comida com os dedos... *pouco mais do que animais.*

Fiz uma pausa, meus dedos se detiveram em um nó, torcendo-o, e eu pensei em minha mãe e na última vez em que ela escovara meus cabelos. Eu tinha doze anos. Àquela altura, eu mesma havia cuidado dos meus cabelos durante anos, exceto pelas ocasiões especiais, quando um criado se encarregava disso, mas naquela manhã minha mãe disse que ela mesma o faria. Todos os detalhes daquele dia ainda estavam vívidos na minha mente, uma rara aurora em janeiro, quando o sol se erguera quente e brilhante, dia este que não tinha direito algum de ser tão jubiloso. Os dedos dela eram gentis, metódicos, seu baixo e inconsequente cantarolar como o vento entre as árvores fazendo com que eu me esquecesse da razão pela qual ela estava arrumando meus cabelos, mas então ela pausou com a mão na minha bochecha e sussurrou aos meus ouvidos: *Feche os olhos, se precisar. Ninguém saberá.* Só que não fechei os olhos, porque eu tinha apenas doze anos e nunca tinha ido a uma execução pública.

Quando estava lá, parada, em pé, entre meus irmãos, como uma testemunha necessária, imóvel como pedra, como era esperado de mim, com os cabelos perfeitamente estilizados e presos, a cada etapa, a cada proclamação de culpa, o apertar da corda, a súplica e as lágrimas de um homem crescido, as lamúrias frenéticas, o chamado final, e depois o ruído rápido do piso desaparecendo sob os pés do homem, um curto som humilde que traçava a linha entre a vida e a morte, o último som que ele algum dia haveria de ouvir... Por tudo isso, eu mantive os olhos abertos.

Quando voltei para o meu quarto, joguei as roupas que estava vestindo no fogo, tirei os prendedores dos cabelos e escovei-os até que minha mãe entrou e me puxou para junto de seu peito, e eu chorei, dizendo que gostaria de ter ajudado o homem a fugir. *Tomar a vida de outra pessoa*, ela havia sussurrado, *até mesmo sendo alguém culpado, nunca deve ser fácil. Se fosse, seríamos somente um pouco mais do que animais.*

Será que Kaden achava difícil tirar a vida de outra pessoa? Mas eu sabia qual era a resposta dessa pergunta. Mesmo em meio à minha fúria e ao meu desespero, eu havia visto no rosto dele, na noite em que perguntei quantos ele tinha matado, o peso que isso trazia fazendo pressão por trás de seus olhos. Isso havia lhe custado sim. Quem ele poderia ter sido caso não tivesse nascido em Venda?

Continuei andando, lidando com os nós nos cabelos e desfazendo-os até que sumissem. Quando cheguei perto do riacho, tirei minhas botas e coloquei-as em cima de um muro baixo. Balancei os dedos dos pés, apreciando a pequena liberdade da areia fresca se espalhando entre eles e os coloquei dentro d'água, curvando-me para pegar um pouco com as mãos em concha e lavar a poeira do meu rosto. As coisas que duram. Senti a ironia em meio a essas ruínas caindo aos pedaços. Ainda assim, era o mais simples prazer de um banho que havia durado mais do que a ampla grandeza de uma cidade. Ruínas e renovação, sempre lado a lado.

"Refrescante?"

Fiquei alarmada e me virei. Era Malich, cujos olhos irradiavam malícia.

"Sim", falei. "Já terminou com os cavalos?"

"Eles podem esperar."

Ele deu um passo mais para perto, viu que estávamos longe da vista de todos e soltou a fivela do cinto de sua calça. "Talvez eu me junte a você."

Saí de dentro d'água para voltar ao acampamento. "Estou de saída. Você pode ficar com a água para si."

Ele esticou a mão e agarrou meu braço, puxando-me para junto dele.

"Quero companhia e dessa vez não quero suas garras indo parar em nenhum lugar onde não deveriam estar." Ele agarrou minhas mãos e segurou-as com uma única e esmagadora pegada até que eu me encolhesse de dor. "Ah, desculpe, Princesa, estou sendo muito bruto?" Malich pressionou sua boca com força na minha, e levou a mão para a minha saia, tateando-a e puxando o tecido.

Cada centímetro dele estava me pressionado tão de perto que eu não conseguia erguer a perna para chutá-lo para longe. Achei que meus braços fossem se quebrar enquanto ele os torcia para cima e atrás de mim. Eu me contorci e, por fim, abri a boca e mordi seu lábio. Ele deu um uivo e depois me soltou, e caí para trás, no chão. O rosto dele se contorcia de fúria enquanto partia para cima de mim, soltando xingamentos, mas ele foi parado por um grande berro. Era Griz.

"*Sende ena idaro! Chande le varoupa enar gado!*"

Malich defendeu sua posição, colocando a mão no sangramento do lábio, mas, depois de umas poucas respirações cheias de fúria, foi embora batendo os pés.

Griz estirou a mão para me ajudar a levantar. "Tome cuidado, menina. Não dê as costas para Malich tão facilmente", disse ele em um morrighês claro.

Encarei-o, mais chocada com seu discurso do que com sua bondade. Ele manteve a mão estendida, e eu, hesitante, tomei-a.

"Você fala..."

"Morrighês. Sim. Você não é a única pessoa que tem segredos, mas este vai permanecer entre nós. Entendido?"

Assenti, incerta. Eu nunca havia esperado partilhar um segredo com Griz, mas aceitaria seu conselho e não daria as costas a Malich de novo, embora agora estivesse mais curiosa sobre por que Griz ocultara seu conhecimento de morrighês quando os outros falavam o idioma abertamente. Estava claro que eles não tinham conhecimento dessa habilidade. Por que ele sequer revelou isso a mim? Um deslize? Não tive tempo de perguntar isso a ele, que já estava voltando, a passos pesados, em direção ao acampamento.

Quando Kaden e Finch voltaram com duas lebres para o jantar, Kaden percebeu o lábio inchado de Malich e perguntou a ele o que havia acontecido.

Malich apenas olhou de relance na minha direção e disse que fora a ferroada de uma vespa.

Na verdade, fora mesmo. Às vezes, o menor dos animais inflige a maior das dores. Ele ficou com um humor pior do que o de costume pelo resto da noite e descarregou verbalmente em Eben quando o menino demonstrou afeição por seu cavalo. Kaden deu uma olhada na perna do animal, examinando com cuidado o casco que Eben estivera verificando repetidas vezes.

"Ele o criou desde que era um potro", explicou-me Kaden. "O machinho da perna dele é delicado. Talvez seja apenas um músculo distendido."

Apesar das rajadas de Malich, Eben continuava a verificar como estava o cavalo, o que fazia com que eu me lembrasse de como ele era com os lobos. O menino era mais conectado aos animais do que às pessoas. Fui andando até ele para dar uma olhada na perna do bicho e pus a mão no ombro de Eben, na esperança de conter as palavras árduas de Malich com algumas mais úteis. O menino se virou com tudo e grunhiu para mim como um lobo, sacando sua faca.

"Não encoste em mim", disse ele, rosnando.

Eu recuei, lembrando-me de que, embora parecesse uma criança, até mesmo uma que poderia esquecer de si mesmo de tempos e tempos e dar ouvidos a uma história contada em volta de uma fogueira, uma infância inocente não era algo que ele algum dia conhecera. Será que estaria destinado a ser como Malich, que se gabava do quão fácil fora matar o cocheiro e Greta? As mortes deles não haviam custado nada além de umas poucas e finas flechas.

Naquela noite, Kaden dispôs seu saco de dormir perto do meu. Se era para proteger a mim ou a Malich, eu não sabia ao certo. Até mesmo com os meus dedos cobertos por bandagens, Malich havia sentido o peso de nossa animosidade mútua, embora, com certeza, ele tivesse pretendido acertar o placar durante a tarde. Se Griz não tivesse aparecido, poderia facilmente ter sido eu a ficar com o rosto machucado e inchado... ou coisa pior.

Eu me virei. Mesmo que acabasse morrendo de fome no meio do nada, como Kaden havia previsto, eu precisava fugir. Malich era perigoso o bastante, mas logo eu estaria em uma cidade com milhares de homens como ele.

Nem sempre podemos esperar pelo momento perfeito. As palavras de Pauline pareciam ainda mais verdadeiras agora do que nunca.

CRÔNICAS DE AMOR E ÓDIO

KADEN

Nós paramos no meio do dia em uma rasa cavidade nas rochas na qual se concentrava a água das chuvas para enchermos nossos cantis e dar água aos cavalos. Lia caminhava ao longo do leito seco de um riacho que antigamente alimentava o lugar, dizendo que queria esticar as pernas. Ela ficara calada a manhã toda, não do jeito raivoso que eu poderia esperar dela, mas de uma outra maneira, que eu achava ainda mais preocupante.

Eu a segui, observando-a parar para pegar uma pedra e virá-la. Ela examinou sua cor e depois a deixou rolar pelo riacho seco, como se a visualizasse quicando pela água.

"Três vezes", eu disse, imaginando a cena junto a ela. "Nada mal."

"Já fui bem melhor nisso", foi sua resposta, erguendo os dedos cobertos por bandagens.

Ela parou para arrastar sua bota em um trecho arenoso, notando o brilho dourado da areia. Lia estreitou os olhos. "Dizem que os Antigos extraíam metais mais preciosos do que ouro do centro da terra... metais que transformavam em gigantescas asas enlaçadas que os levava voando até as estrelas e os trazia de volta."

"É isso que você faria com asas?", perguntei a ela.

Lia balançou a cabeça em negativa. "Não. Eu voaria até as estrelas, mas nunca voltaria." Ela pegou um punhado da areia brilhante e deixou que escapasse por seu punho cerrado até o chão, como se estivesse tentando capturar um vislumbre de sua magia oculta.

"Você acredita em todas as histórias fantasiosas que escuta?", perguntei. Dei um passo mais para perto dela e fechei a mão com gentileza em volta do punho cerrado dela, com a cálida areia lentamente escapando por entre nossos dedos.

Ela ficou com o olhar fixo na minha mão que segurava a dela, mas então seu olhar contemplativo gradualmente se ergueu para encontrar o meu. "Não em todas as histórias", disse ela, baixinho. "Quando Gwyneth me disse que havia um assassino no meu encalço, não acreditei nela. Imagino que deveria ter acreditado."

Por um breve instante, cerrei os olhos, desejando que pudesse ter me refreado e não ter feito essa pergunta. Quando abri os olhos novamente, ela ainda me encarava. Os últimos grãos de areia deslizavam de nossos punhos cerrados. "Lia..."

"Quando foi, Kaden, que você decidiu *não* me matar?"

A voz dela ainda era regular, calma. Genuína. Ela realmente queria saber, e ainda estava com sua mão junto da minha. Era quase como se houvesse esquecido de que estava ali.

Eu queria mentir, dizer a ela que nunca havia planejado matá-la, convencê-la de que nunca tinha matado ninguém, retomar minha vida toda e reescrevê-la com falsas palavras, mentir para ela da forma que já havia feito centenas de vezes antes, mas seu olhar contemplativo permanecia fixo, analisando-me.

"Na noite antes de você partir", falei. "Eu estava na sua cabana, parado ao lado da sua cama enquanto você dormia... observando a pulsação da sua garganta com uma faca na minha mão. Fiquei lá por mais tempo do que precisava ficar, e, por fim, coloquei a faca de volta na bainha... Foi então que decidi."

Os cílios dela mal tremulavam, e sua expressão nada revelava. "Não foi quando eu coloquei bandagens em seu ombro?", ela me perguntou. "Não foi quando dançamos? Não foi quando...?"

"Não. Foi naquele momento."

Ela assentiu e, devagar, puxou sua mão fechada da minha. Ela limpou os traços remanescentes de areia da mão.

"*Sevende!*", gritou Finch. "Os cavalos estão prontos!"

"Estou indo", gritei em resposta, e soltei um suspiro. "Ele está ansioso para chegar em casa."

"Não estamos todos?", foi a resposta dela. A irritação havia voltado à voz de Lia. Ela se virou e voltou andando até seu cavalo, e, embora não tivesse dito, senti que, talvez daquela vez, ela havia desejado que eu mentisse.

Que todos saibam:
Eles a roubaram,
A minha pequena.
Ela tentou me alcançar, gritando,

Ama.

Ela é uma jovem mulher agora,
E esta velha não os conseguiu parar,
Que os deuses e as gerações saibam,
Que eles roubaram da Remanescente.
Harik, o ladrão, ele roubou a minha Morrighan,
E depois a vendeu por um saco de grãos,
Para Aldrid, o abutre.

—Os Últimos Testemunhos de Gaudrel—

CAPÍTULO 62
CRÔNICAS DE AMOR E ÓDIO

Saímos do acampamento antes do nascer do sol. Eles disseram que queriam chegar ao nosso destino bem antes do sol se pôr, sem dar nenhuma outra explicação além disso. Eu só poderia imaginar e me perguntar se algum dos animais selvagens de que Kaden havia falado não eram tão ariscos assim. Seguimos em caminhada pela parte mais plana do nada, apenas com uma moita desnutrida e um montículo aqui e ali quebrando o vazio infinito.

Estávamos viajando pela grama que se esfregava logo dos joelhos dos cavalos havia pouco tempo quando senti meu peito ficar cada vez mais apertado. Um estranho preságio fazia pressão sobre mim. Tentei ignorá-lo. Entretanto, depois de uns três quilômetros, ele se tornou insuportável, e parei meu cavalo, minhas respirações vindo rasas e rápidas. É um modo de confiança. Isso não se tratava apenas da minha apreensão por ser arrastada pelo meio do nada. Eu reconhecia isso como o que realmente era, algo misterioso, mas não mágico. Algo que circulava no ar.

Pela primeira vez na minha vida, eu sabia, com certeza, que se tratava do dom. Ele viera até mim sem ser convocado. Não se tratava apenas de uma visão, nem de ouvir alguma coisa, nem nenhum dos modos como eu escutara o dom ser descrito. Era um *saber*. Cerrei os olhos, e o medo galopava pelas minhas costelas. *Alguma coisa estava errada.*

"O que foi agora?"

Abri os olhos. Kaden franziu o rosto, como se estivesse cansado do meu jogo.

"Não devemos seguir por este caminho", afirmei.

"Lia..."

"Não aceitamos ordens *dela*", disse Malich, irritado. "Nem damos ouvidos às baboseiras que diz. Ela serve apenas a si mesma."

Griz e Finch olharam para mim com incerteza. Eles esperavam que algo se materializasse e, quando nada aconteceu, estalaram suas rédeas de leve. Continuamos por cerca de um quilômetro e meio em um ritmo mais lento, mas o peso opressivo ficava apenas mais pesado. Minha boca ficou seca, e as palmas das minhas mãos, úmidas. Parei de novo. Eles estavam vários passos à frente de mim quando Griz parou também. Ele se ergueu em sua sela e então gritou "*Chizon!*", movendo seu cavalo para a esquerda.

Eben chutou as laterais de seu cavalo, seguindo Griz. "Debandada!", gritou ele.

"*Ao norte!*", gritou Kaden para mim.

Eles chicotearam seus cavalos para que entrassem em pleno galope, e eu os acompanhei. Uma nuvem de poeira ergueu-se no leste, trovejante e escura, imensa em sua largura. Se conseguíssemos fugir do que quer que estivesse a caminho, seria por um triz. Aquilo ribombava na nossa direção, furioso e terrível em seu poder. *Agora!*, pensei. Um punho cerrado socava repetidamente o meu peito. *Agora, Lia!* Seria suicídio dar a volta, mas puxei as rédeas com força. Meu cavalo ergueu-se para trás, e mudei de direção, voltando-me para o sul. Não havia volta. Ou eu conseguiria fugir ou não conseguiria. Na fração de segundos antes de Kaden perceber que eu não estava atrás dele, seria tarde demais para que se virasse e me seguisse.

"*Iá!*", gritei. "*Iá!*"

Fiquei observando enquanto o horizonte se desenrolava como uma crescente onda negra. Fui agarrada pelo terror, aquilo estava vindo rápido demais. A paisagem à frente tornou-se um borrão em movimento enquanto corríamos para ganhar da gigantesca nuvem. Avistei uma monte elevado e fui naquela direção, mas ainda assim estava tão distante! O cavalo também sentia o terror. O sentimento pulsava por mim e pelo animal, quente e ofuscante. "*Sevende! Ande! Vamos!*", ordenei. Logo não era apenas uma massa única e escura que vinha na nossa direção, mas um retumbante emaranhado de corpos, pernas revolvendo-se e chifres letais. *"Iá!"*, eu gritei. O calor da morte movia-se de forma ameaçadora para cima de nós.

Não vamos conseguir, pensei. Tanto eu quanto o cavalo seríamos esmagados. O rugido se tornou ensurdecedor, sufocando até mesmo os meus gritos. Tudo que eu era capaz de enxergar eram a negritude, a poeira e um fim horrível. A colina. Solo mais alto. E então o trovão ribombou às nossas costas, e eu me preparei para o esmagamento de cascos e o empalar de chifres, mas tudo passou... *atrás de nós*. Conseguimos. *Nós conseguimos!* Mantive o cavalo seguindo em frente até que tivesse certeza de que estávamos a uma distância segura, e, uma vez que estávamos em cima da colina, parei.

Virei-me para ver o que era aquela esmagadora massa de cascos e cornos, porque eu ainda não sabia ao certo do que se tratava. A visão tirou meu fôlego. Um amplo fluxo de bisões, dirigindo-se ao leste, até onde eu conseguia ver, passava estrondosamente por nós.

Eles se moviam como uma força letal unificada, mas, enquanto meu coração desacelerava, vi os detalhes dos animais, por si mesmo magníficos. Ombros corcovados imensos, chifres brancos curvados, queixos com barbichas e cabeças de bigornas fluíam por mim. Eles berravam um cântico gemido de guerra. Engoli em seco, pasma, atônita. Era uma visão que eu nunca avistara em Morrighan e que provavelmente nunca veria de novo.

Olhei para os animais em debandada, tentando ver até o outro lado, mas nuvens de poeira obscureciam minha visão. Será que todos os outros tinham conseguido? Pensei em Eben e na perna delicada de seu cavalo. No entanto, se eu conseguira sair dessa em segurança, eles com certeza conseguiram também.

Não demoraria muito para que os bisões que nos separavam se fossem e Kaden se tornaria aquele que estaria investindo contra mim. Virei meu cavalo e desapareci colina acima, ampliando a divisão entre nós.

CAPÍTULO 63
CRÔNICAS DE AMOR E ÓDIO

KADEN

Estava ficando escuro. Eu sabia que ela havia se dirigido ao sul, e sabia que seguira em direção aos bosques. Isso poderia dar a ela a cobertura que desejava, mas seria o último lugar para onde deveria ir. Sempre dávamos a volta em torno das florestas do planalto porque sabíamos o que estava à espreita por lá. Se não a alcançássemos antes de escurecer, Lia não sobreviveria àquela noite.

Griz e Finch estavam convencidos de que ela apenas havia se separado de nós na confusão. Eu sabia que não era o caso. Eles estavam igualmente certos de que ela havia salvado as vidas de todos nós, e de que seu dom era tão verdadeiro quanto o solo embaixo de nossos pés. Eu não sabia dizer com certeza se era coincidência ou um saber genuíno. Se a pessoa fingir ter o dom com tanta frequência como ela havia feito, certamente uma hora vai acabar tendo a sorte de sincronizar um fingimento com um caso real.

Parei, analisando a fileira de árvores ao sul que estava ali, em pé, como um muro proibitivo. Fiquei arrepiado, pensando nela cavalgando em meio àquilo. Havíamos perdido os rastros dela um quilômetro e meio atrás, mais ou menos, e eu só podia sugerir que ela tivesse entrado na floresta escura. Nós nos dividimos, concordando em nos encontrarmos novamente na savana, ao crepúsculo. Rezei para que não fosse Malich a encontrá-la. Eu não sabia ao certo contra quem ela se sairia melhor: ele ou as feras da floresta.

CAPÍTULO 64
CRÔNICAS DE AMOR E ÓDIO

Era uma floresta estranha. Musgo cinzento pendia em filamentos curvos de árvores pretas com troncos tão largos quanto uma carroça. A princípio, o cavalo ficou hesitante, recusando-se a entrar na mata, mas eu o urgi a seguir em frente. Chamados estridentes ecoavam ao meu redor, misturando-se. O resultado dessa mistura lembrava uma risada. Procurei nas copas das árvores, mas vi apenas sombras.

Eu não tinha tempo nem para pensar em ficar com medo, apenas no que fazer em seguida. Comida e fogo. Eu não haveria de morrer no descampado, como Kaden havia previsto. Parei o cavalo dentro de um círculo de cinco árvores gigantescas, depois desci e soltei meu alforje, jogando para fora seu conteúdo. Tudo que tinha eram os livros, um frasco de bálsamo, erva *chiga*, alguns trapos de pano para as bandagens, uma escova, um fio de couro para prender os cabelos, uma bobina de seda para os dentes, uma muda de roupa de baixo esfarrapada e meu acendedor de fogueiras. Nem uma única porção de comida. Kaden havia colocado o estoque que eu tinha acumulado em seu cavalo, talvez para desencorajar quaisquer pensamentos de fuga. Olhei para a pederneira e contemplei a possibilidade de acender uma fogueira. Não queria ficar nessa floresta assustadora no escuro, mas em lugares inóspitos uma fogueira brilharia como se fosse um farol. Analisei a clareira. A espessura dos troncos e a floresta além dela esconderiam uma pequena fogueira.

Minha barriga roncava só de pensar na falta de comida. Eu não podia me permitir perder a força que havia recuperado no acampamento dos nômades, mas sem nenhuma arma para capturar nem mesmo a menor das caças, eu teria que coletar alimentos. Eu sabia o que vivia na podridão do chão de uma floresta, e só de pensar em ficar fraca demais para fugir me fez buscar por aquilo. Meu maxilar instantaneamente latejou, e minha saliva ficou com um gosto amargo na língua. Encontrei uma tora caída em decomposição e rolei-a. Ela fervilhava com cremosas e gordas larvas de insetos.

Regan havia desafiado Bryn a engolir uma dessas certa vez, dizendo que os cadetes em treinamento tinham que fazer isso. Bryn não era de fracassar e nem passar por perdedor, então engoliu uma larva que se contorcia. Dentro de poucos segundos, ele vomitou. Mas eu sabia que essas larvas poderiam sustentar uma pessoa tão bem quanto um pato assado.

Inspirei fundo, tremendo. *Zsu viktara.* Apertei bem os olhos, imaginando-me cavalgando de volta para casa, forte o bastante para encontrar e ajudar Walther, forte o suficiente para me casar com um príncipe que eu odiava, forte o bastante para esquecer Rafe. Forte o bastante. Abri os olhos e peguei um punhado de larvas que se contorciam na minha mão.

"Eu sou forte o suficiente para comer essas larvas aqui e imaginar que estou comendo um pato", sussurrei. Joguei a cabeça para trás, lançando-as dentro da minha boca e engolindo-as.

Pato. Pato viscoso.

Peguei mais um punhado delas.

Pato se contorcendo.

Fiz com que todas descessem tomando um gole d'água do meu cantil. Pato suculento assado. Faria com que eu amasse larvas se fosse preciso. Engoli-as de novo, certificando-me de que não voltariam.

Che-ah!

Dei um pulo. Uma outra sombra se mexeu rapidamente pelas copas das árvores. O que estaria se movendo tão furtivamente lá em cima? Coloquei-me a coletar galhinhos secos e musgo, e depois abanei a centelha da pedra para formar uma chama. Os estranhos gritos estridentes cortavam o ar, e pensei que qualquer animal que os tivesse emitido tinha que estar por ali.

Coloquei mais lenha na fogueira e puxei a Canção de Venda para o meu colo, de modo a manter minha mente ocupada. Eu usava o livro que Dihara havia me dado para ajudar-me a traduzir o texto. A formação das letras nos dois livros era diferente. As do livro de instruções de Dihara pareciam meio quadradas, enquanto as letras na Canção de Venda tinham firulas e curvas, e uma letra enganchava-se na próxima, tornando difícil saber onde cada letra acabava e outra começava. Observei aquilo, sem esperança, mas então as letras pareciam se mover por vontade própria diante dos meus olhos, reagrupando-se em um padrão que eu era capaz de reconhecer. Pisquei. Parecia óbvio agora.

As similaridades apareceram e as letras desconhecidas se revelaram. As curvas, as inflexões perdidas, *a chave*. Tudo fazia sentido. Eu poderia traduzir agora. Palavra por palavra, sentença por sentença, eu ia e vinha entre o livro de instruções e o antigo texto vendano.

Há apenas uma história verdadeira
E um futuro verdadeiro.
Escutem bem,
Pois a criança nascida da miséria
Será aquela que trará esperança.
Do mais fraco, virá a força.
Dos perseguidos, a liberdade.

Os velhos homens haverão de ter sonhos,
As jovens damas terão visões,
A fera da floresta haverá de virar-se e ir embora,
Eles verão o filho do infortúnio vindo,
E abrirão caminho.

Da semente do ladrão,
O Dragão se erguerá,
Aquele glutão,

Alimentando-se do sangue de bebês,
Bebendo as lágrimas de mães.

Sua mordida será cruel, mas sua língua é afiada,
Seu hálito, sedutor, mas mortal é sua pegada.
O Dragão conhece apenas a fome, nunca saciada,
Apenas a sede, nunca acabada.

Pouco era de se admirar que o regente de Venda quisesse que esse falatório insano fosse destruído. Era sombrio e não fazia nenhum sentido, mas havia algo em relação a ele que deve ter perturbado o Erudito. Ou será que eu estava perdendo meu tempo? Talvez fosse apenas a caixa de ouro incrustrada com joias que tivesse valor para ele? Será que poderia valer o pescoço e o cargo dele ser um ladrão da corte? No entanto, como eu estava quase terminando a tradução da canção sombria, dei continuidade à tarefa.

Dos quadris de Morrighan,
Da extremidade mais afastada da desolação,
Dos esquemas de regentes,
Dos temores de uma rainha,
Nascerá a esperança.

Do lado mais afastado da morte,
Passando pela grande divisão,
Onde a fome come almas,
As lágrimas deles aumentarão.

O Dragão conspirará,
Usando muitas faces,
Enganando os oprimidos, coletando os perversos,
Exercendo o poder como um deus, impossível de ser parado,
Não perdoando em seu julgamento,
Implacável em sua regência,
Um ladrão de sonhos.
Um assassino de esperanças.

Continuei com a leitura e, a cada palavra, minhas respirações foram ficando mais curtas. Quando cheguei ao último verso, suor frio desceu pelo meu rosto. Percorri os papéis soltos novamente, buscando pelas notas de catalogação. O Erudito era meticuloso em relação a essas coisas. Encontrei-as e as reli. Estes livros antigos tinham caído nas mãos dele doze anos *depois* de eu ter nascido! Isso era impossível. Não fazia sentido algum.

> *Até que apareça aquela que é mais poderosa,*
> *Aquela nascida do infortúnio,*
> *Aquela que era fraca,*
> *Aquela que era caçada,*
> *Aquela marcada com a garra e a vinha,*
> *Aquela nomeada em segredo,*
> *Aquela chamada Jezelia.*

Eu nunca tinha ouvido falar em nenhuma outra pessoa em Morrighan cujo nome fosse Jezelia. Tampouco ninguém na corte real. Por isso meu pai havia tão fortemente apresentado objeções a este nome, por sua falta de precedentes. De onde minha mãe o tirou? Não deste livro.

Deslizei a blusa do meu ombro e torci o pescoço para ver o que conseguia do meu *kavah*. As teimosas garra e vinha ainda estavam lá.

Histórias mais grandiosas terão sua vez. Balancei a cabeça em negativa. Não, não esta. Havia uma explicação razoável. Enfiei os livros de volta no alforje. Eu estava cansada e assustada por causa desta estranha floresta e tinha feito as traduções às pressas. Só isso. Não havia tais coisas como dragões, certamente não que bebiam o sangue de bebês. *Isso era besteira.* Eu estava encontrando significado onde não havia nada. Olharia o texto novamente à luz do dia, e as regras da razão esclareceriam tudo.

Coloquei um galho grande no fogo e me ajeitei no saco de dormir. Forcei a minha mente a pensar em outras coisas. Coisas que faziam sentido. Coisas mais felizes. Visualizei Pauline, o belo bebê que ela teria, Gwyneth e Berdi ajudando-a e as vidas que continuariam a ter em Terravin. Pelo menos alguém estava vivendo a vida que tinha sido meu sonho. Pensei no quanto amaria sentir o gosto do cozido de peixe de Berdi agora, de ouvir o sopro de trombetas na baía, a conversa fiada dos fregueses da taverna, os zurros de Otto, e como eu gostaria de sentir o cheiro do sal no ar e de ver Gwyneth estudar um novo freguês.

Do jeito como ela havia estudado Rafe.

Eu estava ficando mais forte de algumas maneiras, no entanto, mais fraca de outras. *Desde o primeiro dia em que a vi, tenho ido dormir pensando em você.*

Cerrei os olhos e me aninhei no saco de dormir, rezando para que a manhã chegasse logo.

CRÔNICAS DE AMOR E ÓDIO

PAULINE

le morreu no campo de batalha, foi o que minha mãe disse, da mesma maneira que Mikael. Nunca cheguei a conhecer meu pai, mas sempre o imaginei como sendo o tipo de homem que me envolveria em seus braços, que afastaria minhas perturbações com gentileza, que me amaria incondicionalmente e me protegeria a qualquer custo. Era assim que eu descreveria o pai da minha própria filha a ela. Mas sabia que nem todos os pais eram assim. O de Lia não era.

O Rei era um homem distante, mais monarca do que pai. No entanto, com certeza o sangue dele não era feito de gelo e nem o coração, de pedra. Lia precisava de ajuda. Fazia semanas que ela se fora e não tínhamos recebido nenhuma notícia vinda de Rafe. Embora eu tivesse certeza de que ele gostava dela, Rafe e seu reticente bando de homens não inspiravam minha confiança, e, a cada dia que se passava, minhas suspeitas em relação a eles cresciam. Eu não podia esperar mais. O Vice-Regente tinha demonstrado empatia em relação a Lia. Ele era nossa única esperança. Certamente o Rei daria ouvidos a ele, que poderia guiá-lo na direção do perdão e depois da ajuda.

Berdi não permitiu que eu viajasse sozinha, e Gwyneth se juntou a mim, ávida, em minha jornada. Como Berdi haveria de lidar com as coisas na taverna apenas com Enzo para ajudá-la era algo que eu não sabia, mas, naquele instante, todas concordávamos que a segurança de

Lia era mais importante. Ela havia sido tomada pelos bárbaros. Eu temia pelo que eles poderiam ter feito com ela.

E havia os sonhos também. Fazia uma semana que eles me atormentavam como se fossem a peste, vislumbres transitórios de Lia cavalgando em um cavalo a galope, e, a cada passada, ela esvanecia até que não estava mais lá. Sumia, um fantasma nebuloso, exceto por sua voz, um grito alto e lamentoso que cortava o vento.

Eu sabia que estava me arriscando a ser presa ao voltar, visto que havia ajudado Lia a fugir, mas eu tinha que aproveitar essa oportunidade. Embora temesse pela possibilidade da prisão, também estava amedrontada de caminhar pelas ruas de Civica novamente e ver os últimos lugares onde eu e Mikael estivemos juntos, o lugar onde concebemos nossa criança — a filha que ele nunca conheceria. Isso já estava desencavando para a superfície as minhas sensações de perda. O fantasma dele estaria presente em todas as ruas pelas quais eu passasse.

A jornada nos asnos estava levando bem mais tempo do que aquela que eu e Lia havíamos feito até Terravin em nossos cavalos ravianos, mas, com a minha gravidez, cavalgar rápido e intensamente não era, de qualquer forma, uma opção. "Estamos chegando perto", falei para Gwyneth quando paramos para dar água aos asnos. "São só mais dois dias."

Gwyneth tirou seus espessos cachos vermelhos da frente do rosto, e seus olhos estreitaram-se, olhando para baixo na estrada à nossa frente. "Sim, eu sei", disse ela, distraída.

"Como sabe? Já esteve em Civica?"

Em um estalo, ela voltou a prestar atenção, puxando as rédeas de Dieci. "é só um palpite", disse ela. "Acho que você deveria me deixar falar com o Chanceler quando chegarmos lá. Pode ser que eu tenha mais poder de persuasão do que você."

"O Chanceler odeia Lia. Ele seria a última pessoa com quem falar."

Ela inclinou a cabeça para o lado e deu de ombros. "Veremos."

CRÔNICAS DE AMOR E ÓDIO

RAFE

"orda isso!", ordenei.
Não podíamos nos dar ao luxo de que ele ficasse gritando, não da maneira como o som ecoava por essas colinas rochosas. Enfiei uma tira de couro entre os dentes dele. O suor escorria por sua testa e pontilhava seu lábio superior.

"*Rápido*", eu disse.

Tavish enfiou a agulha na bochecha de Sven e empurrou-a com tudo até o outro lado da ferida que ia de sua maçã do rosto até o maxilar. A ferida era longa demais e estava muito aberta para se cuidar dela com um cataplasma. Segurei nos braços de Sven para o caso de ele se mexer de medo ou de pavor, mas ele permaneceu imóvel — apenas seus cílios tremulavam.

Nós havíamos nos deparado com uma patrulha de vendanos. Os bárbaros estavam se tornando mais audazes e organizados. Eu nunca tinha visto uma patrulha vendana com mais do que um punhado de homens assim tão longe do Grande Rio. Havia muitos bandos pequenos de ladinos, três ou quatro, ferozes e violentos, mas não uma patrulha organizada e uniformizada. Isso não era um bom presságio para nenhum dos reinos.

O traiçoeiro Grande Rio sempre havia sido nosso aliado. Uma ponte levadiça com finas correntes que mal poderia aguentar o peso de um único cavalo era a única travessia. Será que estavam criando cavalos neste lado do rio agora? A patrulha com a qual nos deparamos tinha belas montarias bem-treinadas.

Nós derrubamos a todos, mas não antes de Sven sofrer o primeiro golpe. Ele estava cavalgando à nossa frente e foi nocauteado de seu cavalo antes que eu pudesse sacar minha espada, mas então me movi com rapidez, derrubando seu agressor e mais três homens que vinham logo atrás. Em poucos minutos, os vendanos estavam espalhados pelo chão aos nossos pés, uma dúzia deles, ao todo. O rosto de Jeb ainda estava borrifado com sangue e eu podia sentir os borrões vermelhos salpicados no meu.

Orrin trouxe o frasco da bebida de Sven, conforme Tavish havia ordenado. Removi a tira de couro que estava bem presa entre os dentes de Sven e dei a ele um gole daquilo para amortecer a dor.

"Não", disse Tavish. "É para o rosto dele... para limpar a ferida."

Sven começou a protestar, e enfiei a tira de couro de volta em sua boca. Ele preferiria sofrer com a infecção em vez de ver sua preciosa bebida jorrando de sua bochecha até o chão. Tavish enfiou a agulha nele uma última vez e fechou a ferida. Sven gemeu e, quando Tavish verteu a bebida forte por cima do talho costurado, o corpo inteiro de Sven estremeceu de dor.

Ele cuspiu a tira de couro da boca. "Maldito seja!", disse ele, com a voz débil.

"De nada", foi a resposta de Tavish.

Estávamos a uns três quilômetros do Grande Rio, no único caminho que levava ao Reino Vendano. Ficamos acocorados em um acampamento rochoso voltado para o oeste, a direção da qual sabíamos que eles viriam. Tratava-se de uma encruzilhada acima da rota por onde teriam que passar, mas nós ficamos ali durante dois dias sem ver nenhum sinal deles. Não poderiam ter chegado antes de nós ali. Tínhamos cavalgado até que tanto nós quanto os cavalos estivéssemos a ponto de um colapso. Hoje, só deixamos nossa posição para inspecionar se havia um ponto de observação melhor mais adiante, longe da divisa, mas nos deparamos com a patrulha. Depois de jogarmos os corpos deles dentro de uma ravina, pegamos seus cavalos e esperamos que eles não retornassem tão cedo.

Tavish afastou a agulha e analisou seu trabalho. Ele deu uns tapinhas amigáveis no ombro de Sven. "Acredite em mim. É uma melhora."

"Eu deveria ter deixado que ele fosse primeiro então", disse Sven, com fraqueza, apontando para mim com um gesto.

"Você vai ficar bem, velho", respondi, sabendo que ele odiava ser chamado assim. Eu nem mesmo tinha me dado conta do quão habilidosamente Sven sempre se posicionava diante de mim. Não permitiria que ele fizesse isso de novo.

Sven e os outros dormiam enquanto eu assumi a primeira vigília. Não esperávamos encontrar uma patrulha aqui em cima nas pedras, mas não tínhamos esperado deparar com uma lá embaixo também. Os bárbaros eram imprevisíveis, com pouca estima por qualquer tipo de vida, até mesmo as deles. Eu tinha visto isso ao tentar forçar bandos de ladinos a saírem de suas tocas enquanto estava de patrulha. Eles nos atacavam com gritos selvagens e violentos e olhos ensandecidos, até mesmo em face de forças que eles não poderiam ter esperanças de sobrepujar. A escolha deles sempre era pela morte em vez da captura. Eu não tinha tomado Kaden como sendo um deles. Sabia que tinha algo em relação a ele que eu não confiava, mas nunca teria adivinhado que ele era um bárbaro.

E ele estava com Lia agora.

Analisei o horizonte enegrecido a oeste, onde somente as estrelas formavam suas linhas.

"Encontrarei você, Lia", sussurrei.

Eu encontrarei você... No recanto mais longínquo...

CAPÍTULO 67
CRÔNICAS DE AMOR E ÓDIO

Meus olhos se abriram com tudo. Um guinchado ensurdecedor ainda soava aos meus ouvidos e eu encarava uma fera negra e peluda com presas à mostra. Fui me arrastando para trás, mas estava cercada. Ao meu redor, um bando de criaturas soltava guinchos agudos, expondo gengivas rosadas e reluzentes, além de ferozes dentes amarelos.

Quando, por fim, consegui me concentrar em algo que não fossem as presas delas, vi criaturas que se pareciam com macacos. Não daqueles fofos e minúsculos que eu tinha visto nos ombros de comediantes da corte. Esses eram do tamanho de um homem e foram se aproximando de mim e me cercando devagar, como se eles se alimentassem do terror em meus olhos. Fiquei de pé rapidamente e gritei com as criaturas, acenando com os braços, mas elas apenas ficaram mais atiçadas, rosnando e guinchando para mim. Depois de tudo pelo que tinha passado, estava prestes a ser dilacerada por um bando de animais selvagens.

Um rugido horrendo tomou conta do ar, mais alto até mesmo do que os guinchados deles, que soltaram grunhidos agudos em curtos ataques de pânico, fugindo em direções diferentes. Os únicos sons que deixaram para trás foram os da minha própria respiração, e depois, a respiração de outra coisa. Uma bufada estrondosa e, ao mesmo tempo, baixa.

Alguma outra coisa estava aqui.

A fogueira quase se extinguira, e sua chama fraca iluminava apenas um pequeno círculo tremeluzente. Olhei na escuridão adentro, além das árvores. As respirações eram baixas e profundas. *Uma bufada. Um estrondo. Um rosnado ondulante.* Havia algo ali maior e mais feroz do que os macacos. E estava me observando.

Um calafrio fazia pressão nas minhas costas, e eu me virei. Um par de olhos reluzentes cor de âmbar olhavam para mim. Eu os reconheci na mesma hora, e minha garganta ficou seca. O olhar fixo e faminto era algo de que eu nunca tinha me esquecido. Ele rugiu mais uma vez, e uma de suas patas veio para a frente. E depois, a outra. Eu não conseguia me mexer. Ele rosnava e cuspia, igualzinho a quando eu era criança, porém, dessa vez, não havia ninguém para assustar a fera. Pelo que estaria esperando? Eu sabia que, se me virasse e saísse correndo, não teria nenhuma chance. Isso acabaria ativando o instinto de caça do animal. Mas que outro objetivo ele teria ali além de tentar me comer? A besta deu um passo mais para perto de mim, e seu rabo balançava atrás de si. Ficou tão perto que sua imensa cabeça listrada brilhava à luz da fogueira.

Meu coração era uma rocha dentro do peito, como se eu já estivesse morta. Ele olhou para mim, e vi meu reflexo congelado em seus olhos vítreos, e rugiu de novo, deixando à mostra suas presas poderosas. A fera não conseguiu me deixar mais amedrontada do que já estava. Abri a boca, mas minha língua estava tão seca que nenhum som saiu além de um fraco e rouco sussurro: "Vá embora". Os bigodes do animal se mexeram, ele bateu o rabo e se virou, desaparecendo floresta adentro.

Durante vários segundos adicionais, fiquei lá parada, tremendo, ainda assustada demais para me mover, mas eu sabia que não conseguiria me mexer rápido o bastante. Fui correndo pegar meu saco de dormir e minha bolsa. Nem os macacos nem o tigre haviam incomodado o cavalo; talvez apenas eu parecesse uma refeição fácil. Fora o meu simples comando sussurrado que tinha feito com que ele fosse embora? Eu não questionaria minha boa sorte agora. Sairia dali enquanto ainda podia.

Fui embora como tinha vindo, finalmente inalando o ar profundamente, quando estava livre da floresta infernal. Fiquei perto de sua borda, vendo que o horizonte já estava quase cor-de-rosa, e impulsionei meu cavalo para que entrasse em pleno galope. O sol nasceria em breve, e ficaria fácil me avistar na savana.

No lugar onde acabava a floresta havia um afloramento de grandes pedras redondas, e me abaixei por uma trilha que serpenteava em meio a elas, grata pela cobertura, mas isso se provou ser um curto beco sem saída. A imensa dispersão de grandes pedras redondas apenas se abria para um planalto sobressalente que quase dividia em dois o vale abaixo. Eu vi o que parecia ser uma trilha bem usada, que o percorria. Desci do cavalo e caminhei pelo veio rochoso, perguntando-me se conseguiria descer até o piso do vale. A corrente de ar ascendente era forte e esvoaçava meus cabelos e minha saia. Avistei algo ao longe, com muita poeira como se fosse o estouro de uma boiada, mas que se movia devagar dessa vez. E então, me veio à mente o que era: *soldados. Não apenas uma pequena patrulha, mas um batalhão milagroso e imenso de soldados!*

Conforme se aproximavam, eu podia dizer que havia pelo menos uns duzentos deles, mas ainda não conseguia ver o estandarte deles. Ou talvez não estivessem portando um? Seriam de Morrighan ou de Dalbreck? Naquele momento, qualquer um dos reinos seria bom para mim. Procurei uma trilha para descer até o vale, mas, desse lado do veio era uma queda íngreme. Fui me arrastando até o outro lado, em busca de outro caminho para descer, e vi mais soldados vindo na direção oposta, mas esses eram apenas uma pequena companhia de não mais de trinta homens. Apertei os olhos, tentando ver suas cores, e captei vislumbres de vermelho. Morrighan! E então seus cavalos entraram em foco, com um cavalo tobiano ao longe, branco e castanho, liderando-os. *Walther.* Fui varrida por um lampejo de alegria e êxtase, mas ela foi rapidamente esmagada. Então, quem seriam os...

Outros? Eu saí correndo para o lado oposto, fitando o vasto exército que rapidamente se aproximava de um espigão. Não, não eram duzentos. Eram trezentos ou mais. Sem estandartes.

Vendanos.

Os exércitos estavam se dirigindo um em direção ao outro, mas, com o espigão projetando-se entre eles, não teriam nenhum alerta disso. Walther precisava ser avisado.

"Lia."

Eu me virei. Eram Kaden, Eben e Finch.

"Não!", falei. "Agora não!"

Saí correndo até o espigão, mas Kaden estava logo atrás de mim, segurando-me pelos braços. Ele pegou minha blusa pelo ombro, e o tecido foi rasgado.

"Não!", gritei. "Tenho que impedi-los!"

Ele me agarrou, envolvendo-me com seus braços e apertando-me junto ao seu peito. "Não!", gritei. "É o meu irmão lá embaixo! Me solte! Todos eles serão mortos!"

O exército vendano estava quase chegando ao espigão. Dentro de segundos, eles estariam em cima da pequena companhia do meu irmão, trezentos contra trinta. Supliquei que Kaden me soltasse. Chutei-o. Chorei e solucei.

"Você não conseguiria alcançá-los daqui, Lia. Na hora em que chegarmos lá..."

O exército vendano deu a volta no espigão.

Lutei contra o aperto de Kaden. "*Me solte!*", gritei. "*Walther!*" Mas o vento jogou as palavras de volta na minha face. Era tarde demais.

Meu mundo mudou em um instante, de uma velocidade de raio para câmera lenta. Movimentos e sons ficaram abafados como em um sonho — mas não se tratava de um. Observei enquanto dois reinos se encontravam, ambos pegos de surpresa. Vi um jovem seguir em frente para o ataque em um cavalo tobiano castanho e branco. Um jovem que eu sabia ser forte e valente. Um jovem que ainda estava apaixonado, mas que era consumido pelo pesar. Um jovem com o sorriso tranquilo e torto, que havia me levado para jogar cartas, que torcia o meu nariz, que me defendia das injustiças e que me mostrou como lançar uma faca. Meu irmão. Olhei enquanto ele sacava sua arma para fazer justiça por Greta. Vi quando cinco armas foram sacadas em resposta, o girar de uma espada, e mais uma, e mais outra, e quando ele caiu de seu cavalo. E então, uma espada por fim o acertou no peito para terminar o trabalho. E vi o meu irmão Walther morrer.

Um depois do outro, eles caíram: três, quatro, cinco contra um no que não era de forma alguma uma batalha, mas um massacre. A corrente de ar era impiedosa, carregando cada grito e cada urro em uma onda com o vento. E então se seguiu o silêncio. Minhas pernas ficaram bambas, como se nem mesmo estivesse ali, e caí no chão. Gemidos e gritos encheram meus ouvidos. Puxei os cabelos e as minhas roupas. Os braços de Kaden me seguraram rapidamente, impedindo que eu caísse pela beirada do penhasco.

Por fim, me joguei no chão e olhei para baixo no vale. A companhia inteira estava morta. Vendanos não mantinham prisioneiros. Eu me agachei, segurando meus braços.

Kaden ainda me segurava por trás. Ele tirou os cabelos do meu rosto e se inclinou para perto de mim, embalando-me e sussurrando ao meu ouvido: "Lia, eu sinto muito. Não havia nada que pudéssemos fazer".

Fiquei com o olhar fixo nos corpos ali espalhados, cujos braços e pernas estavam contorcidos em posições não naturais. O cavalo de Walther jazia morto ao lado dele. Aos poucos, Kaden me soltou. Olhei para baixo, para meu ombro exposto, o tecido rasgado, e vi o avanço da garra e da vinha, senti a bile em minha garganta, o filete de muco escorrendo do meu nariz, e ouvi o som de asfixia em silêncio. Alisei minha saia, senti o meu corpo indo para a frente e para trás, sendo embalado, como se o vento estivesse soprando para longe o que havia sobrado de mim.

Fiquei ali sentada durante minutos, estações, anos, o vento se tornando inverno na minha pele, o dia cedendo lugar à noite e então tornando-se ofuscante novamente, árduo em seus detalhes. Cerrei os olhos, mas os detalhes ainda estavam brilhantes e exigentes por trás das minhas pálpebras fechadas, substituindo uma vida de memórias por uma única imagem sangrenta de Walther, e então, misericordiosamente, a imagem se foi, deixando em seu lugar apenas o cinza embotado e entorpecente.

Por fim, observei enquanto minhas mãos deslizavam até os meus joelhos e os empurravam, forçando o meu corpo a ficar de pé. Virei-me e os encarei. Eben estava com o olhar fixo em mim, os olhos arregalados e solenes. Finch estava meio boquiaberto.

Olhei para Kaden.

"Meu irmão precisa ser enterrado", falei. "Todos eles precisam ser enterrados. Não vou deixá-los para os animais."

Ele balançou a cabeça em negativa. "Lia, não podemos..."

"Nós podemos tomar a trilha ao leste", disse Finch.

A malevolência permeava o chão do vale com o fedor de sangue ainda emanando do solo, as entranhas de animais e de homens vazando de seus corpos, os roncos e os gemidos saindo dos cavalos que ainda não estavam mortos. Ninguém se dava ao trabalho de acabar com o sofrimentos deles. O gosto fresco do terror pendia no ar... *Esse mundo, ele nos inspira, ele nos partilha.* Hoje o mundo chorava com as últimas respirações do meu irmão e dos seus camaradas. Será que minha mãe já tinha ido para seus aposentos? Será que já sabia desse pesar?

Um homem feroz, alto em sua sela, veio cavalgando de encontro a nós com um esquadrão, suas espadas, sacadas. Presumi que fosse o comandante do bando cruel. Ele usava a barba em duas longas tranças. Era meu primeiro vislumbre de verdadeiros bárbaros. Kaden e os outros haviam se vestido para se misturarem com os morrigheses. Estes homens, não. Pequenas caveiras de animais pendiam de fios em seus cintos, fazendo um ruído oco enquanto se aproximavam. Longas correntes formavam franjas em seus capacetes de couro, e suas faces ficavam temerosas com faixas pretas debaixo de seus olhos.

Quando o comandante reconheceu Kaden e os outros, abaixou a espada e os cumprimentou como se estivessem se encontrando para um piquenique no campo. Ele ignorou os corpos mutilados espalhados ao redor, mas, muito rapidamente, as saudações tiveram fim e todos os olhares pousaram sobre mim. Sem demora, Finch explicou que eu não falava a língua deles.

"Estou aqui para enterrar os mortos", falei.

"Nós não temos mortos", respondeu o comandante em morrighês, cujo sotaque era pesado e cujas palavras estavam cheias de repulsa, como se eu tivesse sugerido algo vulgar.

"Os outros", respondi. "Os que vocês mataram."

Um rosnado repuxava seu lábio. "Nós não enterramos os corpos dos porcos inimigos. Eles são deixados para as feras."

"Dessa vez não", respondi.

Ele olhou para Kaden com descrença. "Quem é essa vadia de boca suja que está cavalgando com vocês?"

Eben entrou na conversa. "Ela é nossa prisioneira! Princesa Arabella de Morrighan. Mas nós a chamamos de Lia."

O escárnio iluminou a face do comandante e ele se sentou direito em sua sela, erguendo o visor de seu capacete ornado com pregos.

"Então vocês a chamam de *Lia*", disse ele, zombando, enquanto me observava com os olhos repletos de ódio. "Como eu falei, meus soldados não enterram porcos."

"O senhor não é um bom ouvinte, comandante. Eu não pedi para os seus selvagens enterrarem os corpos. Eu não haveria de permitir que mãos indignas tocassem nos nobres soldados morrigheses."

O comandante foi com tudo para a frente em sua sela, com a mão erguida para bater em mim, mas Kaden estirou o braço para impedi-lo. "Ela está de luto, *chievdar*. Não a reprima por suas palavras. Um dos mortos é irmão dela."

Cutuquei meu cavalo para que fosse para a frente, de modo a ficar à altura do comandante. "Vou dizer isso de novo, *chievdar. Eu* vou enterrá-los."

"A todos? Você vai enterrar uma companhia inteira de homens?" Ele deu uma risada. Os homens que estavam com ele também riram. "Alguém traga uma pá para a Princesa", disse. "Deixem que ela cave."

Ajoelhei-me no meio do campo. Meu primeiro dever seria o de abençoar os mortos enquanto seus corpos ainda estavam quentes. A tradição que eu tanto evitara era tudo que me sustentava agora. Ergui as mãos aos deuses, mas as minhas canções fluíam a partir daquela que eu havia memorizado até algo novo, elocuções de uma outra língua, língua esta que apenas os deuses e os mortos poderiam entender, uma canção espremida do sangue e da alma, da verdade e do tempo. Minha voz se ergueu, jogou-se, sentiu o pesar, cortou pelos ventos e depois se tornou parte deles, trançada com as palavras de milhares de anos, milhares de lágrimas, o vale se enchendo não apenas com a minha voz, mas com os lamentos de mães, irmãs e filhas de tempos passados. Era uma memória que ia além do céu distante e da terra que sangrava, uma canção de desprezo e amor, de amargura e misericórdia, uma prece tecida não apenas de sons como também de estrelas, e pó, e todo o sempre.

"E que assim seja", finalizei, "para todo o sempre."

Abri os olhos, e os soldados ao meu redor tinham parado de fazer seus afazeres, observando-me. Levantei-me, peguei a pá e fui em direção a Walther primeiro. Kaden me parou antes que eu tivesse chegado perto do corpo do meu irmão.

"Lia, a morte não é graciosa nem complacente. Você não vai querer se lembrar dele assim."

"Vou me lembrar dele exatamente assim. Vou me lembrar de todos eles. Eu nunca me esquecerei disso." Soltei meu braço de suas mãos.

"Não posso ajudar você. É traição enterrar o inimigo. Isso desonraria nossos próprios homens caídos em batalhas."

Saí andando sem responder e dei a volta em torno de corpos e de suas partes mutiladas até encontrar Walther. Prostrei-me de joelhos ao lado dele e tirei seus cabelos do rosto. Fechei seus olhos e dei um beijo em sua bochecha, sussurrando minha própria prece para ele, desejando-lhe felicidade em sua jornada, porque agora ele abraçaria Greta novamente e, se os deuses fossem misericordiosos, embalaria seu filho não nascido. Meus lábios se demoraram na testa dele, tremendo, não queriam se separar dele, sabendo que esta seria a última vez em que minha carne tocaria a carne dele.

"Adeus, doce Príncipe", sussurrei por fim junto à sua pele.

E então me pus de pé e comecei a cavar.

KADEN

acampamento inteiro ficou em silêncio, observando-a. Ao contrário de mim, a maior parte deles nunca havia visto a nobreza antes, menos ainda uma princesa. Ela não era a delicada imaginação deles transformada em realidade. Uma a uma, as horas se passaram, e até mesmo os mais endurecidos foram atraídos a sentar e ver o que ela fazia, primeiro por causa de seus cânticos arrepiantes que haviam saturado o vale todo, e depois por causa de sua concentração tenaz, uma pazada atrás da outra.

Levou três horas para cavar o primeiro túmulo. O túmulo do irmão dela. Ela tirou, com esforço, o saco de dormir dele de cima de seu cavalo morto, amarrou-o em volta de seu corpo e fez com que o cadáver rolasse para dentro da cova. Ouvi uns ruídos vindos da garganta de Finch e Eben sugando o lábio. Embora nenhum de nós tivesse simpatia alguma pelos caídos, era difícil ver Lia beijar o irmão morto e depois se esforçar para lidar com o peso do cadáver.

Griz, que chegara depois, junto com Malich, teve que sair andando para longe, incapaz de ver aquilo. Mas eu não podia me afastar. A maioria de nós não podia. Depois do irmão dela, Lia foi até o próximo soldado morto, ajoelhou-se para abençoá-lo, e depois cavou seu túmulo, arrancando pedaços do solo duro e os jogando longe, uma pazada de cada vez. O soldado havia perdido um braço, e observei enquanto ela o procurava e o puxava de debaixo de um cavalo caído. Ela o colocou em cima do peito dele antes de envolvê-lo com uma coberta.

Por quanto mais tempo ela conseguiria fazer aquilo? Fiquei olhando enquanto ela tropeçava e caía, e quando achei que não conseguiria se levantar de novo, ela se ergueu. O desassossego crescia nos soldados que estavam ao meu redor, e sussurros carregados de tensão passavam entre eles, que apertavam os olhos e esfregavam os nós dos dedos. O *chievdar* se manteve firme, parado, em pé, com os braços cruzados em cima do peito.

Ela terminou o terceiro túmulo. Sete horas haviam se passado. As mãos de Lia sangravam de segurar o cabo da pá. Ela foi até o quarto soldado e se ajoelhou.

Eu me pus de pé e fui andando até a carroça de suprimentos e apanhei dali outra pá. "Eu vou cavar alguns buracos. Se ela rolar um corpo para dentro deles, que seja." Os soldados que estavam em pé, parados ao lado da carroça, olharam para mim, pasmos, mas não fizeram nenhum movimento para me impedir. Isso não era exatamente uma traição.

"Eu também", disse Finch, que foi andando e apanhou outra pá.

O esquadrão que flanqueava o *chievdar* olhou dele para nós, incertos, e depois sacaram suas espadas.

O *chievdar* fez um aceno com a mão. "Deixem eles em paz", disse. "Se a vadia de Morrighan quer que os dedos sangrem até os ossos aparecerem, isso trará entretenimento para todos, mas não quero ficar aqui a noite toda. Se os tolos querem cavar algumas covas, deixem que façam isso."

O *chievdar* desviou o olhar. Se estivesse cansado do que via, poderia facilmente ter posto um fim àquilo. Lia era uma prisioneira e inimiga de Venda, mas talvez sua canção de dar arrepios tivesse despertado bastante do próprio medo que ele tinha dos deuses para deixar que ela terminasse o trabalho.

Eben e Griz nos acompanharam e, provavelmente, para o horror do *chievdar,* sete de seus soldados fizeram o mesmo. Eles pegaram picaretas e machados e o que quer que encontrassem, e começamos a cavar covas ao lado dos caídos.

CAPÍTULO 69
CRÔNICAS DE AMOR E ÓDIO

ós passamos a noite no vale, não muito longe de onde os mortos haviam sido enterrados, e nos pusemos a caminho de Venda no dia seguinte. Seriam mais três dias de viagem. Dessa vez, estávamos flanqueados por um batalhão de quatrocentos homens. Ou seriam seiscentos? Os números não importavam mais. Eu só tinha o olhar fixo à frente, deixando que minha cabeça subisse e descesse livremente com o ritmo do cavalo. A visão diante de mim era do cavalo de Eben, cuja perna manca dificultava o trabalho dos outros. O menino não chegaria até Venda com ele.

Minhas roupas ainda pingavam. Apenas a uma hora atrás, completamente vestida, entrei no rio que percorria a extensão do vale. Não senti suas águas na minha pele, mas vi meus pelos eriçados por causa disso. Deixei que a corrente lavasse minhas roupas manchadas de sangue. O sangue de Walther e de trinta homens sendo lavado e escorrendo pela água e voltando para casa de novo. O mundo sempre haveria de saber, mesmo que os homens esquecessem. Eu tinha encontrado Gavin, com o rosto voltado para baixo, perto do meu irmão, seus vastos cabelos vermelhos fáceis de identificar, mas Avro e Cyril não foram tão fáceis de serem reconhecidos. Apenas sua devotada proximidade de meu irmão me fez pensar que eram eles. Um rosto fica duro e submerso na morte assim que o sangue é drenado, como madeira entalhada em uma caixa de fina carne cinzenta.

Vou me lembrar de todos eles. Nunca me esquecerei.

Kaden, Finch e outros ajudaram a cavar os túmulos. Sem eles, eu nunca teria sido capaz de enterrar todos os mortos, mas era por causa deles que uma patrulha inteira fora massacrada. Um dos soldados que me ajudou a cavar foi o que afundou a espada no peito do Walther. Ou o que decepou o braço de Cyril. Eu deveria me sentir grata pela ajuda deles? Na maior parte do tempo, não conseguia sentir nada. Todos os sentimentos que tinha dentro de mim foram drenados como o sangue dos caídos e ficaram para trás no chão do vale.

Meus olhos estavam secos, e minhas mãos — com bolhas e em carne viva — não sentiam dor nenhuma; no entanto, dois dias depois do assassinato de Walther, alguma coisa chacoalhava, solta, dentro de mim. Algo duro e pungente que eu nunca sentira antes, como um pedaço de pedra lascada que se vira várias vezes, repetidamente, jogada na beirada de uma roda, e que remexia ruidosamente e sem alvo, mas com um ritmo regular. Talvez fosse a mesma coisa que havia chacoalhado dentro de Walther quando ele segurou Greta em seu colo. Estava certa de que, o quer que fosse, havia se partido e se soltado e nunca mais se fixaria em mim novamente.

O boato de que eu tinha o "dom" se espalhou entre os soldados, mas fiquei sabendo rapidamente que nem todos os vendanos tinham reverência por ele. Alguns riam dos modos antiquados dos morrigheses. O *chievdar* era um dos principais a zombar, mas havia bem mais soldados que me observavam com cautela, temendo olharem direto nos meus olhos. A vasta maioria cumprimentava e dava os parabéns a Kaden e aos outros pelo belo prêmio que tinham trazido para o Komizar. Uma verdadeira princesa do inimigo.

Eles não sabiam que a verdadeira tarefa dele seria cortar a minha garganta. Olhei para Kaden, inexpressiva, e me deparei com seu olhar contemplativo, mas também inexpressivo. Kaden devolveu meu olhar. Ele queria estar orgulhoso em meio a seus camaradas. Venda sempre vinha em primeiro lugar, no fim das contas. Ele assentiu àqueles que davam tapinhas amigáveis em suas costas e lhe davam louvores. Os olhos dele, que antes eu achava que continham tanto mistério, agora não tinham nenhum para mim.

No dia seguinte, o cavalo de Eben ficou pior. Ouvi Malich e Finch dizerem ao menino que ele teria que matar o animal e que havia muitos outros cavalos no espólio capturado para que ele cavalgasse. Eben jurou a eles, em uma voz que se erguia, como a de uma criança, que se tratava apenas de um músculo distendido e que o cavalo pararia de mancar.

Eu não disse nada a nenhum deles. As preocupações deles não eram as minhas. Em vez disso, ouvi o ruído, a pedra lascada revirando-se dentro de mim. E, tarde da noite, enquanto fitava as estrelas, às vezes um sussurro escapava, sussurro este em que eu tinha muito medo de acreditar.

Eu encontrarei você.

No recanto mais longínquo, eu encontrarei você.

CAPÍTULO 70
CRÔNICAS DE AMOR E ÓDIO

Estava escovando meus cabelos. Hoje seria o dia em que chegaríamos em Venda. Eu não entraria na cidade parecendo um animal. Isso ainda era importante. Por Walther. Por uma patrulha inteira. Eu não era um *deles*. Nunca seria. Eu puxava os emaranhados, às vezes arrancando fios de cabelo, até que ficassem desfeitos.

Cercada de centenas de soldados, eu sabia que havia pouca chance de fuga para mim. Talvez nunca houvesse tido tal oportunidade, a menos que os próprios deuses decidissem jogar mais uma estrela na terra e destruir a todos. Como eram estes que estavam sentados com orgulho em cima de seus cavalos ao meu lado melhores do que os Antigos, a quem os deuses haviam destruído havia tanto tempo? O que impedia os deuses de fazerem algo a esse respeito agora?

Cavalgávamos atrás de carroças em que havia pilhas e mais pilhas de espadas, selas e até mesmo botas dos caídos. As recompensas da morte. Quando enterrei meu irmão, eu não tinha notado que a espada dele e sua bandoleira de couro finamente confeccionada, a qual ele usava cruzando o peito, já não estavam mais lá. Agora balançavam de um lado para o outro em algum lugar na carroça à frente.

Eu ouvia os tinidos do espólio, os tinidos e os ruídos chacoalhantes dentro de mim.

Kaden cavalgava ao meu lado, Eben no lado oposto, com Malich e os outros logo atrás de nós. O cavalo de Eben tropeçou, mas conseguiu se corrigir. Eben pulou de seu lombo e sussurrou algo a ele. O menino conduziu o cavalo à frente, com a mão segurando a crina do animal. Nós só tínhamos dado mais alguns passos quando o cavalo tropeçou de novo, dessa vez cambaleando e indo parar a uns vinte metros da estrada, com o garoto correndo atrás dele. O cavalo caiu de lado no chão, suas pernas da frente não mais conseguindo suportá-lo. O menino tentou desesperadamente conversar com o animal para que ele levantasse.

"Cuide disso", disse Kaden a Eben. "Está na hora."

Malich veio para a frente, pondo-se ao meu lado.

"Faça isso logo!", ordenou ele. "Você está atrasando todo mundo." Malich soltou a bainha de couro que segurava sua longa faca de seu cinto e a jogou para Eben. A faca caiu no chão, aos pés do menino, que ficou paralisado, de olhos arregalados, enquanto olhava da faca de volta para o restante de nós. Kaden assentiu para ele, e Eben, devagar, curvou-se e pegou a lâmina do chão.

"Outra pessoa não pode fazer isso?", perguntei.

Kaden olhou para mim, surpreso. Isso foi o máximo que falei em três dias. "O cavalo é dele. O trabalho é dele", respondeu Kaden.

"Ele tem que aprender", Finch disse atrás de mim.

Griz murmurou, concordando. "*Ja tiak.*"

Fitei o rosto aterrorizado de Eben. "Mas ele criou o cavalo desde que era um potro!", eu disse, lembrando-os disso. Eles não responderam. Eu me voltei para Finch e Griz. "Ele é só uma criança. Já aprendeu coisas demais, graças a todos vocês. Nenhum de vocês está disposto a fazer isso por ele?"

Eles permaneceram em silêncio. Desci do meu cavalo e fui andando até o campo. Kaden gritou para que eu voltasse.

Eu me virei rapidamente e cuspi as seguintes palavras: "*Ena fikatande spindo keechas! Fikat ena shu! Ena mizak teevas ba betaro! Jabavé!*". Voltei-me para Eben, e ele inalou o ar com pungência quando peguei a faca dele da bainha e deixei a lâmina à vista. Uma dúzia de arcos e flechas estavam erguidos pelos soldados que nos olhavam, todos mirando em mim. "Você já se despediu de Spirit?", perguntei a Eben.

O garoto olhou para mim, com os olhos opacos. "Como você sabe o nome dele?"

"Ouvi você sussurrando no acampamento. Eles estão errados, Eben", eu disse, jogando a cabeça para trás, na direção dos outros. "Não há vergonha nenhuma em dar nome a um cavalo."

Ele mordeu o lábio inferior e assentiu. "Eu já me despedi dele."

"Então vire-se", falei. "Você não tem que fazer isso." Ele estava abalado e fez o que falei.

Fui andando até o cavalo, cujas pernas tremiam, exaustas pelo esforço de tentar fazer o trabalho de suas pernas da frente também. Ele havia se exaurido, mas estava com os olhos tão arregalados quanto os de Eben.

"Shhh", sussurrei. "Shhh." Ajoelhei-me ao lado dele e sussurrei palavras sobre pradarias e feno e um garotinho que sempre o amaria, mesmo sabendo que ele não conheceria as palavras. Minha mão acariciou seu focinho macio, e ele se acalmou sob meu toque. Em seguida, fazendo o que eu tinha visto Walther fazer no passado, enfiei a faca no tecido macio da garganta do animal, pondo fim à sua agonia.

Limpei a lâmina na grama da campina, puxei a sacola da sela do cavalo morto e devolvi-a a Eben. "Está feito", disse. Ele se virou e entreguei-lhe sua bolsa. "Ele não está sentindo mais dor." Coloquei a mão no ombro de Eben. Ele olhou para a minha mão em seu ombro e depois voltou a olhar para mim, confuso, e, por um breve instante, ele era uma criança confusa outra vez. "Você pode ficar com meu cavalo", falei. "Vou caminhar. Já tive o bastante da minha atual companhia."

Voltei a me juntar aos outros e estirei a faca desembainhada de Malich a ele, que, com cautela, esticou a mão e a pegou. Os soldados abaixaram seus arcos e flechas em uníssono.

"Então você conhece os xingamentos de Venda...", disse Malich.

"Como poderia não saber? A baixaria da fala de vocês é tudo que tenho ouvido há semanas." Comecei a desatar o alforje do meu cavalo.

"O que está fazendo?", perguntou Kaden. Fitei-o por um bom tempo e com uma expressão endurecida nos olhos, na primeira vez que eu me deparava com o olhar dele com algum propósito em dias. Deixei que o momento se esgotasse, por tempo suficiente para vê-lo piscar, para que *soubesse*. Aquele não era o fim.

"Vou seguir o restante do caminho a pé", falei. "O ar é mais fresco aqui embaixo."

"Você não fez nenhum favor ao garoto", disse ele.

Eu me virei e olhei para os outros: Griz, Finch, Malich. Lentamente, analisei as centenas de soldados que nos cercavam, ainda esperando que a caravana continuasse, e circulei o olhar até que estivesse de volta sobre Kaden, o que fiz lentamente e condenando-o. "Ele é uma *criança*. Talvez alguém demonstrando compaixão a ele seja o único favor de verdade que ele já tenha conhecido."

Puxei o alforje do meu cavalo e a procissão seguiu em frente. Mais uma vez, segui o clamor, e os ruídos da carroça se movendo na frente, e o chacoalhar de algo solto dentro de mim foi ficando mais alto.

Passos e quilômetros viravam borrões. O vento soprava rajadas, lacerando minha saia e chicoteando meus cabelos. Então uma estranha quietude cobriu a paisagem. Somente a memória do cavalo de Eben e de suas últimas respirações estremecidas farfalhavam no ar, as respirações quentes do cavalo parando, ficando mais silenciosas, mais fracas. Uma última bufada. Um último estremecimento. Morto. E então, os olhos de uma dúzia de soldados prontos para me matar.

Quando as flechas foram puxadas e miradas em mim, por um instante, eu havia rezado para que os soldados atirassem. Não era a dor que eu temia, era não senti-la mais — não sentir mais nada, na verdade.

Eu nunca havia matado um cavalo antes, só tinha visto isso ser feito. Matar é diferente de pensar em matar. É algo que tira alguma coisa da gente, mesmo quando se trata de um animal em sofrimento. Eu não fiz isso apenas para livrar Eben de um fardo. Fiz por mim mesma tanto quanto fiz isso por ele. Não estava preparada para abrir mão de todos os resquícios de quem eu costumava ser. Não aguentaria ficar ali parada e ver uma criança matar o próprio cavalo.

Eu estava me dirigindo a um mundo diferente agora, um mundo em que as regras eram diferentes, um mundo em que mulheres falando coisas sem sentido eram empurradas de muralhas, em que crianças eram treinadas como assassinos e em que crânios ficavam pendurados em cintos. A paz de Terravin era uma memória distante. Eu não era mais a moça despreocupada que servia na taverna e que Rafe beijara em um sonolento vilarejo à beira do oceano. Aquela menina se foi para sempre. Aquele sonho fora roubado de mim. Agora eu era apenas uma prisioneira. Apenas uma...

Meus passos ficaram instáveis.

Você sempre será você, Lia. Não há como fugir disso. A voz estava tão clara que parecia que Walther estava caminhando ao meu lado, falando essas palavras de novo, ainda mais a sério. *Você é forte, Lia. Você sempre foi a mais forte de nós... Coelhos são bons de comer, sabia?*

Sim. São mesmo.

Eu não era uma empregada despreocupada que servia em uma taverna. Eu era a Princesa Arabella Celestine Idris *Jezelia*, Primeira Filha da Casa de Morrighan.

Aquela nomeada em segredo.

E então ouvi alguma coisa.

Silêncio.

A lasca solta dentro de mim nunca ficaria imóvel, ela tropeçava, depois ficava presa, seu corte afiado achando minha carne, uma estaqueada feroz e quente em minhas entranhas. A dor era bem-vinda.

Os últimos versos da Canção de Venda ressoavam na minha cabeça. *Dos quadris de Morrighan...*

Como minha mãe poderia ter sabido disso? Eu lutava com esta pergunta desde que tinha lido os versos, e a única resposta possível era que *ela não sabia*. O dom a havia guiado. O dom a alfinetava, sussurrava para ela. *Jezelia.* No entanto, assim como acontecia comigo, o dom não falava com clareza. *Você sempre foi a mais forte de nós. Era isso que preocupava nossa mãe.* Ela não sabia o que queria dizer, apenas que aquilo fazia com que ela temesse a própria filha.

Até que apareça aquela que é mais poderosa,
Aquela nascida do infortúnio,
Aquela que era fraca,
Aquela que era caçada,
Aquela marcada com a garra e a vinha...

Baixei o olhar para o meu ombro, o tecido rasgado revelando a garra e a vinha, agora florescendo em cores, exatamente como Natiya o havia descrito. *Todos também fazemos parte de uma história maior também... uma história que transcende o solo, o vento, o tempo... e até mesmo nossas próprias lágrimas. Histórias mais grandiosas terão sua vez.*

Jezelia. Esse era o único nome que eu sempre sentira como verdadeiro em relação a quem eu era — e aquele pelo qual todo mundo se recusava a me chamar, com exceção dos meus irmãos. Talvez aquelas fossem apenas as palavras sem sentido de uma mulher ensandecida de um mundo de tempos atrás, mas, fruto de loucura ou não, até meu último suspiro, eu *haveria de fazer* com que aquelas palavras se transformassem em verdade.

Por Walther. Por Greta. Por todos os sonhos que se foram. O ladrão de sonhos não roubaria mais nenhum, até mesmo se isso significasse que eu tivesse que matar o Komizar eu mesma. Minha própria mãe pode ter me traído ao suprimir meu dom, mas ela estava certa quanto a uma coisa: *eu sou um soldado no exército do meu pai.*

Ergui o olhar de relance para Kaden, que cavalgava ao meu lado.

Talvez agora fosse eu que haveria de me tornar a assassina.

CAPÍTULO 71
CRÔNICAS DE AMOR E ÓDIO

RAFE

"Que diabos...?"

Era o turno de Jeb na vigilância. O comentário dele foi tão lento e sussurrado que achei que tivesse visto alguma outra curiosidade, como o rebanho de cavalos de listras douradas com os quais nos deparamos ontem.

Orrin andou até Jeb para ver o que ele observava boquiaberto. "Caramba!"

Eles tinham nossa atenção agora, e eu, Sven e Tavish fomos correndo até o local de tocaia rochoso. Fiquei com frio.

"O que é isso?", perguntou Tavish, embora todos nós soubéssemos o que era.

Não se tratava de uma patrulha ralé de bárbaros. Nem mesmo de um pelotão grande e organizado. Era um regimento cavalgando, com dez cavalos na largura e pelo menos sessenta na extensão.

Menos uma.

Ela caminhava sozinha.

"É ela?", perguntou-me Tavish.

Assenti, não confiando que conseguiria falar. Lia estava cercada por um *exército*. Não estávamos enfrentando cinco bárbaros. Um depois do outro, ouvi os homens soltarem o ar. Estes não eram os bárbaros que conhecíamos. Não eram aqueles que sempre tinham sido forçados a voltarem para trás do Grande Rio. De jeito nenhum teríamos como dar conta de tantos homens assim em um confronto direto sem que todos nós e Lia fôssemos mortos. Fiquei com o olhar fixo nela, observando cada passo que dava. O que era aquilo que ela estava carregando? Um alforje? Ela estava mancando? Há quanto tempo estava andando? Sven colocou a mão em meu ombro, em um gesto de conforto e derrota.

Virei com tudo. "Não! Isso *não* acabou!"

"Não há nada que possamos fazer. Você tem olhos. Não podemos..."

"Não!", repeti. "Não vou deixar que ela cruze aquela ponte sem mim." Andei até os cavalos e voltei, com o punho cerrado esmagando minha mão, procurando por uma resposta. Balancei a cabeça. Ela não cruzaria a ponte sem mim. Olhei para os rostos sombrios deles. "Nós vamos conseguir", falei. "Escutem." Esbocei um plano apressado, porque não havia tempo para elaborar outro.

"Isso é loucura!", ladrou Sven. "Nunca vai dar certo!"

"Tem que funcionar", argumentei.

"Seu pai vai cortar meu pescoço fora!"

Orrin deu risada. "Eu não me preocuparia com o Rei. O plano de Rafe vai nos matar primeiro."

"Já fizemos isso antes", Tavish olhou para mim com um aceno de cabeça. "Podemos fazer de novo."

Jeb já havia recuperado meu cavalo e me entregou as rédeas. "Está esperando o quê?", ele perguntou. "Vá!"

"Mas só temos metade do plano!", gritou Sven, enquanto eu deslizava o meu pé no estribo.

"Eu sei", afirmei. "É por isso que estou contando com você para pensar na outra metade."

Dragão conspirará,
Usando muitas faces,

Enganando os oprimidos, coletando os perversos,

Exercendo o poder como um deus, impossível de ser parado,

Não perdoando em seu julgamento,

Implacável em sua regência,

Um ladrão de sonhos,

Um assassino de esperanças.

Até que apareça aquela que é mais poderosa.

— Canção de Venda —

72
CAPÍTULO
CRÔNICAS DE AMOR E ÓDIO

 medo é uma coisa curiosa. Eu achei que não restara nenhum medo em mim. O que eu tinha para temer? No entanto, quando avistei Venda, senti um calafrio espinhoso em meu pescoço. Emoldurada entre as colinas com rochas protuberantes pelas quais passávamos, uma *coisa* se erguia no horizonte, em uma névoa nebulosa e cinzenta. Não era possível chamar aquela coisa de cidade. Ela respirava.

Conforme nos aproximávamos, a cidade crescia e se espalhava como um monstro preto e sem olhos que se erguia de cinzas fumegantes. Suas pequenas e irregulares torres, a pedra escamosa reptiliana, e camadas e mais camadas de muralhas convolutas falavam de algo labiríntico e distorcido que espreitava atrás delas. Não se tratava apenas de uma cidade afastada. Eu sentia o tremor de sua pulsação, a pungência de sua canção sombria. Eu via a própria Venda sentada no alto das muralhas cinzentas diante de mim, uma aparição partida cantando um aviso àqueles que ouviam lá de baixo.

Eu me senti já deslizando para longe, esquecendo-me do que costumava importar para mim. Fazia uma vida que havia deixado Civica com o que achei que fosse um sonho simples: que alguém me amasse pelo que eu realmente era. Durante aqueles poucos e curtos dias com Rafe, eu, ingênua, achara que tinha o sonho em minhas mãos. Eu não era mais uma menina com um sonho. Agora, assim como acontecera com Walther, eu só tinha um desejo crescente e frio por justiça.

Olhei para a frente, para o monstro que se agigantava. Como no dia em que eu havia me preparado para meu casamento, eu sabia que estava cara a cara com os últimos dos passos que separariam o aqui do ali. Não haveria volta. Uma vez que eu cruzasse os territórios e entrasse em Venda, nunca mais veria meu lar de novo. *Quero puxar você para perto de mim e nunca soltar.* Eu estava além dos recantos mais longínquos agora. Além de algum dia ver Rafe novamente. Logo, eu estaria morta para todos, exceto para o misterioso Komizar, capaz de cobrar obediência de um exército brutal. Como a espada e as botas de Walther, eu era um prêmio de guerra para ele agora, a menos que ele decidisse terminar o trabalho do qual Kaden havia se evadido. Mas talvez, antes disso acontecer, ele descobriria que eu não era bem o prêmio que alguém esperava que eu fosse.

A caravana parou no rio. Tratava-se de mais do que um *grande* rio. Era um abismo turbulento, rugindo e empurrando para cima a névoa que eu via de longe. A umidade deixava escorregadios tanto o solo quanto as pedras. Eu não sabia como poderíamos navegar e cruzar esse rio, mas então, a massa de corpos do outro lado saudava nossa aproximação. Eles se contorciam para passarem por muralhas com faixas pretas e começaram a puxar cordas presas a rodas de ferro de proporções colossais. Até mesmo com o rugido do rio, eu conseguia ouvir os gritos de um chefe de serviço sincronizando suas puxadas. Numerosos corpos se moviam juntos e entoavam um ribombo baixo, e, devagar, a cada subida e descida, uma ponte se erguia da névoa, gotejando com boas-vindas profanas. Um último esforço deles fez com que a ponte ficasse no lugar, com um clangor funesto e retumbante.

Kaden desceu de seu cavalo para se pôr de pé ao meu lado, observando enquanto os trabalhadores se apressavam para prender as correntes da ponte. "Faça o que eu disser e tudo vai ficar bem. Está preparada?", ele me perguntou.

Como eu poderia algum dia estar preparada para *isso*? Eu não respondi à pergunta.

Kaden se virou, segurando os meus dois braços. "Lia, lembre-se de que eu estou apenas tentando salvar sua vida."

Voltei meu olhar fixo para ele, sem piscar. "Se isso é salvar minha vida, Kaden, gostaria que você parasse de se esforçar tanto."

Eu vi a dor em seu rosto. Os milhares de quilômetros que tínhamos viajado haviam me mudado, mas não da forma que ele esperava. A pegada de Kaden continuava firme, seus olhos perscrutando o meu rosto, seu olhar contemplativo pausando sobre meus lábios. Ele ergueu a mão e tocou neles, seu polegar deslizando com gentileza ao longo do meu lábio inferior, como se estivesse tentando limpar as palavras da minha boca. Ele engoliu em seco. "Se eu tivesse deixado você em paz, eles teriam enviado outra pessoa. Alguém que teria terminado o trabalho."

"E você teria traído Venda. Mas você já fez isso, não? Quando me ajudou a enterrar os mortos."

"Eu nunca trairia Venda."

"Às vezes, somos levados a fazer coisas que achávamos que nunca seríamos capazes de fazer."

Ele segurou minhas mãos com as dele e as apertou. "Vou construir uma vida para você aqui, Lia. Juro que vou."

"Aqui? Como a vida que *você* tem, Kaden?"

O turbilhão que sempre fervia em fogo brando atrás dos olhos dele duplicou-se. Algumas verdades eram sussurradas reiteradamente, recusando-se a serem ignoradas. O sentinela deu o sinal para que o comboio prosseguisse. "Vai cavalgar comigo?", perguntou Kaden. Balancei a cabeça em negativa, e ele soltou as minhas mãos, lentamente me deixando ir. Ele voltou a subir em seu cavalo. Eu caminhava na frente dele, sentindo seus olhos nas minhas costas. Eu estava prestes a pisar na ponte quando um clamor se ergueu atrás de nós e eu me virei. Ouvi mais gritos, e Kaden juntou as sobrancelhas. Ele desceu do cavalo e me segurou pelo braço quando um grupo de soldados se aproximava. Eles jogaram um homem que estava no meio deles na frente de Kaden. Meu coração parou. *Amados deuses!* Kaden apertou ainda mais meu braço.

"Esse cachorro disse que conhece você", falou um dos soldados.

Tendo visto o distúrbio, o *chievdar* aproximou-se de nós. "Quem é esse?", ele exigiu saber.

Kaden olhou feio para ele. "Um bêbado muito idiota. Um fazendeiro impressionado que cavalgou por um longo caminho à toa."

Meus pensamentos estavam aos tropeços. *Como?*

Rafe se colocou de pé. Olhou para mim sem reconhecer a presença de Kaden. Analisou os meus dedos imundos cobertos por bandagens, minhas roupas manchadas de sangue e, certamente, o pesar que ainda pairava em minha face. Seus olhos buscavam os meus, questionando-me em silêncio, e vi a preocupação dele de que eu tivesse sido machucada de formas que ele não era capaz de ver. E vi também que ele ansiava por mim tanto quanto eu havia ansiado por ele.

Os bons não fogem, Lia.

Porém, agora, com uma nova paixão ardente, eu desesperadamente gostaria que ele tivesse fugido.

Eu me mexi, na tentativa de me soltar da pegada de Kaden, mas ele afundou os dedos mais ainda em meu braço. "Me solte!", rosnei. Eu me livrei de Kaden e fui correndo até Rafe, caindo nos braços dele, chorando quando meus lábios se encontraram com os dele. "Você não deveria ter vindo. Você não entende." Porém, até mesmo enquanto eu dizia essas palavras, de forma egoísta eu estava feliz por ele estar aqui, selvagem e loucamente feliz de que tudo que eu sentia por ele e tinha acreditado que ele sentia por mim era *real e verdadeiro*. Lágrimas escorriam pelas minhas bochechas enquanto eu o beijava. Ergui meus dedos quebrados e cheios de bolhas para segurar seu rosto enquanto dizia mais uma dúzia de coisas de que eu nunca haveria de me lembrar.

Ele me envolveu com os braços, seu rosto aninhado em meus cabelos, abraçando-me tão apertado de forma que eu quase podia acreditar que nunca mais nos separaríamos. Eu o inspirei, seu toque, sua voz, e, por um instante tão longo e tão curto quanto a batida de um coração, todo o mundo e seus problemas desapareceram e só havia nós dois.

"Vai ficar tudo bem", sussurrou ele. "Eu juro que vou nos tirar dessa situação. Acredite em mim, Lia." Eu senti soldados nos separando, puxando meus cabelos, com uma espada no peito dele, mãos ásperas arrastando-me para trás.

"Matem-no e vamos andando", ordenou o *chievdar*.

"*Não!*", gritei.

"Não fazemos prisioneiros", disse Kaden.

"Então, o que eu sou?", falei, olhando para o soldado que agarrava meu braço.

Rafe tentou se soltar dos homens que estavam se esforçando para mantê-lo para trás. "Eu tenho uma mensagem para o seu Komizar!", gritou ele, antes que pudessem arrastá-lo para longe.

Os soldados que o estavam segurando pararam, surpresos e sem saberem ao certo o que fazer em seguida. Rafe gritou a mensagem com uma autoridade ressonante. Olhei para ele, e algo se desenrolava dentro de mim. *Como foi que ele me encontrou?* O tempo deu um salto. Recuou para o lado. Parou. *Rafe. Um fazendeiro. De uma região sem nome.* Encarei-o. Tudo em relação a ele parecia diferente para mim agora. Até mesmo sua voz estava diferente. *Eu vou nos tirar dessa situação. Acredite em mim, Lia.* O chão embaixo dos meus pés se mexeu, instável, e o mundo ao meu redor girava. O real e o verdadeiro oscilavam.

"Qual é a mensagem?", exigiu saber o *chievdar*.

"A mensagem é apenas para os ouvidos do Komizar", respondeu Rafe.

Kaden deu um passo, aproximando-se de Rafe. Todo mundo esperava que dissesse alguma coisa, mas ele permanecia em silêncio, com a cabeça levemente inclinada para o lado, estreitando os olhos. Não respirei.

"Uma mensagem trazida por um *fazendeiro?*", perguntou ele, por fim.

Os olhares contemplativos dos dois travaram um no do outro. Os gélidos olhos azuis de Rafe estavam congelados com ódio. "Não. Do emissário do Príncipe de Dalbreck. Quem é o bêbado idiota agora?"

Um soldado deu uma coronhada na cabeça de Rafe com o cabo de sua espada. Rafe foi cambaleando para o lado, com o sangue escorrendo pela têmpora, mas recuperou sua estabilidade.

"Está com medo de uma simples mensagem?", disse ele a Kaden, provocante, sem desviar o olhar em momento algum.

Kaden olhou com ódio em resposta. "Uma mensagem não quer dizer nada. Nós não negociamos com o Reino de Dalbreck... nem mesmo com o próprio emissário do Príncipe."

"Você fala pelo Komizar, agora?" A voz de Rafe estava densa com a ameaça. "Eu juro a você que ele vai querer ouvir essa mensagem."

"*Kaden*", supliquei.

Kaden se voltou para mim, seus olhos ardendo com o calor, e um olhar fixo e cheio de raiva e questionamentos queimava a partir deles.

O *chievdar* veio para a frente. "Que *prova* você sequer tem de que é o emissário?", disse o *chievdar* em tom de zombaria. "O selo do Príncipe? O anel dele? O lencinho dele?" Os soldados ao redor riram.

"Algo que apenas ele teria em sua posse", Rafe respondeu. "Uma missiva real da Princesa, endereçada a ele com a própria caligrafia dela." Rafe olhou para mim quando disse isso, e não para o *chievdar*, e os olhos dele enviaram-me sua própria mensagem particular. Senti meus joelhos fraquejarem.

"Uns rabiscos?", ladrou o *chievdar*. "Qualquer um poderia rabiscar um pedaço de..."

"Esperem", disse Kaden. "Me dê isso." Os soldados soltaram os braços de Rafe para que ele pudesse pegar o bilhete de dentro de seu colete. Kaden tomou-o e examinou-o. Os resquícios partidos do meu selo real vermelho ainda estavam visíveis. Ele puxou um bilhete amassado de seu próprio bolso, que eu reconheci como sendo aquele que o caçador de recompensas havia deixado cair no solo da floresta e que eu nunca conseguira pegar de volta. Kaden comparou os dois bilhetes e assentiu lentamente. "É genuíno. Príncipe Jaxon, de Dalbreck", leu ele, cuspindo o título com escárnio.

Kaden desdobrou o bilhete que Rafe havia entregado a ele e começou a lê-lo em voz alta para o *chievdar* e para os soldados que nos cercavam. "Eu deveria..."

"Não", falei, interrompendo-o abruptamente. Eu não queria que as minhas palavras para o Príncipe fossem cuspidas com completo escárnio. Kaden voltou-se para mim, com raiva, mas esperando. "Eu deveria..."

Parei e encarei Rafe.

Inspecionei-o.

Seus ombros.

Seus cabelos jogados ao vento.

A rígida linha de seu maxilar.

O vermelho do sangue escorrendo por sua bochecha.

Seus lábios semiabertos.

Engoli em seco para acalmar o tremor em minha garganta. "Eu gostaria de inspecioná-lo... antes do dia do nosso casamento."

Seguiram-se risadinhas abafadas dos soldados que nos cercavam, mas eu só via o rosto de Rafe e seu acenar imperceptível enquanto ele voltava seu olhar para o meu.

Todos os nós dentro de mim se soltaram.

"Mas o Príncipe ignorou meu bilhete", falei, com fraqueza.

"Tenho certeza de que ele lamenta profundamente por essa decisão, Vossa Alteza", foi a resposta de Rafe.

Eu mesma tinha assinado os documentos do casamento.

Rafe. Quanto a isso ele não tinha mentido.

Príncipe herdeiro Jaxon Tyrus *Rafferty*, de Dalbreck.

Eu me lembrava de como ele havia olhado para mim naquela primeira noite na taverna, quando me disse seu nome, esperando para ver se havia alguma ponta de reconhecimento da minha parte. No entanto, um príncipe tinha sido a última coisa pela qual eu estava esperando.

"Acorrentem-no e tragam-no conosco", disse Kaden. "O Komizar o matará se ele estiver mentindo. E façam uma busca nas colinas que nos cercam. Ele não pode ter vindo sozinho."

Rafe empurrou os soldados, que torceram as mãos dele atrás de suas costas para acorrentá-lo, mas em momento algum tirou os olhos dos meus.

Olhei para ele, não um estranho, mas também não um fazendeiro. Esse havia sido um engodo esperto desde o princípio.

O vento fazia um redemoinho entre nós, jogava a névoa sobre nossas faces. Sussurrava. *No recanto mais longínquo... Eu encontrarei você.*

Limpei os olhos, com o que era real e verdadeiro perdendo nitidez.

Mas eu sabia que ele havia vindo.

Ele estava *aqui*.

E talvez, por ora, essa fosse toda a verdade de que eu precisava.

AGRADECIMENTOS

É difícil até mesmo começar a agradecer e reconhecer todas as pessoas na Macmillan — muitas das quais eu nunca cheguei a conhecer pessoalmente — que trabalharam de maneira tão incansavel para fazer com que este livro chegasse às suas mãos. Elas fazem coisas inteligentes e maravilhosas nos bastidores, e agradeço a cada uma delas profunda e sinceramente. Até mesmo se eu não conheço você, sei que está lá. Um cumprimento especial vai para esses camaradas brilhantes na Macmillan que me apoiaram tanto: Laura Godwin, Jean Feiwel, Angus Killick, Elizabeth Fithian, Claire Taylor, Caitlin Sweeny, Allison Verost, Ksenia Winnicki e Katie Fee. Eu me curvo em reverência à grandeza de Rich Deas e Anna Booth, que simplesmente fizeram mágica com a capa e o design. Coroas e massagens nas costas vão para George Wen, Ana Deboo e Samantha Mandel, que trabalharam como escravos em cima deste gigante, múltiplas vezes. Obrigada.

Kate Farrell, minha editora de longa data, merece uma semana em um spa e um cetro real; este foi um animal totalmente novo para nós, e ela, em momento algum, vacilou em seu entusiasmo, em seu apoio, em suas orientações excelentes e em sua suprema paciência. Eu não a mereço, mas fico feliz de tê-la em minha vida. Kate, sem sombra de dúvida, você é uma verdadeira princesa gaudrellana. Quero fazer parte de sua tribo o tempo todo.

Minha agente, Rosemary Stimola, exauriu todos os superlativos, e ainda assim me surpreende. Além de desempenhar seu incrível papel de agente, para este livro ela também usou suas habilidades de linguista e me guiou por entre águas onde coisas perigosas estavam à espreita, coisas como particípios passados, para me ajudar a criar um consistente idioma vendano. *Ena ade te fikatande achaka. Grati ena, Ro. Paviamma.*

Sou grata às escritoras Melissa Wyatt e Marlene Perez por maratonas de escrita, por leituras experimentais, por conselhos sábios, conversas para levantar meu moral e frequentes e refrescantes risadas. Vocês duas são melhores do que chocolate. Muito obrigada a Alyson Noël, por me oferecer conselhos de última hora enquanto eu me dirigia à revisão, um farol muito necessário para lembrar-me para onde eu estava indo. Minha gratidão também vai a Jessica Butler e a Karen Beiswenger por suas primeira leituras, pela torcida e por muitas trocas de ideias comigo.

Não posso deixar de fora Jana Echevarria, que se aventurou a criar um idioma particular com sua grande idade de sete anos, e que também se juntava a infinitos jogos de telefone comigo. Juntas nós nos deleitávamos nas perdas de tradução. Nossos jogos plantaram sementes que eu nem mesmo sabia que estavam lá. Uma menção cabe aqui ao sr. Klein, meu professor do quinto ano — às vezes, um trabalho escolar de estudos sociais fica na mente de uma criança durante anos. Por sinal, qual foi o fim daqueles Maias, afinal?

Grandes abraços e agradecimentos aos meus filhos, Karen, Ben, Jessica e Dan, que me inspiram e me mantêm com o pé no chão nas coisas que importam, e à pequena Ava, que me faz sorrir só de falar o nome dela. Todo escritor e toda escritora deveria ter uma dose disso regularmente.

A meu excelente conselheiro, por tudo, desde escolhas de palavras até o mapeamento da logística dos beijos, minha mais profunda gratidão vai para DP, o menino que se arriscou. XO

MARY E. PEARSON é uma premiada escritora do sul da Califórnia, conhecida por seus outros sete livros juvenis — entre eles a série popular *The Jenna Fox Chronicles*. Mary é formada em artes pela Long Beach State University, e possui mestrado pela San Diego State University. Aventurou-se em trabalhar como artista por um tempo, até receber o maior desafio que a vida poderia lhe proporcionar: ser mãe. Adora longas caminhadas, cozinhar e viajar para novos destinos sempre que tem a oportunidade. Atualmente, é autora em tempo integral e mora em San Diego, junto com seu marido e seus dois cachorros. Saiba mais em marypearson.com.

DARKLOVE.

DARKSIDEBOOKS.COM